SOCIEDADE DA ROSA

Também de Marie Lu

JOVENS DE ELITE

LEGEND
PRODIGY
CHAMPION

MARIE LU

SOCIEDADE DA ROSA

SÉRIE JOVENS DE ELITE

tradução
RACHEL AGAVINO

Rocco

Título original
THE ROSE SOCIETY

Copyright © 2015 *by* Xiwei Lu
Copyright ilustração do mapa © 2014 *by* Russell R. Charpentier

Todos os direitos reservados. Nenhuma parte desta obra pode ser reproduzida, ou transmitida por qualquer forma ou meio eletrônico ou mecânico, inclusive fotocópia, gravação ou sistema de armazenagem e recuperação de informação, sem a permissão escrita do editor.

Edição brasileira publicada mediante acordo com a G.P. Putnam's Sons, uma divisão da Penguin Young Readers Group, um selo da Penguin Group (USA) LLC, uma empresa da Penguin Random House.

Direitos para a língua portuguesa reservados
com exclusividade para o Brasil à
EDITORA ROCCO LTDA.
Rua Evaristo da Veiga, 65 – 11º andar
Passeio Corporate – Torre 1
20031-040 – Rio de Janeiro, RJ
Tel.: (21) 3525-2000 – Fax: (21) 3525-2001
rocco@rocco.com.br | www.rocco.com.br

Printed in Brazil/Impresso no Brasil

Preparação de originais
SOFIA SOTER HENRIQUES

CIP-Brasil. Catalogação na publicação.
Sindicato Nacional dos Editores de Livros, RJ.

L96s	Lu, Marie, 1984- A sociedade da rosa / Marie Lu; tradução de Rachel Agavino. – 1ª ed. – Rio de Janeiro: Rocco, 2022. (Jovens de elite ; 2) Tradução de: The rose Society ISBN 978-65-5532-233-0 ISBN 978-85-7980-309-3 (e-book)
	1. Ficção chinesa. I. Agavino, Rachel. II. Título. III. Série.
22-76213	CDD-895.13 CDU-82-3(510)

Esta é uma obra de ficção. Nomes, personagens, lugares e incidentes são produtos da imaginação da autora ou foram usados de forma ficcional, e qualquer semelhança com pessoas reais, vivas ou não, empresas comerciais, companhias, eventos ou locais é mera coincidência.

Gabriela Faray Ferreira Lopes – Bibliotecária – CRB-7/6643

Este livro obedece às normas do
Acordo Ortográfico da Língua Portuguesa.

Para Cassie, sempre irmãs, não importa o que aconteça.

Adelina Amouteru

Quando eu era pequena, minha mãe passava longas tardes me contando lendas antigas. Lembro-me muito bem de uma história em especial.

Era uma vez um príncipe ganancioso que se apaixonou por uma menina má.

O príncipe tinha muito mais do que precisava, mas nunca era o bastante. Quando ficou doente, ele visitou o Reino do Grande Oceano, onde o submundo se encontra com o mundo dos vivos, para negociar mais vida com Moritas, a deusa da Morte. Como ela recusou, ele roubou seu ouro imortal e fugiu para a superfície.

Em vingança, Moritas enviou sua filha Caldora, o anjo da Fúria, para recuperar seu ouro. Caldora se materializou da espuma do mar em uma noite quente e tempestuosa, vestida de seda prateada, um belíssimo fantasma na névoa. O príncipe correu para a praia a fim de cumprimentá-la. Ela sorriu para ele e tocou seu rosto.

– O que você vai me dar em troca do meu afeto? – perguntou ela. – Está disposto a ceder seu reino, seu exército e suas joias?

O príncipe, cego por sua beleza e ansioso por se vangloriar, assentiu.

– Tudo o que você quiser – respondeu. – Eu sou o maior homem do mundo. Nem mesmo os deuses são páreo para mim.

Ele deu a Caldora seu reino, seu exército e suas joias. Ela aceitou sua oferta com um sorriso, só para então revelar sua verdadeira forma – esquelética, com barbatanas, monstruosa. Em seguida, ela queimou o reino e o puxou para o fundo do mar, para o submundo, onde sua mãe, Moritas, esperava pacientemente. Mais uma vez o príncipe tentou negociar com a deusa, mas era tarde demais. Em troca do ouro que ele havia roubado, Moritas devorou sua alma.

Penso nessa história agora, enquanto estou com minha irmã no convés de um navio mercante, olhando para a costa, onde a cidade-estado de Merroutas se ergue na névoa da manhã.

Algum dia, quando eu não for nada além de poeira e vento, que lendas vão contar sobre mim?

Era uma vez uma menina que teve um pai, um príncipe, uma sociedade de amigos. Então, eles a traíram e ela destruiu a todos.

Cidade-Estado de Merroutas

Terras do Mar

> Eles eram o raio de luz em um céu tempestuoso,
> a escuridão passageira antes do amanhecer. Nunca tinham
> existido antes, nunca existirão novamente.
> – *fonte desconhecida sobre os Jovens de Elite*

Adelina Amouteru

— Acho que ele pode estar aqui.

Sou despertada de meus pensamentos pela voz de minha irmã Violetta.

– Hum? – murmuro, enganchando o braço no dela enquanto abrimos caminho por uma rua movimentada.

Violetta franze os lábios numa expressão preocupada que conheço bem. Ela sabe que estou distraída, mas fico grata por decidir deixar passar.

– Eu disse que acho que ele pode estar aqui. Na praça principal.

É o início da noite no dia mais longo do ano. Estamos perdidas no meio de uma comemoração na cidade-estado de Merroutas, o rico e movimentado cruzamento entre Kenettra e o Império Tamouran. O sol já quase sumiu no horizonte, e as três luas estão no céu, baixas e redondas, esferas douradas maduras suspensas sobre a água. Merroutas está iluminada pelos festejos do Banquete de Verão da Criação, o início de um mês de jejum. Violetta e eu andamos em meio à multidão de foliões, perdidas no arco-íris colorido da celebração. Nós duas vestimos sedas tamouranas, os cabelos trançados e os dedos adornados com anéis de bronze. Há pessoas envoltas em guirlandas de jasmim por toda parte, espremidas em vielas estreitas e se derramando nas praças, dançando em longas fileiras em torno de templos de banho e palácios com cúpulas. Passamos por vias navegáveis apinhadas de barcos de carga e por edifícios esculpidos em ouro e prata, com milhares de círculos e quadrados. Tapeçarias ornamentadas estão penduradas nas sacadas, no ar enfumaçado. Soldados passam por nós em pequenos grupos, usando sedas ondulantes em vez da armadura pesada, o emblema com a lua e a coroa bordado em suas mangas. Eles não são a Inquisição do Eixo, mas sem dúvida já ouviram sobre as ordens de Teren, do outro lado do mar, para nos encontrar. Ficamos longe deles.

Sinto-me envolta por uma névoa, as celebrações flutuando ao meu redor. É estranho, de verdade, olhar para toda essa alegria. O que eu faço com ela? Ela não alimenta minha energia. Em vez disso, fico em silêncio e deixo Violetta nos guiar pelas ruas movimentadas, enquanto volto para meus pensamentos sombrios.

Desde que saí de Kenettra, há três semanas, tenho acordado com sussurros à minha cabeceira que desaparecem segundos depois. Outras vezes, as vozes abafadas falam comigo quando não há ninguém por perto. Elas não estão presentes o tempo todo, e nem sempre posso entendê-las quando falam comigo, mas sinto sua presença persistente nos cantos da minha mente. Há uma lâmina, uma alternância de som e silêncio, uma lâmpada escura que queima. Um fogo crescente, ameaçador. Isto é o que elas dizem:

Adelina, por que você se culpa pela morte de Enzo?

Eu deveria ter controlado melhor minhas ilusões, respondo aos sussurros em silêncio. Eu poderia ter salvado a vida de Enzo. Eu deveria ter confiado na Sociedade dos Punhais mais cedo.

Nada disso foi sua culpa, argumentam os sussurros na minha cabeça. *Afinal, você não o matou – não foi a sua arma que acabou com a vida dele. Então por que você que foi expulsa? Você não precisava voltar para a Sociedade dos Punhais – não precisava ajudá-los a resgatar Raffaele. Ainda assim, eles se viraram contra você. Por que todo mundo se esquece das suas boas intenções, Adelina?*

Por que se sentir culpada por algo que não foi culpa sua?

Porque eu o amava. E agora ele se foi.

É melhor assim, dizem os sussurros. *Você não passou a vida sentada no alto das escadas, imaginando que era uma rainha?*

– Adelina – diz Violetta.

Ela puxa meu braço e os sussurros se dispersam.

Balanço a cabeça e me obrigo a me concentrar.

– Tem certeza de que ele está aqui? – pergunto.

– Se não for ele, é outro Jovem de Elite.

Viemos a Merroutas para fugir dos olhos aguçados da Inquisição em Kenettra. É o lugar mais próximo fora do controle de Kenettra, mas vamos seguir caminho para o sul, para as Terras do Sol, longe do alcance da Inquisição.

Mas também viemos aqui por outro motivo.

Se você só tivesse ouvido histórias a respeito de um Jovem de Elite, teria sido sobre um garoto chamado Magiano. Raffaele, o belo jovem acompanhante que costumava ser meu amigo, mencionara Magiano durante as nossas tardes de treinamento. Desde então, ouvi seu nome sair dos lábios de inúmeros viajantes.

Alguns dizem que ele foi criado por lobos nas florestas densas das Ilhas de Brasa, um pequeno arquipélago no extremo leste de Kenettra. Outros dizem que ele nasceu nas Terras do Sol, nos desertos quentes de Domacca, um bastardo criado por nômades. Há rumores de que é um garoto selvagem, quase uma fera, vestido de folhas da cabeça aos pés, com a mente e as mãos hábeis como as de uma raposa. Ele apareceu de repente há vários anos e desde então conseguiu escapar de ser preso pela Inquisição dezenas de vezes, por todos os tipos de crimes, desde jogo ilegal até roubar joias da coroa da rainha de Kenettra. Segundo as histórias, ele pode atrair qualquer um direto para um penhasco e daí para o mar com a música de seu alaúde. E quando sorri, seus dentes brilham perversamente.

Embora nós saibamos que ele é um Jovem de Elite, ninguém sabe ao certo qual é o seu poder. Só podemos ter certeza de que ele foi visto recentemente aqui, em Merroutas.

Se eu ainda fosse a mesma garota de um ano atrás, quando não sabia que tinha poderes, não sei se teria coragem de procurar um Jovem de Elite tão notável. Mas desde então matei meu pai. Entrei para a Sociedade dos Punhais. Eu os traí e eles me traíram. Ou talvez tenha sido ao contrário. Nunca tenho certeza.

O que *sei* é que os Punhais agora são meus inimigos. Quando você está sozinho em um mundo que o odeia e teme, quer encontrar outros como você. Novos amigos. Amigos de *elite*. Amigos que podem ajudá-lo a construir sua própria sociedade.

Amigos como Magiano.

– *Salaam*, adoráveis meninas de Tamouran!

Entramos em outra grande praça perto da baía. Em todo o contorno da praça há barracas de comida com panelas de cozido e artistas de rua com máscaras de nariz longo, executando truques de mesa. Um dos vendedores de comida sorri quando olhamos para ele. Seu cabelo está escondido atrás de uma touca de Tamouran, e sua barba é escura e bem-aparada. Ele faz uma reverência para nós. Toco minha cabeça instintivamente. Meu cabelo prateado ainda está curto e desgrenhado por causa de minha tentativa de cortá-lo, e esta noite está escondido atrás de duas longas tiras de seda dourada, adornadas com um turbante de borlas de ouro que pendem acima de minhas sobrancelhas. Criei uma ilusão sobre o lado do meu rosto com a cicatriz. Para este homem, meus cílios pálidos são pretos, e os olhos são impecáveis.

Olho o que ele está vendendo. Panelas fumegantes de folhas de parreira recheadas, espetos de carneiro e pão ázimo quente. Fico com água na boca.

– Meninas bonitas de minha terra natal – murmura ele para nós.

Do resto do que diz, só entendo "por favor, venham" e "quebrar o jejum".

Eu sorrio de volta para ele e aceno. Nunca estive em uma cidade tão fortemente tamourana. É quase como voltar para casa.

Você poderia governar um lugar como este, dizem os sussurros na minha cabeça e meu coração se enche de alegria.

Quando nos aproximamos da barraca, Violetta pega dois talentos de bronze e os entrega ao homem. Fico para trás. Eu vejo como ela o faz rir, então ele se inclina para murmurar alguma coisa e ela cora, recatada. Violetta responde com um sorriso que poderia devastar o sol. Ao fim dessa interação, ela se afasta com dois espetos de carne. Enquanto caminha, o vendedor olha para suas costas antes de voltar a atenção para novos clientes. Ele muda a linguagem da sua saudação novamente.

– *Avei, avei!* Esqueçam o jogo e venham comer pão fresco!

Violetta me entrega um talento de bronze.

– Um desconto – diz ela. – Porque ele gostou de nós.

– Doce Violetta.

Ergo uma sobrancelha para ela e pego um dos espetos. Mantivemos nossas bolsas cheias até agora porque posso usar meus poderes para roubar moedas de nobres. Essa é a minha contribuição. Mas a habilidade de Violetta é completamente diferente.

– Nesse ritmo, eles vão nos pagar para comer a comida deles.

– É esse o objetivo.

Violetta olha para mim com um sorriso inocente que de inocente não tem nada. Percorre a praça com o olhar, parando em uma enorme fogueira que arde na frente de um templo.

– Estamos chegando mais perto – diz ela enquanto dá uma mordida delicada. – A energia dele não é muito forte. Muda à medida que avançamos.

Depois de comermos, sigo minha irmã enquanto ela pratica seu poder, guiando-nos em um padrão longo e irregular por entre as pessoas. Todas as noites, desde que fugimos de Estenzia, nos sentamos de frente uma para a outra e eu a deixo treinar comigo, do mesmo modo como ela costumava trançar meu cabelo quando éramos pequenas. Ela puxa os fios. Então eu cubro seus olhos com uma venda e caminho silenciosamente pelo cômodo, testando se ela pode ou não sentir a minha localização. Ela estende a mão para tocar os fios da minha energia, estudando sua estrutura. Posso dizer que está ficando mais forte.

Isso me assusta, mas Violetta e eu fizemos uma promessa depois que deixamos a Sociedade dos Punhais: *nunca* usaremos nossos poderes uma contra a outra. Se Violetta quer a proteção das minhas ilusões, eu sempre dou. Em troca, ela sempre vai deixar minhas habilidades intactas. Só isso.

Eu tenho que confiar em *alguém*.

Vagamos por quase uma hora antes de Violetta parar no meio da praça. Ela franze a testa. Espero ao seu lado, observando seu rosto.

– Você o perdeu?

– Talvez.

Mal posso ouvi-la por causa da música. Esperamos mais um instante antes de ela enfim se virar para a esquerda, acenando para que eu a siga.

Violetta para outra vez. Descreve um círculo e depois cruza os braços com um suspiro.

– Eu o perdi de novo. Talvez devêssemos voltar pelo caminho que viemos.

Ela acabou de pronunciar as palavras quando outro vendedor de rua nos para. Ele está vestido como todos os outros, o rosto totalmente encoberto por uma máscara *dottore* de nariz comprido, o corpo envolto em roupas coloridas que não combinam. Num segundo olhar, percebo que suas vestes são feitas da melhor seda, finamente tecidas e tingidas com tintas caras. Ele pega a mão de Violetta, leva-a até a máscara como se fosse beijá-la e põe a outra mão sobre o coração. Faz um gesto para que nós duas nos juntemos ao pequeno grupo ao redor de sua barraca.

Reconheço o esquema imediatamente – um jogo de apostas de Kenettra, no qual o operador dispõe doze pedras coloridas à sua frente e lhe pede para escolher três. Em seguida, ele mistura as pedras debaixo de copos. Muitas vezes se joga em grupo e, se você for o único a adivinhar onde estão todas as três pedras, não só ganha seu dinheiro de volta, mas também todas as outras apostas e a bolsa do operador. Uma olhada para a bolsa pesada dele me diz que ele não perde uma partida faz tempo.

O operador faz uma mesura sem dizer uma palavra e nos manda escolher três pedras. Faz o mesmo com os outros reunidos ao nosso lado. Observo enquanto dois outros foliões escolhem suas pedras com entusiasmo. Em nosso outro lado está um jovem *malfetto*. Ele é marcado pela febre do sangue com uma erupção preta indecorosa que cobre sua orelha e bochecha. Por trás de sua expressão pensativa há uma corrente de medo.

Humm. Minha energia segue na direção dele como um lobo atraído pelo cheiro de sangue.

Violetta se inclina para perto de mim.

– Vamos tentar uma rodada – diz ela, os olhos também presos ao garoto *malfetto*. – Acho que sinto alguma coisa.

Aceno para o operador e ponho dois talentos de ouro em sua mão estendida. Ele faz uma mesura com um floreio.

– Para mim e minha irmã – digo, apontando as três pedras em que queremos apostar.

O operador assente para nós em silêncio. Em seguida, começa a misturar as pedras.

Violetta e eu mantemos nossa atenção no menino *malfetto*. Ele observa os copos girarem com um olhar concentrado. Enquanto esperamos o operador, os outros jogadores olham para ele e riem. Alguns o chamam de *malfetto* com zombaria. O garoto simplesmente os ignora.

Por fim, o operador para de girar os copos. Ele alinha todos os doze, em seguida cruza os braços e sinaliza para todos os jogadores adivinharem em quais copos suas pedras se encontram.

– Quatro, sete e oito – diz o primeiro jogador, batendo na mesa do operador.

– Dois, cinco e nove – responde outro.

Mais dois dão seus palpites.

O operador se vira para nós. Levanto a cabeça.

– Um, dois e três – digo.

Os outros riem um pouco da minha aposta, mas os ignoro.

O garoto *malfetto* também faz sua aposta:

– Seis, sete e doze.

O operador levanta o primeiro copo, em seguida, o segundo e o terceiro. Eu já perdi. Finjo parecer decepcionada, mas minha atenção continua no garoto *malfetto*. *Seis, sete e doze*. Quando o operador chega ao sexto copo, vira-o para mostrar que o menino escolhera corretamente.

O operador aponta para o garoto. Ele vibra. Os outros jogadores o olham de cara feia.

O operador levanta o sétimo copo. O garoto acertou de novo. Os outros jogadores começam a olhar uns para os outros, nervosos. Se o garoto errar a última, todos nós perdemos para o operador. Se acertar, recebe todo o nosso dinheiro.

O operador vira o último copo. O garoto está certo. Ele ganha.

Bruscamente, o operador olha para cima. O garoto *malfetto* solta um grito surpreso de alegria, enquanto os outros jogadores o olham com raiva. O ódio aparece em seus peitos como faíscas, disparos de energia que se fundem em manchas pretas.

– O que você acha? – pergunto à Violetta. – Sente alguma coisa com relação à energia dele?

O olhar de Violetta permanece fixo no menino, que comemora.

– Siga-o.

O operador entrega sua bolsa com relutância, junto com o dinheiro que o restante de nós apostou. Enquanto o ganhador recolhe as moedas, observo os outros jogadores murmurando entre si. Quando o garoto deixa a barraca, os outros vão atrás dele, seus rostos contraídos e os ombros tensos.

Eles vão atacá-lo.

– Vamos – sussurro para Violetta.

Ela me segue sem dizer uma palavra.

Por um tempo, o garoto parece feliz demais com seus ganhos para reconhecer o perigo em que se meteu. Só quando chega ao limite da praça ele percebe os outros jogadores. Ele continua andando, mas agora num ritmo nervoso. Sinto seu medo crescer de forma constante, e esse doce sabor me seduz.

O rapaz dispara da praça para uma rua estreita, onde as luzes são fracas e há poucas pessoas. Violetta e eu nos escondemos nas sombras, e crio uma ilusão sutil sobre nós para nos manter escondidas. Franzo a testa para ele. Uma pessoa tão notável como Magiano certamente não seria tão sem tato.

Enfim, um dos outros jogadores o alcança. Antes que o garoto possa levantar as mãos, recebe uma rasteira.

Um segundo jogador finge tropeçar em seu corpo, mas chuta seu estômago. O garoto grita e seu medo se transforma em terror – agora posso ver os fios pairando sobre ele em uma teia escura e cintilante.

Num piscar de olhos, os outros jogadores o cercam. Um o agarra pela camisa e o joga contra a parede. Sua cabeça bate com força e, em um instante, os olhos viram para trás. Ele cai no chão e se enrola em uma bola.

– Por que você fugiu? – diz um dos jogadores. – Parecia estar se divertindo, enganando todos nós para ficar com nosso dinheiro.

Os outros se juntam:

– Para que um *malfetto* precisa de todo esse dinheiro, afinal?

– Vai contratar um *dottore* para corrigir suas cicatrizes?

– Vai pagar uma prostituta?

Eu só observo. Quando me juntei à Sociedade dos Punhais e testemunhei pela primeira vez *malfettos* sendo abusados, voltei para meu quarto e chorei. Agora, já vi isso vezes suficientes para manter o controle, para permitir que o medo dessa cena me alimente sem me sentir culpada por isso. Assim, enquanto os atacantes continuam a torturar o garoto, fico ali e não sinto nada além de expectativa.

O *malfetto* luta para ficar de pé antes que possam acertá-lo de novo. Ele dispara pela rua. Os outros o perseguem.

– Ele não é um Jovem de Elite – murmura Violetta quando eles partem. – Ela balança a cabeça, sua expressão genuinamente perplexa. – Sinto muito. Devo ter sentido alguma outra pessoa.

Não sei por que tenho vontade de continuar seguindo o grupo. Se ele não é Magiano, não tenho nenhuma razão para ajudá-lo. Talvez seja frustração reprimida ou o fascínio pelos sentimentos sombrios. Ou a lembrança da recusa dos Punhais em se arriscarem a salvar *malfettos* a menos que fossem Jovens de Elite. Talvez seja a memória de mim mesma presa a uma estaca de ferro, apedrejada, esperando para ser queimada diante de uma cidade inteira.

Por um breve momento, imagino que, se eu fosse rainha, poderia tornar crime o ato de ferir *malfettos*. Eu poderia executar os perseguidores desse menino com um único comando.

Começo a correr atrás deles.

– Vamos! – grito para Violetta.

– Não! – ela tenta me alertar, mesmo sabendo que é inútil.

– Serei boazinha – digo, sorrindo.

Ela levanta uma sobrancelha para mim.

– Sua ideia de *boazinha* é diferente da dos outros.

Nós corremos na escuridão, escondidas por uma ilusão que criei. Gritos vêm lá da frente quando o menino vira uma esquina na tentativa de despistar seus perseguidores. Não adianta. Conforme nos aproximamos, ouço os outros o pegarem, e seu grito de dor ressoa. Quando viramos a esquina também, os atacantes já o cercaram. Um deles derruba o garoto no chão com um soco no rosto.

Ajo antes que eu possa me conter. Em um único movimento, solto os fios que nos escondem. Então ando direto para o círculo. Violetta fica onde está, observando em silêncio.

Leva um tempo para os atacantes me verem ali – só quando ando até o garoto *malfetto* trêmulo e fico na frente dele é que enfim me veem. Eles hesitam.

– O que é isso? – murmura o líder, confuso por um momento.

Seus olhos percorrem a ilusão que ainda cobre meu rosto marcado. O que ele vê é uma menina bonita, inteira. Volta a sorrir.

– Essa é a sua vadia, *malfetto* imundo? – ele provoca o garoto. – Como você deu tanta sorte?

A mulher ao lado dele me lança um olhar desconfiado.

– Ela também estava apostando no nosso círculo – diz para os outros. – Provavelmente o ajudou a vencer.

– Ah, você tem razão – responde o líder. Ele se vira para mim: – Tem outros ganhos com você, então? Sua parte, talvez?

Alguns dos outros atacantes não parecem tão seguros disso. Um deles percebe o sorriso no meu rosto e me lança um olhar nervoso. Em seguida, olha para onde Violetta espera.

– Vamos acabar logo com isso – protesta ele, segurando uma bolsa. – Já recuperamos o dinheiro.

O líder estala a língua.

– Não temos o hábito de deixar as pessoas se livrarem assim – responde. – Ninguém gosta de trapaça.

Eu não devia usar meus poderes de forma tão descuidada, mas estamos em um beco isolado e não consigo resistir à tentação. Fora do círculo, Violetta puxa de leve minha energia, protestando ao pressentir meu próximo passo. Eu a ignoro e defendo minha posição, lentamente revelando a ilusão que cobre meu rosto. Meus traços tremulam e se transformam pouco a pouco, e uma longa cicatriz começa a surgir sobre meu olho esquerdo; em seguida, surge a pele desfigurada onde era meu olho, a carne dura e maltratada de uma velha ferida. Meus cílios escuros ganham um tom de prata pálido. Venho trabalhando nas minhas ilusões, em quão rápida e lentamente posso criá-las. Agora consigo manipular meus fios de energia com mais precisão. Pouco a pouco, revelo meu verdadeiro eu ao círculo de pessoas.

Eles olham, congelados, para o lado marcado de meu rosto. Estou surpresa por gostar de sua reação. Nem parecem notar o menino *malfetto* que se arrasta para fora do círculo e se encolhe contra a parede mais próxima.

O líder faz uma careta para mim antes de puxar uma faca.

– Um demônio – diz ele, com uma nota sutil de incerteza.

– Talvez – respondo.

Minha voz soa fria. Ainda estou me acostumando a ela.

O homem está prestes a atacar quando algo no chão o distrai. Ele olha para as pedras do calçamento e vê um traço muito fino de vermelho brilhante serpenteando por entre as ranhuras. Parece uma pequena criatura perdida, vagando de um lado para outro. O homem franze as sobrancelhas. Ele se inclina para a pequena ilusão.

Então a linha vermelha explode em mais uma dúzia de linhas, todas correndo em direções diferentes, deixando rastros de sangue. Todos saltam para trás.

– Mas que diabos... – começa ele.

Crio furiosamente essas linhas pelo chão e, em seguida, paredes acima, dezenas delas se transformando em centenas e em milhares, até que toda a rua esteja coberta. Reduzo a luz que emana das lanternas e crio a ilusão de nuvens de tempestade escarlate sobre nós.

O homem perde a compostura, revelando medo. Seus companheiros se afastam de mim, apressados, enquanto as linhas sangrentas cobrem a rua. O terror invade seu peito, o que desperta em mim uma onda de força e de fome. Minhas ilusões o apavoram, e seu medo, por sua vez, me faz mais forte.

Pare. Sinto Violetta puxando minha energia outra vez. Talvez eu deva. Afinal, esses atacantes já perderam a sede de dinheiro. Em vez disso, eu a dispenso e continuo. É um jogo divertido. Antes eu tinha mais vergonha desse sentimento, mas agora penso: *por que eu não deveria odiar? Por que isso não deveria me trazer alegria?*

O homem de repente levanta a faca outra vez. Continuo criando as ilusões. *Você não pode ver a faca,* os sussurros em minha mente o provocam. *Onde está ela? Estava na sua mão agora mesmo, mas você deve tê-la deixado em algum lugar.* Mesmo que eu consiga ver a arma, ele olha para sua mão com raiva e perplexidade. Para ele, a faca desapareceu por completo.

Os atacantes enfim cedem ao medo – vários fogem, outros se encolhem contra a parede, congelados. O líder se vira e tenta fugir. Mostro os dentes. Então desvio as milhares de linhas sangrentas para ele, puxando-as com toda a força possível, fazendo-o sentir o corte e a ardência de fios finos como navalhas rasgando sua carne. Seus olhos se arregalam por um instante antes que ele caia no chão, gritando. Aperto as linhas afiadas em torno dele como uma aranha pegando uma presa em sua teia de seda. *Parece que os fios estão serrando sua pele, não é?*

– Adelina – chama minha irmã com urgência. – Olhe.

Ouço seu aviso bem a tempo de ver que dois dos outros reuniram coragem suficiente para correr em minha direção – a mulher que me reconhecera mais cedo e outro homem. Eu ataco, direcionando a ilusão para eles também. Eles caem. Pensam que sua pele está sendo arrancada da carne, e a agonia os faz se dobrarem ao meio.

Estou tão concentrada que minhas mãos tremem. O homem se esforça para ir em direção ao final da rua, e permito que ele rasteje. Como deve ser ver o mundo de seu ponto de vista agora? Continuo derramando a ilusão sobre ele, imaginando o que ele deve estar vendo e sentindo. Ele começa a soluçar, usando toda a sua força para cada movimento.

É bom ser poderosa. Ver os outros se curvarem à sua vontade. Imagino que deve ser assim que reis e rainhas se sintam – com apenas algumas palavras, podem iniciar uma guerra ou escravizar um povo inteiro. Devia ser a respeito disso que eu fantasiava quando era pequena, agachada nas escadas da minha antiga casa, fingindo usar uma coroa pesada e olhar para um mar de pessoas ajoelhadas.

– Adelina, não – sussurra Violetta.

Ela agora está de pé ao meu lado, mas estou tão concentrada que quase não a sinto ali.

– Você já deu a eles uma lição boa o bastante. Deixe-os em paz.

Aperto os punhos e continuo.

– Você poderia me parar – respondo com um sorriso tenso –, se realmente quisesse.

Violetta não rebate meu argumento. Talvez, no fundo, ela até queira que eu faça isso. Ela quer ver eu me defender. Mas então, em vez de me obrigar a parar, ela põe a mão no meu braço, me lembrando da nossa promessa uma à outra.

– O menino *malfetto* escapou – diz ela. Sua voz é muito suave. – Guarde sua fúria para algo maior.

Algo em sua voz acaba com a minha raiva. De repente, sinto o cansaço de usar tanta energia de uma vez só. Liberto o homem das minhas ilusões. Ele cai sobre as pedras, apertando o peito como se ainda pudesse sentir os fios cortando sua carne. Seu rosto está sujo de lágrimas e saliva. Dou um passo para trás, sentindo-me fraca.

– Você está certa – murmuro para Violetta.

Ela suspira de alívio e me segura para me apoiar.

Eu me inclino sobre o líder do grupo, para que ele possa dar uma boa olhada no meu rosto marcado. Ele nem consegue olhar para mim.

– Vou ficar de olho em você – aviso.

Não importa se minhas palavras são verdadeiras ou não. Em seu estado, sei que ele não vai ter coragem de me testar. Ele apenas assente, em um movimento rápido e espasmódico. Em seguida, se levanta, cambaleante, e foge.

Os outros fazem o mesmo. Seus passos ecoam pela rua até virarem a esquina, onde o som se mistura ao barulho das festividades. Em sua ausência, solto a respiração, agora com bem menos coragem, e me viro para Violetta. Ela parece mortalmente pálida. Sua mão aperta a minha com tanta força que os nós de nossos dedos estão brancos. Ficamos paradas, juntas, na rua agora silenciosa. Balanço a cabeça.

O menino *malfetto* que salvamos não poderia ser Magiano. Ele não é um Jovem de Elite. E, mesmo que fosse, já fugiu. Suspiro, me ajoelho e me equilibro no chão. Todo o incidente só me deixou amarga. *Por que você não o matou?*, dizem os sussurros em minha cabeça, chateados.

Não sei quanto tempo ficamos ali até que uma voz fraca e abafada acima de nós nos assusta.

– Chega de ser boazinha, hein?

A voz é estranhamente familiar. Eu olho ao redor para os andares mais altos, mas é difícil identificar qualquer coisa na escuridão. Dou um passo de volta para o meio da rua. Ao longe, o som das celebrações continua.

Violetta aperta minha mão. Seus olhos estão fixos em uma varanda à nossa frente.

– Ele – sussurra.

Quando olho, finalmente vejo uma figura mascarada encostada na beira da varanda de mármore, nos observando em silêncio – é o operador da nossa aposta.

Minha irmã se inclina para mim.

– Ele é um Jovem de Elite. Foi *ele* que eu senti.

> A ironia da vida é que aqueles que usam máscaras
> muitas vezes nos dizem mais verdades do que aqueles de cara lavada.
> – Baile de máscaras, *de Salvatore Laccona*

Adelina Amouteru

Ele não reage ao nos ver olhando.

Em vez disso, continua apoiado contra a parede e solta um alaúde das costas. Dedilha algumas cordas, pensativo, como se afinasse o instrumento, e depois arranca a máscara *dottore* com um grunhido de impaciência. Dezenas de tranças longas e escuras caem ao redor de seus ombros. Suas vestes estão soltas e desabotoadas até a metade do peito, e várias pulseiras de ouro espessas adornam seus dois braços, brilhando contra a pele bronzeada. Não consigo distinguir seus traços, mas, mesmo de onde estou, posso ver que seus olhos têm cor de mel e parecem brilhar na noite.

– Estive observando vocês duas caminhando pela multidão – continua ele, com um sorriso malicioso.

Seu olhar se volta para Violetta.

– É impossível não notar alguém como você. Você deve deixar um longo e perigoso rastro de corações partidos. No entanto, tenho certeza de que pretendentes continuam se jogando a seus pés, desesperados por uma chance de ganhar seu afeto.

Violetta franze a testa.

– Como assim?

– Você é linda.

Violetta fica muito vermelha. Dou um passo em direção à varanda.

– E quem é você? – grito para ele.

Suas notas se transformam em melodia quando ele começa a tocar de verdade. A melodia me distrai – apesar de sua atitude irreverente, ele toca com habilidade. Uma habilidade *hipnotizante*. Havia um lugar, atrás da minha antiga casa, onde Violetta e eu costumávamos nos esconder nas cavidades das árvores. Sempre que o vento soprava através das folhas, soava como uma risada no ar, e imaginávamos que era a risada dos deuses desfrutando de uma tarde fria de primavera. A música desse homem misterioso lembra aquele som. Seus dedos correm pelas cordas do alaúde num carinho fluido, a canção tão natural como um pôr do sol.

Violetta olha para mim e percebo que ele está criando a melodia na hora.

Ele pode atraí-la direto para um penhasco e para o mar com a música de seu alaúde.

– Quanto a *você* – diz ele entre as notas, desviando sua atenção de Violetta para mim. – Como você fez aquilo?

Pisco algumas vezes, ainda distraída.

– Como fiz o quê?

Ele faz uma pausa longa o suficiente para me lançar um olhar irritado.

– Ora, pelo amor dos deuses, deixe de ser tão tímida. – Sua voz permanece indiferente enquanto ele toca. – Você é obviamente uma Jovem de Elite. Então. Como fez aquilo, com as linhas de sangue e a faca?

Violetta faz um gesto com a cabeça, em silêncio, antes de eu falar:

– Minha irmã e eu estamos à procura de alguém há meses.

– É mesmo? Não sabia que meu pequeno estande de jogo era tão popular.

– Estamos procurando um Jovem de Elite chamado Magiano.

Ele para de falar e toca uma série rápida de notas. Seus dedos voam pelas cordas do alaúde em um borrão, mas cada nota sai nítida e clara, pura perfeição. Ele toca pelo que parece um bom tempo. Há uma história em suas notas enquanto compõe a melodia, algo alegre e melancólico, talvez até engraçado, alguma piada secreta. Quero que ele nos responda, mas, ao mesmo tempo, não quero que pare de tocar.

Finalmente, ele para e olha para mim.

– Quem é Magiano?

Violetta emite um som abafado e não consigo deixar de cruzar os braços e bufar em descrença.

– Você sem dúvida já ouviu falar de Magiano – diz minha irmã.

Ele vira a cabeça para o lado e oferece a Violetta um sorriso cativante.

– Se veio aqui perguntar minha opinião sobre pessoas imaginárias, meu amor, então está desperdiçando seu tempo. O único Magiano de que já ouvi falar é uma ameaça que as mães usam para fazer seus filhos dizerem a verdade.

Ele acena no ar com a mão.

– Você sabe. "Se não parar de mentir, Magiano vai roubar a sua língua. Se você não pagar o tributo adequado aos deuses no Sapiendia, Magiano vai devorar seus bichinhos de estimação."

Abro a boca para dizer algo, mas ele continua, como se estivesse falando consigo mesmo:

– Isso é prova suficiente, eu acho. – Ele dá de ombros. – Comer animais é nojento, e roubar línguas é grosseiro. Quem faria uma coisa dessas?

Uma pequena ponta de dúvida se insinua em meu peito. E se ele estiver dizendo a verdade? Ele certamente não se parece com o garoto das histórias.

– Como você opera seu jogo de apostas e vence com tanta frequência?

– Ah, *isso*.

Ele continua tocando sua música por um tempo. Então para de repente, se inclina para nós e levanta as duas mãos. Sorri de novo, mostrando os dentes.

– *Magia*.

Sorrio de volta.

– Truques de Magiano, você quer dizer.

– É daí que vem a palavra? – pergunta ele, despreocupado, antes de se recostar novamente. – Eu não sabia.

Seus dedos encontram as cordas do alaúde e continuam a tocar. Posso dizer que ele está perdendo o interesse em nós.

– Nada mais do que habilidade manual, meu amor, truques de luz e uso perspicaz de distração. E, você sabe, a ajuda de um assistente. Ele provavelmente ainda está escondido em algum lugar, garoto estúpido, completamente assustado. Eu avisei para ele não correr – diz ele, antes de uma pausa. – É por isso que estou aqui falando com vocês, sabe. Eu queria dizer que sou grato por terem salvado meu ajudante, e agora vou deixá-las aproveitar sua noite. Boa sorte para encontrar o seu Jovem de Elite.

O outro malfetto *estava trabalhando com ele o tempo todo.* Respiro fundo. Algo no modo como ele diz *Jovem de Elite* desperta uma memória antiga. Ele *soa* familiar. Sei que já ouvi sua voz antes. Mas onde? Franzo a testa, tentando recordar. *Onde, onde...*

E então me dou conta.

Meu companheiro de prisão. Quando a Inquisição me prendeu pela primeira vez e me jogou em suas masmorras, eu tinha um companheiro meio louco na cela ao lado. Uma voz que meio ria e meio cantava, de alguém que eu achava que tivesse enlouquecido por conta do longo encarceramento.

Menina. Dizem que você é uma Jovem de Elite. Você é?

Ele vê o reconhecimento em meus olhos, porque para de tocar mais uma vez.

– Você está com uma cara muito estranha – diz. – Comeu um espeto de cordeiro ruim? Isso aconteceu comigo uma vez.

– Nós estivemos juntos na prisão.

Ele para ao ouvir minhas palavras. Congela.

– Como?

– Estivemos na mesma prisão. Na cidade de Dalia, há alguns meses. Você deve se lembrar... conheço a sua voz.

Respiro fundo, revisitando a lembrança.

– Fui condenada à fogueira naquele dia.

Quando estreito o olho para ele na escuridão, noto que parou de sorrir. Ele lança um olhar para mim.

– Você é Adelina Amouteru – murmura ele para si mesmo, seu olhar vagando pelo meu rosto com interesse renovado. – Sim, claro, é *claro* que é. Eu deveria ter sentido.

Assinto. Por um momento, me pergunto se disse mais do que devia. Será que ele sabe que a Inquisição está atrás de nós? E se decidir nos entregar aos soldados de Merroutas?

Ele me estuda pelo que parecem horas.

– Você salvou minha vida naquele dia – acrescenta.

Franzo a testa, confusa.

– Como?

Ele sorri de novo, mas é diferente do sorriso doce que dirigiu à Violetta. Não, nunca vi um sorriso como esse – felino, que se inclina para os cantos dos olhos e lhe traz, por um momento, um olhar feroz e selvagem. As pontas de seus caninos brilham. Sua expressão transformou todo o seu rosto, tornando-o alguém ao mesmo tempo intimidante e carismático, e cada fio de sua atenção está agora voltado para mim, como se não existisse nada mais no mundo. Ele parece ter se esquecido completamente de Violetta. Não sei o que fazer com isso, mas posso sentir meu rosto começando a ficar vermelho.

Ele olha para mim sem piscar, cantarolando a música enquanto toca. Então, olha para o lado e volta a falar:

– Se está à procura de Magiano, terá mais chance de encontrá-lo nas salas de banho abandonadas do sul de Merroutas, um edifício antes chamado de Pequenos Banhos de Bethesda. Vá lá amanhã, à primeira luz do dia. Ouvi dizer que ele prefere negociar em lugares privados.

Ele ergue um dedo e continua:

– Mas saiba de antemão que ele não recebe ordens de ninguém. Se quiser falar com ele, tem que lhe dar uma boa razão.

Antes que Violetta ou eu possamos responder qualquer coisa, ele se afasta da varanda, vira as costas e desaparece dentro do prédio.

Raffaele Laurent Bessette

Névoa. De manhã cedo.

A lembrança de um menino agachado, com os pés descalços, na porta da casa imunda de sua família, brincando com gravetos na lama. Ele ergueu os olhos e viu um velho seguindo seu caminho pela estrada de terra da cidade, o pônei esquelético puxando uma carroça. O menino parou de brincar. Gritou pela mãe e se levantou quando a carroça chegou mais perto.

O homem parou diante dele. Os dois se entreolharam. Havia algo no rosto fino da criança, em seus olhos – um, quente como mel, o outro, de um verde brilhante como esmeralda. Mas era mais do que isso – enquanto o homem continuava a olhar, deve ter se perguntado como alguém tão jovem podia ter uma expressão tão sábia.

Ele entrou na pequena casa para falar com a mãe. Foi preciso alguma negociação – ela não quis deixá-lo entrar até ele dizer que havia uma oportunidade para ela ganhar algum dinheiro.

– Você não vai encontrar muitos clientes nesta região para comprar bugigangas e poções – disse a mãe ao homem, torcendo as mãos no pequeno cômodo escuro que dividia com os seis filhos.

Ele se sentou na cadeira que ela lhe ofereceu. Os olhos dela corriam constantemente de uma coisa para outra, incapazes de ficar quietos.

– A febre do sangue nos devastou. Levou meu marido e meu filho mais velho no ano passado. Marcou dois dos meus outros filhos, como você pode ver.

Ela apontou para o menino, que os olhava calmamente com seus olhos de pedras preciosas, e para seu irmão.

– Esta sempre foi uma aldeia pobre, senhor, mas agora está à beira do colapso.

O menino notou os olhos do homem se desviando para ele algumas vezes.

– E como você está se virando sem o seu marido? – perguntou o homem.

A mãe balançou a cabeça.

– Eu me esforço trabalhando em nossos campos. Vendi algumas das nossas posses. Nossa farinha de pão vai durar mais algumas semanas, mas está cheia de vermes.

O homem escutou sem dizer uma palavra. Não mostrou interesse no irmão marcado do menino. Quando a mãe terminou, ele se recostou e balançou a cabeça.

– Faço entregas entre as cidades portuárias de Estenzia e Campagnia. Quero perguntar sobre o seu menino menor, aquele com olhos de duas cores.

– O que você quer saber?

– Pago cinco talentos de ouro por ele. É um belo menino... vai ter um bom valor em uma grande cidade portuária.

No silêncio atordoado da mãe, o homem continuou:

– Há cortes em Estenzia que têm mais joias e riquezas do que você jamais sonhou ser possível. São mundos de brilho e prazer, e estão sempre precisando de sangue novo – disse, assentindo para a criança.

– Quer dizer que você vai levá-lo a um bordel.

O homem olhou para a criança outra vez.

– Não. Ele é muito refinado para um bordel.

Ele se inclinou mais para perto da mulher e baixou a voz:

– Seus filhos marcados terão uma vida difícil aqui. Já ouvi histórias de outras aldeias que largaram suas crianças nas florestas, com medo de que elas trouxessem doença e infelicidade para todos. Eu os vi queimar crianças, *bebês*, vivos nas ruas. Vai acontecer aqui também.

– Não vai – respondeu a mulher ferozmente. – Nossos vizinhos são pobres, mas são boas pessoas.

– O desespero desperta a escuridão em todos – disse o homem, dando de ombros.

Os dois discutiram até a noite cair. A mãe continuou a recusar.

A criança ouvia em silêncio, pensando. Quando a noite finalmente chegou, ele se levantou e calmamente pegou a mão da mãe. Disse a ela que iria com o homem. A mãe lhe deu um tapa, disse que ele não faria isso, mas ele não se moveu.

– Todo mundo vai morrer de fome – disse ele baixinho.

– Você é jovem demais para entender o que está sacrificando – repreendeu a mãe.

Ele olhou para seus outros irmãos.

– Vai ficar tudo bem, Mama.

A mãe olhou para o belo menino, admirou seus olhos e passou a mão pelo seu cabelo preto. Brincou com os poucos fios brilhantes cor de safira. Ela o puxou para junto de si e chorou. Ficou grudada com ele por um longo tempo. Ele retribuiu o abraço, orgulhoso de si mesmo por ajudar a mãe, sem saber o que isso significava.

– Doze talentos – disse ela para o homem.

– Oito – respondeu ele.

– Dez. Não vou abrir mão do meu filho por menos que isso.

O homem ficou em silêncio por um tempo.

– Dez – concordou.

A mãe trocou algumas palavras com o homem em voz baixa e depois soltou a mão do filho.

– Qual é o seu nome, menino? – perguntou o homem, enquanto o ajudava a subir em sua carroça frágil.

– Raffaele Laurent Bessette.

A voz da criança era solene, o olhar ainda fixo na casa. Já estava começando a sentir medo. Sua mãe poderia ir visitá-lo? Será que isso significava que ele nunca mais veria a família?

– Bem, Raffaele – respondeu o homem, batendo nos quartos da égua com o chicote.

Ele distraiu o menino, dando-lhe um pedaço de pão e queijo.

– Você já foi à capital de Kenettra?

Duas semanas mais tarde, o homem vendeu o menino para a Corte Fortunata de Estenzia por três mil talentos de ouro.

Os olhos de Raffaele estremecem e se abrem para a luz fraca do amanhecer, que se derrama pela janela. Lá fora, a neve cai depressa.

Ele treme. Mesmo o bruxulear da lareira e as peles empilhadas em sua cama não são suficientes para manter longe o frio cortante. A pele de Raffaele pinica com o frio. Ele puxa os cobertores até o queixo e tenta voltar a dormir, mas duas semanas em um navio em águas tempestuosas do norte de Kenettra a Beldain cobram seu preço, e o corpo de Raffaele dói de exaustão. O castelo de verão da rainha de Beldain é um lugar frio e úmido, ao contrário das salas de mármore brilhante de Estenzia e dos jardins quentes e ensolarados. Ele não consegue se acostumar a um verão tão frio. Os outros Punhais também devem estar tendo problemas para descansar.

Após um tempo, ele suspira, afasta as peles e sai da cama. A luz realça seu abdome rijo, os músculos magros e o pescoço fino. Ele caminha em silêncio até o pé da cama, onde seu manto está estendido. Já havia usado esse manto antes, presente de uma nobre kenettrana, a duquesa de Campagnia, há vários anos. Ela se apaixonara tão cegamente por Raffaele, na verdade, que gastou grande parte de sua fortuna apoiando os Punhais. Quanto mais poderosos eram seus clientes, mais tentavam comprar seu amor.

Ele se pergunta se a duquesa está bem. Depois que os Punhais fugiram de Kenettra, enviaram pombos-correio para entrar em contato com seus patrocinadores. A duquesa estava entre os que nunca responderam.

Raffaele veste o longo manto, que cobre seu corpo da cabeça aos pés. O tecido pesado e luxuoso se arrasta no chão e brilha sob a luz. Ele passa os dedos ao longo do cabelo preto e comprido, e o prende em um coque elegante no topo da cabeça. No sol frio da manhã, minúsculos traços de safira brilham em seu cabelo. Suas mãos percorrem a superfície fria de suas mangas.

Ele lembra a noite em que Enzo visitou seus aposentos, quando ele alertara o príncipe pela primeira vez sobre Adelina. Seus dedos param por um momento, suspensos em sofrimento.

De nada adianta reviver o passado. Raffaele lança um olhar para a lareira e sai do quarto em silêncio. Suas vestes se arrastam atrás dele como um lençol de veludo pesado.

Os corredores têm cheiro ruim – séculos de pedra velha e úmida e as cinzas de tochas antigas. Aos poucos, eles se iluminam até se abrirem para os jardins do castelo de verão. As flores estão pulverizadas com uma fina camada de neve que terá derretido à tarde. Daqui, Raffaele pode ver os andares mais baixos do castelo e, para além deles, as costas rochosas de Beldain. Uma rajada fresca entorpece suas bochechas e sopra fios de cabelo em seu rosto.

Seu olhar se desloca para o pátio principal, atrás dos portões da frente do castelo.

Normalmente, o espaço estaria calmo a esta hora. Mas hoje *malfettos* fugindo de Estenzia espalham desordem no pátio, reunidos em torno de pequenas fogueiras e sob cobertores velhos. Outro navio de *malfettos* deve ter chegado no meio da noite. Raffaele observa os aglomerados de pessoas se moverem e volta para dentro do castelo para descer.

Vários *malfettos* reconhecem Raffaele enquanto ele caminha no pátio principal. Seus rostos se iluminam.

– É o líder dos Punhais! – exclama um.

Outros avançam correndo, ansiosos para tocar as mãos e os braços de Raffaele, torcendo para terem um momento com ele e com sua habilidade de acalmá-los. É um ritual diário. Raffaele para no meio deles. Tantas pessoas implorando por conforto.

Seu olhar recai sobre um menino careca bem mais alto do que ele, seu cabelo tomado há muito tempo pela febre. Raffaele também o vira esperando no dia anterior. Ele faz um gesto para o menino se aproximar. Seus olhos se arregalam em surpresa, e então ele corre para o lado de Raffaele.

– Bom dia – diz ele.

Raffaele olha para ele com cuidado.

– Bom dia.

O menino baixa a voz. Parece nervoso agora que conseguiu chamar a atenção de Raffaele antes de todos os outros.

– Pode vir ver minha irmã? – pergunta.

– Sim – responde Raffaele sem hesitação.

O menino careca se ilumina com a resposta. Como todo mundo, parece incapaz de tirar os olhos do rosto de Raffaele. Ele toca o braço do jovem acompanhante.

– Por aqui.

Raffaele o segue através dos grupos de *malfettos*. Uma marca escura e áspera que se espalha por todo um antebraço. Uma orelha com cicatrizes e cabelo escuro salpicado de prata. Olhos de cores diferentes. Silenciosamente, Raffaele memoriza as marcas que vê. Sussurros irrompem por onde quer que ele passe.

Eles chegam à irmã do menino. Ela está encolhida em um canto do pátio, escondendo o rosto atrás de um xale. Quando vê Raffaele se aproximar, encolhe-se ainda mais e baixa os olhos.

O menino se inclina para Raffaele quando se aproximam dela.

– Um Inquisidor a agarrou na noite em que quebraram vitrines de lojas em Estenzia – murmura.

Ele se inclina mais para perto e sussurra algo no ouvido de Raffaele. Enquanto escuta, Raffaele estuda a menina, notando um arranhão aqui, um hematoma ali, preto e azul marcando a pele de suas pernas.

Quando o menino acaba de falar, Raffaele assente em entendimento. Ele recolhe o manto sob as pernas e se ajoelha ao lado dela. Uma onda de sua energia se derrama sobre ele. Raffaele estremece. Uma tristeza e um medo esmagadores. *Se Adelina estivesse aqui, usaria isso.* Ele toma muito cuidado para não tocar a menina. Alguns clientes tinham feito o mesmo com ele em seu quarto, o deixado ferido e trêmulo – a última coisa que ele queria depois era sentir qualquer mão em sua pele.

Por um longo tempo, Raffaele, sentado, não diz nada. A menina olha para ele em silêncio, fascinada pelo seu rosto. A tensão em seus ombros não se dissipa. De início, Raffaele sente uma onda de ressentimento e hostilidade emanando dela diante de sua presença, mas não desvia o olhar.

Enfim, a garota fala:

– O Inquisidor Chefe vai nos escravizar. Foi isso que ouvimos.

– Sim.

– Dizem que a Inquisição criou campos de escravos ao redor de Estenzia.

– É verdade.

Ela parece surpresa com sua recusa em suavizar o golpe.

– Dizem que vão matar todos nós depois que terminarem conosco.

Raffaele fica em silêncio. Sabe que não precisa dizer nada para dar a ela uma resposta.

– Os Punhais vão detê-lo?

– Os Punhais vão destruí-lo – responde Raffaele. As palavras soam estranhas em sua voz suave, como metal cortando seda. – Vou cuidar disso pessoalmente.

Os olhos da menina percorrem seu rosto outra vez, absorvendo sua beleza delicada. Raffaele estende uma das mãos para ela e espera pacientemente. Depois de um tempo, ela estende a própria mão. Ela o toca, hesitante, e arqueja. Com esse contato, Raffaele puxa suavemente as cordas de seu coração, compartilhando sua mágoa, acalmando e acariciando tanto quanto pode, substituindo a tristeza por conforto. *Eu sei*. Lágrimas ardem nos olhos da menina. Ela mantém sua mão ali por um longo tempo, até que enfim a recolhe, encolhendo-se outra vez, com o rosto virado para baixo.

– Obrigado – sussurra seu irmão. Outros grupos atrás de Raffaele observam com admiração. – É a primeira vez que ela fala desde que deixou Estenzia.

– Raffaele!

A voz de Lucent corta a cena. Raffaele se vira para ver a Caminhante do Vento abrir caminho entre a multidão, os cachos acobreados saltando no ar. Em sua terra natal, ela tem a aparência típica de uma garota de Beldain, com peles grossas em torno do pescoço e dos pulsos, e uma fileira de contas tilintando em seu cabelo. Ela para diante dele.

– Detesto interromper sua sessão de cura diária – diz ela, fazendo um gesto para que ele a siga –, mas ela chegou tarde na noite passada. Pediu para nos ver.

Raffaele acena um adeus aos *malfettos* no pátio antes de acertar seu ritmo com o de Lucent. Ela parece agitada, possivelmente por ter que encontrá-lo, e esfrega os braços sem parar.

– Os verões de Kenettra me deixaram mole – reclama enquanto seguem. – Este frio está fazendo meus ossos doerem. – Como Raffaele não responde, ela volta sua irritação contra ele. – Você realmente tem tanto tempo livre? – pergunta. – Lançar olhares tristes para os refugiados *malfettos* todos os dias não vai nos ajudar a contra-atacar a Inquisição.

Raffaele não se dá ao trabalho de olhar para ela.

– O menino careca é um Jovem de Elite – responde.

– Sério? – rebate Lucent, incrédula.

– Percebi isso ontem – continua ele. – Uma energia muito sutil, mas está lá. Vou mandar buscá-lo mais tarde.

Lucent olha pra ele. Raffaele pode ver a descrença em seus olhos, em seguida o aborrecimento por ele tê-la surpreendido. Finalmente, ela dá de ombros.

– Ah, você sempre tem uma boa razão para suas gentilezas, não é? – murmura. – Bem, Michel diz que eles estão lá nas colinas.

Seus passos se aceleram.

Raffaele não acrescenta que seu coração ainda está pesado, como sempre fica depois que atende aos *malfettos*. Que ele gostaria de ter ficado mais tempo, para que pudesse ajudá-los mais. Não há nenhum sentido em mencionar isso.

– Sua rainha vai me perdoar – diz ele.

Ao ouvir isso, Lucent bufa e cruza os braços. No entanto, sob sua aparência indiferente, Raffaele pode sentir os fios de sua energia se torcerem dolorosamente, um nó de paixão e desejo que se apertou mais e mais ao longo dos anos, ansiosa para se reunir à princesa de Beldain. Quanto tempo se passou desde que Lucent foi banida de Beldain – há quanto tempo está separada de Maeve? Raffaele, por empatia, se torna menos duro com ela. Ele toca seu braço uma vez – os fios de energia em torno dela brilham e ele os pega, puxando seus poderes, para acalmá-la. Ela olha para ele com uma sobrancelha arqueada.

– Você vai vê-la – diz Raffaele. – Eu prometo. Lamento ter feito você esperar.

Lucent relaxa um pouco com seu toque.

– Eu sei.

Os dois chegam a uma entrada de pedra alta que se abre para as vastas pradarias atrás do castelo. Um grupo de soldados treina no quintal. Lucent tem que conduzir Raffaele em um amplo arco em torno dos pares que duelam, até que deixam o castelo para trás e entram em um caminho de grama alta. Eles sobem uma pequena colina. Raffaele treme com o vento, piscando através dos flocos de neve, e aperta mais o manto ao redor dos ombros.

Os outros dois Punhais finalmente entram no seu campo de visão quando eles chegam ao topo da colina. Michel, o Arquiteto, trocou seu traje kenettrano pelas grossas peles beldaínas que escondem seu pescoço. Ele fala em voz baixa com a garota ao seu lado, Gemma, a Ladra de Estrelas, ainda teimosamente usando seu vestido kenettrano favorito. Mesmo com um casaco beldaíno jogado sobre os ombros, ela treme de frio. Ambos erguem os olhos e interrompem sua conversa para cumprimentar Lucent e Raffaele.

O olhar de Gemma é o que se sustenta por mais tempo. Raffaele sabe que ela ainda está esperando ouvir notícias do pai, que talvez Raffaele traga novidades, mas ele apenas balança a cabeça. Barão Salvatore é outro ex-patrono da Sociedade dos Punhais que não respondeu às suas mensagens. Gemma desvia o olhar, decepcionada.

Raffaele volta a atenção para os outros na clareira. No centro de um círculo de soldados alinhados está um punhado de nobres – príncipes, a julgar por suas mangas azul-escuras – e um enorme tigre branco com listras douradas. O animal abana a cauda preguiçosamente pela grama, e seus olhos estão estreitados, sonolentos. A atenção de todos está voltada para os dois adversários que duelam no centro da clareira. Um deles é um príncipe de cabelo louro-claro e cara feia. Ele ataca com sua espada.

A oponente é uma jovem – uma menina – com a capa forrada de peles. Uma forte mancha dourada marca uma de suas bochechas, e seu cabelo, meio preto e meio dourado, está preso em uma série elaborada de tranças que parecem a pelugem das costas de um lobo furioso. Ela se esquiva do golpe com facilidade, lança um sorriso brilhante para o príncipe e agita sua própria espada para bater na dele. A lâmina cintila na luz.

Michel se aproxima de Raffaele.

– Ela é rainha agora – murmura. – Sua mãe morreu há várias semanas. Sem querer me dirigi a ela como Sua Alteza Real... Não faça a mesma coisa.

Raffaele assente.

– Obrigado pelo aviso.

Sua Majestade, a Rainha Maeve de Beldain. Ele franze a testa enquanto ela duela. Há uma energia em torno dela, os fios incomuns que devem pertencer a um Jovem de Elite. Ninguém nunca tinha mencionado isso sobre a princesa de Beldain – mas os sinais estão todos lá, brilhando em uma cortina de fios que se movem ao seu redor. *Será que ela sabe? Por que manteria isso em segredo?*

A atenção de Raffaele então se volta para um dos príncipes que está assistindo. O mais novo. Franze ainda mais a testa. Há uma energia em volta dele também. Não como a energia de um Jovem de Elite, mas fios de vigor, do mundo que está *vivo*. Raffaele pisca, confuso. Quando estende a mão para tocar essa força estranha, sua própria força recua imediatamente, como se queimada por algo frio como gelo.

O barulho das espadas o traz de volta para assistir ao duelo. Maeve ataca repetidamente o irmão mais velho. Ela o empurra para a borda do círculo, onde os soldados estão de guarda – e então, de repente, seu irmão começa a revidar violentamente, empurrando-a de volta para o centro. Raffaele os observa com atenção. Mesmo que o príncipe seja uns bons trinta centímetros mais alto que Maeve, ela não parece intimidada. Em vez disso, grita uma provocação quando empurra a lâmina dele de novo, ri e gira. Ela tenta pegar o irmão desprevenido, mas ele prevê seu movimento. De repente, ele se agacha, mirando as pernas dela. Maeve vê seu erro tarde demais – e cai.

O príncipe está sobre ela, com a espada apontada para seu peito. Ele balança a cabeça.

– Melhor – diz. – Mas você ainda ataca com muita ansiedade antes de saber exatamente onde vou golpear.

Ele aponta para o braço e faz um movimento lento e oscilante.

– Está vendo isso? Isso é o que você não pegou. Olhe para o ângulo antes de escolher atacar.

– Ela pegou, Augustine – interrompe um dos outros príncipes, piscando para Maeve. – Ela só não reagiu rápido o bastante.

– Eu teria reagido rápido o bastante para desviar dos *seus* ataques – responde Maeve, apontando a espada para seu segundo irmão.

Vários dos outros príncipes riem da resposta.

– E você voltaria para casa mancando ao anoitecer.

Ela embainha sua espada, caminha para acariciar atrás das orelhas do tigre e acena para Augustine.

– Vou melhorar, prometo. Vamos praticar outra vez à tarde.

Raffaele observa o príncipe dirigir à irmã um sorriso e uma reverência.

– Como quiser – garante ele.

Em seguida, respondendo a um gesto dos irmãos, ela volta a atenção para os Punhais. Michel e Gemma se ajoelham imediatamente. Os olhos dela caem pela primeira vez em Lucent – um indício de reconhecimento atravessa seu rosto – e seu humor alegre na mesma hora se torna sério. Ela não diz nada. Em vez disso, espera enquanto Lucent se ajoelha e inclina a cabeça, seus cachos caindo para a frente. Maeve a observa por mais um instante. Então seu olhar penetrante se volta para Raffaele, que baixa os cílios. Ele segue o exemplo de Lucent.

– Sua Majestade – diz.

Ela pousa a mão no punho da espada. Seu rosto ainda está corado de animação.

– Olhe para mim – ordena.

Quando ele obedece, continua:

– Você é Raffaele Laurent Bessette? O Mensageiro?

– Sou eu, Sua Majestade.

Maeve o observa por um momento. Parece estudar o verde-brilhante de seu olho esquerdo e, em seguida, o mel dourado do direito. Os dentes dela brilham em um sorriso selvagem.

– Você é tão bonito quanto dizem. Um belo nome para um belo rosto.

Raffaele permite-se corar, inclinando a cabeça do jeito familiar e sutil que sempre usava com seus clientes.

– Você me honra, Majestade. Fico lisonjeado que minha reputação tenha chegado tão longe quanto Beldain.

Maeve o observa, pensativa.

– Você foi o conselheiro mais confiável do príncipe Enzo. Ele falou de você com muito carinho. E agora vejo que assumiu seu lugar como líder dos Punhais. Parabéns.

O coração de Raffaele dispara enquanto ele tenta ignorar a pontada familiar que o nome de Enzo traz.

– Não é algo que eu comemore – responde.

O olhar de Maeve se suaviza por um instante, talvez lembrando a morte de sua mãe. Parece haver algo mais sobre a morte de Enzo que a intriga, uma emoção que Raffaele sente em seu coração, mas ela decide não falar nada, deixando-o curioso.

– Claro que não – diz ela por fim.

Augustine sussurra algo em seu ouvido. A jovem rainha se inclina para ele e, embora se concentre em Raffaele, ele percebe, pela mudança em sua energia, que ela na verdade *quer* prestar atenção em Lucent.

– A morte do príncipe Enzo não me foi favorável, pois eu esperava que ele abrisse o comércio entre Kenettra e Beldain. Também não é favorável a você, Mensageiro, porque ele o deixou sem líder. Mas o rei também morreu. Giulietta governa em seu lugar agora, você diz, e novos refugiados *malfetto* chegam a meu país todos os dias.

– Você é gentil por nos receber, Majestade.

– Bobagem.

Maeve faz um aceno de mão impaciente, pedindo que todos se levantem. Quando o fazem, ela assobia para seus cavalos. O tigre branco se levanta de onde estivera descansando e passeia até o lado dela.

– Os deuses criaram a febre do sangue, Raffaele – diz ela, enquanto todos sobem nas selas –, e assim também criaram os marcados e os Jovens de Elite. É blasfêmia matar os filhos dos deuses.

Ela bate nos flancos de seu cavalo com os calcanhares e começa a guiá-los para uma colina mais alta.

– Mas não os recebi por bondade. Seus Punhais estão enfraquecidos agora. Seu líder está morto, e ouvi rumores de que uma das suas lhes virou as costas, que ela estava trabalhando com a Inquisição. Seus patronos desistiram, fugiram ou foram capturados e mortos.

– Menos você – diz Raffaele. – Sua Majestade.

– Menos eu – concorda ela. – E ainda estou interessada em Kenettra.

Raffaele cavalga em silêncio enquanto a jovem rainha os guia à beira de um precipício íngreme, as ondas se quebrando contra as pedras lá embaixo.

– Por que você nos trouxe aqui? – pergunta ele.

– Deixe-me lhes mostrar uma coisa.

Maeve os guia pelo penhasco por algum tempo, até chegarem a uma área onde a terra se curva sobre si mesma, formando um abrigo contra os ventos fortes. Ali, se aproximam tanto da margem que Raffaele pode ver toda a baía.

A vista é surpreendente. Atrás dele, Lucent prende a respiração.

Centenas de navios de guerra beldaínos pontilham as praias da baía. Marinheiros sobem e descem as pranchas, indo e vindo das plataformas, embarcando caixas. As embarcações se espalham até onde as rochas desaparecem ao longe.

Raffaele se vira para Maeve:

– Você está planejando invadir Kenettra?

– Se não posso ter o seu príncipe *malfetto* sentado no trono, então vou fazer isso pessoalmente. – Maeve faz uma pausa, observando o rosto de Raffaele à espera de sua reação. – Mas eu gostaria da sua ajuda.

Raffaele apenas se mantém em silêncio. A última vez que Beldain entrou em guerra com Kenettra foi há mais de cem anos. Se Enzo pudesse ver tudo aquilo, o que acharia? Entregaria sua coroa a uma rainha estrangeira? *Não importa*, ele lembra a si mesmo com rispidez. *Porque Enzo está morto.*

– De que tipo de ajuda você precisa? – pergunta Raffaele após um momento.

– Ouvi dizer que o Mestre Teren Santoro está por trás da morte do rei – responde Maeve. – É verdade?

– Sim.

– Por que ele queria que o rei morresse?

– Porque está apaixonado pela rainha Giulietta. Ela mantém Teren como um aliado justamente por sua valiosa ajuda, entre outras razões.

– Ah. Um amante – diz Maeve.

Os olhos de Lucent recaem brevemente sobre a rainha, então se desviam outra vez.

– Ela é jovem e vulnerável. Preciso da Inquisição e de seu exército enfraquecidos. O que você pode fazer para me ajudar com isso?

A expressão de Raffaele é de concentração.

– Giulietta é poderosa com Teren ao seu lado – diz ele. Antes de prosseguir, encara cada um dos Punhais. – Mas Teren responde a algo ainda mais poderoso do que a rainha: sua crença de que os deuses lhe deram a missão de destruir os *malfettos*. Se pudermos quebrar a confiança entre eles e separá-los, então essa invasão terá mais chance de ser bem-sucedida. E, para romper essa confiança, teremos que fazer Teren desobedecer à rainha.

– Ele nunca vai fazer uma coisa dessas – Lucent entra na conversa. – Você já viu Teren perto de Giulietta? Já o ouviu falar sobre ela?

– Sim – concorda Michel. – Teren obedece à rainha como um cão. Ele prefere morrer a insultá-la.

Até Gemma, que estava calada até então, se pronuncia:

– Se quisermos voltá-los um contra o outro, vamos ter que entrar na cidade – diz ela. – Neste momento, é quase impossível entrar em Estenzia. Todos os *malfettos* foram expulsos da cidade. A Inquisição guarda todas as ruas. Não podemos pular os muros ou atravessar os portões, mesmo com os poderes de Lucent. Há muitos soldados.

As peles que Maeve veste roçam seu rosto.

– Kenettra tem uma nova governante – diz ela. – Segundo a tradição, devo navegar até Estenzia e vê-la pessoalmente, oferecer-lhe presentes e lhe dar as boas-vindas. Uma promessa de boa vontade.

Com isso, ela arqueia uma sobrancelha e sorri. Atrás dela, Augustine ri de leve. Os olhos da rainha se voltam para Raffaele.

– Vou levá-lo para a cidade, meu Mensageiro, se você puder separar a rainha e seu Inquisidor.

– Sou um acompanhante – responde Raffaele. – Vou dar um jeito.

Por um momento, Maeve olha em silêncio para sua frota em preparação.

– Tem mais uma coisa – diz, sem olhar para Raffaele.

– Pois não, Majestade?

– Diga-me, Raffaele – continua ela, virando a cabeça ligeiramente em sua direção –, que pode sentir meu poder.

Ela fala isso alto o suficiente para que os outros Punhais ouçam. Michel, o mais próximo, se encolhe ao ouvir as palavras. Gemma respira bruscamente. Mas a reação que Raffaele mais percebe é de Lucent – a súbita palidez doentia em seu rosto, a surpresa em seus olhos. Ela olha para Raffaele.

– Seu poder? – pergunta ela, esquecendo-se pela primeira vez de se referir a Maeve pelo título.

Raffaele hesita, então curva a cabeça para a jovem rainha.

– Sinto – responde. – Achei que seria grosseiro perguntar até que você decidisse compartilhar o fato.

Maeve dá um sorriso fraco.

– Então não será uma surpresa para você se eu disser que também sou uma Jovem de Elite.

Ela parece não reagir ao choque de Lucent, embora seu olhar recaia depressa sobre ela.

Raffaele balança a cabeça.

– Não é surpresa para mim, Majestade. No entanto, você pode ter causado um efeito diferente nos Punhais.

– E você pode adivinhar o que eu faço?

Mais uma vez, Raffaele estuda a energia que a rodeia. É uma sensação familiar, que lhe provoca um calafrio. Algo nela se alinha com a escuridão, com os anjos do Medo e da Fúria, a deusa da Morte. Os mesmos alinhamentos que sentira em Adelina. A simples lembrança faz Raffaele apertar as rédeas de seu cavalo.

– Não consigo adivinhar, Majestade – responde ele.

Maeve olha por cima do ombro para o príncipe mais novo, que ainda usa a máscara de duelo, e faz um meneio com a cabeça.

– Tristan – chama. – Vamos ver seu rosto.

Os outros irmãos ficam em silêncio ao seu comando. Raffaele sente o coração de Lucent saltar e, quando olha para ela, percebe que está de olhos arregalados. O jovem príncipe assente, ergue as mãos e tira a máscara.

Ele se parece com Maeve, assim como seus irmãos. Mas, enquanto os outros parecem naturais e inteiros, este príncipe não é – a energia misteriosa em volta dele persiste, assombrando Raffaele.

– Meu irmão mais novo, o príncipe Tristan – apresenta Maeve.

É Lucent quem enfim quebra o silêncio.

– Você disse em suas cartas que ele tinha sobrevivido. – Ela engasga. – Você me disse que ele não chegou a morrer.

– Ele morreu – afirma Maeve, sua expressão mais dura. – Mas eu o trouxe de volta.

Lucent fica pálida.

– Isso é impossível. Você disse... ele quase se afogou... e sua mãe... a Rainha Mãe... me baniu por seu filho quase ter morrido. Isso é *impossível*. Você... – continua ela, se virando para Maeve. – Você nunca me contou. Nunca li uma palavra sobre isso em suas cartas.

– Eu não podia contar – responde Maeve bruscamente. Em seguida continua, em voz mais baixa: – Minha mãe supervisionava todas as cartas que saíam do palácio, especialmente as que eu mandava para você. Eu não podia correr o risco de que ela descobrisse meu poder. Ela, assim como você, como *todo mundo*, presumiu que Tristan sobreviveu, porque eu o trouxe de volta na mesma noite que ela baniu você.

Raffaele apenas observa, quase incapaz de acreditar no que está testemunhando. Fios de energia que não pertencem à terra dos vivos. Ele entende agora a ligação inquietante, não natural. Também entende imediatamente por que Maeve está lhes contando isso.

– Enzo – sussurra. – Você quer...

– Quero trazer seu príncipe de volta – Maeve termina por ele. – Tristan, como você pode ver, pode aproveitar a vida outra vez. Mais do que isso, porém, ele trouxe consigo uma parte do Submundo. Ganhou a força de doze homens.

A ideia de ter Enzo vivo de novo deixa Raffaele sem ar. O mundo gira por um momento. *Não. Espere.* Há algo mais sobre o príncipe Tristan que a rainha não está contando.

– E os Jovens de Elite que são ressuscitados? – pergunta ele.

Maeve sorri novamente.

– Trazer um Jovem de Elite de volta à vida deve aumentar seus poderes também. E alguém tão poderoso quanto Enzo pode ser quase invencível depois de ressuscitado. Quero esse poder ao nosso lado quando atacarmos Kenettra. Será um teste, minha criação de uma Elite entre os Jovens de Elite.

Ela se inclina para Raffaele.

– Pense nas possibilidades... nos outros Jovens de Elite falecidos que eu poderia trazer de volta, no poder desenfreado ao nosso lado.

Raffaele balança a cabeça. Ele deveria estar exultante com a ideia de ver o príncipe outra vez, mas sente a mancha do Submundo pairando sobre a energia de Tristan.

– Você duvida que isso funcione – diz Maeve após um momento. – Aqueles que eu trouxer de volta deverão sempre estar ligados a alguém do mundo dos vivos. Precisam de fios vivos para mantê-los longe da constante atração do Submundo. Tristan está ligado a mim, dando-me certo nível de controle, proteção, sobre ele. Enzo também terá de ser ligado a alguém.

Ligado a mim. Os olhos de Raffaele se estreitam enquanto a encaram. *É isso que ela pretende fazer.*

– Não posso fazer parte disto – diz ele por fim. Sua voz é firme, apesar de rouca. – Isso vai contra a ordem dos deuses.

Agora a voz de Maeve endurece.

– Eu sou *filha* dos deuses – dispara. – Fui abençoada com esse poder. Os deuses o abençoam... não é contra ordem alguma.

Raffaele curva a cabeça. Suas mãos tremem.

– *Não posso* concordar com isso, Majestade – insiste ele. – A alma de Enzo foi descansar no Submundo. Trazê-lo de volta, para longe da Santa Moritas, e outra vez para o mundo real... Ele não pertence mais a este lugar. Deixe-o descansar.

– Não estou pedindo sua permissão, acompanhante – rebate Maeve com firmeza.

Quando Raffaele olha outra vez para ela, a rainha levanta o queixo.

– Lembre-se, Raffaele, de que Enzo era o Príncipe Coroado de Kenettra. Um *malfetto*, um Jovem de Elite, o seu ex-líder. Ele não merecia morrer. Ele merece *voltar*, para ver os *malfettos* de seu país seguros. Vou governar Kenettra, mas vou reintegrá-lo na minha ausência. – Seus olhos são duros como pedra. – Não foi por isso que você e seus Punhais lutaram por tanto tempo?

Raffaele fica em silêncio. Tem dezessete anos de novo, parado diante de um mar de nobreza na Corte Fortunata, sentindo pela primeira vez a energia de Enzo na multidão. Está na caverna subterrânea onde os Punhais treinavam, em sua antiga casa, observando o príncipe duelar com os outros. Raffaele olha para Michel, então para Gemma e para Lucent. Eles retribuem o olhar, sérios e calados. Deve ser isso que todos querem.

Mas Enzo morreu. Eles sofreram e aceitaram. E agora...

– Eu *vou* trazê-lo de volta – continua Maeve –, e eu vou ligá-lo a quem eu quiser.

Então, sua voz se torna mais suave:

– Mas prefiro ligá-lo àqueles que mais se importam com ele. O vínculo com a vida é mais forte desse jeito.

Raffaele continua sem responder. Ele fecha os olhos, se esforçando para silenciar sua mente, afastar a sensação agitada de que a ideia é um erro. Finalmente, abre os olhos e encontra o olhar da rainha.

– Será que ele vai ser o mesmo?

– Não temos como saber – diz Maeve lentamente – até eu tentar.

CENA VII

(Saem todos, menos o Garoto.)
GAROTO: Você é um ogro?
(Entra o Ogro.)
OGRO: Você é um cavaleiro?
GAROTO: Não sou um cavaleiro! Também não sou rei, escudeiro ou padre. Portanto, pode ter certeza de que não estou aqui para roubar a joia.
– *Tradução original de* A tentação da joia, *de Tristan Chirsley*

Adelina Amouteru

Os Pequenos Banhos de Bethesda são um conjunto de ruínas nos limites de Merroutas.

Na manhã seguinte bem cedo, quando o sol se levantava no horizonte e os barcos de pesca se preparavam na baía, Violetta e eu seguimos nosso caminho pela estrada de terra que conduz para fora dos portões principais da cidade-estado, até um conjunto menor de casas de teto abobado, abandonadas, todas sob os arcos de pedra de um antigo aqueduto.

Parece um lugar que já viu muita movimentação, mas a casa de banhos em si – ou o que resta dela – foi construída em solo instável, o que deve ter selado seu destino. À medida que as pessoas deixaram de frequentar os banhos, a população local devia ter abandonado o pequeno conjunto de casas ao redor. Ou talvez o aqueduto que fornecia a água tivesse desmoronado primeiro. Os pilares da entrada, outrora gloriosos, ruíram, e a fundação de pedra afundou no solo pantanoso. Videiras sobem pela pedra, as flores verdes e amarelas vibrantes. Sinto uma forte atração pela beleza em ruínas do lugar.

– Ele está aqui – sussurra Violetta ao meu lado, com a sobrancelha franzida em concentração.

– Bom.

Ajusto a máscara em meu rosto marcado e me aproximo da entrada.

O interior da casa de banho é frio e escuro, o teto de pedra arqueado coberto de musgos e hera. Estreitos feixes de luz atravessam as aberturas do teto, iluminando as piscinas de água. Andamos com cuidado pelos corredores de antigas colunas de mármore. O ar cheira a umidade e almíscar, o cheiro de algo verde e vivo. O som da água pingando ecoa a nossa volta.

Finalmente paro às margens da piscina.

– Onde ele está? – sussurro.

Violetta levanta os olhos para o teto. Ela gira em um semicírculo e se concentra em um canto escuro.

– Ali.

Esforço-me para enxergar nas sombras.

– Magiano – chamo.

Minha voz me assusta – ela rebate nas paredes repetidamente, até que enfim silencia. Pigarreio, um pouco constrangida, e continuo, num tom mais baixo:

– Fomos informadas de que o encontraríamos aqui.

Há um longo silêncio, tão longo que começo a me perguntar se Violetta não se enganou.

Então, alguém ri. Enquanto o som ecoa de uma superfície a outra, uma enxurrada de folhas chove dos corrimões cobertos de musgo. Um rastro de tranças escuras aparece na luz e some em seguida. Instintivamente, estendo um dos braços na frente de Violetta, como se isso pudesse protegê-la.

– Adelina – chama uma voz brincalhona. – Que bom ver você.

Tento identificar de onde vem a voz.

– Então você é Magiano? – pergunto. – Ou está apenas zombando de nós?

– Você se lembra de uma comédia chamada *A tentação da joia?* – continua ele depois de uma pausa. – A peça estreou em Kenettra há alguns anos, com grande alarde, pouco antes de a Inquisição proibi-la.

Eu lembro. *A tentação da joia* era sobre um cavaleiro tolo e arrogante que se gabava de que poderia roubar uma joia do covil de um ogro – até ser superado por um jovem rapaz atrevido, que arrebatou o prêmio primeiro. Foi escrita por Tristan Chirsley, o mesmo escriba famoso autor da coleção *Histórias da ladra de estrelas*, e sua última apresentação tinha acontecido em Dalia, em um teatro lotado.

A ladra de estrelas. Balanço a cabeça, tentando não pensar em Gemma e nos outros.

– Sim, é claro que lembro – respondo. – Por que isso é relevante? Você é um admirador de Chirsley?

Outra risada ecoa no espaço amplo. Outro arrastar de pés e enxurrada de folhas sobre nós. Desta vez, olhamos para cima e vemos uma silhueta escura agachada sobre uma viga de madeira podre bem acima de nossas cabeças. Dou um passo para o lado a fim de olhar melhor para ele. Nas sombras, tudo o que consigo distinguir é um par de olhos dourados brilhantes, curiosamente fixos em mim.

– É relevante – responde ele – porque fui a inspiração para a peça.

Uma risada escapa da minha boca antes que eu possa evitar.

– Você inspirou a peça de Chirsley?

Ele balança os pés sobre a viga. Vejo que não está usando sapatos hoje.

– A Inquisição proibiu a peça porque era sobre o roubo das joias da coroa da rainha.

Percebo o olhar cético de Violetta. Lembro-me dos rumores que tínhamos ouvido pelo caminho, sobre como Magiano havia roubado a coroa da rainha Giulietta.

– Então você foi a inspiração para o garoto esperto ou para o cavaleiro arrogante? – provoco.

Agora posso ver seus dentes brancos brilhantes na escuridão. Um sorriso despreocupado.

– Você me magoa, meu amor – diz ele.

Pega algo no bolso e joga para nós. O objeto cai em linha reta, brilhando na descida. Cai na parte mais rasa da piscina, espirrando água.

– Você esqueceu seu anel ontem à noite – diz ele.

Meu anel? Corro até a piscina, me ajoelho e olho dentro d'água. O anel de prata brilha em um raio de luz, piscando para mim. É o que eu usava no meu dedo anular. Arregaço a manga, pego a joia e a aperto com o punho cerrado.

Ele não poderia tê-lo tirado de mim na noite passada. Impossível. Ele nem sequer tocou minhas mãos. Nem desceu da varanda!

O garoto ri antes de jogar outra coisa para baixo, desta vez na direção de Violetta.

– Vamos ver, o que mais...

Conforme o objeto flutua para baixo, vejo que é uma fita de pano.

– Uma faixa de seu vestido, senhorita – diz ele para Violetta com um meneio de cabeça zombeteiro. – Bem na hora que entraram nesta casa de banhos.

Ele joga para baixo mais coisas nossas, incluindo um alfinete de ouro que eu usava para prender a faixa da minha cabeça e três brilhantes das mangas de Violetta. Os pelos dos meus braços se arrepiam.

– Vocês duas são muito esquecidas – repreende ele.

Violetta se abaixa para recuperar seus pertences. Lança um olhar para Magiano enquanto prende cuidadosamente os brilhantes de volta nas mangas.

– Vejo que encontramos um cidadão íntegro, Adelina – murmura ela para mim.

– Isso é para nos impressionar? – pergunto a ele. – Uma demonstração de truques de rua baratos?

– Menina boba. Sei o que você está realmente perguntando. Está perguntando como consegui fazer isso. Você não tem ideia, não é?

Ele pula para a luz. É o mesmo garoto que encontramos ontem. Tranças grossas caem sobre seus ombros, e ele está usando uma túnica colorida que tem de tudo costurado nela, desde retalhos de seda até enormes folhas marrons. Quando olho mais de perto, percebo que as folhas na verdade são feitas de metal. De *ouro*.

Seu sorriso é o mesmo de que me lembro – feroz, afiado de uma forma que me diz que ele observa tudo sobre nós. Avaliando nossas posses. Algo em seus olhos me provoca um calafrio. Um arrepio agradável.

O famoso Magiano.

– Admito que não sei como você tomou nossos pertences – digo, com um movimento brusco de cabeça. – Por favor, nos esclareça.

Ele pega o alaúde de trás das costas e toca algumas notas.

– Então você está impressionada, no fim das contas.

Meu olhar se desloca para o alaúde. É diferente do instrumento que ele tinha ontem. Este agora é opulento, incrustado com diamantes brilhantes e esmeraldas, as cordas pintadas de ouro, as tarraxas feitas de pedras preciosas. É uma grande bagunça espalhafatosa.

Magiano estende o alaúde para nós o admirarmos. Ele cintila loucamente na luz.

– Não é incrível? É o melhor alaúde que uma noite de apostas pode comprar.

Então é assim que um famoso ladrão gasta seus ganhos.

– Onde você *compra* uma monstruosidade dessas? – pergunto, sem conseguir me conter.

Magiano pisca para mim, surpreso, e franze a testa, ferido. Ele abraça o alaúde contra o peito.

– Eu o acho bonito – diz, na defensiva.

Violetta e eu trocamos um olhar.

– Qual é o seu poder? – pergunto a ele. – Os boatos dizem que você é um Jovem de Elite. É verdade, ou você é apenas um rapaz com talento para roubar?

– E se eu não for um Jovem de Elite? – pergunta ele, com um sorriso. – Você ficaria desapontada?

– Sim.

Magiano se recosta na viga, abraça seu alaúde e me olha da mesma forma que um animal faria.

– Tudo bem – diz. – Vou explicar.

Ele limpa seus dentes com as unhas.

– Você é uma criadora de ilusões. Certo?

Eu assinto.

Ele aponta para mim.

– Crie alguma coisa. Qualquer coisa. Vá em frente. Torne bonito este lugar arruinado.

Ele está me desafiando. Olho para Violetta e ela dá de ombros, como se me desse permissão. Então respiro fundo, puxo os fios enterrados dentro de mim, ergo-os no ar e começo a tecer.

À nossa volta, o interior da casa de banhos se transforma em uma visão de colinas verdejantes sob um céu tempestuoso. Cachoeiras íngremes delimitam um lado da paisagem, e baliras erguem navios do oceano para o topo das cataratas, deixando-os em segurança nos mares altos e rasos. Dalia, minha cidade natal. Continuo criando. Um vento quente sopra por nós e o ar se enche com um cheiro de chuva que se aproxima.

Magiano observa a ilusão com olhos arregalados. Neste momento, sua malícia e bravata desaparecem – ele pisca, como se não pudesse acreditar no que está vendo. Quando enfim olha de volta para mim, seu sorriso é maravilhado. Ele respira fundo.

– De novo – sussurra. – Faça outra coisa.

O fato de ele admirar meus poderes me faz melhorar minha postura. Desfaço a ilusão de Dalia e nos mergulho nas profundezas mal iluminadas de um oceano noturno. Flutuamos na água escura, iluminada apenas por raios de luz azul-escura. O oceano se transforma em uma colina com vista para Estenzia, à meia-noite, as três luas pairando enormes sobre o horizonte.

Finalmente, desfaço as ilusões, trazendo de volta as ruínas que nos cercam. Magiano balança a cabeça para mim, mas não diz uma palavra.

– Sua vez – falo, cruzando os braços. – Mostre-nos o seu poder.

Meu corpo zumbe com a dor de ter usado energia.

Magiano inclina a cabeça uma vez.

– É justo – responde.

Violetta pega minha mão. Ao mesmo tempo, algo invisível empurra minha energia sombria – e o mundo à nossa volta desaparece.

Ergo as mãos para proteger meu olho da luz forte. É tão brilhante que arde – é esse o seu poder? *Não, isso não pode estar certo.* À medida que a luz enfraquece, arrisco um olhar ao redor. O balneário ainda está aqui, à nossa volta... mas, para minha surpresa, ele voltou a ser como era antes. Sem hera ou musgo nos pilares quebrados, sem os buracos no teto abobadado arruinado que criavam padrões de luz no chão. Em vez disso, as fileiras de pilares são novas e polidas, e a água na piscina – cuja superfície está enfeitada com pétalas – solta nuvens de vapor. Estátuas dos deuses contornam a borda da piscina. Franzo a testa diante dessa imagem e, em seguida, tento afastá-la. Ao meu lado, Violetta está boquiaberta. Ela tenta falar.

– Não é real – finalmente sussurra.

Não é real. Claro que não – com essas palavras, percebo que reconheço a energia que o lugar está liberando, os milhões de fios que mantêm tudo junto. A casa de banhos renovada é uma *ilusão*. Parece algo que eu poderia ter criado. Na verdade, os fios de energia que criaram essa imagem da casa de banhos perfeita são exatamente como meus próprios fios.

Outro criador de ilusões?

Não entendo. Como ele poderia ter criado algo com o meu poder?

A ilusão se desfaz sem aviso. O templo fortemente iluminado, a água quente e as estátuas – tudo desaparece em um instante, deixando-nos de volta nas ruínas escuras do balneário destruído e cheio de plantas. Pontos de luz ainda flutuam em meu olho. Tenho que me ajustar à escuridão, quase como se eu tivesse sido cegada por algo real.

Magiano balança as pernas preguiçosamente.

– As coisas que eu poderia ter feito se eu a tivesse conhecido antes... – brinca.

Pigarreio e tento não parecer muito atordoada.

– Você... você tem o mesmo poder que eu?

Ele ri da hesitação em minha voz. Curvando-se exageradamente, ele pula e gira uma vez na viga, como se dançasse. Parece fácil.

– Não seja estúpida – responde. – Não há dois Jovens de Elite com *exatamente* o mesmo poder.

– Então...

– Eu imito – continua ele. – Sempre que encontro outro Jovem de Elite e ele usa seu poder, posso vislumbrar brevemente a trama de sua energia no ar. Então copio o que vejo, mesmo que apenas por um momento.

Ele faz uma pausa para me oferecer um sorriso tão largo que parece dividir seu rosto em dois.

– Foi assim que você salvou minha vida sem nem mesmo saber. Quando você estava na masmorra, na cela ao lado da minha, imitei você. Consegui sair de lá fazendo os soldados acreditarem que a cela estava vazia. Eles vieram investigar e eu saí assim que abriram a porta.

Aos poucos, a compreensão me domina.

– Você pode imitar qualquer Jovem de Elite?

Ele dá de ombros.

– Quando eu estava perdido e sem dinheiro nas Terras do Sol, imitei um Jovem de Elite chamado Alquimista e transformei uma carroça inteira de seda em ouro. Quando fugi da Inquisição em Kenettra, imitei as habilidades de cura do Inquisidor Chefe, a fim de me proteger contra as flechas que seus homens lançaram contra mim.

Ele abre os braços e quase deixa o alaúde cair, mas o agarra novamente.

– Sou como um peixe muito colorido que finge ser venenoso. Entende?

Um mímico. Olho para minha mão e mexo os dedos, observando meu anel brilhar na luz. Olho a faixa que Violetta amarrou de novo no vestido.

– Quando roubou nossas coisas – digo devagar –, você usou meu poder contra nós.

Magiano toca uma das cordas do alaúde.

– Ah, sim. Substituí seu anel por uma ilusão dele, tirei-o de você enquanto a convencia de que estava encostado na varanda.

Claro. É algo que eu teria feito – algo que eu *tinha* feito antes – para roubar dinheiro das bolsas dos nobres. Engulo em seco, tentando entender a enorme extensão de seu poder. Meu coração bate mais rápido.

A desconfiança de Violetta se transformou em fascínio.

– Isso significa que, perto das pessoas certas, você pode fazer qualquer coisa.

Magiano finge ter chegado à mesma conclusão que ela e seu queixo cai, a imitando em zombaria.

– Muito bem. Acho que você está certa.

Ele desliza o alaúde para as costas de novo, segue pela viga do teto até chegar a uma pilastra, então pula para uma viga mais baixa, de modo que agora se agacha perto de nós, perto o suficiente para que eu veja a grande variedade de colares coloridos em seu pescoço. Mais joias. E agora percebo o que me incomodou em seus olhos. Suas pupilas parecem estranhamente ovais – duas fendas, como as de um gato.

– Pois bem – diz ele. – Já fomos apresentados e fizemos nossas brincadeiras. Diga-me. O que você quer?

Respiro fundo.

– Minha irmã e eu estamos fugindo da Inquisição – digo. – Vamos para o sul, fora do alcance dos Inquisidores, até que possamos reunir aliados suficientes para voltar a Kenettra e contra-atacar.

– Ah. Você quer se vingar da Inquisição.

– Sim.

– Você e todos nós – bufa Magiano. – Por quê? Porque eles prenderam você? Porque são horríveis? Se for por isso, então é melhor deixá-los em paz. Acredite em mim. Você está livre agora. Por que voltar?

– Você ouviu as últimas notícias de Estenzia? Sobre a rainha Giulietta? E seu irmão...

Engasgo à menção da morte de Enzo. Mesmo agora, não consigo me obrigar a pronunciar as palavras.

Magiano assente.

– Sim. Essa notícia se espalhou depressa.

– Você também ouviu dizer que Mestre Teren Santoro está planejando aniquilar todos os *malfettos* de Kenettra? Ele é o brinquedo favorito da rainha... ela lhe dará o poder de fazer isso.

Magiano se recosta na viga. Se a notícia o perturba, ele não demonstra. Em vez disso, junta as tranças e as joga sobre um ombro.

– Então, o que você está tentando dizer é que quer deter a campanhazinha implacável de Teren. E pretende reunir um grupo de Jovens de Elite para ajudá-la nisso.

Minhas esperanças crescem um pouco.

– Sim. E você é o Jovem de Elite de quem mais ouvimos falar.

Magiano parece mais alto, e seus olhos brilham de prazer.

– Você me lisonjeia, meu amor – diz, com um sorriso triste. – Mas sinto que bajulação não será suficiente. Eu trabalho sozinho. Estou muito feliz onde estou e não tenho interesse em me juntar a uma causa nobre. Você desperdiçou seu tempo comigo.

Minhas esperanças desaparecem tão rapidamente quanto tinham surgido. Não posso evitar que meus ombros caiam. Com uma reputação como a dele, é claro que Magiano já deve ter sido procurado por outros Jovens de Elite. O que me fez pensar que ele concordaria em se juntar a nós?

– Por que você trabalha sozinho? – pergunto.

– Porque não gosto de compartilhar meus ganhos.

Ergo a cabeça e faço uma pequena careta. *Ele tem que se juntar a nós*, exortam os sussurros em minha mente. Os Punhais seriam capazes de matar para ter alguém com tal poder ao lado deles. O que Enzo ou Raffaele diriam para convencê-lo a se juntar à Sociedade dos Punhais? Lembro-me de como Enzo me recrutou, o que ele sussurrou em meu ouvido. *Quer punir aqueles que ofenderam você?*

Ao meu lado, Violetta aperta minha mão na escuridão. Ela me olha pelo canto dos olhos.

– Encontre a sua fraqueza – murmura para mim. – O que ele quer.

Tento uma tática diferente.

– Se você é o ladrão mais famoso do mundo – começo – e é tão bom no que faz, então como foi pego pela Inquisição?

Magiano apoia um cotovelo no joelho e balança as pernas. Ele me lança um sorriso curioso, mas, por trás disso, vejo o que eu esperava. Uma faísca de irritação.

– Eles tiveram sorte – responde, a voz indiferente um pouco mais aguda do que antes.

– Ou talvez você tenha sido descuidado? – pressiono. – Ou está exagerando seus talentos?

O sorriso de Magiano oscila por um instante. Ele suspira e revira os olhos.

– Se você *quer* saber – murmura –, eu estava em Dalia para roubar uma caixa de safiras raras que tinha chegado de Dumor como presente para o duque. E a única razão para a Inquisição ter me pegado é que voltei para buscar uma safira a mais do que eu deveria.

Ele levanta as duas mãos.

– Em minha defesa, digo que era uma safira muito pesada.

Ele não pode evitar, percebo. É por isso que um dos Jovens de Elite mais famosos do mundo ainda faz joguinhos de rua por dinheiro, é por isso que gastou os talentos de ouro que ganhou em uma noite de trabalho em um alaúde inútil, incrustado de pedras preciosas, é por isso que tem folhas de ouro costuradas em suas roupas. Os talentos de ouro em seus bolsos e as joias em seus dedos nunca são suficientes – não quando ele sabe que há mais a ganhar. Olho para suas finas sedas novamente. O dinheiro cai em suas mãos e imediatamente escorre por entre seus dedos.

O aperto de Violetta em minha mão me diz que ela chegou exatamente à mesma conclusão. Esta é a nossa brecha.

– O tesouro real de Kenettra guarda mil vezes mais safiras do que você tentou roubar em Dalia. Você e eu sabemos disso. Você já conseguiu roubar as joias da coroa antes... agora imagine todo o ouro por trás da coroa.

Como esperado, os olhos de Magiano ganham um brilho tão intenso que preciso dar um passo atrás. Ele inclina a cabeça para mim, desconfiado.

– Você diz isso como se eu nunca tivesse considerado roubar todo o tesouro real de Kenettra.

– Então por que ainda não fez isso?

Ele balança a cabeça, decepcionado com minha resposta.

– Você é tão ingênua. Tem ideia de quantos guardas vigiam aquele ouro? Por quantos locais ele está espalhado? Que empreitada tola seria para qualquer um pensar em roubar tudo isso? – Ele funga. – Por um momento, pensei que você tinha alguma ideia mágica para roubá-lo.

– Eu tenho – respondo.

Magiano deixa escapar uma risada curta, mas percebo que ele está me observando seriamente agora.

– Então, por favor, Adelina, compartilhe comigo. Você acha mesmo que todo o tesouro real de Kenettra pode ser seu?

– *Nosso* – corrijo-o. – Se você se juntar a nós, nunca mais vai precisar se esforçar para ter ouro.

Ele ri outra vez.

– Agora sei que você está mentindo para mim.

Ele se inclina para a frente.

– O que você está planejando? Se revestir de ilusões, se esgueirar para dentro do tesouro e pegar uma braçada de ouro de uma vez? Sabe quantas vidas levaria, mesmo que fizesse dezenas de viagens por noite? E mesmo que você *pudesse* roubar todo esse ouro, como é que o transportaria para fora do país? Até mesmo para fora de Estenzia?

Ele fica de pé na viga, pula de leve para um ponto de onde pode alcançar uma viga mais alta e começa a se virar.

– Eu não falei em *roubá-lo* – digo.

Ele para e se vira para me encarar.

– Então como pretende obtê-lo, meu amor?

Sorrio. Uma lembrança queima em minha mente: a noite fria e chuvosa; meu pai falando com o estranho no andar de baixo; eu sentada nas escadas, fingindo que sou uma rainha em sua sacada. Eu pisco. O poder do desejo corre através de mim como um vento selvagem.

– Simples. Tomamos o trono da rainha Giulietta e da Inquisição. Então, o tesouro real de Kenettra se torna nosso por direito.

Magiano pisca. E começa a rir. A risada fica mais alta, até que seus olhos brilham com lágrimas e ele finalmente para a fim de respirar. Quando se recompõe, os olhos de fenda brilham na escuridão. No silêncio que se segue, prossigo:

– Se você se juntar a nós e tomarmos o trono da rainha de Kenettra, os *malfettos* terão um igual como governante. Podemos deter a sede de Teren pelo nosso sangue. Você pode ter mais ouro do que jamais sonhou. Pode ter mil alaúdes incrustados de diamantes. Seria capaz de comprar sua própria ilha e castelo. Seria lembrado como um rei.

– Não quero ser rei – responde Magiano. – Responsabilidades demais.

Mas sua resposta é indiferente e ele não se mexe. *Ele está considerando meu plano.*

– Você não precisa ser responsável por nada – digo. – Ajude-me a ganhar a coroa e a salvar o país, e poderá ter tudo que sempre quis.

Outro longo silêncio se arrasta. Seu olhar passeia pela minha máscara.

– Tire isso – murmura.

Eu não esperava essa resposta. Ele está ganhando tempo para pensar, me distraindo. Balanço a cabeça. Mesmo depois de todo esse tempo, a ideia de mostrar a um estranho minha maior fraqueza ainda me causa medo.

A expressão de Magiano se modifica, mesmo que de leve, e um pouco da selvageria deixa seus olhos. Como se ele me conhecesse.

– Tire a máscara – sussurra. – Não julgo as marcas de um *malfetto*, Adelina, nem trabalho com alguém que esconde o rosto de mim.

Quando Violetta assente, levanto as mãos e remexo no nó atrás da minha cabeça. A máscara afrouxa, então se solta completamente em minha mão. O ar frio atinge minha cicatriz. Eu me obrigo a olhar com firmeza para Magiano, me preparando para sua reação. Se vou ter meus próprios Jovens de Elite, eles terão que confiar em mim.

Ele dá um passo mais para perto e olha demoradamente. Vejo os traços dourados de mel em seus olhos. Um sorriso preguiçoso e lento começa a se abrir em seu rosto. Ele não pergunta sobre minha marca. Em vez disso, levanta o canto inferior da camisa de seda e descobre parte de seu tronco.

Inspiro bruscamente. Uma cicatriz horrível serpenteia pela sua pele e desaparece sob a camisa. Nossos olhos se encontram e experimentamos um instante de compreensão mútua.

– Por favor – digo, baixando a voz. – Não sei o que aconteceu com você no passado, nem como é sua marca inteira. Mas se a promessa de ouro não o seduz o suficiente, então pense nos milhões de outros *malfettos* em Kenettra. Todos vão morrer nos próximos meses se ninguém os salvar. Você é um ladrão, então talvez tenha seu próprio código de honra. Existe um lugar em seu coração que choraria a morte de todos os que são como nós?

Algo em minhas palavras atinge Magiano e seus olhos se tornam distantes. Ele faz uma pausa e pigarreia.

– É apenas um boato, você sabe – diz depois de um momento. – A história sobre as joias da coroa da rainha.

– As joias da coroa?

Ele olha para mim.

– Sim. As joias da coroa da rainha de Kenettra. Nunca as roubei. Eu *tentei...* mas não consegui.

Eu o observo com atenção. Há uma mudança de equilíbrio na nossa conversa.

– No entanto, você ainda as deseja – respondo.

– O que posso dizer? É uma fraqueza.

– Então o que você vai fazer? Vai se juntar a nós?

Ele levanta um dedo fino coberto de anéis de ouro.

– Como eu posso saber se você vai manter sua promessa se eu ajudá-la a conseguir o que quer?

Dou de ombros.

– Quer passar o resto da vida roubando um punhado de joias de cada vez e administrando uma barraca de apostas em Merroutas? Você mesmo se perguntou o que poderia ter feito se tivesse me conhecido antes. Bem, esta é sua chance de descobrir.

Magiano sorri para mim com algo semelhante a pena.

– A garota que ia ser rainha – murmura, pensativo. – Os jogos dos deuses são interessantes.

– Isso não é um jogo – digo.

Por fim, ele ergue a cabeça e levanta a voz:

– Eu lhe devo a minha vida. E isso é algo com que eu nunca brinco.

Olho para ele em silêncio, lembrando a noite anterior, quando ele nos encontrou para nos agradecer por termos salvado seu ajudante *malfetto*.

Magiano estende a mão em minha direção.

– Se quer derrotar a Inquisição, vai precisar do apoio de muitas pessoas. Para conquistar esse apoio, precisa construir uma reputação. Não sigo ninguém até que esteja convencido de que vale a pena.

– O que podemos fazer para convencê-lo?

Magiano sorri.

– Me vencer em uma corrida.

– Uma corrida?

– Uma pequena aposta entre nós – diz ele. – Vou lhe dar uma vantagem.

O sorriso dele se torna um pouco perverso.

– Um homem chamado Rei da Noite governa esta cidade. Ele tem muitos soldados, e seu exército secreto de dez mil mercenários circula por toda a ilha. Você pode ter visto seus homens patrulhando as ruas, com o sinal da lua e da coroa em suas mangas.

Cruzo os braços.

– Eu vi.

– Ele é o homem mais temido de Merroutas. Dizem que toda vez que descobre um traidor em suas linhas, arranca a pele do homem vivo e a costura em sua capa.

Enquanto imagino a cena, sinto um arrepio... não apenas de horror, mas de fascínio. *Uma alma gêmea*, dizem os sussurros.

– O que isso tem a ver conosco? – pergunto, levantando a voz para abafar os sussurros.

– Amanhã de manhã terei acesso a sua propriedade para roubar o alfinete de diamante premiado que ele sempre usa no colarinho. Se *vocês* conseguirem roubá-lo antes de mim... então me juntarei a vocês.

Ele se curva em uma reverência zombeteira que me faz corar.

– Eu só trabalho com quem merece. E quero ter certeza de que vocês entendem os riscos dessa missão.

Nem Violetta nem eu somos especialistas em roubo. Posso nos disfarçar ou nos tornar invisíveis, mas meus poderes ainda são imperfeitos. E se formos pegas? Eu nos imagino amarradas a um poste, nossa pele sendo arrancada.

Não vale a pena.

Magiano sorri diante da minha expressão.

– Você está com muito medo – diz ele.

Os sussurros em minha cabeça se agitam, me incentivando a aceitar. *O Rei da Noite controla dez mil mercenários. O que você não daria por dez mil mercenários a seu serviço?* Balanço a cabeça – os sussurros somem, deixando-me ponderar a proposta de Magiano. Este é um dos seus jogos. Seus famosos truques. Talvez até um desafio para si mesmo. Eu o observo com atenção, pensando em qual seria a resposta certa. Posso mesmo chegar ao prêmio antes que Magiano fuja com ele? Não sei. Poder e velocidade são duas coisas diferentes.

– A propósito, só estou lhe dando essa chance – diz Magiano com indiferença – porque você me ajudou a escapar da Torre da Inquisição.

– Que generoso – zombo.

Magiano apenas ri de novo, o som agudo como um tilintar, e estende a mão enfeitada.

– Fechado?

Eu preciso dele. Preciso do meu pequeno exército. Violetta toca minha mão e a empurra na direção dele. Só hesito por mais um segundo.

– Fechado – respondo, pegando sua mão.

– Bom. – Ele assente. – Então você tem a minha palavra.

Teren Santoro

Os arredores de Estenzia e uma manhã fria. Ao longo do muro que cerca a cidade há dezenas de abrigos de madeira e pedra dilapidados, cobertos com a lama das chuvas da noite. *Malfettos* vagam entre eles.

Montes de tendas brancas sujas estão espalhados entre os escombros. Postos de vigília da Inquisição.

Teren Santoro descansa em um longo divã dentro de sua tenda pessoal, observando a rainha Giulietta se vestir. Seu olhar desliza pelas costas dela. Ela está linda hoje, como todos os dias, usando um vestido de montaria azul-brilhante com seus cachos escuros presos no alto da cabeça. Ele a observa prender cuidadosamente os cachos. Há poucos momentos eles estavam soltos, caindo sobre os ombros, roçando as bochechas dele, suave como a seda entre seus dedos.

– Você vai fazer uma inspeção completa nos campos *malfetto* esta manhã? – pergunta ela.

São as primeiras palavras que lhe diz desde que entrou em sua tenda.

Teren assente.

– Sim, Majestade.

– Como eles estão?

– Muito bem. Desde que os tiramos da cidade, meus homens os puseram para trabalhar nos campos e os ocuparam com a tecelagem. Eles têm sido muito eficientes...

Giulietta se vira de modo que ele possa ver seu perfil. Ela sorri.

– Não – interrompe. – Eu quis dizer, como *eles* estão?

Teren hesita.

– O que você quer dizer?

– Quando andava pelas tendas esta manhã, vi os rostos dos *malfettos*. Eles estão magros e de olhos encovados. Seus homens os estão alimentando tanto quanto lhes dando trabalho?

Ele franze a testa e, em seguida, se senta. A luz da manhã mostra o labirinto pálido de cicatrizes em seu peito.

– Eles recebem alimentos suficientes para que continuem trabalhando – responde Teren. – Não mais do que isso. Prefiro não desperdiçar comida com *malfettos* se não for necessário.

Giulietta se inclina. Uma de suas mãos repousa sobre a barriga dele e corre pelo peito até a curva do pescoço, deixando um rastro de calor na pele. O coração de Teren bate mais rápido e, por um momento, ele se esquece do que estavam falando. Ela roça os lábios nos dele. Teren se inclina para o beijo ansiosamente, levando a mão até a parte de trás do pescoço esguio dela, puxando-a para si.

Giulietta se afasta. Ele se pega fitando seus olhos profundos e escuros.

– Escravos esfomeados não são bons escravos, Mestre Santoro – sussurra ela, acariciando seus cabelos. – Você não os está alimentando direito.

Teren pisca. De todas as coisas com que ela deveria se preocupar, está preocupada com o bem-estar dos escravos?

– Mas eles são dispensáveis, Giulietta.

– São mesmo?

Teren respira fundo. Desde a morte do príncipe Enzo na arena, quando Giulietta assumiu oficialmente o trono, ela tem se afastado de seu plano inicial. É como se tivesse perdido o interesse pelo que ele achava ser ódio dos *malfettos*.

Mas ele não quer discutir com sua rainha hoje.

– Estamos livrando a cidade deles. Cada *malfetto* que morre substituímos por outro, trazido de outra cidade. Meus homens já estão cercando *malfettos* em outro...

– Não estamos livrando a cidade deles – responde Giulietta. – Nós os estamos *punindo* por sua aberração, por nos trazerem desgraça. Estes *malfettos* ainda têm famílias dentro dos muros da cidade. E algumas delas estão insatisfeitas com o que tem acontecido.

Ela balança a cabeça com desdém na direção da entrada da tenda.

– A água em suas calhas é imunda. É apenas uma questão de tempo até que todo mundo nestes acampamentos adoeça. Quero que eles se submetam, Teren. Mas não quero uma *rebelião*.

– Mas...

Os olhos de Giulietta endurecem.

– Alimente-os e lhes dê água, Mestre Santoro – ordena.

Teren balança a cabeça, envergonhado por discutir com a rainha de Kenettra – alguém tão mais pura do que ele. Ele baixa os olhos e a cabeça.

– Claro, Majestade. Você está absolutamente certa.

Giulietta alisa o punho das mangas.

– Que bom.

– Você vem me ver hoje à noite? – murmura ele enquanto ela se levanta do divã.

Giulietta lança-lhe um olhar casual.

– Se eu quiser vê-lo hoje à noite, mandarei alguém buscá-lo.

Ela se vira e deixa a tenda. As cortinas se fecham atrás dela.

Teren mantém a cabeça baixa e a deixa ir. Claro que deixa. Ela é a rainha. Mas um sentimento de dor pesa em seu coração.

E se eu a aborrecer e ela encontrar outra pessoa?

O pensamento faz seu peito doer. Teren afasta a imagem da cabeça e se levanta para pegar a camisa. Não pode ficar – ele tem que se mexer, ir a algum lugar e pensar. Veste a armadura. Em seguida, sai da tenda e assente com a cabeça para o guarda do lado de fora. O guarda assente de volta, fingindo não saber o que aconteceu entre Teren e sua rainha.

– Reúna meus capitães – diz Teren. – Estarei no templo. Peça que eles me encontrem lá fora, para que possamos discutir as inspeções de hoje.

O guarda se curva imediatamente. Teren sabe que ele tem medo de olhar para suas íris azul-pálidas por muito tempo.

– Imediatamente, senhor.

Templos são construídos para os deuses contra o muro a cada meio quilômetro, suas entradas marcadas por grandes pilares de pedra com asas esculpidas contra o teto. Teren se dirige para o mais próximo a pé, ignorando o cavalo amarrado do lado de fora da tenda. A lama respinga em suas botas brancas. Quando chega ao templo, sobe os degraus e entra no edifício frio. A essa hora da manhã, o lugar está vazio.

Lá dentro, as doze estátuas dos deuses e anjos ladeiam um corredor reto de mármore. Pratos de água com aroma de jasmim estão postos na entrada. Teren tira as botas, mergulha os pés na água e caminha pelo corredor. Ele se ajoelha no centro, rodeado pelos olhos dos deuses. O único som no templo é o tilintar ocasional de sinos pendurados do lado de fora.

– Sinto muito – diz Teren, por fim.

Seus olhos se mantêm voltados para o chão, sua cor pálida pulsando, controlada. As palavras ecoam entre as estátuas e colunas até que desaparecem, incompreensíveis.

Ele hesita, sem saber como continuar.

– Eu não devia ter questionado a minha rainha – acrescenta ele depois de um instante. – É um insulto aos deuses.

Ninguém responde.

Teren franze a testa enquanto fala.

– Mas vocês têm que me ajudar – prossegue. – Sei que não sou melhor que os miseráveis *malfettos* lá fora nos campos, e sei que devo obedecer à Majestade. Mas minha missão é livrar este país dos *malfettos*. A rainha... ela tem muito amor em seu coração. Seu irmão era um *malfetto*, afinal. Ela não sabe que precisa urgentemente destruí-los. *Destruir-nos.*

Ele suspira.

As estátuas ficam em silêncio. Atrás dele ecoam os passos dos aprendizes dos sacerdotes, que substituem os pratos de água e jasmim. Teren não se mexe. Seus pensamentos vagam de Giulietta e os *malfettos* para aquela manhã na arena de Estenzia, quando ele enfiou a espada no peito do príncipe Enzo. Ele raramente pensava naqueles que matava, mas Enzo... ainda se lembrava da sensação da lâmina atravessando a carne, do suspiro terrível do príncipe. Lembrava-se de como Enzo caiu a seus pés, como as manchas vermelhas de sangue pontilharam suas botas.

Teren balança a cabeça, sem saber por que continua pensando na morte de Enzo.

Uma memória de infância lhe ocorre, de dias dourados antes da febre... Teren e Enzo, ainda meninos, saindo da cozinha correndo para subir até o topo de uma árvore do lado de fora dos muros do palácio. Enzo chegou primeiro, pois era mais velho e mais alto. Ele estendeu a mão para ajudar Teren, puxou-o para cima e apontou para o oceano, rindo. *Dá para ver as baliras daqui,* disse o príncipe. Eles desembrulharam sobras de carne da cozinha e as espetaram nos galhos. Em seguida, se sentaram e observaram, admirados, um par de falcões mergulhar para pegar a comida.

Naquela noite, quando o pai de Teren bateu nele por se atrasar para o treino da Inquisição, o príncipe Enzo se pôs entre o amigo e o imponente Inquisidor Chefe.

Deixe-me disciplinar meu filho, Sua Alteza, dissera o pai. *Um soldado não pode ser preguiçoso.*

Ele seguiu minhas ordens, senhor, respondera Enzo, levantando o queixo. *A culpa foi minha, não dele.*

O pai de Teren o poupou naquela noite.

A memória desaparece. Teren continua ajoelhado por um longo tempo, até que o metal de sua armadura corta seus joelhos, fazendo-o sangrar, mesmo que as feridas se curem imediatamente. Ele ergue os olhos para as estátuas dos deuses, tentando entender a confusão de emoções em sua mente.

Foi certo de minha parte matar seu príncipe herdeiro?, pergunta em silêncio.

Um menino e uma menina – aprendizes dos sacerdotes – aparecem em seus robes do templo e depositam flores frescas aos pés das estátuas. Teren os observa com um sorriso. Quando a menina nota seu uniforme de Inquisidor Chefe, ela cora e faz uma reverência.

– Sinto muito por interromper sua oração, senhor.

Teren dispensa seu pedido de desculpas.

– Venha aqui – chama ele, e a criança obedece.

Ele pega uma das flores de sua cesta, admira-a e a prende atrás da orelha da menina. Ela é perfeita – sem defeitos, livre de marcas, com cabelos vermelho-dourados e grandes olhos inocentes.

– Você serve bem aos deuses – diz ele.

A menina sorri.

– Obrigada, senhor.

Teren põe a mão com gentileza em sua cabeça e a dispensa. Ele a observa se afastar e se juntar ao garoto.

Este é o mundo que está lutando para proteger de monstros como ele próprio. Ergue os olhos para as estátuas de novo, certo de que a menina e o menino são a forma de os deuses lhe dizerem o que ele precisa fazer. *Eu estou certo. Eu tenho que estar certo.* Ele só tem que convencer Giulietta de que está fazendo isso pelo bem de seu trono. Porque ele a ama.

Por fim, Teren se levanta. Endireita o manto e a armadura e se dirige à entrada do templo. Abre as portas. A luz do sol se derrama sobre ele, banhando de ouro suas vestes brancas e sua armadura. À sua frente há um mar de tendas e abrigos dilapidados. Ele observa com desinteresse dois Inquisidores arrastarem um *malfetto* morto, chicoteado, pela sujeira e, em seguida, atirarem o corpo em uma pilha de madeira em chamas.

Vários de seus capitães já estão à sua espera no pé das escadas. Eles se endireitam ao vê-lo.

– Cortem a ração dos *malfettos* pela metade – diz Teren, ajeitando as luvas.

Suas íris brilham, muito claras, na luz.

– Quero que esta limpeza se acelere. Não digam nada à rainha.

Este Documento de Garantia, executado em 11 de Toberie de 1315, testemunha que Sir Marzio de Dalia pode exercer comércio monitorado com Sua Eminência o Rei da Noite de Merroutas, com o conhecimento de que, em caso de não fornecer a Sua Eminência oitenta por cento dos rendimentos, será passível de sofrer detenção e execução.

– *Documento de Garantia entre Sir Marzio de Dalia e o Rei da Noite de Merroutas*

Adelina Amouteru

Como tudo a respeito de Magiano, seu pequeno desafio para mim provavelmente é um truque.

– Ele disse que ia agir amanhã de manhã – diz Violetta à noite, quando estamos sentadas juntas no chão de uma pequena taberna nos limites de Merroutas.

Estamos treinando nossos poderes, como fazemos todas as noites.

– Ele vai agir antes disso. – Crio uma pequena faixa de escuridão no chão e a faço dançar. – Trapaceiros não dizem a verdade.

– Então o que devemos fazer? Se quisermos derrotá-lo, não temos muito tempo.

Balanço a cabeça, concentrando-me em transformar a faixa em uma miniatura de fada dançante. Dou o máximo de detalhes que consigo ao seu rosto.

– Lembre-se: nosso objetivo não é roubar o alfinete de diamante antes de Magiano. Nosso objetivo é convencê-lo de que vale a pena nos seguir.

Violetta observa enquanto mudo a ilusão da fada dançante, arqueando suas costas, substituindo seu belo cabelo por espinhos terríveis. Faço-a crescer até o tamanho de um monstro enorme.

– Você está pensando no que ele disse, não é? – pergunta ela após um momento. – Que o Rei da Noite tem dez mil mercenários e um exército. Você adoraria ter esse tipo de apoio à sua disposição.

– Como você sabia?

Violetta me oferece um sorriso tímido antes de apoiar o queixo nas mãos e admirar minha ilusão.

– Conheço você desde que nasci, mi Adelinetta. E acho que Magiano lhe contou sobre esses mercenários por um motivo.

– E que motivo é esse?

– Talvez ele queira que você os conquiste para o seu lado.

Ficamos em um silêncio confortável enquanto brinco com a ilusão. O monstro aos poucos se transforma em uma corça dourada elegante, o animal favorito de Violetta. Ao vê-la, o sorriso de minha irmã se alarga, incentivando-me a torná-la ainda mais bonita.

– Magiano é arrogante – digo. – Se realmente queremos conquistá-lo, não podemos só roubar um alfinete de diamante.

Olho para ela outra vez.

– Precisamos surpreendê-lo com o que podemos fazer.

Violetta desvia os olhos da ilusão da corça e levanta uma sobrancelha.

– Como vamos fazer isso? Você ouviu Magiano. E também viu os soldados durante o Festival de Verão. Todos se sentem intimidados pelo Rei da Noite. Ele governa pelo medo.

Com isso, a corça dourada fica preta, e seus olhos assumem um tom escarlate. Instintivamente, Violetta se afasta dela.

– Eu também – afirmo.

Violetta percebe o que quero fazer. Ela ri um pouco, ao mesmo tempo admirada e desconfortável, e balança a cabeça.

– Você sempre foi boa em jogos – responde. – Eu nunca a vencia.

Não sou tão boa assim, penso, mesmo que suas palavras me aqueçam. *Tentei jogar contra Teren e perdi tudo.*

– Adelina – sussurra ela, dessa vez séria. – Eu não quero matar ninguém.

– Você não vai – respondo, pegando sua mão. – Vamos apenas mostrar o que podemos fazer. Mercenários podem ser convencidos a se voltar contra seu empregador. Se pudermos mostrar que somos muito mais poderosas que o Rei da Noite, se pudermos fazer com que ele tenha *medo* de nós e garantir que seus homens testemunhem tudo, alguns deles podem mudar sua lealdade. Eles poderiam *nos* seguir.

Violetta ergue os olhos e busca meu olhar. Há culpa em sua expressão, por ter me deixado sozinha.

– Ok – diz.

É sua maneira de me dizer que nunca vai me trair outra vez. Aperto a mão dela, então me recosto.

– Vá em frente – digo. – Tire meu poder.

Ela estende a mão e puxa meus fios de energia. Minha ilusão oscila muito. Quando Violetta usa seu poder, é como se uma mão invisível descesse pela minha garganta e arrancasse a energia do meu corpo. Ela segura firme – minha ilusão se desfaz. Tento acessar meu poder, mas já não consigo. Um sentimento de pânico borbulha como bile, o medo súbito e familiar de nunca ser capaz de me defender de novo, de agora estar exposta para todos verem.

Não entre em pânico. Lembro-me da nossa promessa e me obrigo a relaxar.

– Mantenha – murmuro para Violetta por entre dentes cerrados.

Tenho que deixá-la fazer isso. Ela precisa praticar a resistência.

Os segundos se arrastam enquanto continuo contendo meu pânico, tentando me acostumar à sensação. Há certo consolo nisso, sim. A ausência de escuridão. A falta de sussurros na noite. Mas, sem isso, eu me sinto impotente e volto à versão de mim que se acovardava diante de meu pai. Tento repetidamente acessar minha energia, mas não encontro nada além de ar, o vazio onde antes havia um lago agitado de escuridão. Mais minutos.

– Devolva – solto finalmente, engasgando quando sinto que não posso aguentar mais.

Violetta exala.

Meu poder corre de volta para mim e eu me dobro de alívio quando a força me inunda de novo, preenchendo todos os cantos e fendas do meu peito com náusea. Nós duas nos recostamos, exaustas. Dou um sorrisinho para Violetta.

– Quanto tempo durou? – pergunta ela, depois que consegue recuperar o fôlego.

Ela parece pálida e frágil, como sempre acontece após usar seu poder, e suas bochechas estão estranhamente coradas.

– Mais do que ontem – respondo. – Foi bom.

Para ser honesta, quero que ela aprenda mais rápido, para que possamos enfrentar Teren novamente o quanto antes. Mas tenho que ser cuidadosa quando treino com ela, para que minha irmã não adoeça. Vou devagar, com suavidade, encorajando-a. Talvez eu também faça isso porque tenho medo dela, porque seu poder é o único que nunca poderei derrotar. Afinal de contas, ela é parcialmente responsável por todo o abuso que sofri na infância, por ter controlado meu poder e nunca ter me contado. Se ela não fosse minha irmã, se eu não a amasse, se ela tivesse o coração mais duro...

– Bem, o que vamos fazer? – pergunta Violetta.

Eu me viro na direção da corte do Rei da Noite. Meu olho se estreita ao brilho do sol poente. Os sussurros em meus pensamentos despertam ao sentir o que estou pensando e então começam a se contorcer de excitação, se agitando até ocuparem todos os cantos escuros da minha mente. Dessa vez, eu os ouço. Essa é a minha chance de mandar à Inquisição um aviso de que estou indo atrás deles, que eles não me derrotaram.

– Vamos fazer o Rei da Noite se curvar a nossos pés.

É uma noite quente e úmida e a cidade brilha sob a luz do sol que se põe. Violetta e eu seguimos pelas ruas cheias de fumaça, até chegarmos a uma colina com vista para o jardim exuberante de uma propriedade no centro da cidade. Ali, há bandeiras azuis e prateadas, com o símbolo da lua e da coroa, penduradas em cada sacada. Os quartéis generais do Rei da Noite.

Entendo por que Magiano escolheu uma noite como esta para roubar o alfinete. Está tão quente que todo mundo come e descansa ao ar livre e, com essa movimentação, deve ser mais fácil para um ladrão trabalhar. O jardim da propriedade do Rei da Noite agora fervilha com serviçais, todos se preparando para o jantar.

Violetta e eu nos escondemos nas sombras sob uma fileira de árvores. Olhamos para os guardas postados ao longo dos muros da propriedade. Ao longe, nos pés da colina, os soldados patrulham os arredores da entrada principal.

– Não podemos passar por cima dos muros – sussurro. – Não sem chamar atenção.

Se a Caminhante do Vento estivesse conosco, poderia facilmente nos erguer sobre os muros – mas, agora que não estamos mais com os Punhais, só posso contar com meus poderes.

– Olhe – diz Violetta baixinho, tocando meu braço.

Ela aponta para a entrada principal lá embaixo. Ali, um grupo de jovens bailarinos, reunidos junto ao portão, espera para entrar. Eles riem e conversam com os guardas.

– Vamos encontrar outra maneira – murmuro.

Não gosto daquela visão. De alguma forma, seus cabelos ornamentados e sedas coloridas me lembram muito da Corte Fortunata, os acompanhantes sensuais que conheci, capazes de hipnotizar o público com um piscar de cílios.

– Você quer desperdiçar toda a sua energia nos mantendo invisíveis por horas? – pergunta Violetta. – Esse é o jeito mais fácil de entrar. Você disse que Raffaele a treinou enquanto esteve na...

– Eu sei – interrompo, talvez mais ríspida do que pretendia.

Então balanço a cabeça e suavizo a voz. Ela está certa. Se queremos entrar, devemos nos apresentar como dançarinas e precisamos ser gentis com os guardas.

– Mas eu jamais fui capaz de encantar os clientes como Raffaele fazia – admito. – Eu só fazia o papel da novata que nunca precisava falar.

– Na verdade, não é tão difícil.

Lanço-lhe um olhar fulminante.

– Talvez não para uma *malfetto* sem marcas como você.

Violetta apenas levanta o queixo e me lança um olhar sedutor. É o mesmo olhar que ela costumava usar com nosso pai sempre que queria alguma coisa.

– Você é poderosa, mi Adelinetta – diz ela –, mas tem o carisma de uma torta de batata queimada.

– Eu *gosto* de torta de batata queimada. É defumada.

Violetta revira os olhos.

– A questão é que não importa do que *você* gosta, mas do que os *outros* gostam. Tudo o que você tem que fazer é ouvir e ver o que faz a outra pessoa feliz, e alimentar esse desejo.

Eu suspiro. Violetta pode não ser capaz de mentir sobre coisas importantes, mas sabe ser encantadora. Meu olhar se demora nos dançarinos no portão e, com um aperto no peito, nos imagino lá com eles. Lembranças demais da Corte Tribunal Fortunata. *Eu só trabalho com quem merece*, dissera Magiano. Se não conseguirmos sobreviver a esta noite, não merecemos.

Talvez a lealdade de Magiano *não* valha tudo isso. Certamente há muitos outros Jovens de Elite, de menor importância, que podem se juntar a nós sem que tenhamos que arriscar nossas vidas com o Rei da Noite. Magiano pode ser o mais famoso de todos, mas ele está nos fazendo entrar em um ninho de cobras para conquistá-lo.

Então me lembro dos olhos pálidos e loucos de Teren. Penso no massacre na arena, na morte de Enzo e nos insultos de Teren. Com seu poder versátil, Magiano talvez seja o único capaz de enfrentá-lo. Se vou voltar para Kenettra, não posso me dar ao luxo de ir com um grupo desorganizado de Jovens de Elites. Preciso ter o *melhor*. Isso vai muito além de Magiano. Trata-se de tomarmos a força do Rei da Noite, de reunirmos nosso *próprio* poder.

Você tem que ser corajosa, dizem os sussurros.

Começo a tecer uma pequena ilusão sobre o lado marcado do meu rosto.

– Tudo bem – murmuro. – Vou seguir você.

Quando chegamos, há seis guardas na entrada. Posso dizer de imediato que a maioria deles são soldados experientes – experientes demais para serem tentados pelos rostos bonitos dos dançarinos. Respiro fundo e ajusto o véu de seda em volta do meu cabelo. Violetta faz o mesmo. Quando nos aproximamos do portão, os guardas estão inspecionando cada um dos dançarinos. Expulsam vários do grupo. Um deles puxa o cabelo de uma garota. Ela grita.

– Nada de *malfettos* – diz a eles, levando a mão ao punho da espada. – Ordens do Rei da Noite.

Seus olhos caem sobre Violetta. Minha irmã não implora como os outros; em vez disso, olha para o soldado com timidez, sua expressão cheia de inocência, e se aproxima dele com relutância.

O soldado faz uma pausa para observá-la.

– Ah, uma garota nova – diz ele, seu olhar passando rapidamente por mim antes de voltar para minha irmã. – Esta parece boa.

Ele olha para seu companheiro, como se buscasse aprovação.

– Já temos muitos cabelos dourados em volta do rei esta noite. O que acha dessa?

Os outros soldados avaliam Violetta com admiração. Minha irmã engole em seco, mas lhes oferece um sorrisinho recatado. Já a vi ganhar muitos pretendentes com essa expressão.

Por fim, o primeiro soldado assente.

– Pode entrar.

Ele acena para que Violetta entre.

– Esta é minha irmã – diz Violetta, apontando para mim. – Vamos juntas, por favor.

O soldado transfere sua atenção para mim. Posso ver a centelha de desejo em seus olhos quando reconhece minha beleza, uma versão mais marcante, mais sinistra de Violetta. Dou um passo à frente e mantenho a voz firme e os ombros retos.

– Você não pode levar minha irmã e me deixar aqui – digo.

Lembro-me de como Raffaele inclinava a cabeça e faço o mesmo agora, oferecendo um sorriso para eles. Meu sorriso é diferente do de Violetta – sombrio, menos ingênuo, prometendo outras coisas.

– Nós somos melhores quando estamos juntas – acrescento, me agarrando ao braço de Violetta. – O Rei da Noite não vai se decepcionar.

Os outros soldados riem, enquanto o primeiro me olha, pensativo.

– Uma dupla interessante, vocês duas – resmunga. – Muito bem. Não tenho dúvidas de que o Rei da Noite vai se divertir.

Deixo escapar um suspiro baixinho e nos juntamos aos dançarinos aceitos. Quando os guardas abrem o portão e nos deixam passar, vejo seus olhos fixos em nós, a inveja que sentem do Rei da Noite estampada em seu rosto. Baixo a cabeça e tento esconder meus pensamentos.

Lá dentro, o jardim é iluminado por lanternas. Vagalumes dançam no escuro, misturando-se ao zumbido baixo de risos e movimento. Quando nos aproximamos do centro, os soldados que nos seguem começam a ficar para trás. Finalmente, o primeiro soldado para e se vira para nós.

– Vocês conhecem as regras – diz. – Então se lembra de nós, as recém-chegadas, e acrescenta: – Vocês só vão aonde são convidadas, não a qualquer outro lugar. Fiquem no pátio. Não toquem no vinho ou na comida, a menos que um convidado ofereça. Não vou hesitar em expulsar qualquer um que fizer cena.

Ele faz um gesto nos permitindo vagar pelo jardim.

– Como você acha que Magiano vai entrar? – sussurra Violetta enquanto caminhamos.

– Tenho certeza de que ele já está aqui – sussurro de volta.

Vários convidados passam por nós, seus olhos se demorando em nossos rostos. Violetta sorri docemente para eles e suas expressões relaxam. Eu a observo com atenção, tentando seguir o exemplo.

Funciona bem. Chamamos a quantidade certa de atenção para uma dupla de dançarinas contratadas. Homens passam um pouco perto demais, de modo que a seda de suas mangas toca nossos braços nus. Chamamos até a atenção de outros soldados do Rei da Noite espalhados por ali – um deles para por tempo suficiente para esfregar meu ombro. Enrijeço ao seu toque.

– Eles deixaram entrar dançarinas incríveis esta noite – murmura ele, fazendo uma saudação para Violetta e para mim.

Violetta cora, e ele fica radiante antes de continuar a patrulhar o terreno. Estou surpresa demais para fazer o mesmo. A última vez que um soldado me tocou, deixou uma cicatriz em meu peito com sua espada.

Vendo minha expressão, Violetta enlaça o braço no meu e se curva para perto do meu ouvido.

– Você tem que relaxar, mi Adelinetta – sussurra. – Especialmente perto dos soldados.

Ela está certa, claro. Lembro-me de que ninguém pode ver o lado verdadeiro e marcado do meu rosto. Tudo o que veem é a ilusão da minha beleza.

A multidão se torna cada vez mais espessa ao longo da noite. Aos poucos, enquanto procuramos o Rei da Noite, começo a relaxar. Violetta aponta um par de nobres bonitos e, quando eles nos veem, ela ri e se vira. Rio com ela, deixando que ela nos guie enquanto perguntas giram em minha mente. Será que alguns dos mercenários secretos do Rei da Noite estão aqui?

Caminhamos por todo o terreno do jardim, antes de enfim esbarrar na comitiva do Rei da Noite.

Nobres vestidos de seda conversam e riem em círculo em um canto privado do jardim, onde almofadas coloridas contornam a grama e uma alegre fogueira arde num poço central. Um porco inteiro gira sobre o fogo. Grandes pratos de arroz perfumado, tâmaras e melão recheado cercam o poço. Vários dançarinos se reuniram aqui, encantando seu público com batidas de tambor e sedas esvoaçantes. Outros estão sentados e rindo com seus clientes.

Percebo imediatamente qual deles é o Rei da Noite.

Ele é de longe o mais enfeitado do círculo, os dedos adornados com grossos anéis de ouro, e os olhos escuros acentuados com pó preto. Uma coroa fina enfeita sua cabeça. Um nobre à sua direita murmura algo em seu ouvido. À sua esquerda, um de seus soldados toma as últimas gotas de um copo de vinho. Vários outros montam guarda ali perto, suas mãos enluvadas pousadas sobre os punhos das espadas. Meu olhar cai sobre o colarinho de sua camisa de seda.

Ali, há um enorme alfinete com um diamante incrustado. Não é de admirar que Magiano esteja atrás de algo tão monstruoso – posso ver seu brilho do outro lado do pátio. Olho ao redor. Magiano ainda não entrou em ação.

Violetta e eu nos aproximamos do círculo. Quando vários nobres olham para nós, jogo meus ombros para trás e lhes ofereço meu sorriso mais deslumbrante. Para minha satisfação, seus olhos se arregalam e eles sorriem de volta.

O Rei da Noite ri quando nos aproximamos. Então, ele aponta para um pequeno espaço nas almofadas perto dele.

– Uma noite com as dançarinas mais bonitas de Merroutas – diz, quando nos ajoelhamos para sentar. – O verão é bom conosco.

Seus olhos contornados de preto se demoram em Violetta e depois em mim. É sempre nessa ordem.

– Como se chamam, minhas lindas?

Violetta apenas lhe dá um sorriso tímido, enquanto eu me deixo corar. Se ele soubesse que somos ambas *malfettos*...

– Nada de *malfettos* sujando sua propriedade – diz o homem sentado ao lado do Rei da Noite. – Está ficando mais difícil, senhor. Já ouviu as notícias de Kenettra?

O Rei da Noite sorri para ele.

– O que a nova realeza está fazendo por lá?

– O Inquisidor Chefe de Kenettra baixou um decreto, senhor – responde o homem. – Todos os *malfettos* já foram removidos de dentro da capital e instalados em abrigos fora dos muros da cidade.

– E o que vai acontecer com eles?

O Rei da Noite ainda está nos admirando enquanto fala. Ele se inclina para a frente e nos oferece um prato de tâmaras.

– Vão morrer, tenho certeza. Temos rejeitado navios com passageiros clandestinos *malfettos*.

– O Inquisidor Chefe – diz o Rei da Noite, reflexivo. – A rainha parece estar lhe dando bastante poder, não é?

O homem assente. Seus olhos brilham por causa do vinho.

– Bem, o senhor deve saber que ele está sempre na cama dela. Ele é apaixonado por ela desde que era menino.

O Rei da Noite ri e nós sorrimos junto.

– Bem, parabéns para ele pela conquista real – diz.

Então, Teren se importa com alguém – ele não é só um soldado leal a Giulietta, está apaixonado. Será possível? Mantenho o rosto congelado em um sorriso e guardo essas informações, perguntando-me como posso usá-las mais tarde.

O nobre que conversava com o Rei da Noite agora volta a atenção para mim. Levo um momento para reconhecê-lo. Não sei por que não o vi antes.

É Magiano, e ele olha para mim com um sorriso preguiçoso. Esta noite seus olhos não parecem fendas – em vez disso, as pupilas estão escuras e redondas e suas tranças estão bem amarradas em um coque no topo da cabeça. Ele está vestido com sedas luxuosas. Não tenho a menor ideia de como conseguiu chegar tão perto do Rei da Noite, mas não há nenhum sinal de seu lado selvagem. Ele está tão arrumado e carismático quanto o mais rico dos aristocratas, sua aparência tão diferente que eu nem sabia que era ele. Quase sinto que posso ler seus pensamentos.

Ah. Aí está você, meu amor.

– Esta dançarina é nova na cidade, meu amigo – diz Magiano ao Rei da Noite.

Ele passa um braço amigável pelos ombros do outro homem.

– Eu a vi antes. Ela é muito boa... ouvi dizer que foi treinada na corte.

Escondo minha irritação e continuo corando. Ele está me provocando, botando pequenos obstáculos no meu caminho. Que assim seja. Sorrio de volta, perguntando-me como posso atrair o Rei da Noite para longe de seu círculo.

– É mesmo? – pergunta o Rei da Noite, batendo palmas. – Talvez você possa nos mostrar.

Troco um olhar rápido com Violetta e me levanto. Olho mais uma vez o alfinete que brilha em seu colarinho. Então me posto diante do fogo e começo a girar no ritmo dos tambores.

Uso tudo o que aprendi na Corte Fortunata. Para minha surpresa, meu corpo se lembra – emendo numa dança popular kenettrana e faço uma volta graciosa em torno do poço central. Os outros nobres param a fim de me assistir. Uma lembrança de Raffaele surge espontaneamente em minha cabeça: ele me ensinando como andar como uma acompanhante, como flertar e dançar. Isso me distrai e, de repente, ele *está* aqui – a ilusão da mão pressionando levemente a parte inferior das minhas costas, seu cabelo sedoso caindo sobre os ombros como uma cascata de safira escura. Posso ouvir sua risada enquanto me guia em um círculo. *Paciência, mi Adelinetta*, diz sua bela voz. Vejo Enzo entrando enquanto Raffaele me prepara para uma noite na corte e me lembro dos profundos olhos escarlate do jovem príncipe, o modo como admirava minha máscara brilhante.

Violetta puxa minha energia em advertência. Olho para ela com gratidão, então reprimo duramente minhas emoções. A ilusão de Raffaele oscila e desaparece. Ninguém mais parece ter visto o que criei – talvez não tenha criado nada. Respiro fundo. Raffaele não está aqui. Nunca estará aqui, por isso é um absurdo eu desejar isso. Afasto os Punhais dos pensamentos e me concentro outra vez nos nobres. Violetta se aproxima do Rei da Noite, murmura algo para ele e ri. Ela está me ajudando a distraí-lo.

Magiano se recosta e me observa enquanto eu danço. O olhar em seu rosto é interessante. Se eu estivesse desavisada, acharia que ele estava realmente satisfeito com a maneira como me movo.

– Treinada na corte – murmura, dessa vez baixo demais para que o Rei da Noite ouça.

Ele não tem ideia de que neste momento Violetta está roubando seu poder, tornando-o vulnerável às minhas ilusões.

Sigo meu caminho ao redor do círculo. Enquanto isso, teço calmamente um falso alfinete de diamante no colarinho do Rei da Noite. Cubro o alfinete verdadeiro, tornando-o invisível. Quando termino a volta pelo poço central, Magiano sussurra algo para o Rei da Noite. Então o vejo aplaudir.

Sorrio. Magiano pegou o alfinete falso.

O Rei da Noite está olhando para mim agora. Lembro-me de como Raffaele responderia aos clientes cativados por seus encantos. Baixo os cílios e inclino a cabeça numa reverência tímida.

O Rei da Noite aplaude.

– Magnífico! – diz ele quando me sento de novo. – Em que parte da cidade você mora, minha linda? Eu gostaria de vê-la de novo.

Sua voz me dá arrepios, mas eu apenas rio.

– Somos muito novas, senhor – respondo, mudando de assunto. – E sabemos muito pouco a seu respeito.

Isso o diverte. Ele pega minha mão e me puxa para ele.

– O que você quer saber? – murmura. – Sou um dos homens mais ricos do mundo. Não sou, meu amigo?

Ele faz uma pausa para olhar Magiano.

Magiano mantém os olhos em mim, seu sorriso astuto.

– O Rei da Noite não é um nobre comum, meu amor – diz ele, um desafio implícito em suas palavras. – Ele está sentado sobre uma pilha de riqueza e poder que qualquer um mataria para ter.

O Rei da Noite sorri ao elogio de Magiano.

– Kenettra adora negociar conosco. Desfrutamos de seus espólios mais do que ninguém. Sabe como adquiri essa confiança em meu poder?

Ele passa um braço em torno de mim e acena para os soldados com emblemas nas mangas.

– Vou lhe dizer como. Os mercenários mais mortais do mundo sempre escolhem servir ao mais poderoso, e eles escolhem servir *a mim*. Minha cidade está cheia deles. Então, se alguma vez quiser me ver, minha querida, basta sussurrar no ouvido de qualquer um nas ruas. A notícia chegará a mim. E vou mandar buscá-la.

Por que os homens poderosos são tão estúpidos perto de um rosto bonito? Silenciosamente, começo a tecer uma ilusão em torno de todo o círculo. É sutil, a luz difusa de uma lanterna borrada e um burburinho, a ilusão de pessoas bêbadas de vinho. O Rei da Noite esfrega os olhos antes de sorrir para mim.

– Ah, minha linda – diz. – Parece que bebi demais esta noite.

Os mercenários mais mortais do mundo escolhem servir a você, dizem os sussurros, *porque ainda não me conhecem*. Eu me inclino para beijá-lo no rosto. Ao fazer isso, levo a mão a seu colarinho. Então pego o alfinete de diamante verdadeiro e guardo no bolso das minhas vestes.

– Talvez o senhor precise descansar, milorde – respondo, ficando de pé.

Sua mão se ergue sem aviso e agarra meu pulso. Eu congelo – assim como todos ao seu redor. Até Magiano para, surpreso com a velocidade do homem. O Rei da Noite luta contra sua embriaguez e endurece seu sorriso.

– Você não sai até que eu mande – diz ele. – Espero que meus soldados tenham lhe passado as regras deste pátio.

Todos em torno do fogo trocam olhares nervosos. O meu encontra o de Violetta. Ela pega a deixa, inclina-se para ele e sussurra algo em seu ouvido. O Rei da Noite ouve, franzindo a testa – então explode numa risada.

Posso ver os ombros ao redor do círculo relaxando quando os outros nobres riem também. O Rei da Noite suaviza seu aperto em meu pulso, depois se levanta.

– Então – diz, passando o braço pela minha cintura enquanto puxa Violetta para seu lado. – Uma dupla de irmãs aventureiras. De onde vocês são mesmo?

Ele me segue enquanto nos conduzo para fora do círculo e através do pátio.

Atrás de nós, vários de seus soldados se entreolham e nos seguem. O olhar de Magiano também permanece em nós e, por um instante, seus olhos encontram os meus. Ele parece intrigado e curioso.

Olho ao redor do pátio, me perguntando onde podem estar os mercenários do Rei da Noite. Se são tão perigosos quanto todos dizem, devem estar nos observando atentamente. Quando lanço um último olhar casual sobre o ombro, vejo que Magiano já desapareceu do círculo.

Sustento a ilusão nebulosa e embriagada em torno do Rei da Noite conforme passamos pelos jardins e entramos em um dos pórticos abertos que cercam o pátio. Aqui, as sombras das arcadas nos cobrem e somos engolidos pela escuridão. Os soldados que seguem o Rei da Noite guardam uma distância curta de nós, dando-lhe privacidade ao mesmo tempo que nos mantêm à vista.

O Rei da Noite me puxa para perto, então me empurra contra um dos pilares do pórtico. Ao mesmo tempo, busco minha energia, encontro e puxo os fios. Começo a tecer.

Uma a uma, as luzes ao longo do pórtico se apagam. Os soldados se assustam, confusos. Olham para as lanternas apagadas. Então um deles olha para nós e se permite dar um grito enquanto estendo um manto de invisibilidade sobre mim e Violetta. Damos um passo para longe do Rei da Noite, fugindo de seu alcance.

O Rei da Noite abre os olhos, vê que sumimos e cambaleia para trás.

Silenciosamente agradeço à noite por esconder as imperfeições da minha invisibilidade. Continuo a tecer.

– Guardas! – grita o Rei da Noite, acenando para seus homens.

Eles correm para junto dele. Para minha surpresa, várias figuras também se materializam fora das sombras no pórtico. Estes homens estão vestidos de forma diferente dos guardas – parecem nobres comuns, só que cada um deles tem um punhal na mão. *Seus mercenários*, penso.

– Para onde elas foram? – pergunta um deles, olhando ao redor e passando direto por nós.

Violetta e eu ficamos imóveis, encostadas com força contra os pilares.

– Como vocês podem tê-las perdido? – dispara o Rei da Noite, tentando se recuperar de sua própria vergonha. – *Encontrem-nas.*

Sorrio, divertindo-me com a confusão dos soldados. Cerro os dentes e busco o Rei da Noite.

De repente, ele engasga. Olha para baixo. Então solta um grito, cai e rasteja para trás até estar preso contra a parede. Feridas vermelhas e repugnantes surgiram em suas pernas, ardendo através de suas vestes como se um balde de veneno tivesse acabado de ser derramado sobre ele. Ele grita mais e mais. À sua volta, os soldados e mercenários olham, horrorizados. Uma onda de energia sombria paira sobre a multidão, e eu a absorvo avidamente, deixando que o medo deles me encha por dentro e me fortaleça. Os sussurros em minha cabeça explodem numa cacofonia que não consigo entender.

Os gritos do Rei da Noite ecoam pelo corredor. Outros espectadores se amontoam em volta dele. Tenho vislumbres de seus rostos chocados – a descrença ao ver o todo-poderoso governante de Merroutas agachado contra uma parede, paralisado de terror. Que bom. Deixe que vejam.

Então, eu tropeço. Um dos soldados sem querer cambaleou para trás, direto em mim, e me empurra de onde estou. O susto me distrai da minha ilusão de invisibilidade – e de repente, por um momento, Violetta e eu estamos expostas. Há uma dúzia de pares de olhos sobre nós.

No chão, o Rei da Noite nos vê – curva os lábios num grunhido.

– Vocês – cospe, olhando para mim e depois para minha irmã.

Ergo o queixo e libero a ilusão dele. Meu coração bate furiosamente no peito.

– Um demônio. Malditas *malfettos* – sibila. – Ladras, prostitutas...

Sua voz se tornou feia e ameaçadora.

Seus olhos recaem sobre Violetta, e neles vejo assassinato. Minha irmã dá um passo atrás e a atenção dele se volta para mim.

– Vou esquartejá-las e queimá-las na praça central.

Olho em volta para os outros, deixando meu olhar recair sobre os mercenários. Quando chegamos aqui esta noite, achei que fosse aterrorizar o Rei da Noite na frente de seus soldados e mercenários, de modo que eles percebessem como sou poderosa. *Não tinha pensado em matar ninguém.*

Mas agora olho para o Rei da Noite, ouço as ameaças que faz a mim e a minha irmã e sinto toda a força do ódio em meu coração. Se meu objetivo é ganhar seus mercenários implacáveis – ser realmente uma ameaça à rainha Giulietta e à Inquisição –, então talvez eu deva fazer mais do que apenas aterrorizá-lo.

– Peguem-na! – grita um dos guardas.

Olho para eles. Não tenho certeza do que veem, mas algo em meu olhar os faz hesitar. Suas espadas ficam empunhadas, pairando no ar, imóveis.

– Como podem me pegar – digo com calma –, se vocês não me veem?

Um deles finalmente avança. Desapareço. Os sussurros na minha cabeça explodem em caos. Violetta grita para eu continuar, mas um borrão de pensamentos corre através de mim com a velocidade de um vento uivante. Trinco os dentes e reúno minha energia. Estendo a mão, procurando a escuridão nas pessoas que nos rodeiam, a ira do Rei da Noite, o medo dos soldados, deixando que tudo isso me fortaleça. Estalo uma ilusão em torno do soldado mais próximo, como um chicote.

Ele grita e seus passos vacilam. Para ele, é como se estivesse subitamente suspenso sobre um precipício.

Busco o Rei da Noite e o envolvo em uma ilusão.

– O que você está fazendo? – grita Violetta. – Isso não faz parte do...

O Rei da Noite pega sua espada, aponta para Violetta e ataca. A lâmina ressoa no ar, mirando direto a garganta de minha irmã.

Tarde demais, ele percebe que sua espada é uma ilusão. Eu a faço desaparecer numa nuvem de fumaça. Ao mesmo tempo, pego a verdadeira espada amarrada em sua cintura. Meus membros se movem por vontade própria – sumo e apareço, oscilando. Os sussurros em minha mente fogem de suas gaiolas, rugindo, enchendo-me com seus assobios. Seguro a espada reta na direção dele, bem na hora que ele avança contra mim.

Seu peso me empurra para trás. Sinto a lâmina perfurar a carne macia. Ele solta um grito engasgado enquanto é atravessado por sua própria espada.

Os olhos dele se arregalam e ele solta um grito estrangulado, como o porco assando na fogueira deve ter feito em seu momento final. O sangue se espalha pela frente de suas finas sedas. Imediatamente solto a espada e ele cambaleia vários passos para trás, as duas mãos segurando firmemente o punho numa vã tentativa de retirá-la. Olha de volta para mim, confuso, como se não pudesse acreditar que está encontrando seu fim pelas mãos de uma garota. Tenta dizer alguma coisa, mas está fraco demais. Ele tomba para a frente e fica imóvel quando seu flanco atinge o chão e o sangue se espalha em torno dele num círculo cada vez maior.

Por um instante, todos – Violetta e eu, os soldados, os mercenários – apenas olhamos. *Guarde sua fúria para algo maior*, ela me dissera.

Quando eu era pequena, queria acreditar que meu pai me amaria se eu fizesse o que era certo. Eu tentei e tentei, mas ele não se importava. Então, depois que ele morreu, a Inquisição me prendeu. Tentei lhes dizer que era inocente, mas ainda assim eles me arrastaram para as masmorras e me levaram para queimar na fogueira. Quando entrei para a Sociedade dos Punhais em minha busca por Jovens de Elite como eu, fiz tudo ao meu alcance para me tornar um deles, para agradá-los e para me enquadrar. Abri meu coração para eles. Tentei me libertar da armadilha que Teren Santoro armara para mim, obrigando-me a trair meus novos amigos. Cometi erros. Confiei demais e muito pouco. Mas, pelos deuses, eu tentei de verdade. Dei tudo que eu tinha.

Sempre fiz o melhor que pude, e ainda assim, de alguma forma, nunca foi o suficiente. Ninguém se importava com o que eu fazia. Sempre me deram as costas.

Por que *eu* não posso ser assim? Por que *eu* não posso ser o pai que dá de ombros para o amor de sua filha? Por que *eu* não posso ser o Inquisidor Chefe que gosta de assistir a suas vítimas suplicantes queimando na fogueira? Por que *eu* não posso ser a pessoa que fica amiga de uma menina solitária, perdida, e, depois, a expulsa? Por que *eu* não posso ser a que ataca *primeiro*, que acerta tão cedo e com tanta fúria que meus inimigos se curvam antes que possam pensar em se virar contra mim?

O que há de tão *especial* em ser boa?

Um dos mercenários encontra meu olhar.

– Loba Branca – sussurra, quase incapaz de pronunciar as palavras.

Encaro seus olhos arregalados. O fato de ele reconhecer meu poder e saber meu nome de Elite teria me assustado antes – alguns vão saber que estive aqui, muitos irão atrás de mim. Mas não tenho medo, nem um pouco. Deixe que saibam quem fez isso, e que as notícias cheguem a Kenettra.

– Eu posso lhes dar mais do que ele jamais deu – respondo, acenando uma vez a cabeça na direção do corpo do Rei da Noite.

Um assobio ressoa acima de nós. Levanto a cabeça e vejo Magiano empoleirado no alto do muro. Ele franze a testa e joga uma corda para nós. Só consigo proteger o rosto com os braços antes de a corda me acertar.

– Você está nos ajudando? – pergunta Violetta de seu lugar junto à parede.

Magiano põe algo contra o muro e, em seguida, aperta a corda sobre o objeto.

– *Ajudar* é uma palavra forte para o que estou fazendo – diz ele, antes de desaparecer.

Alguns dos mercenários saíram de seu transe – empunham suas armas e avançam contra nós. Reajo da única maneira que sei. Cubro-nos de invisibilidade e pego a corda. Violetta a agarra também. No instante em que fazemos isso, a corda nos puxa para o alto. Enquanto os mercenários param abaixo de nós, voamos até o topo do muro e nos puxamos para cima. Violetta recupera o equilíbrio primeiro e me ajuda a correr para o outro lado. Saltamos para baixo, tropeçando várias vezes antes de conseguirmos ficar de pé.

Do lado de fora da propriedade, mais soldados correm em nossa direção. Sinto o peso súbito da energia gasta e a cortina de invisibilidade sobre nós oscila, deixando-nos expostas. Uma flecha passa assoviando pelo meu ombro, rasgando minha manga. Corremos em direção às sombras do beco mais próximo, mas os soldados nos seguem. Eles vão nos interceptar.

De repente, uma ilusão surge atrás de nós – uma parede de tijolos, de aparência tão sólida quanto algo real. Os soldados gritam, confusos. Violetta olha para trás, assustada e, em seguida, olha para si mesma. Estamos invisíveis. Acima de nós, Magiano assovia de novo. *Ele está me imitando*, percebo. *E está nos protegendo.*

À medida que percorremos um labirinto de vielas estreitas, Magiano continua criando ilusões rápidas atrás de nós, atrasando os soldados até que eles parecem muito distantes. Disparamos através de corredores de fumaça e sacos de especiarias, ouvindo o chamado dos comerciantes como uma longa nota difusa ao nosso redor. As pessoas emitem sons assustados sempre que esbarramos nelas, invisíveis. Corremos por muito tempo, até que finalmente saímos do estreito centro comercial para uma rua tranquila, só com varais de roupas úmidas pendurados acima de nós.

Magiano não está à vista. Deslizo pela parede até estar agachada com o queixo nos joelhos. Baixo a cabeça e a apoio nas mãos. Violetta faz o mesmo. O suor brota de nossas testas e nossa respiração está acelerada. Não consigo parar de tremer. O terror que emana de alguém antes da morte é um dos mais fortes picos de energia que posso sentir, e a morte do Rei da Noite me atinge agora. Quero investir contra alguma coisa, qualquer coisa, mas me controlo e tento acalmar minha respiração. *Acalme-se.* Tudo o que posso fazer é ver a expressão chocada do Rei da Noite, o sangue se empoçando ao redor dele. A cena se repete. Meus pensamentos são um borrão.

A mão de Violetta toca meu ombro. Hesitante, ela puxa meu poder, pedindo permissão para tirá-lo, se eu quiser. Balanço a cabeça. Não, tenho que me acostumar a isso.

– Você prometeu – diz ela para mim.

Olho para ela, surpresa. Seus olhos estão estreitados e posso sentir uma onda de raiva nela.

– Não quebrei nenhuma promessa – respondo.

Violetta tira a mão do meu ombro e aperta sua mandíbula com tanta força que acho que pode se quebrar.

– Você disse que não mataria ninguém. Que só queria assustá-los e mostrar nossos poderes.

– Eu disse que *você* não mataria ninguém – rebato, enxugando o suor da minha testa.

– Você não precisava fazer aquilo – continua Violetta, e sua voz fica mais aguda. – Agora seremos caçadas por toda Merroutas. Eles vão selar as portas, tenho certeza. Como vamos embora? Por que você faz isso?

– Você acha que eles não iriam atrás de nós se tivéssemos apenas intimidado o Rei da Noite e roubado seu alfinete? Você viu como os mercenários olharam para mim depois que ele morreu?

Violetta parece doente de tão pálida.

– Eles vão nos encontrar e nos matar por isso.

– Nem todos. Alguns ficarão impressionados com o que fizemos e se juntarão a nós.

– Isso poderia ter sido feito de outra forma.

Olho feio para ela.

– Ótimo. Da próxima vez, você pode pedir tudo a eles na boa vontade. Não se preocupe. Você ainda não vai ter que sujar as *suas* mãos com sangue.

Nossa conversa é interrompida quando uma figura entra no beco, uma silhueta escura com a luz do mercado às suas costas. Quando ele se aproxima, reconheço os olhos de gato nos fitando por trás de um véu. Um nó de tranças está preso no alto de sua cabeça.

– Você voltou – sussurro.

Magiano se inclina para mais perto.

– Ok – começa ele, o véu abafando sua voz. – *Por que você fez isso?*

– Porque ele estava avançando contra nós com uma espada.

– Mas... – explode Magiano. – Você estava indo muito *bem*. Vocês poderiam ter fugido. Essa era a opção, sabe, além do assassinato. Deve considerá-la qualquer hora dessas, porque funciona muito bem.

– Você ao menos se certificou de que pegou o alfinete de diamante? – pergunto.

Antes que ele possa nos dar um sorriso arrogante e checar em seu bolso, eu aceno para Violetta, e tiro o verdadeiro alfinete de diamante de minhas roupas de seda.

Magiano pisca e franze a testa. Em seguida, busca em seu bolso o alfinete falso que achou ter guardado em segurança. Como esperado, suas mãos voltam vazias. Ele olha rapidamente para nós. Há um momento de silêncio.

– Nós ganhamos – digo, fazendo o alfinete brilhar.

Minha mão ainda treme por causa do que aconteceu, mas espero que ele não perceba.

– Vocês não me contaram sobre todos os seus poderes – diz ele.

Olha de novo para Violetta e imagino que deve estar tentando imitar seu poder. Seus olhos se arregalam quanto ela puxa sua energia. *Ele não consegue*, percebo.

– Você tirou meu poder – sussurra ele.

Seus olhos disparam de volta para mim.

– Não é de admirar que eu não tenha conseguido sentir suas ilusões enquanto você dançava. Vocês me enganaram.

– Apenas por um momento – admite Violetta. – Eu não consigo manter por muito tempo.

Espero Magiano ficar furioso, ou pelo menos indignado. Em vez disso, suas pupilas se tornam redondas e um pequeno sorriso se desenha sob seu véu.

– Vocês me enganaram – repete.

Fico em silêncio. Tudo parecia tão claro no meio da ação. Agora que estamos aqui, e meu corpo está fraco e debilitado, tenho problemas para lembrar tudo o que aconteceu. Sinto a mesma tontura que tive depois da morte de Dante e de Enzo. Fecho os olhos e encosto na parede, tentando não pensar no sangue do Rei da Noite se espalhando pelo chão. Se eu não tomar cuidado, vou criar a ilusão dele bem aqui, com o rosto furioso virado para mim.

Depois de um tempo, Magiano cruza os braços.

– O Rei da Noite governou esta cidade por décadas. Acho que você não entende o verdadeiro peso do que fez.

Ele faz uma pausa e levanta o véu para nos olhar mais de perto.

– Ou talvez você *entenda*. Pela manhã, todas as pessoas de Merroutas terão ouvido seu nome. Elas vão querer saber e sussurrar sobre a Loba Branca. Terão medo de você.

Ele balança a cabeça de novo, dessa vez, em admiração.

– Você pode ter acabado de conquistar um exército de mercenários.

Meu coração dispara. Magiano não parece enojado pelo que fiz. Sua expressão não é de pena nem cautela. *Admiração. Depois de eu ter matado um homem.* Não sei o que sentir. Horror? Orgulho?

Violetta lhe entrega o alfinete de diamante.

– Tome isto. Era você que o queria.

Magiano pega o alfinete da mão dela com um olhar de reverência.

– Por que você voltou para nos ajudar? – pergunto. – Isso significa...

Não consigo me obrigar a dizer as palavras antes de ouvi-las dele.

Magiano se recosta na parede e abaixa o véu. Ele nos lança um olhar irônico.

– Você sabe quão mais famoso eu poderia ter sido, se você estivesse sempre perto o suficiente para que eu imitasse seu poder? Sabe o que eu seria capaz de fazer, se viajássemos juntos? E sua irmã, com sua capacidade de tirar o poder de um Jovem de Elite?

Ele olha para ela com curiosidade, e Violetta tosse desconfortavelmente sob sua atenção.

– Muito interessante – murmura ele. – Muito interessante, mesmo.

Fico ali e escuto, ainda perdida em uma névoa. Eu me pergunto com o que ele se alinha. Ambição. Ganância. Algo mau, talvez, como eu. Mais uma vez, eu me pego questionando o que se passa em seus pensamentos.

Se você foi capaz de matar um rei, então talvez possa mesmo contra-atacar a Inquisição.

– Você vai se juntar a nós? – pergunto.

Ele estuda meu rosto. Então estende a mão para mim.

Raffaele Laurent Bessette

Montado em um cavalo, Raffaele atravessa os portões de Estenzia atrás da rainha Maeve. Com eles estão três dos irmãos da rainha. Dois deles, Augustine e Kester, seguem ao lado dela. Kester é um Jovem de Elite, embora Raffaele ainda não tenha visto seu poder em ação. O terceiro irmão é o mais novo, o príncipe com a energia estranha, Tristan. O tigre branco de Maeve segue na frente de seu cavalo.

Raffaele mantém a cabeça e os olhos erguidos. Um longo manto azul se estende atrás dele e desce pela garupa da montaria. Algemas de ouro adornam seus pulsos e pescoço. Os Inquisidores cercaram um largo caminho para Maeve e seus companheiros. As pessoas saíram à rua em massa para vê-la. Elas curvam a cabeça, mas, com Inquisidores cercando o caminho, parecem ter muito medo de comemorar ou aplaudir a rainha *malfetto*. Quando se atrevem a olhar para cima, é com espanto que observam seu enorme felino branco.

Raffaele olha para as costas de Tristan. Nas duas semanas que passaram no mar, o jovem príncipe não tinha dito uma palavra. Mesmo agora, sempre que Maeve se inclina para murmurar alguma coisa para ele, Tristan permanece em silêncio. Sua energia pulsa em um padrão estranho e sombrio. Ele distrai Raffaele, que balança a cabeça para esvaziá-la.

O príncipe está vivo, lembra a si mesmo. Sua energia estranha não é motivo de preocupação. Enzo pode viver também. *Não é isso que eu quero?*

A procissão finalmente chega à praça principal de Estenzia, bem em frente ao palácio. Hoje, a praça está decorada com uma série de tendas brancas, suas telas balançando ao vento e bandeiras de Kenettra e de Beldain içadas lado a lado sobre cada tenda. Sob a maior delas, a rainha Giulietta está sentada em seu trono improvisado, uma grande cadeira esculpida. A tenda em frente à dela tem um segundo trono, vazio. Reservado para Maeve. Entre elas há uma grande extensão de pavimento, onde duas linhas de Inquisidores estão a postos, de guarda entre as duas rainhas.

Os olhos de Raffaele caem sobre o Inquisidor Chefe ao lado de Giulietta. Teren. Ele retribui o olhar. Raffaele sabe que foi reconhecido.

Eles seguem seu caminho até as tendas. Teren se aproxima. Seus olhos pálidos se voltam para Raffaele e permanecem assim por um momento. Raffaele obriga-se a devolver o olhar. Teren parece surpreso por vê-lo. O Inquisidor provavelmente o mataria se a rainha bedaína não estivesse aqui. Em vez disso, Teren para diante do cavalo de Maeve. Ele estende a mão. Ao seu lado, o tigre branco rosna, mas mantém distância.

– Sua Majestade – diz ele. – Quer uma ajudinha?

Maeve lhe lança um olhar frio. Suas tranças pretas e douradas partem do meio da cabeça e descem pelas costas. Traços dourados enfeitam seu rosto. Ela pula do cavalo com um equilíbrio fácil e passa por Teren. Caminha em direção à tenda de Giulietta enquanto Raffaele e os outros desmontam.

– Majestade – diz Maeve para Giulietta. A mão repousa sobre o punho da espada em seu quadril. Ela não baixa a cabeça.

Silêncio na praça. Então Giulietta sorri e abre os braços.

– Majestade – responde. – Bem-vinda a Kenettra. Por favor, fiquem à vontade.

Com isso, a multidão finalmente aplaude. Raffaele vê que muitos deles agitam bandeiras kenettranas. O sorriso de Giulietta permanece, mas é frio. Raffaele estuda seu rosto e imagina Enzo ao lado dela. Ele estremece ao ver como ela e Enzo se parecem, ela é a versão mais delicada do outro, ambos ferozmente ambiciosos.

Maeve inclina a cabeça, aceitando a saudação de Giulietta, e vira-se para se sentar em seu próprio trono. Seus irmãos se acomodam em cadeiras ao lado dela, enquanto Raffaele fica de pé atrás do trono. Ele cruza os braços e suas algemas de ouro tilintam ao se esbarrarem.

– Faz muito tempo que não recebemos um rei de Beldain – diz Giulietta do outro lado.

Raffaele percebe que as duas rainhas estão longe o suficiente para que ambas se sintam seguras.

– Uma *rainha* de Beldain – corrige Maeve, com um sorriso maldoso. – Vim parabenizá-la.

Ela faz um meneio com a cabeça.

– Obrigada – responde Giulietta.

Ela acena para Teren, que se vira para assobiar para seus homens.

– Vamos oferecer um grande banquete em sua homenagem. Tenho um presente para você.

Teren acena para seus Inquisidores. Raffaele os vê trazer algo para o espaço entre as tendas das duas rainhas. É um garanhão – bonito, alto e muito musculoso, de manta preta e crina branca. Pelugem negra adorna suas pernas. O cavalo agita a cabeça quando os Inquisidores o conduzem até o centro.

Teren lança um sorriso brilhante para Maeve enquanto mostra o cavalo.

– Um magnífico garanhão das Terras do Sol – anuncia. – Apenas um exemplo da beleza da nossa nação, generosamente dado a você, Majestade, por nossa rainha.

– Ele era o favorito do meu marido – acrescenta Giulietta.

Raffaele ouve com atenção. É um insulto velado – um presente de segunda mão do rei morto, um rei que Maeve sabe que provavelmente foi assassinado por Giulietta. Augustine e Kester, um de cada lado de

Maeve, trocam um olhar sombrio, mas Maeve mantém os olhos no cavalo.

– Um belo animal – responde. – Obrigada.

Em seguida, gesticula para Raffaele dar um passo à frente.

Não tenha medo, Raffaele lembra a si mesmo. Ele desce lentamente os degraus da tenda até estar no centro, entre as duas rainhas. Teren pega sua espada. Outros Inquisidores o imitam.

– Eu também lhe trouxe um presente – anuncia Maeve.

Silêncio. Não se ouve nenhum som. Raffaele foca o olhar em Giulietta, seus longos cílios escuros varrem as bochechas, e, em seguida, se ajoelha graciosamente. As vestes azuis se amontoam num círculo ao seu redor. Ele baixa a cabeça e desliza o cabelo brilhoso sobre um ombro para que Giulietta possa ver a manilha de ouro em seu pescoço.

– Conheço esse *malfetto* – diz Giulietta com voz gélida. – Há boatos de que era um Punhal, amigo do meu irmão traidor.

– Ele já foi o melhor acompanhante de sua nação – responde Maeve. – Foi encontrado escondido em meu país.

Giulietta olha para ela, a suspeita clara em seu rosto. Raffaele aguarda em silêncio.

– Espero que você não esteja começando nosso primeiro encontro com mentiras – diz ela. – Os beldaínos adoram *malfettos*, mas nós não. Por que você me daria um deles de volta como prisioneiro?

– Você acha que estou mentindo – diz Maeve, a voz calma.

– Acho que você pode estar me fazendo de boba, sim.

– Os beldaínos acreditam que seus *malfettos*, como vocês os chamam, são filhos dos deuses, marcados por suas mãos e abençoados com seus poderes. Mas sei que você tem caçado os Punhais – explica Maeve. – Quando encontramos seu líder entre nós, quisemos trazê-lo de volta para você. Reconheça o sacrifício que faço por você, nossos costumes contra os seus, pelo bem da paz e da prosperidade de nossos países.

Raffaele aguarda, maravilhado com a calma de Maeve.

– Ele não tem poderes que possam prejudicar você – continua Maeve. – Ele é o líder de uma sociedade que você despreza, mas está sozinho aqui. Você tem medo de um garoto indefeso, Giulietta, só porque ele é marcado?

Murmúrios se erguem no meio da multidão. Raffaele mantém a cabeça baixa, mas, pelo canto do olho, pode ver a boca de Teren se torcer em um grunhido. Giulietta não parece reagir às palavras de Maeve. Quando Raffaele vira a cabeça para olhar para ela, a encontra fitando-o também. Ela está admirando seu rosto, e ele sente minúsculos filamentos de atração vindo dela.

Maeve deixa escapar um suspiro audível.

– Não vim aqui como sua inimiga, Majestade – diz para Giulietta. – Minha mãe morreu e assumi o trono enlutada. Você e eu somos ambas novas governantes. Eu sei que nossos países lutaram por centenas de anos, mas estou cansada. Ganhamos pouco com isso. E a febre do sangue prejudicou muito Kenettra.

Maeve se inclina para a frente.

– Vim aqui porque quero que nós duas criemos uma nova relação de que possamos nos beneficiar. Giulietta, vamos falar sobre como podemos abrir nossas nações uma para a outra. Como podemos prosperar novamente. Sou muito grata pelo belo presente que você me trouxe – diz, gesticulando para o garanhão. – E espero que você veja meu presente não como algo suspeito, mas como um gesto da minha boa-fé – continua, apontando para Raffaele. – Em troca, peço humildemente que você dê a este *malfetto* a graça de um julgamento e, se optar por condená-lo, uma punição justa. Ou, Majestade, talvez possa perdoá-lo.

Mais murmúrios da multidão. Raffaele está impressionado com tão excelente mentira. A declaração de Maeve diante de famílias que ela sabe que sofrem com a perda de seus próprios entes queridos *malfettos*.

Teren zomba de Maeve.

– Você não pode pedir a nossa rainha que mostre respeito por um cão nojento, um demônio.

Ao lado de Maeve, Kester põe a mão no cabo da espada. Sua energia de Jovem de Elite vibra. A atenção de Raffaele se volta primeiro para ele, e em seguida para Tristan, que se move ligeiramente. É a primeira vez que Raffaele vê o príncipe mais jovem fazer uma careta

– e algo em sua expressão faz Raffaele gelar por dentro. Maeve tinha dito que trazer Tristan de volta do Submundo aumentara sua força dez vezes. Pela primeira vez, Raffaele acredita. Maeve faz um gesto sutil com a mão e Tristan se aquieta.

Teren parece que quer continuar, mas Giulietta balança a cabeça uma vez, fazendo-o parar. Raffaele observa – um pequeno momento de discordância entre os dois. Ele guarda essa imagem.

Por fim, Giulietta se dirige a Maeve.

– Não posso prometer nada. Mas vou considerar seu pedido.

Um movimento súbito distrai Raffaele. É Teren, afastando-se de Giulietta e marchando na direção dele. Um nó de energia sombria, frustrada, se agita no peito do Inquisidor, e Raffaele fica tenso. Atrás de Teren, Giulietta o encara com olhos duros como pedra. *Ela não o mandou se mover*, pensa Raffaele. *Ele está agindo sem sua permissão?*

Teren para a poucos passos de Raffaele. Sorri para Maeve.

– Majestade, você diz que Beldain considera sagrados esses sobreviventes marcados.

Ele descreve um círculo, para que toda a multidão possa ouvi-lo.

– Temos o privilégio de ter uma rainha beldaína em nosso país e estamos honrados por sua estadia aqui. Mas, em Kenettra, temos costumes diferentes.

– Mestre Santoro.

A voz de Giulietta não é alta, mas Raffaele ouve a severa advertência em seu tom. *Ela não quer gritar, porque não quer fazer parecer que não tem controle sobre sua Inquisição.* Teren a ignora.

– Em Kenettra – continua ele, alto –, um *malfetto*, seja presente ou não, não põe os pés em Estenzia.

Bom, pensa Raffaele. Eles tinham escolhido dar Raffaele de presente exatamente para irritar Teren. *Ele está com raiva por não ter me capturado antes ou porque sua rainha está olhando para mim e não para ele?*

– Em Kenettra – diz Teren –, um *malfetto* que cometeu traição contra a coroa deve ser executado. Minha Inquisição é grata à Sua Majestade por trazer este criminoso de volta para nós, para que possamos lhe dar a punição apropriada.

– Mestre Santoro.

Desta vez a voz de Giulietta parece uma chicotada furiosa. Teren enfim se vira para ela, que estreita os olhos. Sua boca se comprime em uma linha firme.

– Chega. – Enquanto a multidão se agita, inquieta, ela ergue as mãos, pedindo silêncio. – Já temos sangue suficiente em nosso passado – diz ela. – Que não haja nenhum hoje.

Teren abre a boca, mas a fecha rapidamente. Ele inclina a cabeça para Giulietta, lança para Raffaele um último olhar fulminante e caminha de volta à tenda da rainha. Giulietta não olha para ele. Enquanto os Inquisidores pegam os braços de Raffaele, Giulietta se aproxima.

– Você sempre deixa o Inquisidor Chefe falar por você, rainha de Kenettra? – pergunta Maeve em voz baixa.

– Você interviria para salvar seu presente, rainha de Beldain? – rebate Giulietta, um pequeno sorriso brincando nos cantos da boca.

Há frieza em sua voz, um desafio e, de repente, parece que as palavras educadas trocadas momentos antes não servirão de nada.

Então, Giulietta balança a cabeça.

– Perdoe as ações do Inquisidor Chefe – diz, por fim, em voz alta e clara. – Ele defende ferozmente seu país, só isso.

Raffaele observa Maeve se levantar, se curvar para Giulietta em despedida e tomar as rédeas do novo cavalo. Ela conduz o garanhão pelo caminho em direção ao palácio de Estenzia, enquanto a multidão a vê partir.

Giulietta estuda Raffaele por mais algum tempo. Ao lado dela, Teren percebe como ela admira os traços do acompanhante. Ele faz uma careta.

Os pensamentos de Raffaele giram. Nunca ouvira falar de um conflito entre a rainha e Teren. Mais do que isso, a atitude de Giulietta em relação aos *malfettos* parece ter mudado desde a época em que queria Enzo morto. Agora que ela tem seu trono, desistiu de sua suposta guerra contra os *malfettos*? Teria sido tudo parte de seu plano para a conseguir o apoio de Teren e se livrar do irmão? Raffaele analisa sua energia, pensando: *Será que Giulietta vai punir Teren por desafiá-la?*

Finalmente, Giulietta se levanta. Os Inquisidores se reúnem para escoltá-la. Ela desce as escadas, para diante de Raffaele e dá uma volta em torno dele. Ela se ajoelha para olhar em seus olhos.

– Levante-se, acompanhante – murmura, erguendo o queixo dele.

Seu toque é firme, duro até.

Raffaele estremece e faz o que ela manda.

– Venha – ordena ela.

Em seguida, se vira em direção ao palácio.

> Tio Whitham, depressa, saia da cama!
> Tio Whitham, ele veio buscar sua cabeça.
> Esconda-se sob as escadas, esconda-se em qualquer lugar,
> Tio Whitham, ele quer você morto.
> – *"Tio Whitham e o fantasma de Darby"*, canção infantil

Adelina Amouteru

Na manhã seguinte, acordo nos Pequenos Banhos me sentindo estranha.

Fico deitada imóvel por um momento. Não é *dor*, exatamente. Em vez disso, há uma leve pressão no ar ao meu redor, tornando tudo embaçado. Fecho o olho e espero. Talvez eu esteja apenas tonta. Dormi mal, assombrada por pesadelos de reis sangrando, e agora estou exausta. Ou talvez seja a umidade do ar – quando ergo o olhar para os buracos no teto, o céu parece melancólico, com nuvens de um cinza-escuro. Os sussurros em minha mente estão se agitando de novo, ativos como de costume após uma noite de sonhos vívidos. Tento entender o que dizem, mas hoje são incompreensíveis.

Quando abro o olho outra vez, o sentimento sumiu. Os sussurros se aquietam e eu me sento. Ao meu lado, Violetta ainda está dormindo, seu peito subindo e descendo em um ritmo constante. Magiano não está à vista.

Fico sentada por um tempo, saboreando o silêncio e os recessos frios das ruínas do balneário.

Momentos depois, as folhas acima de nós farfalham e uma figura aparece através dos buracos no teto, bloqueando parte da luz.

– Precisamos tirar você de Merroutas – diz Magiano, pulando para baixo.

Violetta se remexe ao ouvir sua voz. Ela se apoia nos cotovelos. Eu o observo, admirando sua agilidade ao pular de viga em viga até enfim aterrissar no chão de mármore, levantando uma nuvem de poeira. Seu cabelo e rosto estão obscurecidos por um pano molhado de chuva.

– Tem ideia da confusão que provocou nesta cidade?

Ele não parece muito chateado.

– O que está acontecendo? – pergunto.

Ele apenas sorri e sacode a água de seu cabelo.

– Uma confusão *maravilhosa*. É isso que está acontecendo. O nome Loba Branca está nos lábios de todos, e os rumores do que aconteceu na corte do Rei da Noite se espalharam como fogo. Todo mundo quer saber quem conseguiu matá-lo.

Magiano hesita por um mínimo instante.

– Não é um começo ruim, meu amor, embora você vá querer escapar, considerando que agora é a pessoa mais procurada desta ilha. Seu feito obrigou a cidade a fechar o porto. Como pode ver, podemos ter alguns problemas para sair daqui.

Violetta me olha e eu retribuo sem reagir.

– Você ouviu alguma coisa sobre os ex-mercenários do Rei da Noite?

Magiano tira o pano que cobre seu rosto.

– Tenho certeza de que você arranjou alguns inimigos depois da noite passada. Mas também atraiu admiradores. Olhe.

Ele joga algo para mim.

É um pequeno pergaminho.

– Onde conseguiu isso?

– Você acha que não tenho contatos nesta cidade? – Magiano faz uma careta indignada, mas, como continuo esperando, revira os olhos. – Um amigo meu trabalha nos portos. Me entregou isso esta manhã.

Ele gesticula com impaciência para que eu abra a mensagem. Desamarro a corda do pergaminho, que se desenrola.

LB
Eu tenho um navio.

Meu coração dispara. Viro o papel de um lado para o outro, enquanto Violetta olha para Magiano.

– Mas isso é inútil – diz ela. – Que navio? Onde, quando?

Magiano pega a mensagem e esfrega o papel entre os dedos.

– Não é inútil – corrige ele. – Segure o papel contra a luz.

Violetta move o papel até que ele esteja diretamente sob um raio de sol. Eu chego mais perto para ver melhor. Levo um momento para entender do que Magiano está falando – sob a luz, o papel tem uma marca d'água muito leve. Parece a marca do Rei da Noite, só que a lâmina que corta a lua crescente é larga, com uma fenda profunda no meio.

– *Espada de Dois Gumes* – diz Magiano. – Esse é o nome do navio. É uma caravela estreita. *Parece* mesmo uma espada, se olhar bem. Parte da frota pessoal do Rei da Noite.

Parte da frota pessoal do Rei da Noite. Isso significa que quem quer que dirija esse navio deve ter decidido virar as costas para o Rei da Noite no instante em que soube de sua morte. Ou...

– Pode ser uma armadilha – Violetta entra na conversa, concluindo meu pensamento. – Como vamos saber que eles não planejam fazer Adelina embarcar só para matá-la ou levá-la aos homens leais ao Rei da Noite?

– Não vamos saber – responde Magiano.

Ele joga uma trouxa de roupas para nós.

– Mas não temos escolha. Vocês duas devem entender que seus mercenários e soldados leais estão vasculhando a cidade agora. Merroutas é uma pequena ilha. Eles *vão* encontrar vocês se não fugirem.

É apenas uma questão de tempo até que os soldados procurem em ruínas como estas. Eu me levanto, pego a mensagem das mãos de Violetta e a enfio no meu turbante.

– Se sairmos agora, como é que os mercenários interessados vão nos encontrar? Como vou reunir meus homens?

– Você vai encontrar um jeito. Enviar uma pomba do mar – diz Magiano, cruzando os braços. – Agora, prepare-se. Pensem e ajam ao mesmo tempo, meus amores. Não escolhi acompanhá-las para ser capturado. Você pode pelo menos nos cobrir com invisibilidade enquanto nos dirigimos às docas?

– Não – respondo.

Estou muito cansada esta manhã. Invisibilidade, que já é difícil, é ainda pior em multidões caóticas. Há muita coisa para imitar e, com a imagem mudando constantemente, nós pareceríamos ondulações em movimento. Também poderíamos esbarrar nas pessoas, o que chamaria muita atenção. Mesmo com a ajuda de Magiano, é melhor guardarmos nossa força para quando mais precisarmos.

– Certo. Faça o que puder. Mesmo uma música e a dança seriam melhores do que nada. – Magiano faz uma pausa e sorri para mim. – E eu a vi dançar, meu amor.

Coro e desvio o olhar. Foi a primeira vez que dancei para alguém além de Raffaele.

– Disfarces sutis – sugiro, afastando o comentário dele de minha mente. – Vou tecer características diferentes em nossos rostos.

Ele ri da cor rosada nas minhas bochechas, mas parece desistir de me provocar mais. Em vez disso, apenas gesticula para nos apressarmos.

Quando estamos prontos e nos dirigimos para a cidade, o sol já secou a garoa cinzenta e o céu brilha azul.

Monto no mesmo cavalo que Violetta. Ela se aperta firmemente contra mim, e seu corpo quente e delicado estremece um pouco. Sua atenção oscila entre as ruas movimentadas e os edifícios e telhados, onde soldados estão alinhados com espadas em punho. As bandeiras azul e prata do Rei da Noite ainda pendem das sacadas, mas as ruas estão cheias de pessoas confusas e aglomerados de *malfettos*. É uma visão com que estou acostumada – pessoas que reverenciam o poder dos Jovens de Elite entrando em choque com aqueles que avisam como eles são perigosos. *Malfettos* escondendo-se nos cantos.

Olho para trás, para Magiano. Ele cavalga com a cabeça erguida, os olhos constantemente percorrendo as multidões. Seu alaúde está em seu colo, como se ele pudesse de repente decidir tocá-lo. Ele meneia a cabeça para as bandeiras do Rei da Noite nas sacadas, então se inclina para mim.

– As cores dessas bandeiras... não sei, não – murmura ele. – Não concorda?

– O que você quer dizer? – murmuro de volta.

– Deixe sua marca, Adelina – insiste ele em silêncio.

Levo um momento para entendê-lo. Olho para as bandeiras atrás de mim. O sangue do Rei da Noite ainda está preso nas minhas unhas, em pequenas manchas. Em minha mente, vejo essas mesmas bandeiras drapeadas nas paredes de sua propriedade. Se os mercenários do Rei da Noite têm alguma dúvida sobre quem matou seu líder, é melhor reforçar minha presença para toda a cidade. Reúno energia e começo a tecer.

As pessoas na multidão se assustam. Seus rostos se voltam para as sacadas, e elas erguem as mãos para apontar. Acima, os topos das bandeiras azuis e prata começam a ficar brancos, como se novas bandeiras se desfraldassem sobre elas. A ilusão cai sobre cada bandeira, uma após outra, até que se estende por toda a rua, cobrindo o símbolo do Rei da Noite, a lua e a coroa, e o substituindo por bandeiras brancas nítidas. Deixo a ilusão do tecido brilhar na luz, para que, conforme as bandeiras tremulem ao vento, mudem de cor, passando do branco ao prata e vice-versa. A energia dentro de mim pulsa e os sussurros em minha mente vibram de alegria.

– Oh, Adelina – diz Violetta atrás de mim. – São lindas.

Até ela parece impressionada com a visão.

Sorrio para mim mesma, perguntando-me se ela se lembra de quando íamos a festivais quando crianças e como admirávamos as bandeiras do rei nos prédios. Agora são as minhas bandeiras.

Magiano não diz nada. Um pequeno sorriso brinca nos cantos de sua boca. Ele observa a reação da multidão – os murmúrios assustados, o sussurro de um nome em seus lábios.

A Loba Branca. É a Loba Branca.

Finalmente, somos forçados a parar. Diante de nós, há uma barreira de soldados bloqueando a rua, forçando as pessoas a darem meia-volta e seguirem outra rota. Um deles me vê e balança a cabeça num pedido de desculpa.

– Sinto muito, senhora – diz ele, fazendo um movimento circular com uma das mãos. – A senhora vai ter que voltar. Não pode passar por aqui.

– O que está acontecendo? – pergunta Magiano, apontando para as bandeiras brancas.

O soldado balança a cabeça.

– Temo que isso seja tudo que posso dizer – responde. – Por favor, voltem.– Ele levanta a voz para o resto da multidão: – Voltem!

Magiano resmunga baixinho, mas põe a mão no ombro de Violetta e nos faz dar a volta.

– Sempre há outra porta – diz, citando *A ladra que roubou as estrelas* com um sorriso.

Seguimos pela rua até chegar a um pequeno e sinuoso canal. Aqui, Magiano entrega várias moedas a um barqueiro, e entramos depressa em seu barco de carga. Navegamos pelo canal, ouvindo o barulho acima, envoltos em sombras.

A estranha sensação de mais cedo volta. Franzo a testa, balançando a cabeça. O mundo muda e os sussurros em minha mente saltam, sentindo a súbita chance da liberdade.

Violetta se vira para mim.

– Você está bem? – sussurra.

– Estou – respondo.

Mas não é verdade. Desta vez, quando fecho o olho e torno a abri-lo, o sentimento não vai embora. O mundo assume uma estranha tonalidade amarela, e os sons à minha volta silenciam, como se nenhum deles fosse real. Estou criando uma ilusão? Olho para Magiano, de repente desconfiada. Será que ele está imitando meu poder?

É isso, os sussurros sibilam, ansiosos para acusar. *Tudo isso é um estratagema. E se ele estiver traindo você, imitando suas ilusões para que possa entregá-la aos homens do Rei da Noite? Para a Inquisição? Era um truque o tempo todo.*

Mas Magiano não parece usar seu poder. Ele nem está prestando atenção em mim. Seu foco está totalmente na direção do canal, e ele tem uma expressão concentrada. Violetta não parece senti-lo fazer nada também. Na verdade, ela está olhando para mim com uma expressão preocupada. Ela pega minha mão.

Parece entorpecida e muito distante.

– Adelina – sussurra em meu ouvido –, sua energia está estranha. Você está...?

O resto de suas palavras somem, de modo que não consigo mais entendê-la. Outra coisa chamou minha atenção. Na próxima curva do canal, um homem está sentado com as pernas balançando sobre a borda. Ele se vira quando nos aproximamos.

É meu pai.

Ele tem aquele sorriso sombrio de que me lembro muito bem. De repente, o terror aperta minha garganta com tanta força que mal consigo respirar. *Ele está aqui. Ele deveria estar morto.*

– Seguindo o caminho errado, Adelina? – diz ele.

À medida que passamos, ele se levanta e começa a caminhar pela beira do canal junto com a gente.

– Vá embora – sussurro para ele.

Ele não responde. Fazemos uma curva e ele nos segue – ainda que devêssemos nos mover mais rápido do que ele é capaz de andar, ele consegue ficar bem atrás de nós. Trinco os dentes e me viro para trás. Ao meu lado, Violetta parece mais alarmada. Ela diz alguma coisa – meu nome, talvez –, mas não parece importante responder a ela. Tudo o que posso fazer é olhar a silhueta de meu pai enquanto ele nos segue.

– *Vá embora* – sibilo de novo através dos dentes cerrados.

Desta vez, falo alto o bastante para tanto Violetta quanto Magiano virarem suas cabeças.

– O que foi? – pergunta Magiano.

Eu o ignoro. Dou as costas para a figura do meu pai e tento recuperar o fôlego. Fecho o olho outra vez. O mundo pesa sobre mim.

– É apenas uma ilusão – digo, tentando não entrar em pânico.

Uma ilusão, como sempre. Mas meu medo apenas a alimenta, tornando-a mais forte. As linhas da realidade começam a ficar borradas. *Não, não, não é uma ilusão. Meu pai voltou dos mortos. Quando me pegar, vai me matar.* Eu tremo.

Quando olho de relance para trás, meu pai se foi.

Em seu lugar está Enzo. *O Ceifador.* O capuz escuro e a máscara prateada cobrem seu rosto, mas sei que é ele, posso identificar pela sua forma alta, magra e letal, a graça predatória de seu caminhar. Ele tem um punhal em cada mão, ambos brilhando com o calor. Por um instante, meu coração parece que vai sair pela boca. Os cantos da minha visão ficam vermelhos e eu me lembro de como ele costumava treinar comigo, como tocava minha mão e corrigia meu domínio sobre os punhais. Quero correr para ele. Quero tirar sua máscara e abraçá-lo. Quero lhe dizer que sinto muito. Mas não faço isso. Ele caminha com o passo de um assassino. *Ele está me caçando.*

O Ceifador gira os pulsos.

Linhas de fogo explodem de suas mãos e correm pelo canal em nossa direção. Acima, as bordas do canal ardem em chamas. O rugido e o calor abafam tudo – minha pele fica em brasas. O fogo se fecha ao nosso redor. Lambe os prédios, subindo mais e mais até que as chamas consomem os telhados. Enterro a cabeça nas mãos e grito. Em algum lugar, minha irmã me chama, mas não me importo.

Estou de volta à minha execução na fogueira, acorrentada à estaca de ferro. Teren joga uma tocha acesa nos gravetos aos meus pés.

Preciso de água. Cambaleio até a beira do barco. Magiano se lança na minha direção, mas me movo depressa demais. No instante seguinte, sinto o respingo repentino da água fria e o fogo que torrava minha pele se extingue. Tudo ao meu redor é escuridão. Formas deslizam nas profundezas. Uma voz assombrada chama meu nome, me convidando a ir mais fundo. Garras pairam na estranha água ao meu redor. Uma mão ossuda agarra meu braço. Abro a boca para gritar, mas saem apenas bolhas. Algo está tentando me puxar para baixo.

Adelina.

Estou no Submundo. O anjo do Medo está me chamando.

– Adelina!

Os sussurros de Formidite se transformam na voz de minha irmã, e a mão ossuda no meu braço se torna a mão de um garoto. Magiano me puxa para a superfície. Tomo uma golfada de ar. Alguém me ergue de volta para o barco, centímetro a centímetro – acho que é o barqueiro e minha irmã. Caio de lado. Minhas roupas se agarram a minha pele, como se ainda tentassem me arrastar para dentro d'água e me entregar ao Submundo. Olho em volta freneticamente.

As chamas se foram. O estranho tom amarelo estranho do mundo desapareceu, assim como a pressão no ar. Enzo não está à vista. Nem meu pai. Vejo apenas Magiano, Violetta e o barqueiro, todos olhando para mim com espanto, enquanto alguns espectadores se reuniram na margem do canal. Alguns desses espectadores são soldados.

Magiano age primeiro. Ele se vira para os espectadores e agita seus braços.

– Ela está bem – grita. – Apenas com medo de libélulas. Eu sei. Também me preocupo com ela.

Alguns murmúrios de descrença vêm da multidão, mas funciona bem o bastante para as pessoas começarem a se dispersar, sua atenção se voltando para o caos da cidade.

– Temos que ir – diz Violetta, se aproximando de mim.

Ela põe a mão no meu rosto. Levo um momento para perceber que as visões só pararam porque ela tirou meu poder. Já posso senti-la devolvendo-o, devagar. Atrás dela, Magiano me lança um olhar irritado enquanto fala com o barqueiro.

– Você não viu nada? – gaguejo para Violetta. – O fogo nas ruas? Nosso pai nos observando da ponte do canal?

Violetta franze a testa.

– Não. Mas *fizemos* um escândalo.

Caio para trás contra o barco e cubro o rosto com as mãos. *Uma ilusão*. Foi tudo uma ilusão que devo ter criado. Mas não entendo – ninguém mais viu o que eu fiz. *Uma alucinação*. Como isso é possível? Penso na precisão das bandeiras brancas que eu tinha tecido sobre as bandeiras escuras do Rei da Noite. Achei que estivesse melhorando meus poderes. Por que não pude controlá-los?

Um momento depois, percebo que, como Violetta teve que tirar meu poder, também parei de sustentar as ilusões sobre nossos rostos. Sento-me depressa.

Tarde demais. Magiano está tendo uma discussão com o barqueiro, que aponta seu remo para mim com raiva. Ele não nos quer mais a bordo. Fico de pé. O dia estava tão quente mais cedo – agora o ar atravessa minhas roupas molhadas, me deixando com frio.

O barqueiro para num pequeno cais no canal, em seguida nos expulsa com uma série de xingamentos. Magiano salta na nossa frente, oferecendo-lhe uma despedida alegre. Quando o barco se afasta, ele se vira para mim e segura uma bolsa que tinha roubado do homem.

– Se ele vai ser grosseiro – diz Magiano –, tem que pagar.

Estou prestes a responder quando reconheço um soldado na rua. É o mesmo jovem que nos parou mais cedo e nos mandou pegar um caminho diferente. Agora ele está debruçado sobre a margem do canal, ouvindo atentamente algo que nosso antigo barqueiro grita para ele. Em seguida, o barqueiro aponta em nossa direção. A atenção do soldado se volta para nós.

Magiano pega a mão de Violetta e acena:

– Sigam-me.

Começamos a correr. Atrás de nós, os soldados gritam alguma coisa e começam a abrir caminho pela multidão em nossa direção. Magiano vira bruscamente numa pequena rua lateral, então se lança de volta para uma enorme praça principal. Imediatamente reconheço a praça onde fica a propriedade do Rei da Noite. Nós atravessamos a multidão reunida ali fora. Alguns choram, embora eu não saiba quão sinceros estão sendo. Outros comemoram. Não tenho tempo para analisar melhor a cena. Atrás de nós, podemos ouvir os passos apressados dos soldados.

Magiano faz uma careta.

– Uma ilusão seria realmente útil agora.

Eu tento, mas minha força se dispersa imediatamente. Estou exausta demais por causa de minha estranha alucinação para sequer erguer uma sombra do chão. Balanço a cabeça para ele. Ele prargueja em voz baixa.

– E eu que pensei que você fosse poderosa – dispara.

Por um instante, acho que ele vai nos deixar para trás, para nos virarmos sozinhas enquanto ele desaparece na multidão.

Em vez disso, ele puxa minha energia. *Ele vai tentar me imitar.* Posso sentir o puxão fraco do seu poder contra o meu – seus olhos correm para o lado e ali, no meio da multidão, o vejo evocar formas fugazes de versões idênticas de nós, correndo pela praça em outra direção. Ao mesmo tempo, ele nos puxa para o meio de um monte de gente.

– Ali! – grita um dos soldados atrás de nós.

Eu me viro e tenho um vislumbre deles entre os corpos amontoados. Eles estão seguindo os chamarizes.

Magiano deixa a ilusão se desfazer. Provavelmente é tudo o que ele pode fazer, dado meu estado debilitado. Chegamos ao final da praça. A partir daqui, o porto pode ser visto por entre os prédios. Corro mais rápido. Ao meu lado, a respiração de Violetta está entrecortada.

– Continuem em frente – grita Magiano por cima do ombro. – Até chegar às docas. Escondam-se lá. Vou encontrá-las.

Ele desvia abruptamente, virando à esquerda.

– Fique com a gente! – berro. De repente, tenho medo de que ele seja capturado. – Você não precisa ser nobre...

– Não fique se gabando – rebate ele. – É melhor me esperar.

Então ele vai, desaparece na multidão antes que eu possa sequer pensar no que dizer. Momentos depois, ele reaparece num canto da praça, onde pula sobre o corrimão de pedra com vista para um canal e pega o alaúde em suas costas. Ele grita algo para a praça que soa como uma provocação.

Atrás de nós, metade dos soldados muda de direção para ir atrás dele, mas os outros continuam a nos perseguir.

Mais uma vez tento usar minha energia. Falho de novo. Por um momento, sinto como se fosse novata no uso do poder, buscando e alcançando, mas incapaz de tocar os fios de energia que pairam dentro de mim e ao nosso redor. O que aconteceu comigo?

Violetta aperta minha mão. Ela aponta para onde os marinheiros estão desamarrando as cordas de uma das docas. Ela me puxa.

Uma flecha passa por nós zumbindo, disparada dos telhados. Por pouco não acerta Violetta no braço. Várias pessoas por quem passamos gritam. Outras abrem caminho assim que percebem que os soldados estão atrás de nós. O medo emana de todos a nossa volta – isso me alimenta e sinto minha força crescer. *Vamos lá*, incentivo a mim mesma. Tento puxar a energia de novo.

Até que enfim. Minha mente se fecha em torno dela. Jogo um manto de invisibilidade sobre nós, cobrindo-nos com o tijolo e o mármore das paredes, as pedras e a terra das ruas, as multidões de pessoas. É um escudo imperfeito, dado meu cansaço e tantas pessoas se movendo ao redor, mas é o suficiente para nos esconder de nossos perseguidores. Outra flecha vem de cima, mas dessa vez ela erra o nosso borrão em movimento por muito. Trinco os dentes e faço a ilusão mudar o mais rápido que posso. Outra flecha atinge o chão em algum lugar atrás de nós.

Chegamos às docas. Aqui, a comoção muda para o trabalho de preparar os navios, e conseguimos encontrar um lugar para nos esconder atrás de um monte de barris. Nossa invisibilidade se torna mais sólida agora que estamos paradas, e sumimos completamente de vista. Minha respiração está irregular e minhas mãos tremem violentamente. Há gotas de suor na testa de Violetta. Ela parece mais pálida que o normal, e seus olhos se movem depressa pela rua.

– Como Magiano vai nos encontrar? – pergunta.

Olho para os navios alinhados no cais, à procura de um com o casco que pareça uma espada de dois gumes. A água ao longo do píer se mexe, espumando por causa das baliras inquietas que ainda estão presas a seus navios, esperando seus marinheiros discutirem com os soldados que se recusam a deixá-los atracar. Uma longa corda, com a espessura igual à minha altura, está pendurada, baixa, através da água atrás dos navios atracados, impedindo qualquer pessoa de entrar ou sair. Minha atenção se volta para os navios. Os minutos se arrastam. Mais uma vez, me pego desejando que a Caminhante do Vento estivesse conosco, sabendo como seria fácil embarcar num navio com a ajuda dela.

Como é que *vamos* encontrar Magiano com todo esse caos? E se não houver navio algum à nossa espera?

Então uma sombra cai sobre nós. Erguemos os olhos e encaramos dois soldados.

Suas mãos se fecham em torno dos meus braços. Eles nos agarram antes que possamos sequer protestar. O símbolo do Rei da Noite está estampado com destaque em suas mangas, e seus rostos estão parcialmente cobertos por véus. Violetta me lança um olhar aterrorizado. *Faça alguma coisa.* Busco minha energia outra vez, tentando desesperadamente alcançá-la.

O soldado me empurra com rispidez antes de aproximar seu rosto.

– Não – diz em voz baixa.

De repente eu paro. Algo em sua voz me detém – um aviso, um sinal de que não estão nos prendendo como pensamos. Olho para Violetta atrás de mim, que me encara em silêncio.

Dois outros soldados se aproximam de nós. Um deles pega sua espada e assente para o soldado que me segura.

– São elas? – pergunta.

– Podem ser – responde meu captor. – Vá avisar o capitão. *Agora.*

Ele fala com tanta força que os outros dois soldados se viram imediatamente e começam a correr para dar o aviso. Nossos dois soldados aceleram o passo.

– Andem – dispara por baixo do véu o que me segura.

À nossa frente, vejo o que eu estava procurando – uma prancha que conduz a um navio parecido com uma espada.

Juntos, seguimos em direção à prancha, cuidadosamente ignorando os homens que andam apressados de lá para cá. Um pé após o outro. A prancha range sob nosso peso. Chegamos ao convés do navio bem na hora que outro grupo de soldados vem correndo. Eles param na costa. Prendo a respiração, minha mão tão apertada na de Violetta que meus dedos ficam brancos. Minha irmã estremece. As velas estão sendo desfraldadas, e dois membros da tripulação desfazem os nós de cordas grossas no corrimão.

Por fim, os soldados no cais nos notam.

– Ei! – grita um deles para o tripulante de nosso navio que está mais perto. – Você devia estar amarrando a embarcação. Recolha o mastro, o porto ainda está fechado!

Ninguém a bordo lhe dá ouvidos.

– Eu disse que o porto está *fechado*! – grita de novo o soldado, e dessa vez os outros avançam em nossa direção. – Recolha o mastro!

Alguém da tripulação grita e o restante grita de volta. Violetta e eu cambaleamos um pouco quando o navio se afasta, livre das docas, e vira a proa lentamente para a abertura da baía. Os soldados no cais param enquanto seu líder gesticula freneticamente para que os outros deem o alarme. Outro aponta uma besta para nosso navio. Os mais próximos do corrimão se agacham.

Nossos soldados nos empurram.

– Abaixem-se – brada um deles.

Obedecemos, bem na hora que a embarcação dá uma guinada que faz todos perderem o equilíbrio. Do oceano abaixo de nós vêm os gritos assombrados de baliras. Trinco os dentes. Mesmo que estes homens estejam todos aqui para nos ajudar, como vão nos tirar do porto com os soldados em terra alertados? Teremos que passar pela barreira da corda e, mesmo se fizermos isso, vão enviar navios atrás de nós...

– Adelina – chama uma voz atrás de mim.

Giro e vejo um jovem agachado perto de nós.

Nossos dois soldados fazem um meneio de cabeça respeitoso e ele acena de volta. Seus olhos se voltam para mim. Fico rígida.

Ele vê minha expressão e levanta as mãos.

– Calma – diz. – Não enfrentamos todo esse problema para feri-la.

Ele olha para Violetta.

– Sua irmã? – acrescenta.

– Sim – responde Violetta, bem quando o navio estremece de novo.

Nós caímos para o lado, mas o mercenário conversando conosco fica de pé com pouco esforço e corre de volta para a popa. De onde estamos, posso ver vislumbres de água – e a corda suspensa sobre ela agora está cortada e flutua inutilmente. Gritos vêm do cais quando nos afastamos.

Magiano pula sobre a proa do navio. Ele está encharcado e, quando o jovem mercenário se aproxima dele, balança a cabeça como um cachorro para tirar a água. Os dois trocam algumas palavras. Eu os observo com atenção, minha mão ainda apertando a de Violetta.

Segundos depois, Magiano e o mercenário correm de volta para nós. Magiano se abaixa, nos ajuda a levantar e depois para de braços cruzados. Ele não parece nem um pouco preocupado. Diante de minha expressão desconfiada, apenas dá de ombros.

– Relaxe, meu amor – diz. – Se eu quisesse ganhar dinheiro rápido a vendendo para alguém, não teria me cercado de pessoas que não têm nenhuma chance contra você.

O mercenário lhe lança um olhar irritado e Magiano levanta as duas mãos.

– Quero dizer, vocês todos são mercenários *fantásticos*. Vocês só não são... bem, estas são as duas garotas de quem falei. Confie em mim, você está interessado nelas porque são muito perigosas.

– Você nos trouxe um monte de problemas – responde o mercenário. – Achei que ia trazê-las para o porto escondidas, e não com todo o exército junto.

– Planos. Eles são instáveis.

Magiano hesita.

– Você *é* um mercenário do Rei da Noite, certo? Você *sabe* como nos tirar disso, não é? Será que estamos no navio certo? Porque...

O mercenário o ignora, grita algo para o grupo mais próximo e se afasta em direção ao centro do navio. A tripulação entra em ação. Enquanto isso, a cor do céu me distrai. Olho para cima. De repente o firmamento assumiu tons doentios de verde e cinza. Grossas gotas de chuva já começaram a cair. Franzo a testa para Violetta. O dia não estava claro, com céu azul, há alguns instantes?

Mas os olhos de Violetta continuam fixos nas costas do mercenário. Seus olhos estão arregalados.

– Um Jovem de Elite – fala para mim, mas sem emitir som.

Magiano salta para o guarda-corpo do navio a fim de olhar para o porto. Ali, várias caravelas finas com a bandeira do Rei da Noite parecem prontas para navegar em nossa direção. Eu me preparo para uma caçada.

Mas eles não têm chance de nos seguir. Porque o céu se abre.

A garoa estranha de repente se transforma em uma chuva torrencial. É um cobertor que chicoteia o convés, me surpreendendo com granizo. Eu me protejo com os braços; ao meu lado, Violetta faz o mesmo. Ondas enormes balançam o navio. Em algum lugar, o mercenário grita para Magiano nos abrigar.

– Fico feliz por ajudar – murmura Magiano.

Ele nos guia para a popa, onde nos amontoamos sob um dossel de pano largado sobre caixotes. Depois que estamos acomodadas, Magiano dispara de volta para o lado do mercenário. Observo enquanto a tripulação corre para se certificar de que as cordas que nos prendem às nossas baliras estão firmes.

O mercenário se concentra no céu, que fica cada vez mais escuro, até que o porto parece ter sido engolido pela escuridão da meia-noite. Os navios dos soldados parecem hesitar no píer. Não há dúvida de que, se tentarem navegar nessa tempestade, o mar vai partir os barcos em pedaços. Ainda assim, um deles dá início à perseguição. Violetta e eu nos seguramos nas cordas do dossel.

Mas o mercenário não parece preocupado. Ele se concentra no navio que se aproxima, em seguida, olha para o céu, como se procurasse alguma coisa. A chuva bate em seu rosto.

Um raio atinge o navio que se aproxima. Eu pulo. Há um barulho estrondoso quando o mastro da embarcação se parte em dois, em seguida explode em chamas. Gritos são trazidos pelo vento, apesar da distância – e então a chuva cobre a paisagem marinha outra vez, fazendo o navio naufragado sumir de vista. Seco a água do meu olho, em choque.

O mercenário sorri um pouco, depois suspira de alívio.

Enquanto o observo, uma lembrança surge lentamente. É do dia que Raffaele me testou pela primeira vez, quando me contou a história de um Jovem de Elite que não conseguiu se mostrar digno dos Punhais...

A tempestade aperta, até que minha irmã e eu temos que nos espremer contra o convés, ainda segurando as laterais encharcadas do dossel. Repasso a lembrança repetidamente. Achei que os Punhais tivessem matado o Jovem de Elite de que Raffaele falava, porque ele era incapaz de controlar seus poderes. E talvez eu esteja certa. Talvez esse garoto não seja quem eu penso que é. Mas agora, enquanto navegamos para longe de Merroutas e o porto atrás de nós está escondido pela tempestade, eu me pergunto se a história de Raffaele era sobre esse rapaz.

O menino que podia controlar a chuva.

> Disseram que você chorava enquanto dormia. Não sofra nossa separação, meu amor, pois nosso reencontro virá com a mesma rapidez.
> – *Carta de prisioneiro desconhecido, condenado por traição, a sua noiva*

Adelina Amouteru

A pior parte da tempestade passa logo que chegamos a mar aberto. Mas a chuva continua caindo, até eu começar a me perguntar se algum dia as nuvens vão embora. Violetta e eu ficamos sob o convés principal, em uma cabine pequena porém privada que o capitão nos oferece, e nos secamos com toalhas limpas.

Nós duas estamos em silêncio. Os únicos sons que ouvimos são as ondas batendo contra as vigias e os gritos distantes da tripulação lá em cima. Em um canto da cabine, há um espelho sobre um toucador e tenho um vislumbre dos meus traços sem enfeites – sem máscara, sem turbante, revelando meus cachos curtos e prateados. Logo depois da morte de Enzo, cortei meu cabelo com uma faca – Violetta me ajudou a aparar as pontas o melhor que pôde, mas meu cabelo vai ficar curto por um bom tempo. Ainda não me acostumei com ele.

O rugido agudo de um trovão sacode o navio. Pelo canto do olho, vejo Violetta saltar e depois se aquietar, envergonhada. Seus olhos inquietos fitam os mares tempestuosos pela vigia. Ela torce as mãos inconscientemente no colo, como se tentasse parar de tremer.

Ela me pega olhando.

– Estou bem – diz, mas sua voz está trêmula.

Percebo como estamos exaustas. Para onde vamos? Este mercenário e sua tripulação querem mesmo nos ajudar? Quando Violetta e eu éramos pequenas, eu a acalmava nas tempestades apertando seus ombros e cantarolando. Faço isso agora, sentada ao seu lado, com os braços em volta dela, cantando uma melodia que me lembro de nossa mãe cantar para mim antes mesmo de Violetta nascer.

Ela não fala nada. Aos poucos, seu tremor diminui, embora não pare por completo. Ela se inclina ao meu toque e nos sentamos juntas em silêncio.

– Adelina – diz Violetta enfim.

Sua voz me assusta. Ela se vira para me olhar.

– O que aconteceu com você na cidade? Quando estávamos no canal?

Balanço a cabeça. A lembrança parece confusa agora. Sempre fui atormentada por ilusões do fantasma de nosso pai, mas o que aconteceu hoje foi novo e assustador. Eu o vira tão claramente que acreditei que estivesse ali. Vi Enzo, envolvendo as ruas em chamas.

– Me conte – insiste Violetta, e seu tom se torna firme. – Sei que, se não me contar, vai guardar isso dentro de você, o que pode ser ainda mais perigoso para todos nós.

Respiro fundo.

– Acho que criei uma ilusão sem querer – respondo. – Algo que eu não pude controlar. Acordei esta manhã sentindo uma pressão estranha na cabeça, e quando chegamos ao canal, eu... – digo, franzindo a testa. – Eu não sei. Não consigo nem me lembrar de ter criado as ilusões. Mas achei que o que estava vendo era real.

Violetta ergue a mão hesitante para tocar a minha.

– Você consegue criar algo agora? Algo pequeno?

Faço que sim. Puxo de leve um fio de energia e uma faixa de escuridão se enrosca, erguendo-se da palma da minha mão.

Violetta franze a testa enquanto me observa. Por fim, solta minha mão. Deixo a faixa se dissipar.

– Você está certa – diz ela. – Há algo estranho em sua energia agora, mas não consigo identificar o quê. Você acha que tem alguma coisa a ver com o que aconteceu na propriedade do Rei da Noite?

Fico agitada ao ouvir isso.

– Você acha que esta é uma consequência por eu ter matado o Rei da Noite – digo, pulando da cama e ficando de pé diante dela.

Violetta cruza os braços.

– Sim, acho. Sua energia se descontrola quando você vai ao extremo.

Aperto o maxilar, recusando-me a me lembrar da morte de Dante. Da de Enzo.

– Não vai acontecer de novo. Dominei meus poderes durante o tempo que passei com os Punhais.

– Não os dominou tanto quanto imagina – argumenta Violetta. – Você quase matou todos nós! Como vai distinguir a realidade da ilusão, se nem sabe que você está usando seu poder? Como sabe que não vai sentir essa pressão estranha na cabeça de novo?

– Não vai acontecer outra vez.

A expressão de Violetta é ansiosa.

– E se for pior da próxima vez?

Passo a mão pelo meu cabelo curto. Os fios deslizam entre meus dedos. E se ela estiver certa? E se a consequência de deixar minha raiva desenfreada, de forçar tanto minhas ilusões a ponto de matar, for alimentar minha energia a ponto de ela ir além do que posso controlar? Deixo meus pensamentos vagarem. Depois que matei Dante e andamos pela cidade em uma névoa, mal consegui me lembrar do que fiz. Após a morte de Enzo, espalhei minha raiva por toda a arena de Estenzia. Depois caí inconsciente. E, dessa vez, com a morte do Rei da Noite...

Suspiro e me afasto dela, então me distraio ajeitando meu cabelo no espelho. Pelo canto do olho, penso ter um vislumbre do fantasma do meu pai. Ele parece sorrir para mim conforme caminha ao longo da cabine. Seus olhos estão envoltos em sombra e seu peito está rasgado, do jeito que me lembro da noite em que ele morreu. Olho para a ilusão, mas ela desaparece antes que eu possa focá-la.

Não é real. Reprimo duramente minha energia.

– Não vai acontecer de novo – repito, dispensando as preocupações de Violetta com um movimento de mão. – Especialmente agora que estou consciente disso.

Violetta me lança um olhar aflito – a mesma expressão com que me encarou uma vez quando éramos pequenas e me recusei a ajudá-la a salvar a borboleta de uma asa só.

– Você não tem tanto controle quanto acredita sobre seu poder. Ele muda tão descontroladamente, mais do que o de qualquer pessoa que já senti.

Fervo de raiva. Eu me viro para ela.

– Talvez, se alguém não tivesse me obrigado a sofrer sozinha quando criança, eu não fosse assim.

Violetta fica muito vermelha. Ela tenta responder, mas se enrola com as palavras.

– Só estou tentando ajudar – consegue dizer, por fim.

– Ah, sim, você está sempre tentando ajudar, não é? – zombo.

Seus ombros se encolhem. Sinto uma pontada de culpa por atacá-la, mas, antes que eu possa dizer qualquer coisa, há uma batida leve em nossa porta.

– Entre – diz Violetta, se aprumando.

A porta se abre um pouco e eu vejo os olhos dourados de Magiano.

– Estou interrompendo? – pergunta ele. – Parecia um pouco tenso aqui.

– Estamos bem – digo, soando mais dura do que pretendo.

Magiano me lança um olhar que demonstra que não acredita em mim. Ele abre mais a porta e entra. Suas longas tranças estão emaranhadas por causa da tempestade, e a umidade ainda brilha em sua pele. Ele traz o cheiro da chuva e do mar. Suas argolas de ouro cintilam sob a luz.

Levo um instante para perceber que o mercenário entrou na cabine atrás dele. Ele fecha a porta atrás de si, então se vira para nós e acena um cumprimento rápido. Ele é alto, de ombros largos e pele pálida, talvez de exaustão.

– Isso foi quase mais esforço do que vocês valem – diz. – Os portos estão uma confusão hoje. Os rumores dizem que a nova rainha de Beldain também chegou a Kenettra hoje. Uma grande quantidade de tráfego está sendo desviada daqui para Merroutas. Então, obrigado por aumentar a loucura – resmunga, arqueando uma sobrancelha para Magiano.

A *nova* rainha de Beldain. Lembro-me de como Lucent falava sobre a princesa beldaína de vez em quando, e como era afeiçoada a ela. E se a rainha beldaína for patrocinadora dos Punhais? Se ela está agora em Kenettra, o que os Punhais estão planejando?

– Podemos ter que dar algumas explicações quando chegarmos ao porto – continua o mercenário. – Garanto que os boatos sobre a morte do Rei da Noite já terão chegado a Kenettra, e os Inquisidores vão verificar cada navio que atracar hoje.

Sob o colarinho de sua camisa, tenho um vislumbre de uma marca cinza-clara.

– Sinto muito por trazer problemas – decido responder. – Obrigada pela ajuda.

– Nunca agradeça a um mercenário – responde ele. Então olha para Magiano, que está ocupado espremendo a água de suas tranças, e continua: – Fui pago.

– Você não acha mesmo que fui à corte do Rei da Noite só para roubar um único alfinete de diamante, não é? – pergunta Magiano. – Peguei alguns sacos de ouro no caminho.

O mercenário cruza os braços, então se apresenta:

– Sergio.

– Adelina – digo.

Violetta sorri quando ele olha para ela e diz:

– Violetta. A irmã.

Ela consegue arrancar dele um sorriso, até uma risada.

– Não há necessidade de ser humilde – responde ele. – Magiano mencionou seu poder.

Com isso, Violetta cora.

Magiano assente para ele.

– Você deve ser um dos antigos homens do Rei da Noite. Certo?

Agora noto as muitas facas presas ao cinto de Sergio, o punhal escondido em sua bota. Cicatrizes de batalhas em seus braços.

– Sim. Eu era um de seus mercenários. Você já ouviu as histórias, presumo. Dez mil de nós, dizem, embora o número real esteja mais para quinhentos. Mas conseguimos dar a impressão de sermos muitos – diz Sergio, sorrindo novamente.

– Por que você está nos ajudando? – pergunto.

– Não faz sentido servir a um homem morto, não é? Tenho certeza de que vários de seus homens estão brigando por sua vaga agora, embora eu não tenha interesse em governar uma ilha.

Ele inclina a cabeça na direção de Magiano.

– Ele nos disse que você é a Loba Branca e que está à procura de aliados. É verdade que você matou o Rei da Noite usando a espada dele?

E adorou, dizem os sussurros em minha mente, sem aviso, suas vozes cheias de alegria. Engulo em seco, forçando-os a se calarem. Mesmo que meus poderes ainda estejam fracos, respondo conjurando a ilusão de uma sombra diante de nós, transformando-a em um fraco semblante de Sergio. Percebo o olhar de espanto em seu rosto antes de desfazer a ilusão.

– Sim – respondo.

Sergio me olha com interesse renovado.

– Não sou o único mercenário a bordo – diz ele. – Há mais uma dúzia entre a tripulação. Alguns deles até pensam que você está governando Merroutas agora. – Ele faz uma pausa e percebo uma ligeira mudança. – O Rei da Noite nos pagava um valor decente. Quanto você pode pagar?

Magiano olha com um pequeno sorriso.

– Dez vezes o que ele lhe dava – respondo, mostrando-me o mais alta que posso. – Você viu o que eu posso fazer. Imagino que você possa adivinhar quão poderosos posso tornar meus seguidores, e como vou recompensá-los por sua lealdade.

Sergio solta um assobio baixo, zombando, em seguida olha de lado para Magiano.

– Você nunca me disse que ela era rica.
– Eu esqueci.

Magiano dá de ombros.

– E você acha que as palavras dela têm peso?
– Eu a *estou* seguindo, não estou?

O canto da boca de Sergio se ergue.

– Está.

Ao meu lado, Violetta se concentra em Sergio de uma forma que só pode significar que está estudando sua energia.

– Você também é um Jovem de Elite, não é? – pergunto.

Ele balança a cabeça uma vez, casualmente.

– Talvez.
– Você cria tempestades.

Ele se empertiga um pouco.

– Crio.

Ele faz uma pausa para olhar pela pequena vigia lá para fora, onde a chuva ainda cai.

– Isso se mostrou bastante útil para o Rei da Noite, roubando de navios clandestinos e destruindo piratas que tentavam roubá-lo. Ainda assim, tempestades precisam de tempo para começar e terminar. Enfrentaremos o mar agitado esta noite.

O garoto que podia controlar a chuva. Deve ser ele. Raffaele nunca me disse abertamente o que lhe acontecera, apenas que os Punhais o recusaram. Achei que o tivessem matado – mas aqui está ele, vivo.

– Já ouvi falar de você – digo.

Ele bufa uma vez.

– Duvido.
– Também trabalhei para os Punhais.

Ele enrijece o corpo imediatamente à menção da Sociedade dos Punhais. Meu coração dá um pulo. *Eu estava certa.*

– Você é o garoto que não conseguiu controlar a chuva – prossigo.

Sergio dá um passo para trás e me olha desconfiado.

– Raffaele falou sobre mim?

– Sim, uma vez.

– Por quê?

Tudo em Sérgio muda – os vestígios de diversão desapareceram de seu rosto, substituídos por algo frio e hostil.

– Ele mencionou você como um aviso para eu dominar meu poder – respondo. – Pensei que você estivesse morto.

A mandíbula de Sergio fica tensa quando ele se vira para olhar a tempestade. Ele não me responde. Passa um longo momento de silêncio antes que ele olhe de volta para mim, dando de ombros.

– Bem, eu estou aqui – diz ele, com firmeza. – Então você pensou errado.

Uma dor aguda espeta meu coração. Raffaele poderia ter dito a Enzo para fazer a mesma coisa comigo. Como alguém tão gentil pode ser tão frio? Talvez Raffaele estivesse certo em relação a mim, pelo menos – Enzo tinha se recusado a me machucar e sua decisão o destruiu.

– Raffaele me queria morta, sabe – digo, depois de um tempo. – No início. Ele me expulsou depois... que Enzo morreu. Vim para Merroutas em busca de outros Jovens de Elite, para reunir minha própria equipe. Quero me vingar da Inquisição por tudo que eles nos fizeram passar. Poderíamos ser uma equipe muito melhor que os Punhais. E juntos podemos vencer.

– Você está dizendo que quer tomar o trono? – pergunta Sergio.

Teço uma breve ilusão a minha volta, tentando enfatizar meu tamanho, fazendo-me parecer tão régia quanto possível. Se vou recrutar mais Jovens de Elite, preciso começar a parecer uma líder.

– Eu lhe disse que poderia pagar dez vezes o que o Rei da Noite pagava. Bem, esta é minha proposta. O Rei da Noite talvez pareça insignificante se comparado ao tesouro real de Kenettra.

Sergio me lança um olhar cético.

– A coroa de Kenettra é protegida pela Inquisição.

– E eu matei o Rei da Noite com sua própria espada.

Sergio considera minhas palavras. O silêncio se arrasta, quebrado apenas pelo barulho da chuva e do vento uivante. *Ele poderia ter traba-*

lhado bem com a Caminhante do Vento, eu me pego pensando. Pergunto-me se Lucent ficou chateada com sua ausência. Pergunto-me se os outros Punhais ao menos sabem que Sergio está vivo. Gostaria de conhecer sua história com as mesmas pessoas com quem convivi.

– Vou pensar nisso – responde ele por fim.

Assinto, mas já sei a resposta. Posso vê-la no brilho de seus olhos.

Teren Santoro

— Mandou me chamar, Majestade?
— Sim, Mestre Santoro.

A rainha Giulietta, sentada no trono, o encara com olhar calmo. Ele absorve sua beleza. Hoje ela usa um vestido de safira solto, a cauda tão longa que se arrasta escada abaixo. Seu cabelo está preso no alto da cabeça, deixando à mostra seu pescoço fino, e seus olhos estão grandes e muito, muito escuros, emoldurados por cílios compridos. Sua coroa reflete a luz da manhã que passa pelas janelas, formando pequenos arcos-íris no chão da sala do trono.

Ela não diz mais nada. Está com raiva.

Teren decide falar primeiro:

— Peço desculpas, Majestade.

Giulietta o observa com o queixo apoiado na mão.

— Por quê?

— Por desonrar publicamente a rainha de Beldain.

Ela não responde. Em vez disso, se levanta. Leva uma das mãos atrás das costas e, com a outra, acena para que um dos Inquisidores à espera junto das paredes se aproxime.

– Você ficou insatisfeito com o presente que a rainha me deu – diz ela, conforme anda.

Raffaele. Teren suprime uma onda de raiva ao se lembrar do acompanhante *malfetto* que agora é mantido no palácio.

– Ele é uma ameaça para você – responde Teren.

Giulietta dá de ombros. Quando chega até ele, olha para sua figura curvada.

– Ele é? Achei que você e sua Inquisição o tivessem acorrentado adequadamente.

Teren cora ao ouvir isso.

– Nós o acorrentamos. Ele não vai escapar.

– Então ele não é uma ameaça para mim, é?

Giulietta sorri.

– Você já encontrou o resto dos Punhais?

Todo o corpo de Teren fica tenso. Os Punhais eram a eterna pedra no seu sapato. Ele havia cortado o financiamento de muitos dos seus patrocinadores. Havia torturado *malfettos* associados aos Punhais. Havia limitado sua possível localização a cidades próximas. Sabia seus nomes.

Ainda assim, não tivera sucesso em capturá-los. Eles pareciam ter se espalhado no vento, até ontem. Teren engole em seco, então se curva mais.

– Mandei mais patrulhas para caçá-los...

Giulietta levanta a mão, fazendo-o parar.

– Recebi uma pomba esta manhã. Você soube?

O Inquisidor Chefe passara a manhã muito ocupado com os acampamentos de escravos *malfettos* para receber notícias.

– Ainda não, Majestade – responde ele com relutância.

– O Rei da Noite de Merroutas está morto – explica Giulietta. – Assassinado por uma Jovem de Elite chamada de Loba Branca. Os rumores sobre ela se espalharam por toda parte.

Ela encara Teren.

– É Adelina Amouteru, não é? A menina que você tentou matar várias vezes, sem sucesso.

Teren olha para um veio no chão de mármore.

– Sim, Majestade.

Teren ouve o Inquisidor voltar e o som revelador de lâminas de metal se arrastando pelo chão.

– O Rei da Noite era nosso aliado em Merroutas – diz Giulietta. – Agora aquilo está um caos. Meus assessores dizem que a cidade ficou instável, e estamos vulneráveis a um ataque tamourano.

Adelina. Teren trinca os dentes com tanta força que acha que pode quebrar a mandíbula. Então Adelina está em Merroutas, do outro lado do Mar Sacchi... e matou o governante da cidade-estado. Apesar de ferver com a ideia de ela se tornar uma ameaça real, algo sobre sua crueldade chama a atenção dele. *Muito impressionante, minha lobinha.*

– Eu juro, Majestade – diz ele. – Vou mandar uma expedição para lá imediatamente...

Giulietta pigarreia e Teren para de falar. Ele ergue os olhos e vê outro Inquisidor se aproximar da rainha. Ele segura um chicote de nove cabeças, cada uma presa a uma lâmina pesada e afiada. É o chicote personalizado de Teren. Ele estremece e suspira de alívio ao mesmo tempo.

Ele merece.

Giulietta cruza as mãos atrás das costas e se afasta alguns passos.

– Disseram-me que você mandou cortar pela metade as rações dos *malfettos*, contra minha vontade – diz ela.

Teren não pergunta como ela descobriu. Não importa.

– Mestre Santoro, posso ser uma rainha implacável. Mas não tenho intenção de ser cruel. Crueldade é lançar mão de punições injustas. Não serei injusta.

Ele mantém a cabeça baixa.

– Sim, Majestade.

– Queria que os campos fossem uma punição que o restante dos nossos cidadãos pudessem ver, mas não terei centenas de cadáveres apodrecendo fora das minhas muralhas. Quero a submissão do meu povo, não uma revolução. E você está ameaçando quebrar esse equilíbrio.

Teren morde a língua para se impedir de falar.

– Tire a armadura, Mestre Santoro – ordena Giulietta sobre o ombro.

Teren faz o que ela manda. Sua armadura cai no chão com um som estridente que ecoa. Ele puxa a túnica pela cabeça. O ar atinge sua pele nua, com cicatrizes de inúmeras sessões de punição. Os olhos azul-pálidos de Teren brilham na luz da câmara. Ele olha para Giulietta.

Ela gesticula para o Inquisidor, que segura o chicote com as lâminas.

Ele açoita as costas de Teren. As nove lâminas o atingem, rasgando sua pele. Teren sufoca um grito quando a dor familiar explode em seu corpo. As bordas de sua visão brilham, escarlate. Sua carne se abre e começa a cicatrizar imediatamente, mas o Inquisidor não espera – acerta Teren com o chicote mais uma vez, enquanto ele ainda se esforça para se recuperar.

– Não estou punindo você por ter sido desrespeitoso com a rainha beldaína – diz Giulietta por cima do som nauseante de lâminas cortando a carne de Teren. – Estou punindo você por me desobedecer em público. Por fazer um escândalo. Por insultar a rainha de uma nação com a qual não podemos lutar de novo. Você entende?

– Sim, Majestade. – Teren engasga enquanto o sangue escorre por suas costas.

– Você não toma decisões por mim, Mestre Santoro.

– Sim, Majestade.

– Você não ignora minhas ordens.

– Sim, Majestade.

– Você *não* me constrange na frente de uma nação inimiga.

As lâminas entram mais fundo. Teren pisca para afastar a inconsciência que se espreita às bordas de sua visão. Seus braços tremem contra o chão de mármore.

– Sim, Majestade – diz ele com voz rouca.

– Levante-se – ordena Giulietta.

Teren se obriga a ficar de pé, mesmo que isso o faça gritar. O Inquisidor chicoteia as lâminas em seu peito e sua barriga; seus olhos se arregalam quando elas o cortam profundamente. Se fosse um homem normal, este golpe o teria matado na hora. Com Teren, porém, apenas o faz cair de quatro.

O açoitamento continua até que o chão sob Teren esteja escorregadio, coberto com uma camada de sangue. As estrias vermelhas no mármore formam padrões circulares, pontuadas pelas digitais de Teren. Ele se concentra nos redemoinhos. Em algum lugar, acima dele, sabe que pode ouvir os deuses murmurando. Esse castigo vinha de Giulietta ou dos deuses?

Finalmente, Giulietta ergue a mão. O Inquisidor para.

Teren treme. Pode sentir a magia demoníaca de seu corpo laboriosamente reconstruindo sua carne. Essas feridas com certeza deixarão cicatrizes – os cortes feitos rapidamente sobre a pele ainda não curada. Seu cabelo louro comprido paira sobre o pescoço em tranças suadas. Seu corpo arde e dói.

– Levante-se.

Teren obedece. Suas pernas estão fracas, mas ele trinca os dentes e as obriga a ficarem firmes. Ele mereceu cada momento dessa punição. Quando fica de pé, encontra os olhos de Giulietta.

– Sinto muito – murmura, dessa vez com suavidade.

O pedido de desculpas de um rapaz para sua amante, não de um Inquisidor para sua rainha.

Giulietta toca a bochecha de Teren com dedos frios. Ele se inclina em seu aperto suave, saboreando-o, mesmo que trêmulo.

– Eu não sou cruel – diz ela novamente. – Mas lembre-se, Mestre Santoro. Eu só peço obediência. Se isso é muito difícil, eu posso ajudar. É mais fácil obedecer sem uma língua, e mais fácil se ajoelhar sem pernas.

Teren fita seus olhos profundos e escuros. É isso que ama nela, esse lado que sempre sabe o que tem de ser feito. Mas por que não ordenou que punissem Raffaele imediatamente? Ele devia ser executado.

Ela não ordenou, pensa Teren, com uma pontada dolorosa de ciúmes, *porque quer algo mais dele.*

Giulietta sorri. Ela se inclina para perto e pressiona os lábios no rosto dele. Teren sente dor com seu toque, seu aviso.

– Eu te amo – sussurra a soberana. – E não vou tolerar que você me desobedeça de novo.

> Dizem que os penhascos de Sapientus se formaram quando o deus da Sabedoria separou o mundo dos vivos do mundo dos mortos, isolando para sempre sua irmã Moritas. As bordas recortadas são ainda mais majestosas durante o pôr do sol, quando a luz dourada as atinge e pinta longas sombras sobre a terra.
> – Um guia para viajar pela Domacca, por *An Dao*

Adelina Amouteru

Hoje, Enzo me visita em meu pesadelo.

É noite e as lanternas nos corredores da Corte Fortunata já estão acesas. Risos sobem da caverna subterrânea dos Punhais, mas Enzo e eu subimos os degraus até o pátio. Aqui fora, a noite é silenciosa. *É a noite depois das Luas de Primavera*, lembro-me em meio à névoa de meu sonho. *Depois de atacarmos o porto de Estenzia.*

Enzo e eu nos beijamos no pátio, alheios à chuva fraca que cai ao nosso redor. Ele me leva de volta a meus aposentos. Mas, em meu sonho, ele não me deseja boa-noite e sai. No meu sonho, ele entra comigo.

Não sei se meu poder está agindo... mas posso *sentir* seus cachos escuros contra minhas bochechas, posso *sentir* as ondas de calor que seu toque desperta em meu corpo. Seus lábios roçam minha orelha, em seguida meu queixo e pescoço, descendo aos poucos. Sento-me na cama e o puxo para mim até sermos um emaranhado de membros. Este é o lugar onde nos conhecemos, afinal, quando ele veio se sentar ao meu lado e me ofereceu uma chance de me juntar os Punhais.

Agora seu rosto permanece enterrado em minha pele. Correntes de calor me atravessam e acho que poderia queimar viva. Sua camisa desliza para um lado, deixando seu ombro à mostra. Ele está mesmo aqui? Estou de fato na Corte Fortunata, em toda a sua antiga glória? Meu dedo desliza pela sua clavícula. Ele prende a respiração enquanto arranco sua camisa e deslizo as mãos pelo seu peito. Ele se pressiona contra mim. *Isso é real. Tem que ser.*

Isso é o que poderia ter acontecido naquela noite.

– *Eu te amo* – sussurra ele em meu ouvido.

Estou tão envolvida em meu sonho, tão perdida na trilha de beijos dele, que por um momento permito-me acreditar.

Enzo para. Tosse uma vez. Viro a cabeça o suficiente para ver os ângulos de seu rosto na escuridão.

– Você está bem? – pergunto com um sorriso.

Ergo os braços para envolver seu pescoço e puxá-lo para mais perto.

Enzo enrijece e tosse de novo. Suas sobrancelhas se torcem e ele franze a testa. Afasta-se de mim e senta-se na cama, curvado. Continua tossindo e tossindo, até que parece não conseguir mais parar. Manchas de sangue se espalham nos lençóis.

– Enzo! – grito.

Corro para o seu lado e ponho a mão em seu ombro. Ele faz um gesto para que eu me afaste e balança a cabeça, mas está tossindo tanto que não consegue falar. Há sangue em seus lábios, brilhando na noite. Seu rosto se contorce de dor. Ele leva uma das mãos ao peito e, quando eu olho, vejo com horror que uma ferida profunda, escarlate, está crescendo no centro, bem sobre o coração.

Ele precisa de ajuda. Pulo da cama, corro para a porta e a escancaro com todas as minhas forças. Todos os meus membros parecem ser arrastados pela escuridão, lutando contra alguma corrente invisível. Atrás de mim, a respiração de Enzo fica acelerada. Olho pelo corredor, desesperada.

– Socorro! – grito.

Por que todas as lanternas estão mais fracas agora? Mal posso enxergar nas sombras. Meus pés batem silenciosamente no chão. Posso sentir o frio do mármore.

– Socorro! – grito de novo. – O príncipe... ele está ferido!

O corredor é longo demais. *Raffaele vai saber o que fazer.* Por que não consigo encontrar o caminho de volta para a caverna subterrânea? Continuo correndo até que me lembro de que Raffaele não está na caverna com os outros. Ele não volta nessa noite, porque foi capturado pela Inquisição.

O corredor não tem fim. Enquanto corro, as pinturas que enfeitam as paredes da corte começam a descascar, queimadas e cinzentas, os cantos arruinados pelo fogo. Não há portas nem janelas. De algum lugar ao longe vem o som da chuva torrencial.

Faço uma pausa para recuperar o fôlego. Minhas pernas queimam. Quando olho para trás, já não consigo ver meus aposentos. O mesmo corredor se estende em ambas as direções. Continuo em frente, andando agora, o coração batendo forte em meu peito. Novas pinturas começam a aparecer nas paredes. Talvez tenham estado ali o tempo todo, e só notei agora. Nenhuma delas faz sentido. Um dos quadros mostra uma menina com grandes olhos escuros e a boca rosada – ela está sentada no meio de um jardim, segurando uma borboleta morta em suas mãos. A segunda pintura é de um garoto vestido com a armadura branca da Inquisição, a boca estendida de orelha a orelha, os dentes escarlate. Ele está agachado dentro de uma caixa de madeira. A terceira pintura vai do chão ao teto. É o rosto de uma menina, e metade dele tem uma cicatriz horrível. Ela não sorri. Suas sobrancelhas estão franzidas de raiva e seus olhos estão fechados, como se pudessem se abrir a qualquer momento.

O medo começa a corroer meu estômago. Há sussurros aqui, os sussurros familiares que me afligem. Começo a correr outra vez. O corredor fica mais estreito, fechando-se sobre mim por todos os lados. Mais à frente, ele finalmente termina. Acelero o passo.

– *Socorro!* – grito de novo, mas soa estranho e distante, como um grito debaixo d'água.

Meus passos agora produzem o som de respingos. Paro de repente. A água está escorrendo pelo corredor, escura e fria. Começo a voltar, mas a corrente me arrasta e a água me engole. Não consigo pensar, não consigo ouvir, não vejo nada, exceto a escuridão ao redor. O frio me entorpece. Abro a boca para gritar, mas não sai nada. Procuro a luz da superfície, mas a mesma escuridão engole tudo ao meu redor.

O Submundo.

Formas escuras nadam nas profundezas. Através da escuridão, finalmente vejo escadas que por instinto sei que levam de volta ao corredor. De volta ao mundo dos vivos. Tento nadar em direção às escadas, mas elas nunca parecem ficar mais perto.

Adelina.

Quando olho por cima do ombro, uma forma se materializa da escuridão. É monstruosa, com dedos longos e ossudos e olhos leitosos, cegos. Sua boca está aberta em uma careta. O medo em meu coração se transforma em terror.

Caldora. O anjo da Fúria.

Luto para chegar às escadas, mas não adianta. Sibilos enchem meus ouvidos. Quando olho de novo para trás, as mãos de Caldora tentam me alcançar, os dedos curvados em garras.

※

Acordo de repente com o rugido sinistro de uma trombeta vindo do convés. A luz do sol entra pela vigia. A tempestade passou, embora as águas ainda estejam agitadas. Jogo as pernas para o lado da cama e tento acalmar meu coração acelerado. Os sussurros estão agitados, mas suas vozes estão mudas e, depois de alguns segundos, eles somem por completo. Meus dedos tremem ao correr pelo tecido de meu travesseiro. Isso parece real. Espero que seja. Parte de mim anseia voltar à Corte Fortunata, passar os braços em volta de Enzo e trazê-lo de volta à vida – mas outra parte de mim tem medo de piscar, para que eu não volte para as águas do Submundo. Até olhar pela janela me provoca uma onda de medo – a água é de um azul opaco, escuro, ansiosa para engolir um navio.

Olho para a cama de Violetta. Ela não está lá.

– Violetta?

Eu me levanto e corro até a porta. Caminho pelo interior do navio escuro e apertado. Minha irmã. Ela se foi. Meu pesadelo volta – o corredor incendiado e sem fim – e de repente fico apavorada com a possibilidade de ainda estar perdida dentro dele. Mas então chego à escada que conduz à plataforma e a subo com gratidão.

Quando eu espreito por cima do topo da escada, vejo Violetta na proa do navio, inclinada sobre o guarda-corpo, falando com Sergio em voz baixa. Minhas pernas ficam fracas de exaustão. Respiro fundo, me acalmo e me arrasto para o convés. Vários membros da tripulação me lançam olhares demorados quando passo. Pergunto-me quais deles também são mercenários e se Sergio falou a algum deles sobre nossa conversa de ontem.

Conforme me aproximo, Sergio põe a mão no braço de Violetta. Ele ri de algo que ela diz. Um sentimento de ciúme me atravessa. Não que eu queira a atenção de Sergio – mas por ele atrair a de Violetta. *Ela é* minha *irmã*.

– Qual o motivo da trombeta? – pergunto.

Eu me enfio entre eles de propósito, obrigando Sergio a tirar a mão de minha irmã e se afastar. Violetta me lança um olhar mal-humorado. Pisco para ela inocentemente.

Sergio aponta para os sinais de terra no horizonte, ainda fracos em meio à névoa da manhã.

– Estamos nos aproximando da cidade de Campagnia. Já esteve lá antes? – Quando nego com a cabeça, ele continua: – É a cidade portuária mais próxima de Estenzia. Meu palpite é que não seremos recebidos de braços abertos na capital. Será impossível atracar.

Violetta balança a cabeça em concordância.

– As ilusões de Adelina são boas – diz ela –, mas ela não pode nos proteger para sempre de tantos Inquisidores na cidade.

Estenzia. De alguma forma, parece que saímos da capital há uma vida.

Sergio apenas dá de ombros enquanto observamos os contornos da cidade surgirem aos poucos na costa.

– Vamos atracar em Campagnia em breve – tranquiliza-nos ele. – Pelo que sei, não enviaram nenhum mandado para fora da capital. Vai ser mais seguro.

Eu concordo. Sergio volta a conversar com Violetta. Enquanto falam, olho ao redor do convés.

– Onde está Magiano? – pergunto.

Os olhos de Sergio se voltam para o céu.

– Na gávea – responde ele, apontando para cima. – Apostando o trabalho de sua vida.

Com a deixa, uma imitação perfeita da grasnada de um corvo soa. Todos olhamos e vemos Magiano sobre nós, inclinando-se tanto para a frente que tenho medo de que caia. Ele está gritando alguma coisa para o outro marinheiro no cesto da gávea.

– Vamos apostar *vinte* talentos de ouro, então – grita, voltando para dentro do cesto e sumindo de vista.

– Ele está... ganhando? – pergunta Violetta, estreitando os olhos para o céu.

Continuamos olhando enquanto Magiano murmura uma série de palavras para si mesmo. Um ladrão meio louco e um Jovem de Elite rejeitado pelos Punhais – sem dúvida é um bom começo para formar minha Sociedade.

Sergio dá de ombros.

– Isso importa? Se ele perder, vai roubar os ganhos do pobre coitado mesmo.

De repente, o marinheiro com quem Magiano está jogando fica de pé. Ele aponta para a água. Magiano vira o pescoço em direção à terra também e grita algo para Sergio que eu não consigo entender.

Sergio morde o lábio. Eu o observo e percebo pequenas faíscas de medo emanando dele. Forço o olhar na névoa. Por um longo momento, nenhum de nós consegue ver nada. Só quando o sol da manhã desfaz um pouco mais a névoa, consigo distinguir o contorno fraco de velas douradas, o casco curvo de um navio deixando o porto de Campagnia. O som de trombetas flutua na nossa direção de novo. Dessa vez, é ensurdecedor.

Lá em cima, Magiano segura a corda presa ao cesto da gávea e desliza para baixo pelo mastro. Ele aterrissa com um baque leve. Seu cabelo está numa desordem selvagem, e o cheiro de maresia permeia suas roupas. Ele nos lança um olhar de passagem.

– Um navio da Inquisição – diz ele quando vê minha expressão interrogativa. – Parece que estão vindo direto na nossa direção.

– Você viu a bandeira da Inquisição nele?

Cruzo os braços e tento engolir o medo que cresce na minha garganta.

– Mas somos um navio com uma aparência absolutamente comum.

– Também somos o único navio passando pela baía agora – responde Magiano.

Ele franze a testa para a água.

– Por que eles se importariam com um navio de carga a caminho do porto de Campagnia?

O navio da Inquisição está se aproximando. Ao ver seus emblemas familiares, alguma coisa agita os sussurros na minha cabeça, e eles movem suas pequenas garras, inquietos. O medo em minha garganta dá lugar a outra coisa – uma coragem selvagem, o mesmo que senti ao confrontar o Rei da Noite.

Uma chance de vingança, os sussurros não param de repetir. *Adelina, é uma chance de vingança.*

– Teren pode estar expandindo suas operações para outras cidades de Kenettra – diz Violetta, lançando-me um olhar de esguelha.

Você está bem?, diz sua expressão.

Aperto os lábios e afasto os sussurros.

– Você acha que eles vão nos abordar? – pergunto a Magiano.

Ele aponta para a posição do pequeno navio atrás de nós.

– É uma equipe pequena, mas vão nos conduzir ao porto – responde. – E então vão inspecionar cada canto deste navio.

Sua expressão fica sombria ao se virar para mim.

– Se eu soubesse que você ia causar tanto problema nos primeiros três dias do nosso acordo, teria deixado você para o Rei da Noite sem pensar duas vezes.

– Que bom – rebato. – Vou me lembrar disso na próxima vez que o vir em perigo.

Minha resposta faz Magiano soltar uma risada surpresa.

– Você é encantadora.

Ele agarra meu pulso antes que eu possa impedi-lo, então acena para Violetta segui-lo.

– Parece que estamos encurralados agora, não estamos? Recomendo que a gente se esconda.

Corremos para baixo do convés, onde um tripulante nervoso e suado sibila para Magiano nos levar para a barriga do navio. Nossos passos ecoam no piso estreito de madeira.

Descemos três lances de escada antes de enfim chegarmos a um armário onde há caixotes empilhadas ao acaso do chão ao teto. Ali, ele nos faz entrar nos recessos escuros. O espaço é quase um breu, com exceção de uma grade de ferro bem no alto, que deixa entrar feixes de luz fraca.

Magiano me lança um olhar incisivo.

– Fique em silêncio – sussurra. Então olha para Violetta. – Controle o poder da sua irmã. Seria bom para todo mundo que ele não saísse de controle como aconteceu em Merroutas.

– Ela vai ficar bem – responde Violetta, uma nota de irritação em sua voz. – Ela sabe se controlar.

Ele não parece convencido, mas ainda assim assente. Então se vai, fechando a porta ao sair e nos deixando na escuridão.

Posso sentir o leve tremor de Violetta. Ela não faz o que Magiano sugeriu – tirar meu poder –, tampouco parece inteiramente confortável comigo.

– Você está se sentindo bem, não está? – sussurra para mim.

– Sim – respondo.

Esperamos sem dizer mais nada. Por um tempo, a única coisa que ouvimos é o barulho familiar das ondas fora do navio. Em seguida, ouvimos novas vozes. Passos.

– Não perca o controle de novo – sussurra Violetta.

Após um silêncio tão longo, suas palavras soam ensurdecedoras. Ela nem sequer olha para mim. Em vez disso, seus olhos continuam fixos na grade acima de nós.

Viro-me para cima a fim de olhar também. Continuo esperando que aquela pressão estranha e obscura me tome de novo, como em Merroutas – mas dessa vez minha força se mantém estável e mantenho um controle firme sobre meus poderes.

– Não vou – sussurro de volta.

As vozes são muito fracas. Através de duas camadas de piso de madeira, tudo o que posso entender são sons humanos abafados e as sutis vibrações de botas no convés. Sinto um desconforto geral na energia da tripulação. A cabeça de Violeta se vira enquanto as vozes passeiam de uma extremidade à outra do convés.

– Eles vão vir para os pavimentos inferiores – sussurra ela depois de um tempo.

Assim que as palavras saem de sua boca, ouvimos passos pesados de botas na escada. As vozes se tornam abruptamente mais altas.

Agora posso ouvir os soldados conversando. Meu medo aumenta à medida que eles chegam cada vez mais perto no andar de cima.

Na confusão, a voz animada de Magiano aparece de repente:

– E da última vez que estive em Campagnia me apaixonei por seus vinhos. Sabe que eu nunca fiquei tão bêbado? E...

Um Inquisidor o interrompe com um suspiro exasperado.

– Quando vocês saíram de Merroutas?

– Há uma semana.

– Não acredito, rapaz. Nenhum navio vindo de Merroutas leva uma semana para chegar a nossa costa.

A voz de Sergio, mais razoável, se faz ouvir:

– Atracamos em Dumor antes, para deixar parte da carga.

– Não estou vendo selos de Dumor em seu navio. Aposto que deixaram Merroutas recentemente. Bem, algumas novas leis entraram em vigor aqui em Campagnia. A Inquisição decretou que todos os navios que chegarem devem passar por uma vistoria. *Malfettos* de outros países não são mais aceitos nesta cidade.

Ele faz uma pausa, como se para espiar Magiano mais de perto. Seus olhos devem estar normais, porque o soldado se afasta novamente.

– Então, se alguém em sua tripulação for um *malfetto*, recomendo que nos diga agora.

– Não temos nenhum de que me lembre, senhor.

– E por acaso não traz nenhum clandestino?

– Você pode procurar – sugere Magiano. – *Malfettos*... são um monte de problemas, não? Ainda nos considero sortudos por já termos saído de Merroutas quando aconteceram os incidentes no cais. Você já ouviu falar disso, não é?

Olho para Violetta no escuro. Ela me encara de volta. Sua boca articula uma palavra. *Pronta?*

Lentamente, teço uma teia de invisibilidade sobre nós, nos transformando nos raios de luz em um andar de estoque vazio, nas ranhuras escuras das paredes dos armários. As vozes e os passos se aproximam cada vez mais, até que soam como se estivessem bem em cima de nós. Espio pela grade na escuridão.

A sola de uma bota aparece ali de repente, então outra. Eles estão bem acima de nossas cabeças agora. Prendo a respiração.

– Há mais alguém a bordo deste navio? – pergunta o Inquisidor.

Suponho que ele esteja virado para Sergio.

– Toda a tripulação está aqui?

– Todos contados, senhor – responde Sergio. – Os suprimentos ficam no piso inferior.

Mais murmúrios entre os soldados. Eu enrijeço quando os passos parecem chegar à nossa plataforma. Momentos depois, a porta da sala de suprimentos se abre e alguém se aproxima de nosso armário. Reforço nossa ilusão de invisibilidade. A porta se abre.

Um Inquisidor olha direto para nós. *Através* de nós. Ele parece entediado. Uma de suas mãos batuca sem parar o punho da espada. A mão de Violetta treme ainda mais rápido, mas mesmo assim ela não faz barulho.

Ele espia através de nós e ao redor do armário por um momento antes de deixar a porta entreaberta e vagar para vasculhar o resto da sala. Sua capa passa por nós, ondulando. Continuo prendendo a respiração. Se, depois de terminar a vistoria, ele tentar entrar neste armário e esbarrar em nossos corpos, vou ter que matá-lo.

Acima de nós, a voz de Magiano se ergue novamente.

– Você está buscando no navio errado – diz ele.

Seu tom mudou da inocência leve para algo mais ameaçador.

– Como posso saber disso?

Ele vasculha o bolso por um momento antes de pegar alguma coisa e segurá-la contra a luz. Mesmo daqui de baixo, posso ver o objeto brilhando. É o alfinete que roubou do Rei da Noite.

– Está vendo a ponta entalhada na lateral desta belezura? É o emblema do Rei da Noite. Somos uma tripulação de sua frota protegida de Merroutas, e ninguém está mais ressentido com a notícia de sua morte do que nós. Mas, mesmo morto, ele é mais rico e mais poderoso do que qualquer um de vocês pode sonhar ser um dia. Se ousar matar alguém de nossa tripulação na esperança inútil de encontrar uma fugitiva que provavelmente está seguindo para o mais longe possível de Kenettra, posso garantir-lhe que terá de responder ao seu Inquisidor Chefe e à sua rainha. – Um tom de insulto surge na voz de Magiano: – Afinal de contas, pense por um momento, se sua mente for capaz disso. Por que uma fugitiva que fugiu de Kenettra se esconderia em um navio que está tentando *voltar* a Kenettra?

Ele mantém os braços esticados, num dar de ombros exagerado.

Não posso deixar de sentir certa gratidão por Magiano por estar nos defendendo assim. Ele poderia ter nos entregado por um bom preço. Balanço minha cabeça. *Ele não está fazendo isso por você. Está fazendo por si mesmo, por dinheiro e sobrevivência. Não por você.*

Por um instante, acho que os Inquisidores vão levar a sério as palavras de Magiano. Meu olhar permanece fixo no Inquisidor que vistoria nosso esconderijo.

Em seguida, as botas de Sergio passam pela grade. Olho para cima, torcendo para que minha ilusão não oscile. Um dos outros soldados agarrou Sergio pelo pescoço e pressiona uma faca em sua cintura. Em um flash, Sergio se esquiva do golpe e saca sua própria faca. Daqui, posso ver a lâmina piscando na luz. Os outros Inquisidores sacam suas armas. Magiano solta um gemido e uma maldição incoerente enquanto saca um punhal também e, juntos, eles se postam contra os Inquisidores.

– Boa história – diz o líder dos soldados.

Ele dá um passo na direção de Sergio, com a faca apontada para ele.

– Mas temos uma descrição do navio no qual os soldados do Rei da Noite acreditam que seus fugitivos partiram. Sem dúvida é o seu. Parabéns.

O soldado levanta a voz.

– Mostre sua cara, criadora de ilusões, ou alguém aqui em cima pode perder a cabeça.

Violetta olha para mim. Seus olhos escuros brilham. Se ao menos tivéssemos ficado no convés com os outros, eu poderia ter disfarçado nossos rostos e atacado os soldados antes que eles viessem a bordo. Mas agora há um Inquisidor bem na nossa frente, a porta do armário ainda entreaberta, olhando através de nós como se pudesse ver alguma coisa a qualquer momento.

O Inquisidor de pé diante de nós olha para cima e saca sua espada. Ao fazer isso, dá uma cotovelada em Violetta com força. Ela cambaleia para trás com um grunhido – isso é tudo de que o Inquisidor precisa para olhar bruscamente de volta para nós. Ele estreita os olhos. Em seguida, levanta a espada para cortar o ar no armário. Para *nos* cortar.

Pensamentos correm pela minha mente como relâmpagos. Eu poderia simplesmente deter este Inquisidor e salvar Violetta e eu. Se fugirmos deste navio sem fazer barulho, poderíamos deixar Sergio, sua tripulação e Magiano para lidar com a Inquisição. Quando atracássemos, poderíamos simplesmente nos esgueirar para fora do navio e seguir para a cidade sem sermos detectadas. Esquecer minha recém-fundada Sociedade e nos proteger.

Em vez disso, trinco os dentes. Sergio é um dos meus agora. Se espero ter aliados, eu vou ter que ficar ao lado deles.

Violetta me lança um olhar arregalado quando a espada do Inquisidor voa em nossa direção. Esse é todo o incentivo de que preciso para libertar minha energia.

O Inquisidor interrompe seu ataque de repente, em pleno ar. Seus olhos se arregalam. Ele treme e abre a boca em um grito silencioso quando teço em torno dele a ilusão de mil fios de dor. Sua espada bate no chão com um estrondo quando ele cai de joelhos. Desfaço nossa invisibilidade – vejo o choque em seus olhos quando aparecemos de repente na sua frente.

Violetta se abaixa para pegar a espada. Enquanto a aponta para ele com as mãos trêmulas, volto a atenção para o que acontece acima de nós. Minha energia açoita os Inquisidores lá em cima. Os fios se agarram a eles, pintando a ilusão de ganchos penetrando fundo em sua pele, puxando-os para baixo.

Eles gritam. Sergio parece chocado por uma fração de segundo – mas logo se recupera. Ele pula sobre os corpos contorcidos e ataca o Inquisidor mais próximo, que se dirigiu para o corredor. O choque das lâminas ressoa. Magiano se agacha perto dos Inquisidores caídos e começa a amarrar suas mãos o mais rápido que pode.

– Vamos – digo entre os dentes cerrados.

Saímos do nosso esconderijo. O Inquisidor no chão faz uma tentativa vã de agarrar os tornozelos de Violetta, mas ela pula para fora de seu alcance, gira a espada em suas mãos e golpeia o queixo do soldado com o punho da arma. Ele desmaia.

– Muito bem – digo, mostrando à minha irmã um sorriso tenso.

Um ano atrás, eu não teria esperado que ela fosse ousada o suficiente para isso. Violetta respira fundo e me lança um olhar ansioso.

Saímos correndo da cabine pelo corredor escuro e subimos os degraus para o nível superior. Quando finalmente alcançamos os outros, paro com uma derrapada. Vários membros da tripulação estão vigiando os Inquisidores amarrados no chão, enquanto Sergio e outro homem mantêm outro preso. Ele ergue os olhos para nós. Há cautela no olhar que lança para mim.

– Não testemunhei o que você fez com o Rei da Noite – diz Sergio. – Mas vi os olhares nos rostos destes Inquisidores quando você os atacou. *Foi* você, não foi? O que você fez?

Engulo em seco e explico qual foi a ilusão que lancei sobre eles. Minha voz está calma e firme.

O outro tripulante que ajuda Sergio agora olha para mim.

– Quando você embarcou, ficamos todos um pouco céticos – diz, me olhando com atenção. – Nunca vi tanto medo no rosto de homens crescidos.

Este deve ser um dos companheiros mercenários de Sergio. Eu assinto com a cabeça, retribuindo seu olhar, sem saber o que ele quer dizer. Agora percebo que vários outros estão olhando para mim também, como se me vissem pela primeira vez. Olho em volta, observando suas expressões, então permito-me estudar os Inquisidores gemendo no chão. Se não tinham me reconhecido antes, agora todos parecem saber quem eu sou. Meu olhar passa de um para outro, parando por fim no que está deitado mais perto de mim, um jovem soldado que ainda tem um pouco de inocência perplexa em seus olhos. Minha energia se alimenta de seu medo, se fortalecendo e reabastecendo.

Se a Inquisição está vistoriando Campagnia assim, devem ter ampliado seus esforços para fora de Estenzia. Isso significa que Teren também vai estar aqui, procurando por nós? Significa que ele está começando a caçar todos os *malfettos* daqui?

– Onde está Magiano? – digo por fim.

Sergio indica a escada. Faz um gesto para nós o seguirmos. Subimos até o convés do navio, onde Magiano espera por nós. O porto de Campagnia se aproxima, enquanto, atrás de nós, o navio da Inquisição fica onde está, silencioso.

Magiano está com as mãos nos bolsos. Quando ouve nossa aproximação, ele se inclina para mim e acena com a cabeça para a terra, de um jeito casual.

– Vamos continuar a navegar para o porto – diz ele – e deixar o navio da Inquisição à deriva. Quando alguém em terra firme se der conta de que há algo errado, já teremos nos dispersado na cidade.

– E os Inquisidores amarrados lá embaixo? – pergunta Violetta.

Magiano troca um olhar com Sergio e se vira para mim em seguida. Seus olhos estão sérios por um momento.

– Pois é, o que *devemos* fazer com eles? – pergunta. – De qualquer modo, sem dúvida vamos atrair a ira da Inquisição. Eles vão nos caçar implacavelmente.

Suas palavras ressoam em minha mente, ecoando de forma errada, e o eco desperta os sussurros novamente. Posso sentir suas pequenas garras contra minha consciência, ansiosas por ouvir minha resposta. Lá embaixo, ouço alguns dos Inquisidores ainda gemendo e lutando. Parece que estão prontos para implorar por suas vidas. Sem responder Magiano, volto para a escada e olho para as sombras.

No início, acho que vou poupá-los.

Mas, então, os sussurros dizem: *Por que se preocupar com a ira da Inquisição? Você voltou a este país para se vingar. Não é mais você que precisa ter medo deles. Eles devem ter medo de você.*

Há um momento de silêncio pesado. Magiano me observa com uma expressão indecifrável. Lembro-me dos rostos dos Inquisidores. Alguns deles se encolheram, se afastando de mim, enquanto outros tinham lágrimas escorrendo por suas faces. Em meus pensamentos, seus uniformes brancos se misturam em um só. Tudo o que posso ver são os homens que, sem cerimônia, me amarraram à estaca e atearam fogo a meus pés. Quantos eles mataram? Quantos ainda vão matar?

Ataque primeiro. Com isso, uma nuvem escura começa a me preencher de novo, e meu coração se endurece. Olho para Magiano.

– Não tenho medo da Inquisição – digo.

Então assinto para Sergio.

– Diga a seus homens que os matem. Faça isso de um jeito rápido e limpo.

Violetta me lança um olhar penetrante. Eu espero, talvez com um ar de desafio, que ela diga alguma coisa contra minha decisão... mas ela não o faz. Ela engole em seco e baixa os olhos. Depois de um tempo, balança a cabeça, concordando. Quando falo, posso ouvir os sussurros dizendo as palavras comigo, em coro. Suas vozes me lembram a de meu pai.

– Poupem o mais novo – termino. – Quando a Inquisição o encontrar, ele pode lhes dizer quem fez isso e como se sentiram.

Os olhos de Magiano se estreitam ao se dirigir para mim. Há certa admiração em seu olhar, que se mistura com alguma coisa... inquieta. Não consigo decifrar a expressão. Ele olha de volta para o porto que se aproxima. Dá um suspiro, nos deixa e caminha em direção à proa.

Sergio ainda está sorrindo.

– Nesse caso, é melhor sermos cuidadosos em Campagnia. Você escolheu um adversário difícil.

– E você e seus homens vão nos ajudar a enfrentar esse adversário? – pergunto.

É a pergunta que tem estado entre nós desde que embarcamos neste navio. Sergio olha para mim. Em seguida, olha ao redor, para alguns dos membros da tripulação no convés. Por fim, ele se inclina em minha direção.

– Nós ajudamos quem pode nos dar o máximo de ouro – sussurra.
– E, neste momento, é você, não é?

Isso é um sim. Algo se eleva em meu peito. Não quero perguntar o que acontecerá se não conseguirmos tomar o trono e derrubar a Inquisição. Em vez disso, decido me deleitar com suas palavras. Viro as costas enquanto Sergio caminha até a escada e grita uma ordem para os outros mercenários lá embaixo. Os Inquisidores soltam soluços abafados. Seu medo borbulha até o convés em uma nuvem espessa, que me faz estremecer.

Então, o som de lâminas contra a pele, o sangue jorrando.

Os sussurros vibram na minha cabeça. Mantenho a mente na estaca da fogueira, nos *malfettos* que vi sofrerem na frente de Inquisidores que reviravam os olhos, entediados, nos vidros quebrados e nas pessoas gritando. Eu deveria sentir repulsa, algum arrependimento ou horror ao pensar na carnificina lá embaixo. Mas não sinto, não por esses Inquisidores.

A partir de agora, eu ataco primeiro.

Ficamos olhando em silêncio o porto se aproximar, até que nosso casco bate contra o píer e um estivador nos amarra. Ele lança um olhar para o navio da Inquisição atrás de nós, mas não faz nada. Em vez disso, nossa tripulação prepara a prancha e nos reunimos perto do guarda-corpo. Lá embaixo, na rua principal do porto, grupos de Inquisidores abrem caminho pelas multidões agitadas. Eu me pergunto quanto tempo vão levar para investigar o navio à deriva.

Enquanto a tripulação descarrega caixotes pela prancha e amarra grossas cordas para puxar a carga maior, seguimos Magiano e Sergio para fora do navio.

– Foi exatamente por isso que deixei este maldito país – murmura Magiano para mim enquanto caminhamos.

Ele ainda parece estar de mau humor.

– Maldita Inquisição, sempre em todos os lugares. Vamos. E mantenha o rosto disfarçado.

Ajeito meu turbante e verifico o de Violetta, então reforço a ilusão sobre meu rosto. Não é difícil nos misturarmos às multidões errantes do porto. Mantenho uma ilusão constante sobre meu rosto, e meu cabelo fica escondido dentro do turbante. Atrás de nós, vários outros membros da tripulação também saem do navio e se espalham na multidão. Eu os vejo partir. Agora reconheço alguns de seus rostos, os homens que eu vi amarrar os Inquisidores no navio. Também vejo o homem que tinha falado brevemente comigo a bordo. Todos mercenários. Todos leais a mim. Por ora.

Homens mortos sob o convés, os olhos cegos, os peitos sangrando. Os sussurros me lembram, animados, do que aconteceu no navio. *Homens mortos, homens mortos.*

Violetta faz um pequeno barulho, quebrando a corrente de pensamentos. Quando olho para ela, sua testa está tensa. Ela começa a arrastar os pés, como se algo tivesse despertado seu interesse. Franzo a testa e olho para a multidão.

– O que foi? – pergunto.

Violetta apenas balança a cabeça em silêncio para as pessoas misturadas.

Levo mais um segundo para perceber o que ela viu. Não muito longe de nós, caminhando à beira da rua, reconheço uma garota. Ela parece estar com pressa. Ainda assim, mesmo correndo, ela para e sorri para um cachorro de rua. O cão começa a segui-la.

– Gemma? – sussurro para mim mesma.

Os Punhais estão aqui.

> E assim eles se reuniram,
> aguardando, esperando um salvador
> que nunca chegaria.
> – Marés de uma guerra de inverno, *por Constanze De Witte*

Adelina Amouteru

Começo a perdê-la na rua movimentada. Uma capa de viagem esconde a metade superior de seu rosto, e sua silhueta quase se perde em meio aos cavalos e carroças.

– Aquela garota – murmuro para Magiano, inclinando a cabeça na direção de Gemma. – Ela é da Sociedade dos Punhais. Sei disso.

Magiano me lança um olhar cético.

– Tem certeza?

– Adelina está certa – interrompe Sergio, seu olhar seguindo Gemma pela rua.

Nós observamos quando ela para e fala com o marinheiro de um navio.

– É a Ladra de Estrelas.

Começo a me mover.

– Se eles estão aqui, quero saber o que pretendem. Vou segui-la. Não deixem que ela saiba da nossa presença.

À nossa frente, Gemma chega ao fim do porto e vira em uma rua sinuosa. Sergio se inclina para perto de nós, o olhar fixo nela, como se ela pudesse desaparecer a qualquer momento.

– Vamos com você – fala em voz baixa. – Eu gostaria de ver o que os Punhais estão fazendo aqui.

Espero que ele comece a abrir caminho pela multidão sem ouvir minha resposta, mas, para minha surpresa, ele me olha com expectativa.

Levo um momento para perceber que está esperando minha aprovação.

– Sim – respondo, engasgando com a palavra.

É tudo que ele precisa ouvir. Ele troca olhares com dois outros tripulantes do navio, aqueles que devem ser seus companheiros mercenários.

– Pode me considerar curioso também – resmunga Magiano, então acena uma vez para mim antes de desaparecer na multidão.

Violetta se inclina para mim.

– Olhe – diz, apontando discretamente na direção em que Gemma está seguindo. – O marinheiro com quem ela acabou de falar. Ele também está seguindo nessa direção.

Minha irmã está certa. Vejo a parte de trás de sua cabeça entre as pessoas. Ele ri com algumas crianças que cruzam seu caminho, mas não há dúvida – ele também deve estar seguindo Gemma.

Toco o braço de Violetta.

– Não fique muito perto – digo, quando começo a andar.

Teço uma ilusão sutil sobre seu rosto, mudando seus traços o suficiente para torná-la irreconhecível caso Gemma olhe para trás.

No meio da multidão, Magiano entra e sai de vista. Quando olho para a direita, o cabelo de Sergio surge entre as pessoas. Nós nos movemos juntos, desorganizados, porém coordenados. Lembro-me da primeira vez que vi os Punhais em missão – uma onda de animação percorre minha espinha.

Pegamos a mesma rua em que Gemma entrou. Ao fazermos isso, eu a vejo se virar e olhar para o cão que ainda a segue fielmente. Ela sorri, se abaixa e afaga suas orelhas. Mesmo que eu conheça seu poder, de alguma forma ainda me surpreendo ao ver o cão se virar obedientemente, como se conduzido por uma mão invisível, e se afastar dela sem olhar para trás. Deslizo entre dois grupos de pessoas e observo, admirada por um momento. Há algo tranquilo e amoroso nesta pequena ligação temporária entre a garota e o cão. Como deve ser se alinhar com a alegria e o amor, em vez de medo e com o ódio? Que tipo de luz isso emana?

Eu a perco algumas vezes no meio da multidão. Ela se afasta da área movimentada do porto, então sobe uma pequena colina para chegar ao que parece ser uma pequena taberna no final de uma rua. Olho para trás, querendo saber onde Magiano e Sergio estão. Violetta caminha vários passos atrás de mim, parando aqui e ali para abrir espaço entre grupos de pessoas.

Finalmente, lá na frente, Gemma vira na entrada principal da taberna. Ela não tenta entrar pela frente – em vez disso, pega uma rua lateral e some de vista. Corro, tentando ficar nas sombras dos edifícios. Não há muitas pessoas andando por aqui. Não há Inquisidores à vista. Espero até estar sozinha na rua e então me enrolo em fios de energia. Eu me misturo às sombras, eu me torno as sombras, até que ninguém percebe minha figura invisível dirigindo-se para a taberna.

Viro na rua que vi Gemma pegar, paro na esquina e observo.

Ela está diante da entrada dos fundos da taberna com vários outros, um espaço tão estreito e sombrio que ninguém pensaria em ir até ali. Reconheço Lucent imediatamente – seus cachos cor de cobre estão amarrados para trás em um rabo de cavalo cheio, e ela tem a testa franzida. Michel está lá, mas Raffaele não, e um garoto careca que não reconheço fala em voz baixa com Gemma. O marinheiro que vimos no cais também está aqui, junto com dois outros. Serão novos recrutas dos Punhais? Parece que todos se reuniram aqui para esperar Gemma. Confiro se minha invisibilidade está intacta, e então sigo em frente. Continuo avançando até suas vozes chegarem a mim e eu entender o que estão dizendo.

A voz de Gemma é a que ouço primeiro. Ela está discutindo com Lucent.

– Pelo menos Raffaele está em segurança lá – diz ela.

Lucent levanta uma sobrancelha e balança a cabeça, como se fosse a primeira vez que ouvisse a notícia.

– Ele vai ser morto – responde Lucent – assim que o deixarem sozinho com Teren. Por que não podíamos simplesmente ter pedido uma audiência direta com a rainha?

Prendo a respiração. Raffaele está de volta ao palácio de Estenzia, por vontade *própria*? O que eles estão planejando agora?

– Giulietta jamais aceitaria fazer uma audiência com a gente e arriscar sua vida – diz Gemma. – Confie em sua rainha, Lucent. Maeve sabe o que está fazendo. Giulietta será obrigada a jantar com ela e comemorar sua chegada, o que deve dar a Raffaele tempo para dizer o que quer.

Maeve. Rainha. Eu penso um pouco e, depois de um momento, lembro que Lucent é de Beldain. Se Maeve é sua *rainha*, então deve ser a rainha de Beldain. Beldain está do lado dos Punhais.

– Maeve vai agir no prazo de três noites – continua Gemma. – É quando as festividades vão acabar em uma noite agitada de apresentações. Isso vai ajudar a esconder o que estamos fazendo.

– Ela vai para a arena à meia-noite – diz Lucent aos outros que não reconheço. – Precisa estar no lugar exato em que ele morreu. Durante o processo, estará totalmente indefesa. Temos que garantir que permaneça segura e intocada.

As palavras de Lucent provocam um arrepio na minha espinha. *No lugar exato em que ele morreu.* Do que ela está falando?

– Vamos garantir isso – respondem os homens.

Pergunto-me se são os soldados da rainha Maeve disfarçados.

– E Raffaele deve estar lá, não é? – pergunta outro.

Gemma assente.

– Sim. Os mortos não podem existir neste mundo sozinhos. Enzo tem de estar ligado a alguém, para que tenha força para viver novamente. Maeve já tem seu irmão ligado a ela. Vai ligar Enzo a Raffaele.

Enzo.

De repente, não consigo respirar. O mundo gira a minha volta, e minha invisibilidade corre o risco de oscilar. Eu me esforço para mantê-la, então cambaleio para trás, até chegar a um canto da parede da taberna. Não devo ter ouvido direito o nome que Gemma disse – deve ser um mal-entendido, um nome diferente. Não pode ser o príncipe Enzo. *Meu* Enzo.

O garoto careca balança a cabeça e lança a Gemma um olhar de desculpas.

– Eu não entendo. Raffaele nunca me informou disso. Por que vamos trazê-lo de volta?

Lucent lança um olhar irritado para ele, mas Gemma lhe dá um tapinha no ombro.

– Você é novo na Sociedade – responde. – Em breve, vai entender tudo. Kenettra perdeu um líder quando o príncipe Enzo morreu nas mãos do Inquisidor Chefe. Maeve contava com ele para que o comércio e a prosperidade fluísse de novo entre as duas nações. Quando trouxe seu irmão mais novo de volta do Submundo, ele voltou com a força inédita dos imortais. Se ela também puder trazer Enzo de volta, um Jovem de Elite, ele pode vir com seus poderes reforçados de uma forma que não podemos nem imaginar. Ela pode colocá-lo outra vez no trono, onde é seu lugar, como seu embaixador kenettrano.

Fecho o olho. O sangue ruge em meus ouvidos. *Os mortos não podem existir neste mundo sozinhos.*

Não posso estar ouvindo a conversa direito. Porque, se eu estiver, então isso significaria que os Punhais estão planejando trazer Enzo de volta. Minha mente gira. Maeve, Maeve... *ela vai ligar Enzo a Raffaele.*

Raffaele não tinha mencionado uma vez rumores de uma Jovem de Elite capaz de ressuscitar os mortos?

É para isso que os Punhais estão aqui. A compreensão enfim faz minha invisibilidade se quebrar e, por um segundo, estou exposta.

Instantaneamente a conserto, me camuflando à cena a minha volta. Os olhos de Gemma correm na minha direção – ela fica confusa por um momento, mas depois parece desconsiderar isso e volta para a conversa. Engulo em seco e tento ignorar as batidas de meu coração.

O menino careca estreita os olhos.

– Mas... eu vi o irmão da rainha. Ele não está entre os vivos. Será que não vai acontecer a mesma coisa com o príncipe Enzo?

Gemma dá um suspiro pesado.

– Não sabemos. Talvez. Mas talvez não, já que ele é um Jovem de Elite. A rainha nunca trouxe mais ninguém de volta, além do irmão. Mas ele vai andar no mundo de novo, com Raffaele a seu lado.

Lucent se dirige ao careca.

– Leo, precisamos tirar Enzo da cidade quando ele voltar. Nenhum de nós tem a menor ideia de como ele vai estar... nem mesmo Maeve. Ele pode não ter nada dos seus poderes, ou pode ser exatamente como antes. De todo modo, vai chamar atenção. Maeve disse que a ressurreição de seu irmão causou um redemoinho no lago onde ele... – ela faz uma pausa e eu percebo um traço de culpa em sua voz –, onde ele havia se afogado. Em seguida, ficou de cama por uma semana. Você acha que conhece seu poder bem o suficiente para distrair os Inquisidores em um dos portões?

O garoto chamado Leo parece nervoso, mas ainda assim levanta o queixo.

– Acho que sim – responde. – Meu veneno é temporário, mas vai durar tempo suficiente para enfraquecê-los.

– Maeve também estará fraca – acrescenta Gemma, voltando a atenção para os outros que estão ao lado de Leo. – Vocês precisam deixá-la em segurança o mais rápido possível.

Um deles dá um passo à frente. Levanta uma das mãos, e um pequeno clarão de luz ofuscante faísca na palma. *Outro Jovem de Elite.*

– Somos os Jovens de Elite pessoais da rainha – diz ele, como se tivesse sido insultado. – Sabemos como protegê-la. Cuide apenas do seu príncipe.

– E a esquadra dela? – pergunta Lucent.

– Vai chegar em breve. Anote o que estou dizendo.... vai ser um cerco e tanto.

Eles trocam alguns apertos de mão e mais algumas palavras, mas paro de ouvir a fim de absorver o que já escutei.

Raffaele está trabalhando com a rainha beldaína para trazer Enzo de volta. Enquanto isso, a esquadra de Beldain está chegando. Na verdade, soldados beldaínos – Jovens de Elite – já estão aqui, talvez todos se escondendo em plena vista. Todas as peças estão se encaixando para derrubar Giulietta de seu trono.

Enzo. *Enzo.* Apoio a mão na parede da taberna e me guio pela esquina. Encontro um canto escuro no próximo beco. Ali, finalmente desfaço minha invisibilidade, me agacho e descanso a cabeça nas mãos. Dentro de mim, fios de energia começam a sair de controle. A cena muda de uma rua montanhosa em Campagnia para um corredor escuro de volta à Corte Fortunata. Estou agachada em um canto, escondida, ouvindo Dante falar com Enzo. Ouço quão pouco os Punhais confiam em mim – Enzo até mesmo hesita quando Dante fala sobre minha deslealdade. A cena desaparece, substituída por Raffaele sentado ao lado de uma cama, segurando minha mão e me dizendo que eu não sou mais um deles.

Adelina.

Ergo os olhos e dou com a visão de Enzo parado ali. Seu rosto é tão bonito quanto me lembro, os olhos escarlate e penetrantes, seu cabelo vermelho-escuro preso em um rabo bagunçado. Ele se inclina e dedos fantasmagóricos roçam minha bochecha. Quero estender a mão para ele, mas sei que ele está muito longe.

Eu devia estar feliz por ouvir tudo isso. É o que quero também: ver Giulietta destronada e *malfettos* seguros sob o legítimo regente de Kenettra. Por que estou infeliz? Quero Enzo de volta, não quero? No entanto, me volta a lembrança da menina sentada nas escadas, fantasiando com uma coroa de joias em sua cabeça.

Sei exatamente por que estou infeliz. Os Punhais se entregaram a outro país. Eles puseram Enzo – e o trono de Kenettra – nas mãos de uma nação estrangeira. Esse pensamento faz meu estômago se revirar violentamente.

Isso está errado. Enzo não ia querer isso, entregar Kenettra a Beldain. Como os Punhais podem concordar em ser lacaios de Maeve? Beldain sem dúvida trata bem seus *malfettos* – mas não é um aliado. *Sempre* rivalizou com Kenettra.

Eles não deveriam estar no seu trono, disparam os sussurros em minha mente, de repente despertos. As vozes se agitam num turbilhão, irritadas. *É por isso que você está com raiva. Os Punhais não merecem governar, não depois do que fizeram com você. Não os deixe ter algo que é seu. Não os deixe tirar essa vingança de você.*

– Minha vingança é contra a Inquisição – sussurro, minha voz tão baixa que nem eu posso ouvi-la.

Deveria ser contra os Punhais, também, por largarem você no mundo. Por colocarem seu próprio príncipe nas mãos de Beldain.

Os sussurros repetem as palavras até que eu não consiga mais entendê-las, e, aos poucos, desaparecem. A ilusão de Enzo some, me levando de volta à rua. À realidade.

O som de passos me desperta dos meus pensamentos. Ergo a cabeça das minhas mãos. Violetta? Ela deve estar por perto, talvez ouvindo a conversa de outro lugar. Mas algo nesses passos parecem estranhos. Há certa familiaridade entre os que se conhecem a vida inteira – eu reconheceria o som de Violetta se aproximando em qualquer lugar. Não é ela.

Embora eu já esteja exausta por causa da invisibilidade que vinha sustentando, respiro fundo e teço a rede em volta de mim outra vez, me escondendo. Então me afasto da beira do beco, apenas para evitar que a pessoa se aproximando esbarre em mim por acidente.

Vejo primeiro a sombra de uma pessoa. Ela se insinua na entrada do beco, hesita e então segue em frente. Uma garota. *Gemma.* Ela para e olha ao redor. Seu rosto está levemente franzido. Fico completamente imóvel, sem ousar me mexer ou mesmo respirar. Afinal, ela havia notado minha ilusão oscilar pouco antes.

Gemma não chama os outros. Em vez disso, entra no beco devagar. Agora posso ver seu rosto claramente – a marca púrpura está escondida atrás de uma camada de pó de arroz, e suas ondas de cabelo escuro foram amarradas em uma longa trança por cima do ombro. O capuz do manto ainda esconde seu rosto. Ela parece desconfiada e aos poucos se aproxima de onde estou agachada.

Ela para a apenas uns trinta centímetros de mim. Quase posso ouvir sua respiração.

Gemma balança a cabeça. Dá um sorriso para si mesma e esfrega os olhos. Eu me lembro de quando ela montou um cavalo nas corridas de classificação para o Torneio das Tempestades. De como eu decidi salvá-la.

Tenho um súbito desejo de desfazer a ilusão de invisibilidade. Eu me imagino me levantando e chamando seu nome. Talvez ela olhe para mim, assustada, e sorria.

– Adelina! – diria. – Você está bem! O que está fazendo aqui?

Eu a imagino correndo para pegar minha mão, me puxando.

– Volte com a gente. Você pode nos ajudar.

O pensamento me aquece e me faz corar com a sensação de uma amizade que um dia existiu.

Que fantasia. Se eu aparecesse para ela, Gemma se afastaria de mim. Sua expressão de confusão se transformaria em medo. Ela correria para os outros e eles me caçariam. Não sou mais amiga dela. A verdade disso traz uma onda de escuridão à minha barriga, uma agitação dos sussurros que me pedem para atacá-la. Eu poderia matá-la aqui mesmo, se quisesse. Eu não havia ordenado as mortes daqueles Inquisidores no navio com tanta facilidade? Não sei como funciona a mente de um lobo caçando um veado, mas imagino que deve ser um pouco assim: a emoção distorcida de ver a presa fraca e ferida se curvando à sua frente, a consciência de que, neste instante, você tem o poder de acabar com sua vida ou de lhe conceder misericórdia. Neste momento, eu sou um deus.

Então, enquanto observo Gemma virar mais uma vez no beco, fico onde estou, prendendo a respiração, desejando poder falar com ela ou machucá-la, suspensa entre a luz e a escuridão.

O momento passa – uma trombeta de advertência ecoa por todo o porto, distraindo tanto Gemma quanto eu de nossos pensamentos. Gemma salta um pouco e faz uma curva acentuada na direção do cais.

– O que foi isso? – murmura.

A trombeta soa de novo. É a Inquisição; descobriram os corpos a bordo do nosso navio no cais, e também foram investigar o navio à deriva. Eles sabem que estou aqui. De alguma forma, essa ideia me faz sorrir um pouco.

Quando a trombeta soa pela terceira vez, Gemma se vira de costas para mim e se apressa para fora do beco, seguindo seu caminho de volta pela rua. Não me mexo por alguns minutos depois que ela se vai. Somente quando Magiano pula de uma varanda e pousa ali perto desfaço lentamente minha ilusão. No outro extremo do beco estreito, Violetta e Sergio vêm em nossa direção.

– Espero que você tenha ouvido tudo que eu ouvi – sussurra Magiano, enquanto me ajuda a me levantar.

O grande período pelo qual tive que manter a invisibilidade sobre mim cobra seu preço, e eu sinto como se pudesse dormir por dias. Cambaleio um pouco.

– Ei – murmura ele.

Sua respiração está muito quente.

– Peguei você. – Ele olha para Sergio. – Parece que a caça à Loba Branca começou, não é? Bem, não vamos torná-la fácil demais para a Inquisição.

Pego-me segurando sua camisa. Pelo canto do olho, ainda tenho um vislumbre de Gemma indo e vindo, quase translúcida demais para existir, como se sua sombra ainda não a tivesse alcançado. Ideias se agitam em minha mente, se conectando.

– Temos que chegar a Estenzia – sussurro de volta. – Antes que os Punhais entrem em ação.

Lealdade. Amor. Conhecimento. Diligência. Sacrifício. Piedade.
— *Os Seis Pilares de Tamoura*

Adelina Amouteru

Após manter a ilusão da invisibilidade por tanto tempo, estou exausta. Sou quase carregada para os arredores de Campagnia enquanto a Inquisição inunda as ruas da cidade. Enfim, montamos acampamento dentro da floresta, às margens de Campagnia. Violetta tira nossas capas e as enrola para que eu use como travesseiro. Em seguida, molha alguns panos no riacho ali perto e os coloca cuidadosamente sobre minha testa. Fico quieta, contente por deixá-la cuidar de mim. Sergio fica de vigia perto dos limites da floresta. Magiano conta nosso ouro, fazendo meticulosamente pequenas pilhas no chão. Ainda que o alaúde esteja nas suas costas, ele bate os dedos no chão, como se estivesse tocando.

Eu o observo sem entusiasmo, distraída com meus próprios pensamentos. Ao cair da noite, papéis com meu nome e minha descrição serão presos às paredes de cada esquina. Em breve, a capital vai ficar sabendo. Imagino Teren amassando um pergaminho em sua mão, enviando mais soldados para me caçar. Imagino Raffaele tomando conhecimento da minha presença em Kenettra e, com os outros Punhais, planejando minha queda.

Conforme o tempo passa, vários outros membros da nossa tripulação nos encontram. Eles vêm rastejando em passos silenciosos, trocam olhares com Sergio sem dizer nada antes de me cumprimentarem. Sergio fala em voz baixa com alguns deles. Ninguém mais finge ser um simples marinheiro. Vislumbro lâminas em seus cintos e botas, e observo a forma como se movem. Nem todos eles ficam. Depois de um tempo, se dispersam de volta para a floresta, tão silenciosamente quanto chegaram. Quero falar com eles, mas algo em suas interações com Sergio me diz que é melhor deixar que ele os oriente, em vez de tentar comandá-los pessoalmente.

– Há outros em Merroutas que querem se juntar a você – diz Sergio depois de um tempo. – Alguns já se encaminharam para as terras ao redor de Estenzia. Você deve saber que Merroutas está em crise no momento, pois ninguém sabe quem vai substituir o Rei da Noite.

Ele dá um pequeno sorriso.

– Alguns já pensam que *você* governa lá, mesmo que ninguém possa vê-la.

– Não com essa pilha tão pequena de ouro – resmunga Magiano de onde faz a contagem. – Estou impaciente para nadar no tesouro real de Kenettra.

– Parece que a rainha de Beldain é patrocinadora dos Punhais – diz Sergio, sentando-se ao meu lado.

– Beldain sempre celebrou os *malfettos* – responde Violetta. – Adelina e eu consideramos fugir para lá por um tempo.

Magiano batuca distraidamente no chão.

– Não se enganem. Beldain não está aqui para ajudar *malfettos* pela bondade que têm em seu coração. Maeve é a nova rainha, e é jovem. Ela está se coçando para conquistar, e provavelmente está de olho em Kenettra há muito tempo. Observem. Se matarem Giulietta e trouxerem Enzo de volta, ele será seu rei fantoche. Os Punhais serão um novo braço de seu exército. E isso significa nada de coroa para você, meu amor. Uma vergonha para todos nós, eu acho – diz, piscando para mim.

A menção aos Punhais traz seus rostos de volta a meus pensamentos. Hesito, depois olho para Sergio.

– Há quanto tempo você conhece os Punhais? – pergunto. – Como você os deixou?

Sergio saca uma de suas facas e começa a afiá-la. Ele me ignora por um tempo.

– Na época, eles tinham recrutado apenas Gemma e Dante – diz, por fim. – Eu era o terceiro. Raffaele me encontrou trabalhando em um navio ao voltar de uma visita à duquesa no sul de Kenettra. No início, recusei sua oferta.

Minhas sobrancelhas se erguem.

– Você recusou?

– Porque não acreditei nele – responde Sergio.

Ele termina de afiar a primeira lâmina e passa para outra.

– Naquela época, eu tinha dezoito anos e ainda não conhecia meus poderes. Achava que os Jovens de Elite fossem boatos e lendas.

Ele faz uma pausa para rir um pouco. Inclina a cabeça para Violetta.

– É ridículo, não é, o que podemos fazer?

Neste momento, há pouco do mercenário nele, e Sergio parece um rapaz de bom coração. Um resquício de quem foi, talvez. Seu trabalho com a lâmina se acelera.

– Raffaele precisou me convidar para um jantar para me fazer mudar de ideia. Mais tarde, Enzo demonstrou sua habilidade com o fogo. Eles me deram um saco pesado de ouro. Suponho que tenha me tornado mercenário por causa deles, não é?

Violetta remexe um pedaço de pão seco.

– E foi assim que você se juntou a eles – diz, incentivando-o a continuar.

Sergio dá de ombros, sem querer repetir o óbvio.

– Aprendi que eu era atraído pelo céu, pelos elementos que formam as tempestades. Aprendi a lutar com Enzo e Dante. Mas seis meses se passaram e eu ainda não podia invocar meu poder.

Ele para de afiar a faca de forma abrupta e a enterra no chão. Violetta se assusta.

– O treinamento se tornou urgente, e a maneira como eles falavam comigo mudou. Depois de mais um ano, eu sabia que Raffaele estava tendo conversas particulares com Enzo sobre o que fazer comigo. Gemma e Dante tinham mostrado seus poderes tão cedo que esperavam o mesmo de mim.

Nesse momento, Sergio suspira. Toma um gole de água de seu cantil e me encara com olhos cinzentos.

– Não sei o que Raffaele disse. Nem sequer conheço todos os detalhes do que foi dito. Tudo o que sei é que, certa noite, Enzo me chamou para treinar e me cortou com uma lâmina envenenada. A próxima coisa de que me lembro é acordar no fundo de um navio em direção ao sul, saindo de Kenettra. Ele deixou um bilhete enfiado em minha camisa. Era curto, para dizer o mínimo.

No silêncio que se segue, Magiano se senta e admira suas pilhas de moedas antes de reunir todas outra vez.

– Então... o que você está dizendo é que não gosta muito da ideia de os Punhais governarem Kenettra.

Fico olhando para um ponto acima da cabeça de Magiano. Estou pensando em Enzo, em como ele era. O olhar duro em seus olhos enquanto me treinava e a vulnerabilidade que via nele sempre que estávamos sozinhos. Não preciso pressionar Sergio para saber que Raffaele pediu que Enzo o matasse, assim como fez comigo. Enzo havia poupado nós dois. Ele tinha sido um líder muito forte, um príncipe herdeiro natural. Teria sido um rei admirável.

Mas, se ele voltar, estará ligado a Raffaele. E, com base no pouco que Gemma disse, Raffaele vai controlá-lo. Eles vão deixar que Beldain o use como um rei fantoche para Maeve, uma sombra do que ele teria sido. Esse pensamento provoca um arrepio no meu peito, despertando os sussurros novamente. *Não, não vou deixar isso acontecer.*

Magiano me olha de lado.

– Você está pensando nele de novo – diz.

Uma luz pisca em seus olhos, que estreitam suas pupilas em forma de fendas.

– Você pensa muito nele, não apenas para suas manobras políticas. – Meu olhar desvia da floresta para ele. – No príncipe, quero dizer –

explica Magiano quando não respondo. Ele pega o alaúde das costas e produz algumas notas agudas. – Enzo...

– Ele não é nada disso – interrompo.

A escuridão em mim arde. Violetta toca minha mão, tentando me acalmar. Eu aperto a dela por instinto.

Magiano para de tocar o alaúde e ergue as mãos, na defensiva.

– Só estou interessado, meu amor – diz ele. – Ainda há muita coisa no seu passado que não sei.

– Eu o conheço há uma semana – rebato. – Você não sabe nada sobre mim.

Magiano parece pronto para dizer alguma coisa, mas desiste. Quaisquer palavras afiadas que pretendia me lançar, ele as engole. Sorri e volta ao seu alaúde. Há um estranho esgar escondido no canto de seus lábios, uma pitada de tristeza. Olho para ele por um tempo, tentando decifrar o que é, mas logo desaparece.

Violetta põe a mão no meu ombro.

– Cuidado – murmura, franzindo a testa enquanto me olha.

– Ele não é – digo, mais suave dessa vez.

Violetta dispensa minha resposta com um dar de ombros, mas, ao fazer isso, vejo que percebeu algo que eu não notei. Mesmo assim, ela não diz nada.

Sergio fala de novo, e dessa vez sua voz tem um tom grave:

– Se eles conseguirem trazer Enzo de volta, ele não será o mesmo. Foi o que os Punhais disseram em sua conversa, não foi? Aparentemente foi o que aconteceu com o irmão de Maeve. Quem sabe que tipo de monstro ele pode ser, com que tipo de poder?

Um monstro, um monstro, repetem os sussurros em minha mente.

E, de repente, sei o que fazer.

– Eles *vão* conseguir trazê-lo de volta – digo. – E talvez ele volte mudado para sempre, um... monstro, com poderes terríveis.

Faço uma pausa e olho para eles, um de cada vez.

– Mas, para viver, Enzo deve estar ligado a Raffaele.

Os olhos de Violetta se arregalam ao entender meu plano. Ela começa a sorrir.

– Como Maeve vai saber a diferença entre o verdadeiro Raffaele e um falso?

Magiano solta uma gargalhada, enquanto Sergio dá um sorriso largo o suficiente para mostrar um vislumbre de seus dentes.

– Brilhante! – exclama Magiano, batendo as mãos uma vez.

Ele se inclina para mim.

– Se pudermos encontrá-los na arena na hora em que chegarem, você pode se disfarçar como Raffaele.

Sergio balança a cabeça em admiração.

– Maeve vai ligar Enzo a *você*. E *nós* teremos o príncipe renascido do nosso lado. É um bom plano, Adelina. Muito bom.

Sorrio com o seu entusiasmo. Mas, no fundo, algo ainda incomoda minha consciência. Lembranças piscam em meus pensamentos. Eu sou a Loba Branca, não uma dos Punhais, e eles não são mais meus amigos. Mas, quando vi Gemma, a velha conexão voltou. Eu não tinha sentido isso desde que os deixei. Não importa que tenham me traído, ainda me lembro de Gemma me oferecendo seu colar como sinal de amizade. Não importa quantas vezes meu pai tenha abusado de mim, ainda me lembro do dia em que ele me mostrou os navios no porto. Não importa que Violetta tenha me abandonado na infância, eu ainda a protejo. Não sei por quê.

Você é tão estúpida, Adelina, dizem os sussurros com desdém, e quero concordar.

– Você ainda é leal aos Punhais – murmura Magiano enquanto me observa, sua alegria diminuindo. – Sente falta de como as coisas eram. Você está hesitando em separá-los.

Aperto o maxilar ao olhar para ele. Hesito. Não há dúvida de que quero me vingar da Inquisição. Os sussurros ardentes retornam, seus sibilos são agudos, de reprovação. *Você quer a coroa*, eles me lembram. *Será sua vingança final. É por isso que seus novos Jovens de Elite a seguem, e você não pode decepcioná-los. Então, por que continua protegendo os Punhais, Adelina? Acha mesmo que eles vão aceitá-la de volta, que vão deixar você ter seu trono? Não vê que estão dispostos a usar e abusar de seu antigo líder?*

Enzo pode assumir seu lugar de direito no trono de Kenettra – ao seu lado. Vocês podem governar juntos.

– Neste país, os *malfettos* ainda morrem todos os dias – diz Violetta. Então acrescenta, calma: – Nós podemos salvá-los.

No silêncio que se segue, Sergio se inclina para a frente e descansa os cotovelos sobre os joelhos.

– Não sei que experiência você teve quando estava com os Punhais – diz. Ele hesita, como se não tivesse certeza se deve compartilhar isso com a gente, mas então fecha a cara e continua: – Mas eu os considerava meus amigos, até que de repente não eram mais.

Até que de repente não eram mais.

– E agora é diferente? – pergunto, encontrando os olhos de Sérgio. – Você é um mercenário. – Meu olhar se desloca para Magiano. – O que acontece com nossa aliança se não conseguirmos conquistar o trono?

Sergio me dá um sorriso amargo.

– Você pensa muito à frente – diz. – Não é pessoal. Mas pelo menos não estamos mentindo para você. Você e eu sabemos o que estamos fazendo e por quê. Eu reúno mercenários para você, e você os usa bem. Você nos recompensa como prometeu. Não tenho nenhum motivo para traí-la. – Ele dá de ombros e continua: – E eu não tenho nenhuma vontade de trabalhar com os Punhais. Sinto um grande prazer em saber que vamos tirar seu príncipe deles.

– E onde estarão seus mercenários quando precisarmos deles?

Sergio me olha de lado e toma um gole de água.

– Eles estarão à nossa espera em Estenzia. Você vai ver quando chegarmos lá.

Baixo a cabeça e fecho o olho. Por que eu não deveria ter o direito de governar Kenettra – tanto quanto Giulietta, ou Enzo, ou Maeve e a nação de Beldain? Raffaele é uma alma gentil, mas também tem seu lado sombrio. Ele pode ser um traidor, assim como eu, e nada confiável. Deveria ser *ele* a controlar Enzo? Minha antiga afeição por Raffaele começa a diminuir, alimentada pela história de Sergio e minhas próprias memórias, curvando-se até se transformar em amargura. Em ambição. Em *paixão*.

Penso em Enzo de volta ao mundo dos vivos, em como será vê-lo outra vez. Governar, lado a lado. A ideia desse futuro faz meu coração doer de desejo. Isso é certo, nós dois. Posso sentir.

Eu me ergo e me afasto dos travesseiros. Meu olhar repousa primeiro em Violetta, depois em Magiano e Sergio.

– Os Punhais falharam porque não confiei neles – digo. – Mas tenho que confiar em *vocês*. Temos que confiar uns nos outros.

Sergio assente. Há um breve silêncio.

– Então, talvez precisemos de alguma coisa para solidificar nossos planos. Somos uma força igual aos Punhais.

– Um nome, então – acrescenta Magiano. – Nomes conferem peso, realidade, a uma ideia. Sergio, meu amigo, como os Punhais o chamavam quando estava com eles?

Sergio franze um pouco a testa, relutante em se lembrar, mas decide responder à pergunta de Magiano.

– Eles me chamavam de Criador da Chuva.

Magiano toca uma nota em resposta.

– Ah, o Criador da Chuva. Acho que é um nome tão bom quanto qualquer outro.

O Criador da Chuva. Um nome bonito, na verdade, que me faz sorrir. Magiano está certo. Saber o nome de Elite de Sergio de alguma forma faz com que ele se sinta um verdadeiro Jovem de Elite, uma força a ser reconhecida. *Meu* Jovem de Elite.

– Um bom nome – concordo. – E quanto a você, Magiano?

Ele dá de ombros, arrancando algumas últimas notas antes de pousar seu alaúde. Seus olhos encontram os meus e, mais uma vez, há uma mistura de admiração e desconfiança em seu olhar.

– Magiano já é meu nome de Elite – diz após um tempo. – Acho que nenhum de nós duvida do efeito que tem sobre as pessoas.

Então, ele nos oferece seu sorriso selvagem e não fala mais nada sobre isso.

Ele pode achar que sabe pouco sobre meu passado, mas eu sei menos ainda do dele. Quero fazer mais perguntas – de onde ele veio e qual é o seu verdadeiro nome –, mas ele desvia o olhar e deixo para lá de novo.

– E você? – pergunta Sergio a Violetta.

Ela cora um pouco.

– Ninguém nunca lhe deu um nome de Elite.

– Eu... Eu nunca fui treinada – responde Violetta. Ela olha para baixo de uma forma que só eu reconheço, um olhar que pode derreter corações.

– Você é uma titereira – digo a ela. – Por tirar a vida e depois devolvê-la. – Por saber como ganhar e usar a afeição dos outros.

– Titereira – repete Magiano, rindo. – Eu gosto, nossa doce senhora dos fios. – Seu sorriso desaparece e sua expressão fica séria. – E nossa lobinha, que nos levará à glória. Diga-nos, Adelina, como devemos fazer um voto de lealdade. Você está certa. Temos que confiar uns nos outros. Então, vamos fazer isso aqui. Agora.

Eu pisco para ele. De todos nós, eu não esperava que Magiano fosse o primeiro a jurar lealdade à minha causa. Nem tenho certeza de por que ele nos seguiu durante todo esse tempo. Deve ver algo em mim – em tudo isso. Quando percebe minha expressão, ele se inclina para a frente e roça meu queixo com os dedos, levantando-o.

– Por que está tão surpresa, Loba Branca? – murmura, sorrindo um pouco.

Há algo na maneira como ele diz meu nome de Elite, uma doçura secreta.

Por que está tão surpresa por ser merecedora?

Levanto uma das mãos com a palma para fora. Um caule preto aparece aos poucos, fazendo brotar espinhos escuros e folhas afiadas. O caule cresce, até florescer uma rosa vermelho-escura. Ela paira no meio de nós. Não é um objeto sólido, ainda cintilante por ter sido recém--criada.

– Uma promessa – digo, olhando para eles, um de cada vez.

Meu olhar se fixa em Violetta. Ela me olha em silêncio, olha através da rosa e diretamente para meu coração, como se visse algo que ninguém mais pode ver. Minha voz endurece.

– Uma promessa – repito. – Para levar o medo a quem nos enfrentar. – Violetta hesita, mas só por um momento. – Para nos unir. Eu me comprometo com a Sociedade da Rosa – começo. – Até o fim dos meus dias.

Um a um, os outros fazem a mesma coisa, murmúrios, a princípio, que se transformam em palavras firmes.

– Vou usar meus olhos para ver tudo o que acontece – diz Sergio.

– Minha língua para atrair outros para o nosso lado – emenda Magiano, com seu sorriso selvagem.

– Meus ouvidos para escutar todos os segredos – continua Violetta.

– Minhas mãos para esmagar meus inimigos – concluo. – Farei tudo a meu alcance para destruir quem ficar no meu caminho.

Agora, o que quero é o trono. O poder de Enzo. A vingança perfeita. Nem todos os Inquisidores, rainhas e Punhais do mundo serão capazes de me deter.

Raffaele Laurent Bessette

A primeira vez que Raffaele pôs os pés dentro do palácio de Estenzia foi quando fez dezoito anos. A Corte Fortunata havia sido contratada para um baile de máscaras das Luas de Primavera em seus jardins. Ele ainda se lembrava dos jardins iluminados pelo crepúsculo, dos vaga-lumes e dos convidados que riam, das máscaras, dos sussurros que ele provocava aonde quer que fosse, da enxurrada de pedidos de clientes que se seguiu.

Mas Raffaele nunca tinha estado dentro do palácio em si, até agora.

Nas três primeiras noites nas masmorras, Raffaele fica sozinho, sentado contra uma parede fria, úmida, tremendo e à espera de que a Inquisição apareça. Suas algemas tilintam uma contra a outra. Ele mal consegue senti-las contra suas mãos dormentes.

Em sua quarta noite como prisioneiro, a rainha finalmente manda buscá-lo.

Ele vai acorrentado. As correntes ressoam enquanto ele mantém os pulsos à frente do corpo. Inquisidores seguram seus braços e caminham a seu lado. Raffaele conhece os limites de seus poderes, mas a Inquisição não, e ele sente uma leve satisfação com o desconforto dos soldados. Eles seguem dos corredores escuros e úmidos das masmorras até as salas de banho ornamentadas. Servos o lavam até que ele fique com cheiro de rosas e mel, e seu cabelo volte a ser um belo rio brilhante, preto e safira.

Raffaele se lembra da corte, flashes de noites e manhãs preenchidas com o aroma de deliciosos sabonetes. Por mais que desprezasse ser um acompanhante impotente, ainda se pega pensando na corte com nostalgia, sentindo falta das tardes douradas e do almíscar dos lírios da noite.

Por fim, os servos o vestem com uma túnica de veludo. Os Inquisidores o conduzem adiante. Os corredores se tornam mais intricados à medida que avançam, até que enfim chegam a um conjunto de portas duplas protegidas por quatro guardas. As portas são pintadas com uma imagem de Pulchritas emergindo do mar em toda a sua beleza original. Raffaele treme quando os guardas as abrem, conduzindo-o para dentro da câmara real. As portas se fecham atrás dele com a determinação de um caixão.

O teto é esculpido, o pé-direito alto. A cama de dossel está coberta por sedas diáfanas. Luz de velas ilumina todo o espaço enquanto Raffaele olha em volta para as paredes do quarto. Inquisidores estão postos, ombro a ombro ao longo de cada parede, seus mantos brancos misturando-se em um só. Todos eles têm espadas na cintura e bestas apontadas para Raffaele. Quando ele entra lentamente na câmara, as pontas das flechas seguem cada movimento seu.

Seu olhar para no Inquisidor à frente de todos eles, mais próximo da cama de dossel. Teren. O rosto do Inquisidor Chefe se enrijece ao encontrar seus olhos. Raffaele baixa os cílios, mas ainda sente a energia de Teren se agitar de raiva e o modo como sua mão aperta o punho da espada, com tanta força que os nós de seus dedos estão brancos.

Um formigamento estranho percorre a espinha de Raffaele. Esses soldados vão ficar aqui a noite toda? Teren vai permanecer e assistir à rainha?

– Você parece bem. – A voz de Giulietta vem de uma pequena escrivaninha, à qual ela está sentada. Ela se levanta e então se aproxima, parando diante dele. O tecido de suas vestes desliza atrás dela em caudas de seda lisa. *Ela é mais pálida que Enzo*, pensa Raffaele. Ela o olha de cima a baixo. Então, gesticula com um dedo, descrevendo um círculo.

– Vire-se – ordena. – Deixe-me vê-lo.

Raffaele permite que um leve rubor toque seu rosto, e faz o que ela pede. Sua túnica de veludo varre o chão, a luz das velas revelando redemoinhos e cortes de ouro. Seu cabelo cai sobre um ombro, liso e brilhoso, amarrado com uma fina corrente de ouro. Alguns de seus fios safira brilham na luz fraca. Ele olha para ela com os olhos delineados por linhas pretas e pó prateado cintilante.

Raffaele sente a energia da rainha se agitar. Ele estende a mão para puxar delicadamente os fios de seu coração. Estuda a mudança de suas emoções. Pode sentir a desconfiança que ela tem por ele... mas, por trás disso, também sente algo mais. Um traço calculista. E além disso... um toque pequeno e singular de desejo.

– Sua Majestade está satisfeita comigo? – pergunta ele, quando se vira para ela outra vez, seus olhos ainda baixos.

Giulietta sorri. Seu olhar passeia sobre ele. Ela toca seu queixo com a mão fria.

– Difícil dizer. Você não fez nada ainda.

Ele prende a respiração, recorrendo a seus conhecidos exercícios para bloquear os avanços indesejados de um cliente, para escapar de seu corpo e cumprir seus deveres, como se fosse outra pessoa. Entorpecendo sua mente. Ele age por impulso, retribuindo o sorriso de Giulietta com o seu próprio sorriso treinado, inclinando-se sob seu toque como se ansiasse por mais, puxando suavemente a energia dela até que suas pupilas estejam dilatadas. Quase pode enganar a si mesmo.

Ao lado da cama, Teren desvia o olhar.

– Você tinha uma reputação e tanto na Corte Fortunata – diz Giulietta, recolhendo a mão bruscamente e afastando-se. Ela lança para ele um olhar curioso. – Posso ver por quê. Há rumores de que, quando meu irmão era vivo, o visitava com frequência. Ele gostava muito de você, não é?

Ela o está provocando, brincando com suas emoções. *Cuidado*. Raffaele mantém os cílios baixos e seu sofrimento afastado.

— Ele apreciava meu canto e minha inteligência — responde com a voz calma, humilde.

— Seu canto e sua inteligência — repete ela, com um pequeno sorriso nos lábios. — É assim que os bordéis chamam agora? — Há uma breve pausa antes que ela continue: — Ouvi falar de seu poder, Mensageiro. Que você pode encontrar outros Jovens de Elite. É verdade?

— Sim, Majestade.

— O que mais pode fazer?

Ela tem medo de mim, pensa Raffaele. Ele baixa os olhos e a voz.

— Trago conforto e tranquilidade — responde simplesmente. — Eu acalmo.

— Então me dê alguma paz de espírito, Mensageiro, e me responda uma coisa — diz ela, seu olhar endurecido. — Onde estão os outros Punhais?

Raffaele não hesita:

— Em Beldain.

Com isso, uma faísca de prazer se acende em Giulietta. Ela sorri um pouco e emite um som simpático.

— Vocês fugiram depois que seu príncipe morreu, não foi? Se eu poupar sua vida, você trairia seus companheiros e os atrairia para cá?

Raffaele mantém os olhos baixos, mas não responde.

Giulietta dá um sorriso frio.

— Achei mesmo que não — murmura a soberana.

Ela acena para seus Inquisidores, que erguem mais as bestas. Raffaele fica muito quieto, tomando o cuidado de não fazer qualquer movimento que agite um deles. Seu coração dispara. A rainha inclina a cabeça para ele.

— Tem medo da morte, Mensageiro?

Raffaele pode ouvir o ruído de corda contra madeira, os Inquisidores apertando mais as bestas.

— Claro, Majestade — responde com voz firme.

— Então me diga por que eu não deveria executá-lo agora mesmo. O que você quer, Mensageiro? Ou realmente foi tão incompetente para ser capturado desse jeito? Por que a rainha de Beldain o trouxe aqui?

Raffaele fica em silêncio por um momento.

– Eu me deixei capturar – diz – porque sabia que, de outra forma, você jamais me concederia uma audiência. Você é inteligente demais para atender a Jovens de Elite em espaço aberto. Esta era a única maneira de falar com você de modo que se sentisse segura.

Giulietta levanta uma sobrancelha.

– Quanta consideração. E o que você precisa me dizer que vale a pena arriscar sua vida?

– Vim pedir sua misericórdia para os *malfettos* de Kenettra.

Teren enrijece o corpo diante disso. Raffaele pode sentir a onda de seu mau humor. *Este é um bom teste.* Como Giulietta vai reagir a seu pedido? O que Teren vai fazer?

Giulietta dá a Raffaele um sorriso divertido.

– *Malfettos* eram traidores da minha coroa. Eles tentaram colocar meu irmão no *meu* trono.

– Mas agora seu irmão está morto – responde Raffaele. Ele se aproxima de Giulietta e se inclina para ela, deixando os lábios roçarem seu rosto. Seus olhos se deslocam rapidamente para Teren. – E o líder da Inquisição é uma aberração. Você é uma rainha prática, Majestade, não radical. Posso ver isso muito claramente.

Giulietta observa seu rosto, procurando evidências de que Raffaele sofre ao falar sobre a morte de Enzo. Não encontra.

– Os Punhais sempre lutaram pela segurança – prossegue ele. – Pela sobrevivência. É a mesma coisa pela qual *você* luta. – Seus olhos endurecem por um momento. – Era de seu marido que os Punhais queriam se livrar. Ele era um tolo... todos nós sabíamos disso. Se você mostrar misericórdia com os *malfettos* em seu reino, então que motivo teríamos para lutar contra você?

– Misericórdia – comenta Giulietta. – Sabe o que eu faço com aqueles que me traem?

– Sim, já vi.

– Então, o que o leva a pensar que vou conceder misericórdia aos Punhais ou aos *malfettos*?

– Porque, Majestade – responde Raffaele –, a Sociedade dos Punhais é um grupo de Jovens de Elite poderosos. Podemos dobrar o vento à nossa vontade, controlar os animais, criar e destruir. – Ele não tira os olhos dela. – Você não gostaria de ter esse poder sob seu comando?

Giulietta ri uma vez.

– E por que eu confiaria que você me dedicaria seus poderes?

– Porque você pode nos dar a única coisa que queremos, a única coisa pela qual lutamos – responde Raffaele. – Poupe seus *malfettos*. Deixe-os viver em paz, e pode ganhar para si uma Sociedade de Jovens de Elite.

Giulietta parece séria agora. Ela estuda Raffaele, como se para ver se ele está mentindo. Há um longo silêncio. Atrás deles, a energia de Teren se agita, um cobertor escuro por toda a sala. Ele fita Raffaele com os olhos cheios de ódio.

– Este prostituto é um mentiroso – diz Teren em voz baixa. – Eles vão se virar contra você assim...

Giulietta levanta a mão num gesto lânguido para fazê-lo parar.

– Você me disse que encontraria a Loba Branca e me traria sua cabeça – diz ela por sobre o ombro. – No entanto, hoje de manhã recebi a notícia de que Adelina Amouteru dominou um navio dos meus Inquisidores em Campagnia. Matou todos eles. Há rumores de que ela reuniu aliados, que está nos mandando uma mensagem de sua aproximação. Então, isso não faz de *você* um mentiroso, Mestre Santoro?

Teren fica muito vermelho, e Raffaele fecha a cara. Por um momento, seu comportamento cuidadoso falha.

– Adelina está aqui? – sussurra ele.

Giulietta olha para ele.

– O que você sabe sobre a Loba Branca?

Uma centena de lembranças vêm à mente de Raffaele. Adelina, assustada e furiosa na fogueira, insegura durante seu teste, tímida e doce nas sessões de treino vespertinas... fria e odiosa em sua despedida. O que ela está fazendo de volta a Kenettra, e o que quer?

– Só que ela nos traiu – responde.

Ele esconde a pontada de culpa em seu coração. *E que também a traí uma vez.*

Teren inclina a cabeça para Giulietta.

– Estamos à procura dela incansavelmente, Majestade. Não vou descansar até que esteja morta.

É Teren que está liderando o ódio aos malfettos, Raffaele percebe. *Ele é o executor, enquanto ela é a política. Giulietta não tem motivos para aniquilá-los agora que é rainha. Esta é a brecha entre eles que pode separá-los.*

Por fim, Giulietta balança a cabeça. Ela dá um passo na direção de Raffaele.

– Não concedo misericórdia facilmente – sussurra a soberana, enquanto admira seus olhos com cores de pedras preciosas.

Raffaele ouve os cliques das bestas ao redor do quarto. Um movimento errado e ele está morto. Giulietta o estuda por mais um instante, depois se afasta e acena com a mão.

– Levem-no de volta para as masmorras.

Inquisidores agarram seus braços. Quando Raffaele deixa o quarto, puxa a energia de Giulietta mais uma vez. Ela desconfia dele. Mas, ao mesmo tempo, suas palavras despertaram uma nova emoção dela, algo que Raffaele não tinha sentido antes.

Curiosidade.

> Apenas a bela jovem Compasia ousou desafiar o Santo Amare. Mesmo quando ele afogou a humanidade em suas inundações, Compasia estendeu a mão para seu amante mortal e o transformou em um cisne. Ele voou por sobre as enchentes, por sobre as luas e depois ainda mais alto, até que suas penas viraram poeira de estrelas.
> – *"Compasia e Eratosthenes"*, lenda kenettrana, vários autores

Adelina Amouteru

Para chegar a Estenzia, vai ser preciso viajar por terra. Não podemos passar por outra ronda de inspeções a bordo de um navio e, pelo que ouvimos, o porto da capital está repleto de Inquisidores e trabalhadores, todos preparando a celebração em homenagem à chegada de Maeve.

Bem cedo na manhã seguinte, partimos a cavalo pela estrada de Campagnia até Estenzia. *Dois dias*, diz Magiano. Ele toca o alaúde o caminho todo, cantarolando, e, ao cair da noite, já compôs três músicas novas. Cria com uma intensidade que não vi desde que o conheci. Parece preocupado, mas, quando tento lhe perguntar o que tem em mente, apenas sorri e toca alguns trechos de música para mim. Por fim, paro de perguntar.

Na primeira noite, Sergio fica longe de nós. Eu o observo olhar o céu noturno, estudar o cobertor de estrelas e fechar os olhos. Só Violetta permanece ao seu lado, a atenção fixa nele. De vez em quando, ela lhe faz uma pergunta e ele responde em voz baixa, mantendo o corpo virado para ela de um jeito que não faz com os outros.

Depois de um tempo, Violetta se levanta e volta para junto de nós.

– Ele está chamando a chuva – diz ela ao se aproximar. Ela se senta ao meu lado, seu corpo pressionado contra o meu. Recosto nela. Ela costumava fazer isso quando éramos pequenas, lembro, enquanto descansávamos juntas sob a sombra das árvores. – Criando a chuva, quero dizer.

– Você consegue imitar isso também? – pergunto a Magiano, meu olhar ainda fixo em Sergio.

– Não muito bem, mas posso fortalecê-lo – responde Magiano.

Ele olha por cima do ombro para onde Sergio está sentado e, em seguida, para o céu. Aponta uma constelação brilhante.

– Está vendo aquilo? A forma do pescoço de um cisne?

Sigo a curva das estrelas.

– Não é o Cisne de Compasia?

Há dezenas de lendas sobre essa constelação. A favorita de minha mãe era sobre como Amare, o deus do Amor, trouxe uma chuva sem fim para a terra depois que a humanidade queimou suas florestas, e como Compasia, o anjo da Empatia, salvou seu gentil amante humano de se afogar, transformando-o em um cisne e o levando para o céu.

– É – responde Magiano. – Ela se alinha com as três luas... o que suponho que o ajude a saber de que direção puxar.

A atenção de Violetta permanece em Sergio enquanto ele trabalha, com os olhos fixos em sua postura.

– É fascinante – diz ela, para ninguém em particular. – Na verdade ele está reunindo fios de umidade no ar... névoa do oceano, cristais de gelo altos no céu. Exige muita concentração.

Sorrio ao olhar para Violetta. Ela se tornou mais sensível à energia dos outros, tanto que Raffaele teria ficado orgulhoso dela. Vai ser uma arma poderosa contra os Punhais quando nos reencontrarmos.

Estou prestes a lhe pedir que explique como descobriu tanto sobre os poderes de Sergio, mas então ele se agita por um momento e seu movimento faz Violetta se levantar e correr de volta para ele. Ela lhe pergunta mais alguma coisa que não posso ouvir, e ele ri baixinho.

Levo um momento para notar Magiano me observando. Ele se recosta, apoiado nos cotovelos, então inclina a cabeça curiosamente para mim.

– Como você conseguiu sua marca? – pergunta.

Escudos conhecidos se erguem em volta do meu coração.

– A febre do sangue infectou meu olho – respondo.

É tudo que quero dizer. Meu olhar recai sobre seus olhos, as pupilas agora redondas e grandes na escuridão.

– Você enxerga diferente quando seus olhos estão fendidos?

– Eles ficam mais aguçados – diz Magiano.

Logo após as palavras saírem de sua boca, ele contrai as pupilas, dando-lhes uma aparência felina. Ele hesita.

– Mas essa não é minha marca principal.

Viro meu corpo para encará-lo.

– Qual é a sua marca principal?

Magiano olha para mim, então se inclina para a frente e começa a levantar a camisa. Debaixo do linho branco e grosso, sua pele é lisa, marrom, o desenho dos músculos da barriga e das costas. Minhas bochechas começam a corar. A camisa sobe mais, revelando completamente as costas. Engasgo.

Aí está. Uma massa de carne vermelha e branca, saliente e com cicatrizes, cobrindo quase tudo. Bordas altas contornam a marca. Olho para ela boquiaberta. Parece uma ferida que deveria ter sido fatal, algo que nunca curou direito.

– Era uma marca grande, vermelha e plana. Os sacerdotes tentaram removê-la, descascando a pele. Mas é claro que não funcionou – diz Magiano, com um sorriso amargo. – Só substituíram uma marca por outra.

Sacerdotes. Será que Magiano cresceu como aprendiz nos templos? Estremeço só de pensar neles cortando sua carne, rasgando-a outra vez. Ao mesmo tempo, os sussurros se agitam, atraídos por essa imagem tão dolorosa.

– Fico feliz que tenha se curado – consigo dizer.

Magiano abaixa a camisa e volta a se recostar.

– Nunca cura de verdade – responde. – Às vezes se abre.

Os escudos em meu coração começam a baixar. Quando olho de volta para ele, está me encarando.

– O que trouxe você para esta vida? – pergunto. – Por que você se tornou... bem... Magiano?

Ele inclina a cabeça para as estrelas. Dá de ombros.

– Por que você se tornou a Loba Branca? – diz ele, devolvendo-me a pergunta. – Em seguida, suspira. – Nas nações das Terras do Sol, *malfettos* são vistos como elos com os deuses. Isso não significa que somos adorados; significa apenas que os templos gostam de manter órfãos *malfettos* sob seus cuidados, acreditando que sua presença vai ajudá-los a falar com os deuses. – Ele abaixa o tom de voz: – Eles também gostavam de nos manter com fome. Pela mesma razão que um nobre mantém seus tigres em uma dieta rigorosa, entende? Se estamos com fome, ficamos alerta e, se estamos alerta, somos um elo melhor com os deuses. Eu estava sempre à procura de comida no templo, meu amor. Um dia, os sacerdotes me pegaram roubando comida que era oferenda aos deuses. Então, me puniram. Pode apostar que fugi depois disso. – Ele aponta para suas costas, então sorri para mim. – Espero que os deuses tenham me perdoado.

Sua história é muito familiar. Balanço a cabeça.

– Você deveria ter incendiado esse templo – digo com amargura.

Magiano me lança um olhar surpreso, então dá de ombros novamente.

– Que bem isso teria feito? – pergunta.

Eu não discuto, mas, em silêncio, penso: *Teria alertado a todos sobre o que acontece quando se desafia um filho dos deuses.* Eu me remexo, desenhando uma linha na terra com minhas botas.

– Devemos ter alinhamentos diferentes – murmuro –, para pensar de maneira tão oposta.

Magiano inclina a cabeça de novo.

– Alinhamentos?

Passo a mão na terra para desfazer a linha que eu havia desenhado.

— Ah, é só algo de que Raffaele costumava falar — respondo, irritada comigo mesma por pensar nos Punhais de novo. — Ele estuda a energia de todo Jovem de Elite com quem encontra. Acredita que todos nós nos alinhamos com algumas pedras preciosas e deuses, e esses alinhamentos influenciam nossos poderes. — Respiro fundo. — Eu me alinho com o medo e a fúria. Com paixão. E ambição.

Magiano assente.

— Bem, isso eu com certeza posso ver. Com o que eu me alinho?

Ele dá um sorrisinho. Olho para ele.

— Você está me pedindo para adivinhar?

Seu sorriso se alarga, brincalhão por um instante.

— Sim, acho que sim. Estou curioso para saber o que você acha que sabe sobre mim.

— Tudo bem. — Eu me endireito e me inclino para trás, observando seu rosto. O fogo dá a sua pele um brilho dourado. Finjo estreitar os olhos para ele. — Hum — murmuro. — Prásio.

— O quê?

— Prásio. O cristal de Denarius, o anjo da Ganância.

Magiano joga a cabeça para trás e ri.

— Justo. O que mais?

Sua risada me desperta uma onda de calor e eu a saboreio. Sorrio de volta.

— Kunzita. A pedra de cura. Do deus do Tempo.

— Santo Aevietes?

Magiano levanta uma sobrancelha e me lança um olhar malicioso.

— Sim — assinto. — Um ladrão tem de ser paciente e impaciente para ser bom, deve ter uma noção de tempo perfeita. Certo?

— É um bom argumento.

Magiano se inclina mais para perto, em seguida, me lança um olhar provocante. Sua mão roça a minha de leve.

— Continue.

— Diamante — digo, sem conseguir parar de sorrir. — Da deusa da Prosperidade.

Ele se aproxima. Não há indícios de selvageria em seus olhos. Seus cílios brilham na luz e se abaixam. De repente, estou consciente da sua respiração quente contra meu rosto.

– E? – murmura ele.

– E... safira. – respondo, minha voz se tornando um sussurro. – Do anjo da Alegria.

– Alegria?

Magiano sorri, dessa vez com gentileza.

– Sim.

Olho para baixo, tomada por uma tristeza repentina.

– Porque posso ver muito disso em você.

Sua mão quente ergue meu queixo. Pego-me olhando nos olhos dourados de Magiano. Ele não responde. Em vez disso, se inclina para mim. Não ouço nada ao nosso redor, exceto o crepitar do fogo.

Seus lábios tocam meu rosto. É um toque suave, cuidadoso, que faz surgir um nó na minha garganta. Seus lábios se deslocam para roçar os meus. Em seguida, seu beijo se aprofunda, ardente, e os fios do meu coração se retesam. Sua mão se desloca do meu queixo para acomodar meu rosto, me puxando para ele. Eu vou de bom grado. Um de seus braços envolve minha cintura. O beijo continua, como se ele estivesse buscando algo dentro de mim, cada vez mais forte, até que sou obrigada a me equilibrar contra o chão, para que ele não me derrube. Um som baixo e suave escapa de sua garganta. Levo a mão até a parte de trás do seu pescoço. Além do profundo calor da paixão, minha energia fica muito, muito parada e, pela primeira vez, não sinto falta dela.

Seus lábios finalmente se afastam dos meus. Ele os roça no meu rosto outra vez, contra a linha do meu queixo, e então, por fim, se afasta. Por um momento, tudo o que conseguimos fazer é respirar. Meu coração dispara no peito. A completa imobilidade de minha energia é algo que nunca senti antes. Estou cheia de luz. Estou confusa. Uma estranha mistura de culpa e admiração flutua dentro de mim.

A ideia de governar Kenettra com Enzo ao meu lado – Enzo, que havia me salvado da morte certa, que despertava meus poderes com um simples toque de sua mão em minhas costas, cujo próprio fogo despertou minhas ambições – me anima. Então por que estou aqui, tão perto de um rapaz que não é meu príncipe? Por que estou reagindo dessa forma ao seu toque?

Do outro lado do fogo, os olhos de Violetta se afastam momentaneamente de Sergio e se voltam para mim. Nossos olhares se cruzam e ela inclina a cabeça uma vez na direção de Magiano antes de piscar para mim. Ela sorri. De repente, percebo por que me deixou sozinha com Magiano. Não posso deixar de compartilhar seu sorriso. Quando minha irmã se tornou tão sorrateira? Vou ter que perguntar a ela depois como sabia que Magiano ia se aproveitar de nosso momento a sós. Escondendo uma risada na garganta, eu me viro para Magiano.

Ele está observando o lado marcado do meu rosto.

Um vento frio me atinge e de repente afasto a nuvem de calor e diversão que me envolvia apenas momentos antes. Minhas defesas se erguem de novo. Eu me afasto e o tom cortante volta à minha voz.

– Está olhando o quê? – murmuro.

De alguma forma, eu esperava que Magiano me provocasse, cuspindo uma de suas frases sarcásticas. Mas ele não sorri.

– Nós somos atraídos por histórias – diz, com uma voz suave –, e cada cicatriz carrega uma.

Ele levanta a mão e a posiciona suavemente sobre o lado marcado de meu rosto, cobrindo a cicatriz.

Olho para baixo, envergonhada. Por instinto, ergo a mão para jogar um pouco de cabelo sobre o rosto – só para lembrar que não tenho mais longas madeixas.

– Escondê-la deixa você mais bonita – diz Magiano. Em seguida, afasta a mão, expondo minha cicatriz. – Mas mostrá-la faz você ser *você* – completa, fazendo um movimento assertivo com a cabeça. – Então, use-a com orgulho.

Não sei o que dizer diante disso.

– Todos temos nossas histórias – respondo após um momento.

– Você é a primeira pessoa que conheço que está disposta a enfrentar a Inquisição – continua ele. – Ouvi muitas ameaças vãs a esses soldados durante minha vida, eu mesmo fiz muitas. Mas você estava falando *sério* quando disse que queria se vingar deles.

Por um instante, vejo uma ilusão de sangue escorrendo pelas minhas mãos, manchando o chão. É o sangue de Enzo, e é escarlate.

– Acho que só estou cansada deles nos controlando, enquanto imploramos em vão pelas nossas vidas.

Magiano me oferece um sorriso que parece doce... e triste.

– Agora é você que pode fazê-los implorar.

– Eu assusto você? – pergunto baixinho.

Ele parece refletir. Depois de um tempo, se inclina para trás e olha para o céu.

– Não sei – responde. – Mas sei que nunca vou encontrar outra pessoa como você.

Sua expressão me faz lembrar de Enzo e, de repente, é isso que vejo na minha frente, meu príncipe, lamentando seu amor perdido. Ele está perto o suficiente agora para que eu veja os traços coloridos em seus olhos.

Ele não é Enzo, lembro a mim mesma. Mas não quero que seja. Com Enzo, minha energia ansiava por seu poder e ambição, muito feliz em deixá-lo me levar para a escuridão. Mas com Magiano... Sou capaz de sorrir, até mesmo rir. Sou capaz de me sentar aqui, me recostar e apontar as constelações.

Magiano olha para mim de novo, como se soubesse em quem estou pensando. Aquela estranha torção reaparece no canto de seus lábios, uma nota infeliz que estraga sua alegria. Está lá, e então se vai.

Quero lhe dizer algo, mas não sei o quê. Em vez disso, ele sorri, e eu engulo em seco, imitando-o. Depois de um tempo, nós dois voltamos a admirar as estrelas, tentando ignorar o beijo que paira no ar entre nós.

> Querido Pai, o senhor recebeu meu presente? Por favor, deixe-me voltar para casa. Já não reconheço este lugar, e meus amigos se tornaram meus inimigos.
> – Carta da Princesa Lediana para seu pai, o Rei de Amadera

Adelina Amouteru

No dia seguinte, as nuvens começam a se agrupar em um cobertor baixo no horizonte. Elas ficam mais altas conforme o dia passa. Quando a tarde começa a dar lugar ao anoitecer, e a terra e a grama do campo de Kenettra cedem lugar aos primeiros rios fora de Estenzia, o céu está coberto por uma espessa camada de cinza, fazendo o crepúsculo parecer mais com a meia-noite. Há uma centelha de luz no ar, algo afiado e tenso que promete uma tempestade. A tensão aumenta à medida que nos aproximamos da cidade, até que o céu enfim se abre e uma chuva fria e pesada começa a encharcar a terra.

Puxo o manto sobre minha cabeça. O vento chicoteia minhas costas.

– Quanto tempo essa tempestade vai durar? – pergunta Violetta a Sergio, através da chuva.

Sergio cavalga ao nosso lado.

– Pelo menos um dia. Nunca sei dizer exatamente. Uma vez que eu a ponho em movimento, ela ganha vida própria, e nem mesmo eu posso fazê-la parar.

Todos nós paramos ao chegar na primeira aldeia fora dos muros de Estenzia. São grandes as chances de esbarrarmos com Inquisidores depois desse ponto. Desço do cavalo, acaricio seu pescoço e o conduzo em direção às construções. Atrás de mim, os outros fazem o mesmo. Hora de desistir de nossas montarias e seguir a pé.

Ou, mais especificamente, pelo canal.

Deixamos nossos cavalos amarrados na frente de uma taberna e depois seguimos caminho. A aldeia dá lugar a uma outra, um aglomerado maior de casas, e logo os muros que cercam Estenzia surgem na névoa de chuva, silhuetas escuras contra o céu cinzento. Lanternas começam a ganhar vida nas aldeias atrás de nós. Minhas botas gastas fazem barulho contra o chão encharcado. Minha capa com capuz já é inútil contra a chuva, e nós só ficamos com elas para esconder nossos traços. Prefiro poupar energia para quando estivermos mais perto da cidade.

Aqui, a terra começa a se fragmentar, ilhas desconexas agrupadas e ligadas por canais. A tempestade já começou a inundá-los, levando gôndolas soltas até as margens. Magiano nos faz parar onde várias delas foram empilhadas umas sobre as outras no canto de um canal. Lonas escuras as cobrem, e os remos balançam para a frente e para trás com a corrente, na ausência de seus gondoleiros.

– Ultimamente, Estenzia manteve os canais bloqueados, a fim de controlar o tráfego de cargas – diz ele em voz baixa. – Mas numa tempestade como esta, os canais da cidade vão inundar muito rapidamente se algumas das barragens não forem elevadas. Eles têm que ajudar o escoamento da água.

Ele acena para as gôndolas empilhadas.

Esta é a nossa chance de entrar na cidade.

Enquanto os rapazes preparam a primeira gôndola e Sergio ajuda Violetta a entrar, olho para os muros da cidade. A chuva os deixa borrados, parecendo pouco mais do que uma névoa de cinzas – mas mesmo neste aguaceiro posso distinguir as linhas densas de abrigos em ruínas amontoadas sob os muros.

– O que é isso? – pergunto a Magiano, apontando para os abrigos.

Ele tira a água de seus olhos.

– Campos de escravos *malfettos*, é claro – responde.

Meu coração se aperta. Campos de escravos *malfettos*? Os campos se estendem por todo o contorno dos muros, desaparecendo somente quando faz uma curva para fora do nosso campo de visão. Então, isso é o que Teren tem feito. Eu me pergunto que tipo de trabalho escravo tem imposto aos *malfettos* e por quanto tempo vai lhes permitir viver. Não há dúvida de que só está ganhando tempo. Uma onda sombria cresce em minha barriga, trazendo uma careta aos meus lábios.

Vou corrigir isso quando governar Kenettra.

– Vamos – chama Magiano, me tirando dos meus pensamentos.

Ele me indica um lugar na parte de trás da gôndola, perto de Violetta. Quando aceito sua mão estendida, seus olhos encontram os meus e ele me segura ali por um instante, indeciso. Sua mão aperta. Eu me seguro a ele, o calor subindo rapidamente em minhas bochechas. O beijo que tinha permanecido entre nós na noite passada ainda está aqui e não sei o que fazer com ele.

Magiano se inclina mais para perto, como se fosse me dar aquele beijo de novo. Mas ele para a um milímetro dos meus lábios. Seus olhos estão baixos, suaves por um momento.

– Cuidado com o degrau – diz, guiando-me para dentro do barco.

Minha resposta é um murmúrio incoerente. Eu me abaixo com cuidado. O barco mergulha na água quando rastejo para baixo da lona escura e me deito na barriga da gôndola. Em pouco tempo ele está cheio de água, mas consigo me manter erguida o suficiente para respirar. As botas de Violetta estão a trinta centímetros das minhas, de modo que as nossas cabeças estão viradas para as extremidades da gôndola.

– Quando estivermos perto o suficiente – digo –, vou nos cobrir. Fique perto e preste atenção por nós.

Magiano assente. Então, ele e Sergio dão um empurrão na minha gôndola e o barco segue aos trancos, levando-me com ele.

A tempestade se intensifica à medida que nos aproximamos de Estenzia. Mantenho-me abaixada no barco, erguendo a cabeça para fora da água. Não consigo ver quase nada além das pedras que revestem as extremidades dos canais, mas de vez em quando vislumbro os muros que se aproximam. À nossa frente está o início dos campos. Agora estamos perto o bastante para ver os pontos brancos espalhados entre as fileiras de tendas decadentes – Inquisidores, seus mantos pesados na tempestade, correndo de um lado para o outro pelos caminhos de terra dos campos. Arrisco um olhar para trás. Há uma grande distância entre nossa gôndola e a que vem atrás de nós. Se tudo correu bem, Magiano e Sergio deveriam estar nos seguindo. Busco minha energia, procurando as batidas de meu coração, animadas, cheias de expectativa e medo.

Eu as encontro. E puxo.

Uma rede de invisibilidade se forma sobre mim primeiro, me fazendo sumir da gôndola e me misturando à madeira molhada, à água que se acumula na embarcação e à lona escura. Faço o mesmo com Violetta e então cerro os dentes e alcanço os outros atrás de mim. É uma ilusão imperfeita. Não tenho como saber exatamente como é o interior da gôndola deles e, como resultado, só posso fazer uma estimativa. Se os Inquisidores olharem com muita atenção para dentro da gôndola deles, vão ver as figuras de dois Jovens de Elite se escondendo debaixo da textura do fundo do barco.

É o melhor que posso fazer.

À medida que nos aproximamos dos campos, Inquisidores surgem ao longo das margens do canal. Um deles percebe nossas gôndolas flutuando com a corrente em direção aos muros da cidade.

– Senhor – um deles fala para um de seus companheiros. – Mais barcos errantes. Devemos puxá-los para a terra?

Outro Inquisidor olha para minha gôndola primeiro. Eu tremo, lembrando-me de manter as ilusões firmes.

– Vazia – diz o segundo Inquisidor, fazendo um gesto distraído com a mão e começando a se afastar. – Ah, deixe-a flutuar e venha me ajudar com esses *malfettos*. Os gondoleiros podem encontrar seus barcos empilhados em algum lugar nos canais depois que esta tempestade passar.

Não posso me mexer muito sem correr o risco de ser detectada, mas, quando os Inquisidores se afastam, levanto a cabeça o suficiente para ver um caminho entre as tendas. Na extremidade, tenho um vislumbre de *malfettos* desgrenhados, assustados, baixando suas cabeças enquanto os soldados passam por eles. Essa visão faz meu estômago revirar. Por um momento, gostaria de poder fazer o que Raffaele faz.

Continuamos em frente. Os muros agigantam-se, cada vez mais perto, até que eu possa ver cada uma de suas pedras sendo lavada pela chuva. Agora, a noite já caiu completamente. Além de algumas poucas tochas e lanternas espalhadas, resistindo à chuva, não consigo ver quase nada. Na minha frente, Violetta se remexe sob nosso escudo de invisibilidade.

– O portão está levantado – diz ela.

Olho para a frente. O portão está mesmo levantado, permitindo que o canal se encha, e, para além dele, posso ver o início do interior de Estenzia, as ruas de paralelepípedos e arcos dos prédios. As celebrações da cidade foram minadas pela chuva, e lanternas de papel rasgadas sujam as ruas. Bandeiras de cores vivas estão penduradas nas varandas, encharcadas.

Dois Inquisidores caminham no lugar onde o canal encontra o portão, seus olhos treinados sobre a água, mas, exceto por eles, estamos sozinhos.

Não temos a mesma sorte com este segundo par de Inquisidores. Um deles se inclina sobre a borda do canal quando passamos. Sua bota para nossa gôndola com um empurrão. Mordo a língua, frustrada. Na escuridão e na chuva, ele não pode ver que a gôndola parece vazia. Ele balança a cabeça para seu parceiro. Atrás de nós, a segunda gôndola trazendo Magiano e Sergio para.

– Verifique aquela – diz o primeiro ao colega.

Então ele se vira de novo para a nossa, pega sua espada e aponta para dentro do barco – direto para o corpo encolhido de Violetta. Ele levanta a lâmina. Violeta tenta se afastar, mas será inútil se ele correr o comprimento do barco com a espada.

Atrás de nós, o segundo Inquisidor levanta a espada para a outra gôndola.

Desfaço meu manto de invisibilidade. De repente, estamos à vista.

O Inquisidor para por um instante ao nos ver surgir diante dele onde momentos antes não havia nada.

– Mas o que... – ele deixa escapar.

Estreito o olho e avanço para ele. Fios de energia chicoteiam seu corpo, a ilusão se enganchando em sua pele e puxando. Ao mesmo tempo, Violetta pula fora do barco e arranca a espada do Inquisidor, deixando-a cair no chão. O homem solta um meio grito, mas eu o corto quando meus fios se apertam em torno dele. A energia em mim se agita de prazer quando a confusão do homem se transforma em terror. Seus olhos se arregalam, cheios de dor.

Atrás de nós, Magiano pula de seu barco para atacar o segundo Inquisidor.

O primeiro aperta o peito e cai de joelhos. Tenta alcançar a espada no chão, mas eu a pego primeiro. Quando passo, tenho um vislumbre do rosto de Violetta. Seus lábios estão apertados em uma linha sombria. Eu meio que esperava que ela se escondesse na escuridão, ou usasse seu poder para me fazer parar, mas, em vez disso, ela se abaixa e pega o manto do Inquisidor. E o puxa, empurrando o homem para trás. Ele ofega de dor.

O mundo se fecha em torno de mim – por um momento, tudo o que posso ver é a noite e minha vítima. Eu trinco os dentes, levanto sua espada e a enterro em seu peito.

O homem estremece. O sangue espirra de sua boca. Olho para o lado e vejo Sergio com o braço em volta do pescoço do segundo Inquisidor. Sergio aperta com força. Os braços do Inquisidor lutam desesperadamente com ele, mas Sergio segura firme, sombrio. Eu inspiro o terror do homem lutando.

O Inquisidor que golpeei para de tremer. Fecho meu olho, levanto a cabeça e respiro fundo. O cheiro metálico de sangue enche o ar, se misturando com a umidade da chuva – é tudo muito familiar. Quando abro o olho de novo, já não estou mais olhando para o Inquisidor. Estou olhando para o cadáver destruído de meu pai, suas costelas esmagadas pelos cascos do cavalo, seu sangue manchando os paralelepípedos...

Não estou horrorizada. Olho para ele, me entregando à escuridão ao meu redor, que me alimenta, me fortalece, e percebo que estou feliz por tê-lo matado. Verdadeiramente feliz.

A mão de alguém toca meu ombro. Viro o rosto para ver quem é, e minha energia explode, ansiosa para ferir novamente.

Violetta salta para trás.

– Sou eu – diz.

Ela estende a mão, como se isso pudesse me impedir. Seu poder toca o meu e eu posso senti-lo me empurrando, hesitante, ameaçando tirar a minha energia.

– Sou eu, sou eu – continua.

O esgar aos poucos some dos meus lábios. Torno a olhar para o corpo à minha frente e agora já não é meu pai, mas o Inquisidor que matei. Magiano e Sergio correm para o meu lado, deixando seu Inquisidor caído sem vida nas sombras. Violetta olha para os dois homens mortos. Sua expressão é apática.

Meu momento de sede de sangue já passou, mas a escuridão que ele trouxe persiste, alimentando os sussurros em minha cabeça que de repente se tornaram ensurdecedores. *Silêncio*, sibilo de volta para eles, e então percebo que falei em voz alta.

– É melhor irmos. Agora.

Magiano olha por cima do ombro, então pula o corpo do Inquisidor para olhar para baixo, para ambos os lados do canal.

– Não ficaremos sozinhos aqui por muito tempo.

Eu me levanto. Lavo as mãos nas águas do canal. Em seguida corro atrás deles. Vindo do céu torrencial, um grito assombrado ecoa sobre a cidade, logo seguido por outro. Um par de baliras sobrevoa a cidade, embora tudo o que eu possa ver na noite sejam suas silhuetas, suas enormes asas translúcidas cobrindo o céu. Se Gemma estivesse conosco, poderia nos colocar em suas costas – poderíamos voar sobre a cidade e encontrar algum lugar para pousar. Eu poderia ter evitado matar aqueles dois homens. Não é como se eu os quisesse mortos, afinal. Só não tivemos saída. Repito isso várias vezes para mim mesma. Foi assim tão fácil, quando acabei com a vida de Dante? Quando matei o Rei da Noite? Quando vi Enzo morrer? Quando balancei a cabeça em aprovação para Sergio executar os Inquisidores no navio?

Não. *Mas, desta vez, foi.*

Olho para minhas Rosas, então avanço para liderar o caminho. Começo a tecer uma cortina de invisibilidade sobre nós outra vez. Enquanto as baliras passam sobre nós, eu nos guio na direção do palácio de Estenzia. Meus pensamentos mudam da morte dos Inquisidores para a tarefa à nossa frente. Se a rainha beldaína agir esta noite, então tenho que encontrar Raffaele antes dela.

Já estou começando a esquecer o rosto do homem que matei.

Raffaele Laurent Bessette

Uma semana se passa até a rainha Giulietta mandar chamá-lo de novo. Dessa vez, quando ele visita seus aposentos particulares, Teren e vários guardas ficam do lado de fora. Raffaele olha brevemente para o Inquisidor Chefe ao passar. A energia que emana de Teren é preta, de raiva e ciúme, e a sensação deixa Raffaele tonto. Ele baixa os olhos de novo, mas ainda pode sentir o olhar do outro queimando suas costas enquanto as portas do quarto se abrem e se fecham atrás dele.

Lá dentro, ainda há Inquisidores alinhados às paredes. A rainha Giulietta está sentada na beira da cama, seu cabelo solto em ondas longas e escuras, as mãos cuidadosamente dobradas no colo. As cortinas diáfanas que pendem das laterais da cama também estão abaixadas esta noite, preparadas para o seu sono. Ela observa enquanto os soldados o guiam até o centro do quarto e o deixam ali sozinho. Raffaele hesita, então chega mais perto e se ajoelha diante dela.

Por um momento, nenhum dos dois diz nada. *As emoções da rainha estão diferentes esta noite*, pensa Raffaele. Mais calmas, menos desconfiadas, mais calculistas. *Ela quer alguma coisa.*

– Dizem que você era o melhor acompanhante que já enfeitou as cortes de Kenettra – diz Giulietta por fim. – O preço pago por sua virgindade deixou as cortes em alvoroço por semanas. – Ela se recosta, apoiada nos braços, e o analisa, pensativa. – Também ouvi dizer que você é um estudioso, que seus clientes frequentemente o presenteavam com livros e penas.

Raffaele assente.

– Eu sou, Majestade.

Os lábios de Giulietta se curvam em um sorriso. Quando ele a olha, a soberana faz um gesto para que se levante.

– Você sem dúvida tem a aparência e a fala tão bonitas quanto dizem.

Então, ela se endireita e se aproxima. Raffaele permanece imóvel. Os dedos dela vão até os fios dourados perto da gola das vestes dele e os soltam com um puxão, expondo um pouco de sua pele.

O olhar de Raffaele passa pelos Inquisidores alinhados nas paredes, suas bestas ainda apontadas para ele. Quando Giulietta volta a se sentar na beira da cama e dá um tapinha no espaço a seu lado, ele se aproxima.

– Eu já lhe disse o que desejo, Majestade – fala Raffaele, com voz suave. – Diga-me, então, o que *você* deseja. O que posso fazer por você?

Giulietta sorri de novo enquanto põe a cabeça sobre o travesseiro.

– Você diz que, se eu conceder misericórdia a todos os *malfettos*, você e seus Punhais vão seguir meu comando como parte do meu exército – diz Giulietta, assentindo com a cabeça. – Decidi que vou concordar com isso, desde que fique satisfeita com o que você pode fazer. Amanhã, vou ordenar a meus Inquisidores que comecem a trazer nossos *malfettos* de volta para a cidade. Em troca, quero que você reúna seus Punhais. E quero que cumpra sua parte no trato.

O olhar dela endurece por um momento.

– Lembre-se de que posso facilmente jogar a minha ira sobre os *malfettos* desta cidade se você não cumprir com sua palavra.

O sorriso de Raffaele ressurge. Então, é como ele suspeitava. O "ódio" de Giulietta pelos *malfettos* não é o mesmo que o de Teren. O Inquisidor Chefe despreza os *malfettos* porque acredita que sejam demônios. Maus, amaldiçoados. Mas Giulietta... Ela só despreza os *malfettos* quando estão em seu caminho. Ela vai usá-los enquanto eles puderem beneficiá-la. *Muito bom.* Ele inclina a cabeça numa imitação perfeita de submissão.

– Então, estamos às suas ordens.

Giulietta assente diante da expressão dele. Ela se estende na cama e o olha através de uma cortina de cachos escuros. Tão linda quanto Enzo era. Por um momento, Raffaele vê o que deve ter feito Teren se sentir atraído por ela. É difícil acreditar que, por trás dos cílios escuros e da boca doce, rosada e pequena, haja uma princesa que tentou – ainda criança – envenenar seu irmão.

– Bem, meu acompanhante – murmura ela. – Prove sua reputação para mim.

Nas primeiras horas antes do amanhecer, Raffaele sai dos aposentos da rainha para as longas sombras do corredor. Inquisidores ainda montam guarda de cada lado da porta, e dois deles se afastam para acompanhá-lo.

– A rainha ordenou que você seja transferido para aposentos confortáveis – diz um deles.

Raffaele assente, mas seus olhos continuam fixos nas sombras do corredor. Teren ainda está aqui – Raffaele pode sentir sua energia fervente de Jovem de Elite na escuridão, esperando que ele se aproxime. Raffaele diminui o passo. Embora as sombras cubram quase tudo, ele pode sentir que Teren está a poucos metros.

Ele vai atacá-lo. Os instintos de Raffaele de repente se incendeiam – ele sabia que isso aconteceria. Ele se vira na direção dos aposentos da rainha e chama:

– Sua Majestade!

É tudo o que consegue dizer antes de um borrão branco se materializar das sombras e agarrá-lo pela gola da túnica. Raffaele é erguido do chão – suas costas batem com tanta força contra a parede que o impacto o deixa sem ar. Estrelas explodem em seu olhar. De algum lugar, vem o som de uma lâmina cortando o ar e, um instante depois, o metal frio pressiona sua garganta. A mão de alguém tapa sua boca.

O rosto de Teren entra em foco diante dele. Suas íris pálidas parecem pulsar na escuridão.

– Bonito como um pavão – rosna enquanto Raffaele se esforça para respirar.

Ele gesticula para dois outros Inquisidores o segurarem contra a parede.

– Que mentiras você contou para a rainha desta vez? Que feitiços demoníacos está criando?

Raffaele devolve o olhar de Teren com o seu próprio, tranquilo.

– Não sou mais demônio do que você.

O olhar de Teren endurece.

– Vamos ver quantas vezes a rainha vai chamá-lo depois que eu talhar a pele do seu rosto.

Raffaele sorri de volta. Seu sorriso é penetrante, uma lâmina de seda e graça.

– Você tem mais medo de mim do que eu de você.

Os olhos de Teren cintilam. Ele acena para os Inquisidores o segurarem com mais força e então ergue mais sua adaga. Seu sorriso faz a pele de Raffaele se arrepiar.

– *Pare*.

A ordem da rainha ecoa aguda pelo corredor, e Teren congela. Raffaele se vira e vê Giulietta saindo de seus aposentos com os soldados logo atrás, o rosto frio e distante. Ela estreita os olhos para Teren. Imediatamente, os dois Inquisidores que prendem Raffaele à parede o soltam, e todos caem de joelhos depressa. Raffaele engole em seco enquanto a dor continua a afligir suas costas.

– Sua solução para tudo, Mestre Santoro – diz ela, ao chegar perto deles –, é atacar.

Ele abre a boca enquanto ela se aproxima, mas, antes que ele possa dizer qualquer coisa, Giulietta estende a mão para o fecho de ouro que prende sua capa da Inquisição. Ela abre o fecho depressa e dá um puxão violento no manto, que cai dos ombros de Teren, se embolando a seus pés.

O sinal de rebaixamento.

Os olhos de Teren se arregalam em choque.

– Sua Majestade... – começa ele.

Giulietta apenas lhe oferece um olhar gelado.

– Eu avisei o que ia acontecer se você voltasse a ignorar minhas ordens.

– Mas eu...

– Eu ordenei que Raffaele fosse levado para seus novos aposentos. Por que você me desobedeceu?

Teren inclina a cabeça no que parece ser vergonha.

– Sua Majestade – responde. – Eu peço desculpas. Eu...

– Já ouvi desculpas suficientes – interrompe Giulietta, cruzando os braços. – Quando amanhecer, você vai se reunir a uma patrulha e seguir para as cidades do sul imediatamente.

– Você... – começa Teren, as palavras sumindo quando a compreensão o atinge. – Você está me mandando embora? Para fora de Estenzia?

Giulietta arqueia uma sobrancelha.

– Você está me pedindo para repetir?

– Sua Majestade, por favor.

Teren dá um passo na direção dela.

– Tudo o que faço, *tudo* que já fiz, foi para proteger a sua coroa. Você é a única verdadeira rainha. Há momentos em que posso agir precipitadamente, e mereço ser punido, mas faço isso em nome da coroa.

– Espero que você devolva seus aposentos e sua armadura até amanhã.

Giulietta lhe lança um olhar de desinteresse. Isso, Raffaele pensa, mais do que tudo, faz Teren estremecer.

– Você vai partir com várias patrulhas amanhã à noite, para garantir meu governo no sul. Se realmente se importa comigo, vai obedecer a esta ordem. Entendido?

A voz de Teren endurece.

– Sua Majestade – diz ele. – Sou seu melhor lutador. Sou seu *campeão*.

– Você é inútil se ignora minhas ordens.

Teren agarra as mãos de Giulietta. Sua voz diminui, fica suave.

– Giulietta – murmura.

Raffaele observa, fascinado. Dirigindo-se à rainha pelo nome? Ele tinha ouvido falar bastante do caso deles, mas é a primeira vez que testemunhou alguns de seus sinais. Teren se inclina na direção dela, perto o suficiente para que os lábios rocem seu rosto.

– Você vai me matar se me mandar embora.

Giulietta vira o rosto e se afasta. Ela ergue o queixo. Seus olhos estão frios como gelo. Raffaele observa as expressões de Teren mudarem. O jovem Inquisidor está percebendo, pela primeira vez, que não é capaz de influenciá-la. Teren olha para Raffaele, em seguida se vira para Giulietta, desesperado.

– Eu te *amo* – diz de repente, com urgência na voz. – Eu te amei desde que era menino. Eu mataria mil homens por você.

– Não preciso de você para matar mil homens, Mestre Santoro – diz Giulietta. – Preciso que você me escute.

Ela lhe lança um olhar quase de pena.

– Mas você sempre foi uma aberração. Você sempre soube, Mestre Santoro, que isso nunca poderia durar.

– É ele, não é? – dispara Teren, apontando para Raffaele. – Ele hipnotizou você. É o *poder* dele, você não entende?

Os olhos de Giulietta endurecem ao ouvir isso.

– Você me insulta?

Teren engole em seco e continua:

– É verdade que não sou digno de você. Mas você perdoou minha aberração em troca da minha lealdade... e vou levar essa lealdade comigo para o túmulo. Por favor, Giulietta...

Ela ergue a mão e os Inquisidores, pelas suas costas, apertam mais as bestas. Teren curva os ombros.

– Você tem até amanhã à noite para deixar Estenzia. É uma ordem. Faça isso, Teren, se realmente me ama.

Lágrimas brotam nos olhos de Teren. Raffaele faz uma careta, sentindo a torção sombria da energia do Inquisidor na familiar dor de um coração partido.

– Giulietta... – sussurra Teren, mas dessa vez em tom de derrota. Finalmente, ele inclina a cabeça e cai de joelhos diante dela. – Sim, Majestade.

Ele fica ali até Giulietta dispensá-lo, e então ele sai num rompante. Sua capa permanece no chão.

Giulietta o observa partir por um momento antes de se virar para Raffaele.

– Vá – diz ela. – Reúna seus Punhais. Lembre-se de que, se você voltar atrás na sua palavra, vou me certificar de que os *malfettos* sofram por isso.

Raffaele faz uma reverência. *A capital enfraquece. Nós estamos perto.*

– Sim, Majestade.

Às vezes, o amor pode crescer como uma flor minúscula escondida na sombra da árvore, encontrado apenas por aqueles que sabem onde procurar.
– O cortejo de um príncipe de Beldain, *por Callum Kent*

Adelina Amouteru

Enzo morreu na arena da capital. É lá que os Punhais vão revivê-lo, por isso é para lá que vou agora com minhas Rosas.

Violetta e eu esperamos nas sombras dos poços mais fundos da arena, onde os túneis subterrâneos permitem que as baliras entrem e saiam do lago central. Aqui, onde enormes portões de madeira e alavancas lançam sombras estranhas sobre o túnel, podemos ouvir pouco mais do que a agitação oca da água e o guincho ocasional de ratos. Sergio e Magiano ficam em outros lugares na arena, atentos a qualquer sinal da aproximação dos Punhais. Um dia e uma noite inteiros se passam. Relâmpagos cortam o céu e a tempestade continua, furiosa e implacável, uma desgraça que Sergio não tem a capacidade de parar.

Na segunda noite, Magiano entra e sacode a água de seu cabelo antes de se sentar ao nosso lado com um suspiro.

– Nada ainda – murmura, rasgando um pedaço molhado de pão e queijo.

– E se os Punhais não vierem? – sussurra Violetta para mim, soprando o hálito quente em suas mãos.

Não respondo imediatamente. E se eles não vierem? Já estão atrasados, de acordo com os planos que eu ouvi de Gemma. Talvez Raffaele tenha falhado em sua missão no palácio e tenha sido executado pela rainha. Talvez os Punhais tenham sido capturados. Mas aí teríamos ouvido alguma coisa, tenho certeza – notícias como essa nunca ficariam em segredo por muito tempo.

– Eles virão – sussurro de volta.

Desamarro meu manto, jogo-o em volta de nós duas e nos encolhemos o máximo possível. Meus dedos estão frios e úmidos dentro das botas.

Eu queria que você estivesse aqui, Enzo, acrescento para mim mesma. Ocorre-me uma lembrança do calor que seu toque poderia provocar, o calor que ele poderia enviar borbulhando através de mim em uma noite fria. Eu tremo. Em breve, ele *estará* de volta. Posso suportar isso?

Magiano suspira alto e se recosta na parede do canal. Ele se senta perto o suficiente de mim para que eu sinta o calor de seu corpo, e me pego saboreando o momento.

– Sergio diz que há mais mercenários se reunindo a você. Por que não recuamos para fora de Estenzia e reunimos todos os aliados que você angariou? Então, podemos descobrir uma maneira de atacar Teren e a rainha quando eles menos esperarem. – Ele me lança um olhar irônico. – Será que *realmente* precisamos ficar aqui?

Eu me encolho mais em minha capa, para que Magiano não me veja corar. Ele está estranhamente mal-humorado hoje.

– Enzo é um Jovem de Elite – digo a Magiano, algo que repeti várias vezes no último dia.

– Sim. E também o ex-líder dos Punhais. Como você sabe que isso vai funcionar? E se algo der errado?

Parte de mim se pergunta se ele está agindo assim por causa do que Enzo significava para mim. O que ele *ainda* significa. E Magiano – ele desperta esses mesmos sentimentos? Mesmo enquanto me inclino na direção de seu calor, não tenho certeza.

– Não sei – respondo. – Mas prefiro não correr o risco de perder a oportunidade.

Ele aperta os lábios por um momento.

– A rainha de Beldain não tem um poder comum – diz ele em voz baixa. – Isso mexe diretamente com os deuses, trazer os mortos de volta à vida. Você percebe que está se colocando nesse caminho.

É quase como se ele estivesse tentando me dizer: *Estou preocupado com você*. E de repente quero tanto ouvir essas palavras que quase lhe peço que as diga. Mas meu desejo é logo substituído pela irritação com sua preocupação.

– Você veio até aqui com a gente – sussurro. – Vamos conseguir seu dinheiro, não se preocupe.

A surpresa atravessa os olhos de Magiano... seguida por decepção. Então, ele dá de ombros, inclina-se para longe de mim e volta a comer o pão e o queijo.

– Que bom – murmura.

Eu me encolho. Foi maldoso de minha parte dizer isso, mas demonstrar abertamente sua dúvida se deveríamos ou não estar aqui por Enzo também é. Eu o observo através do meu manto, perguntando-me se ele vai olhar em minha direção e me dar uma dica de seus pensamentos, mas ele não olha para mim outra vez.

Ao meu lado, Violetta se remexe. Ela pisca, olhando para o centro da arena, e inclina a cabeça. Magiano e eu paramos ao vê-la.

– São eles? – sussurro para minha irmã.

Antes que Violetta possa responder, uma silhueta cai atrás de nós com um baque silencioso. Pulo de pé. É Sergio.

Ele ergue uma lâmina em uma das mãos.

– Avistei nosso Punhal favorito – diz ele, com um sorriso.

Raffaele Laurent Bessette

Quando sai do palácio, Raffaele aperta as mãos cada vez mais, porém não consegue parar de tremer. Um grande capuz o cobre, protegendo-o parcialmente da tempestade. Ele olha por cima do ombro. Inquisidores o escoltaram até os portões do palácio, mas, agora que ganhou as ruas principais, eles ficam para trás e lhe permitem ter liberdade.

Ele pisca para afastar a água de seus olhos e se apressa pelas ruas até se misturar às sombras. Teren vai deixar o palácio amanhã, não há dúvida disso – exatamente o objetivo que Maeve tinha definido quando o levou para dentro do palácio. A cidade perdera seu quase invencível Inquisidor Chefe, e a rainha perdera um poderoso guarda-costas. A esquadra de Beldain se aproxima.

Ainda assim, Raffaele franze a testa enquanto anda. Teren ainda não se foi, e agora está furioso como um animal ferido. Sem dúvida, ainda há soldados o observando agora. Ele descreve um arco amplo ao andar, longe da arena aonde sabe que deve chegar. *Tenho que me esconder depressa.* Aqui fora, a rainha não pode protegê-lo da ira de Teren. Se o Inquisidor Chefe encontrá-lo, vai matá-lo. Raffaele procura sinais da energia de Teren por perto e muda de curso, tomando o cuidado de deixar os sinais que tinha combinado com os outros Punhais.

Uma linha profunda na lama com a bota, claramente visível do ar. Um assobio, quase perdido no rugido da tempestade, imitando um falcão solitário. Um anel de vidro em seu dedo que reflete os relâmpagos sempre que eles vêm.

Espera que Lucent esteja observando de algum lugar alto e que tenha soado o alarme.

Momentos depois, ele busca em sua memória o labirinto subterrâneo de catacumbas da cidade. Segue pelos becos antes de finalmente desaparecer atrás de uma porta pequena, sem numeração.

O som da água escorrendo ecoa em todos os lugares nos túneis. Raffaele segura seu manto com firmeza com uma das mãos e mantém a outra contra a parede. A água encharca suas botas e deixa os degraus perigosamente escorregadios.

– Norte, sul, oeste, leste – murmura para si mesmo enquanto caminha. – A Piazza dos Três Anjos, o Canal Canterino, a estátua de São Sapientus.

Os marcos aparecem em sua mente como num mapa. Ele avança centímetro a centímetro na escuridão, completamente cego. Fios brilhantes de energia oscilam ao seu redor, conectando tudo, porém de modo fraco. Ele estica a mão e os puxa gentilmente, sentindo como a energia do ar se liga às paredes e ao solo acima. Se houvesse ao menos um pouco de luz, ele sabe que veria sua respiração se condensando diante dele, aquecendo o ar gelado.

– Esquerda. Direita. Direita. Reto.

O labirinto continua a se ramificar à medida que ele desce mais. Nunca esteve aqui durante uma chuva tão forte. Às vezes, a água chega à altura dos joelhos. *Se partes dos túneis estiverem inundadas, eu posso ficar preso num canto e me afogar.* Raffaele afasta o pensamento e o substitui pelo de uma superfície tranquila, uma calma para manter o pânico longe. Ele continua andando, contando apenas com a mão na parede e o mapa de fios em sua mente. Como é que uma tempestade dessas caiu tão de repente?

Esquerda. Esquerda. Reto. Direita.

De repente, Raffaele para. Franze a testa. Dura apenas um instante, um momento fugaz da energia de alguém na superfície. Ele espera um segundo, buscando, hesitante, com seu poder. *Estranho. E familiar.*

Mas a sensação já desapareceu e a tempestade volta com força total.

Raffaele hesita por mais um tempo, até que a água o obriga a seguir em frente. Ele balança a cabeça. Os fios de energia na tempestade sobrepujam seu poder – devem o estar distraindo. Ou talvez seja a ideia do evento do qual ele está prestes a participar, o que pode acontecer em questão de horas.

Ele volta a pensar em Enzo.

Raffaele para de novo, equilibrando-se contra as paredes molhadas, e fecha os olhos. Mais uma vez, pensa na superfície calma e continua o caminho.

Finalmente, chega a um ponto na escuridão onde o túnel termina em uma parede. Além dela, há uma pressão esmagadora, a energia inconfundível de inúmeras gotas de água, todas ligadas entre si, o lago no centro da arena de Estenzia. Raffaele faz uma pausa e recua vários passos, até que encontra um conjunto de pedras irregulares, as mãos de Moritas postas no final de cada caminho de catacumba, e então os pequenos e sinuosos degraus ao lado delas, que levam à superfície.

Ele emerge nos recessos sombrios dos enormes canais da arena, mas depois de tanto tempo na mais completa escuridão, a noite parece quase brilhante. Os sons da tempestade de repente são novamente ensurdecedores. Raffaele aperta mais seu manto encharcado, então caminha em silêncio até os degraus do canal para a superfície.

Ele está sozinho aqui. Não consegue ver os outros Punhais. Enfia as mãos nas mangas de seu manto, treme, e estende sua energia para detectar se há ou não outros Jovens de Elite por perto.

Em seguida, franze a testa. Algo se agita no ar, os fios se retesam.

Eles *estão* aqui. Pelo menos, alguém está.

A energia se aproxima. É sombria e familiar, e Raffaele se pega resistindo ao impulso de se afastar dela. Ele havia se encolhido ao sentir a energia de Maeve no dia em que a conheceu, tinha estremecido com a conexão dela com o Submundo. Ele olha para os túneis escuros abaixo da arena que levam ao lago central e, em seguida, para a tempestade. Ela deve ter acabado de chegar. Agora, Raffaele pode ouvir passos. São fracos e leves, os passos de alguém magro. Ele se vira por completo para fitar a energia que se aproxima, então cruza as mãos à sua frente. Os passos ecoam levemente pelo túnel. Aos poucos, distingue a silhueta de uma figura se aproximando. A energia fica mais forte. Agora dá para ver que a figura é de fato uma garota.

Ela para a poucos passos dele. Junto com o cheiro de chuva, ele também percebe o cheiro metálico de sangue. Raffaele olha para ela com atenção. Na escuridão, não consegue distinguir seu rosto. Sua energia também é estranha, familiar em sua escuridão. *Muito familiar.* É o alinhamento inconfundível com o Submundo, o Medo, a Fúria e a Morte.

– Está ferida, Majestade? – pergunta ele em voz baixa. – Será que alguém a seguiu?

Se Maeve foi ferida no caminho até aqui, pode não ter força para puxar Enzo do Submundo. Pior, ela pode ter sido atacada por um Inquisidor, e a notícia de sua presença aqui ter vazado. Onde estão os outros Punhais?

Mas Maeve não diz uma palavra. Ela leva a mão ao capuz, levanta-o e o puxa para trás. As sombras desaparecem de seu rosto.

Raffaele congela.

A menina não é Maeve. Ela tem cicatrizes em metade de seu rosto, onde seu olho deveria estar. Os cílios são pálidos, e os cachos de seu cabelo são de um prata brilhante esta noite, curtos e desgrenhados. Ela olha para Raffaele com um sorriso amargo. Por um momento, parece feliz ao vê-lo. Em seguida, a emoção some, substituída por algo cruel. Ela levanta a mão para ele, tece uma teia de fios a sua volta e os torce com força.

– Sinto muito, Raffaele – diz Adelina.

> Uma vez a cada dez anos, as três luas caem sob a sombra do mundo e ficam escarlate, sangrando o sangue de nossos guerreiros mortos.
> – O novo atlas das luas, por *Liu Xue You*

Adelina Amouteru

Não há luas esta noite para encher a arena de Estenzia com luz prateada. Em vez disso, o lago no centro da arena, alimentado por canais, está escuro e agitado com a fúria da tempestade.

Da última vez que estive nesta arena, era uma espectadora na plateia, assistindo enquanto Enzo avançava para desafiar Teren para um duelo. Eles lutaram aqui. E acabou comigo pairando sobre o corpo agonizante de Enzo, soluçando, tentando repetidamente ferir Teren de qualquer maneira que eu podia.

Agora, a arena está vazia. Não tem público animado nessa tempestade de meio de noite. As bandeiras kenettranas se agitam freneticamente ao vento – várias delas foram arrancadas pela força da chuva. E estou aqui não como eu mesma, mas como Raffaele.

A expressão de agonia em seu rosto.

O suor brotando em sua testa.

Seu grito angustiado, abafado pelos trovões da tempestade.

Os sussurros ecoam em minha mente, encantados com o que fiz.

Sigo Maeve pelo caminho de pedra. A água cai dos dois lados da passarela, molhando as bainhas de minha túnica. Meu coração bate furiosamente – a energia da tempestade é cheia de escuridão e, quando olho para cima, quase posso ver os fios brilhantes entre as nuvens, ligando a chuva ao céu negro, a ameaça de um raio que se aproxima. Em algum lugar na arena, Sergio e Magiano estão prontos para atacar. Do fundo do lago da arena vêm os gritos ocasionais das baliras. Uma cabeça enorme e carnuda emerge da água agitada por um momento, em seguida afunda de novo, como se as criaturas do Submundo também tivessem vindo assistir.

Maeve não olha para mim, o que é bom. Uma rajada de vento sopra o capuz de sua capa para trás, revelando cabelo preto e dourado antes que ela puxe o capuz de novo. Admiro sua marca. Na verdade, não fiz nada além de ficar obcecada por sua energia. Ela é a primeira Jovem de Elite que de fato posso *sentir* – há uma escuridão em seu poder que me faz lembrar de mim mesma, algo profundo e sombrio, conectando-a ao mundo dos mortos. Pergunto-me se ela tem pesadelos com o Submundo como eu.

A sensação de estar sendo observada me atinge e os pelos da minha nuca se arrepiam. Lembro-me de ficar focada em meu disfarce. Mesmo que eu não possa vê-los, os outros Punhais devem estar espalhados pela arena, observando, junto com qualquer outra pessoa que tenha vindo com Maeve. Até agora, ninguém levantou suspeita sobre minha aparência.

A cara de dor de Raffaele. Diante de mim, surgem imagens do meu confronto com Raffaele. Ele nem tentou revidar. Sabia que, sozinho, estava indefeso contra mim, que seu poder era inútil contra o meu. Ele resistiu bem, tenho que admitir, muito mais do que a maioria – ele pode ver a realidade por trás de meus jogos. Pelo menos, por um tempinho.

Mas eu não o matei. Não suportaria fazer isso. Não sei por quê. Talvez parte de mim ainda deseje que pudéssemos ser amigos, ainda lembre o som de sua voz quando entoou a canção de ninar de minha mãe para mim. Talvez eu não pudesse suportar matar uma criatura tão linda quanto ele.

Por que você se importa?, zombam os sussurros.

– Fique perto, Mensageiro – diz Maeve por cima do ombro.

Meus passos aceleram. As bordas úmidas de minhas roupas se prendem em meus pés, ameaçando me fazer tropeçar. *Você deve manter a calma*, digo a mim mesma. Suavizo o passo para um com mais dignidade, algo mais condizente com um acompanhante de alta classe. As velhas lições de Raffaele correm pela minha mente.

Chegamos ao centro da plataforma. Pego-me olhando entorpecida para o chão aqui. Ele já esteve coberto com o sangue de Enzo, a espada de Teren pingando no chão, a mancha escura se espalhando ao redor do príncipe – *meu* príncipe – enquanto ele morria. Ainda posso sentir minhas mãos cobertas com ele. Mas as manchas de sangue já se foram agora. A chuva e o lago agitado já lavaram as pedras, como se não houvesse acontecido morte alguma aqui.

Ele não é seu príncipe, os sussurros me lembram. *Nunca foi. Ele era apenas um garoto, e seria bom você se lembrar disso.*

Maeve para no centro. Ela se vira para mim pela primeira vez. Seus olhos são frios e suas bochechas estão borradas pela água.

– Ele morreu aqui? – pergunta, apontando para o chão sob suas botas.

É estranho como posso me lembrar do local exato, até das pedras.

– Sim.

Maeve olha para cima e ao redor da fileira de assentos mais altos.

– Lembre-se do sinal – diz, esticando os dois braços para cima e para os lados. – Se você vir qualquer um dos outros dar este sinal, deve me tirar da arena. Não perca tempo me despertando do meu transe.

Curvo a cabeça na melhor imitação de Raffaele que consigo fazer.

– Sim, Majestade – respondo. Paro e olho para as duas extremidades do caminho de pedra da arena. Os irmãos de Maeve também estão me assistindo dali. Posso vê-los agora, quase imperceptíveis no meio da noite, e de vez em quando posso ver o brilho das pontas de suas flechas apontadas para mim.

Maeve puxa o capuz do rosto. A chuva molha seus cabelos. Ela respira fundo, quase como se tivesse medo do que vai acontecer em seguida. Ela *está* com medo, percebo, porque posso sentir o medo crescendo em seu coração. Apesar de tudo, lembro que ela só trouxe seu irmão de volta dos mortos. Estamos todos nos aventurando em território desconhecido.

– Aproxime-se – ordena.

Obedeço. Ela me lança um olhar demorado pela primeira vez, seus olhos ficam em mim por tempo suficiente para que eu comece a me perguntar se ela pode ver através do meu disfarce. Ela puxa uma faca de seu cinto.

Talvez ela saiba. E agora vai me matar. Eu me inclino para trás, hesitante, pronta para me defender.

Mas Maeve gesticula para que eu chegue para a frente de novo. Estende a mão e pega uma mecha do meu cabelo encharcado. Com um movimento hábil, corta um pedaço da mecha.

– Me dê a palma da mão – diz em seguida.

Estendo a mão para ela, com a palma virada para cima. Ela murmura para que eu me prepare, enfia a lâmina na minha carne e faz um pequeno corte profundo. Eu me encolho. Meu sangue empoça contra sua pele. A dor acende algo dentro de mim, mas eu me controlo. Maeve permite que meu sangue pingue sobre os fios do meu cabelo cortado.

– Em Beldain – diz Maeve, com a voz firme e baixa –, quando uma pessoa está morrendo, fazemos uma oração para a nossa padroeira, Fortuna. Acreditamos que ela vai ao Submundo como nossa embaixadora, para falar com sua irmã Moritas e pedir pela vida que ela quer levar. Santa Fortuna é a deusa da Prosperidade, e Prosperidade exige pagamento. Foi isso que fiz quando trouxe meu irmão de volta, uma oração ritual – diz Maeve, suas sobrancelhas contraídas em concentração. – Uma mecha de seu cabelo, gotas de seu sangue. Os símbolos que oferecemos para ligar uma alma morta a uma viva.

Ela se abaixa sobre um joelho, em seguida pressiona o cabelo ensanguentado na pedra. O sangue mancha seus dedos. Ela fecha os olhos. Sinto sua energia crescer, escura e pulsante.

– Toda vida que trago de volta toma uma parte da minha própria – murmura. – Alguns fios da minha energia são perdidos – continua, virando seus olhos para mim. – Vai levar uma parte da sua também.

Engulo em seco.

– Que seja.

Ela fica em silêncio. Ao nosso redor, a tempestade se enfurece, açoitando a capa de Maeve e jogando chuva fresca no meu olho. Estreito os olhos. Lá em cima, na fileira mais alta da arena, uma silhueta de cabelos cacheados se vira para nós. A Caminhante do Vento, talvez? Ela faz um gesto sutil e, um momento depois, o vento à nossa volta ameniza, afastado por um funil de vento que nos protege em seu centro. As rajadas de tempestade se lançam em vão contra o escudo da Caminhante do Vento. O manto de Maeve cai atrás dela, se encharcando com a chuva, e eu tiro a água do meu rosto.

Maeve inclina a cabeça. Fica parada por um bom tempo. Enquanto observo, uma luz azul fraca começa a brilhar sob as bordas de sua mão. De início, mal posso vê-la. Mas então a luz começa a pulsar, crescendo em força, passando de uma linha fraca e estreita a um brilho suave que se estende ao redor de sua mão. Lá em cima, um raio de luz traz um trovão que ecoa ao redor da arena.

Uma onda de medo emana de Maeve agora. Sinto a mudança como a água em um homem sedento, tão intensa quanto a tempestade. A fim de alcançar o Submundo, é preciso obter a permissão daquela que anda na superfície do Submundo, Formidite, o anjo do Medo, a mesma divindade que vi antes em meus pesadelos. De alguma forma, sei que Maeve deve estar na superfície agora, procurando uma forma de entrar.

Algo começa a me *puxar* do fundo do lago da arena. Não, mais fundo que isso. Mais fundo que o oceano, algo que se estende até as profundezas, passando do mundo dos vivos, no reino dos mortos. Uma escuridão, algo que eu havia experimentado somente em sonhos. Fios de energia no mundo mortal são infundidos com vida, mesmo os mais sombrios e retorcidos. Mas *essa* nova energia... é completamente diferente. Fios negros, de ponta a ponta, sem o pulso da vida e gelados ao toque. Minha mente se recolhe para longe deles – mas, ao mesmo tempo, o desejo de um jeito que nunca senti antes.

Esta energia parece... que pertence a uma parte de mim.

Maeve se mexe para pressionar as duas mãos contra o chão. No lago, as águas se agitam mais. As ondas quebram contra ambos os lados do caminho, levantando espuma branca. A energia do fundo do oceano começa a subir. Atravessa a barreira entre a vida e a morte, e arquejo quando a escuridão permeia a água ao nosso redor, manchando-a com algo que não é deste mundo.

Uma balira emerge das profundezas do lago. Ela dá um grito de angústia, em seguida se lança para fora da água e ganha o céu. Suas asas voam sobre minha cabeça, deixando pingar um rastro de água do oceano sobre nós. Eu me protejo. A água salgada se mistura com a chuva fresca em minha língua. Outra balira vem depois dela, e sua ausência faz a água se agitar violentamente. Uma grande onda se quebra contra o caminho, nos molhando.

O brilho sob a mão de Maeve agora envolve todo o seu corpo. A energia da água também mudou... se tornou algo familiar. *Muito familiar.* Reconheço o toque desses fios. Há fogo neles – aquilo que se alinha com diamante –, um calor intenso e feroz que só consigo associar a uma pessoa.

Os olhos de Maeve se abrem. Parecem vidrados, como se ela não estivesse realmente aqui. Ela se inclina para a frente, para onde o caminho de pedra encontra o lago, e mergulha os braços na água. A água escorre de seu queixo. Ela se encolhe, de dor, medo ou tensão. Seus dentes se trincam mais.

Em seguida, tira os braços da água, puxando algo invisível.

E o oceano se abre com uma explosão.

As ondas do lago arrebentam, mandando um jato alto de água para o céu, nivelado com o topo da arena. Um trovão ruge sobre nós no mesmo momento. Enquanto olho com espanto, o jato de água explode em chamas. A água chove sobre nós.

A água é quente.

O fogo corre por toda a superfície do lago. Ele se enfurece em turbilhões, funis de chamas girando para se reunir com o vento e o céu. A arena, tão escura um momento atrás, agora está iluminada de escarlate e dourado, e o calor pulsa pela superfície, escaldando minha pele. Eu me protejo contra o brilho.

As chamas formam um círculo em torno da água diante de onde estamos. *Há fogo demais.* Sinto um impulso irresistível de fugir, mas em vez disso me obrigo a manter a concentração. *Não vai demorar muito.*

Uma silhueta se eleva da superfície da água.

A água jorra dele e o fogo corre para ele, envolvendo seu corpo. Ele inclina a cabeça para o céu, tomando uma grande golfada de ar e, em seguida, se curva, os ombros caídos, ajoelhado sobre a água. As chamas lambem seus membros, mas não queimam sua pele. Lentamente, ele fica de pé no meio da água. Chamas correm em torno dele, como se ansiosas para se reunir a seu mestre. Seu cabelo escuro é selvagem e incontrolável, escondendo seu rosto. Sua roupa ainda é a mesma, exatamente a que ele usava quando morreu. Sangue mancha a frente do gibão. Chamas engolfam suas mãos, enrolando-se em torno dele em carretéis de calor dourado.

Quando abre os olhos, são piscinas de escuridão. *Líder. Príncipe. Ceifador.*

– Enzo – sussurro, incapaz de desviar o olhar.

É Enzo, é ele mesmo, aqui.

Maeve se vira para mim de onde está agachada e estende a mão. Uma rede de fios envolve meu coração, frios, gelados, me ligando a Enzo. Cambaleio para a frente, cravo os pés no caminho de pedra e faço força para trás. Sinto-me como se esses novos fios fossem me puxar direto para a água.

– Não resista – ordena Maeve.

Os fios se torcem, mais e mais apertados, até que parece que vão me sufocar. Minha própria energia responde à escuridão em Enzo. Então, algo se une. Uma nova ligação se formou de repente, feita de fios do Submundo, uma corda que *me* liga a *ele*.

Estamos ligados. Sei tão instintivamente como sei respirar.

Enzo caminha para nós pela água. Seu rosto está virado para mim agora, reconhecendo nossa ligação, e eu não suporto olhar para qualquer outro lugar. Ele é exatamente como me lembro... tudo, exceto os olhos, que ficam tão negros quanto órbitas vazias. *Concentre-se*, continuo repetindo para mim mesma, mas torna-se um zumbido constante no fundo da minha mente. Espero enquanto ele se aproxima, até que sai da superfície do lago para o caminho de pedra. Fogo nos rodeia. O calor que emana de Enzo me atravessa, queimando minhas entranhas. Que sensação familiar.

Não posso acreditar no quanto senti falta dele.

Enzo para a trinta centímetros de mim. Fogo gira em torno de nós, fechando-se e erguendo-se até formar um funil, então parece que somos as únicas duas pessoas em um mundo de chamas. Ele olha para mim.

Levo um momento para perceber que a água escorrendo pelo meu rosto não é mais da chuva, mas minhas lágrimas.

Enzo pisca duas vezes. As piscinas negras em seus olhos giram e desaparecem, até que revelam o branco de seus olhos, as íris escuras familiares e os traços escarlate. De repente, ele parece menos um fantasma ressuscitado do Submundo, e mais um jovem príncipe. Sua força o abandona. Ele cai de joelhos. Ali, se encolhe, balançando a cabeça. As chamas em torno dele desaparecem, deixando um círculo de fumaça, e a arena ressurge, o lago voltou às águas agitadas e escuras, a chuva ainda cai como um cobertor.

Também me ajoelho. Estendo a mão delicada para tocar o rosto de Enzo. Ele levanta a cabeça de leve para olhar para mim e, de repente, não consigo mais segurar. Puxo Enzo para mim e levo meus lábios suavemente aos dele.

Um segundo. Não mais que isso.

O beijo termina. Enzo procura meu olhar. De alguma forma, vê direto através da ilusão.

– Adelina? – sussurra.

E isso é tudo o que é preciso para me desfazer. O rosto de Raffaele se desintegra no meu, revelando prata e cicatrizes. Meus ombros se curvam numa exaustão abrupta. Parece que toda a energia no meu corpo foi sugada, não deixando nada além dos estranhos fios do além, que agora me ligam ao meu príncipe. Estou exposta diante de toda a arena, e não me importo nem um pouco.

– Sou eu – sussurro de volta.

> Eles travaram uma guerra por décadas, sem nunca perceberem
> que estavam lutando pela mesma causa.
> – Campanhas do leste e oeste de Tamoura, 1152-1180, *por Scholar Tennan*

Adelina Amouteru

A rainha beldaína reage primeiro. Ela nunca me viu antes, mas, de alguma forma, sabe quem eu sou.

— Loba Branca — diz. Ela tenta se levantar, mas ainda está muito fraca por ter usado tanto seu poder. Ela cospe uma maldição, então olha para o jovem ao seu lado. *Seu irmão.* — Tristan! — grita.

O rapaz se vira para mim. Posso sentir a energia sombria crescendo nele, algo muito mais terrível do que qualquer coisa que já senti dentro de mim. Minha escuridão é um cobertor que envolve as manchas de luz no meu coração. Mas este garoto — a escuridão *é* o seu coração. Não há luz em lugar algum.

Seus olhos ficam pretos. Ele mostra os dentes e corre para mim.

A velocidade com que se move é estonteante. Em um momento, ele estava a mais de três metros de distância — no outro, está junto de mim e segura uma lâmina cintilante sobre sua cabeça. *Vou morrer.* Ninguém poderá me salvar a tempo. Olho para Enzo, mas ele está encolhido no chão, quase inconsciente.

Tristan me golpeia. A lâmina faz um corte profundo em meu ombro. Eu grito — cambaleio para trás de dor. Minhas ilusões querem contra-atacar. Mas estou tão fraca, drenada por causa do meu disfarce como Raffaele, que tudo o que posso fazer é jogar um véu preto fino sobre ele. Ele se desfaz em fumaça.

– Enzo!

Estico-me para ele. Ele continua encolhido na plataforma.

Tristan me alcança. Suas mãos se fecham em torno do meu pescoço. Eu caio para trás e bato a cabeça com força na plataforma. Estrelas explodem em meu olho. Ele está me sufocando, empurrando-me para baixo com uma raiva cega, *vazia*.

A única que pode salvar minha vida é Maeve. Enquanto luto, a voz dela chega a meus ouvidos.

– Não a mate! – grita.

Há uma nota frenética em suas palavras e, num piscar de olhos, entendo por quê.

Se me matarem, a única ligação de Enzo ao mundo dos vivos, ele vai voltar para o Submundo.

Tristan para imediatamente ao comando de Maeve. Ele gira, voltando sua atenção para onde está Enzo. A súbita percepção de que minha vida não está em perigo me atinge. Vantagem minha. Enquanto Tristan se vira para pegar Enzo, eu cambaleio para ficar de pé, apertando meu ombro ensanguentado, e fujo do caminho de pedra.

Estou apenas na metade do caminho quando uma rajada de vento me atinge com força e me ergue bem alto no céu. Eu luto em vão. Isso é trabalho da Caminhante do Vento. O mundo gira à minha volta – acho que vejo vislumbres de vestes escuras entre os assentos da arena, os Punhais vindo contra mim e indo até onde Enzo e Maeve estão. Onde estão minhas Rosas? Minha boca se abre em um grito quando o vento para de repente, fazendo-me cair em direção aos assentos da arena.

Uma nova corrente de vento me segura a poucos metros dos bancos de pedra. Ela me atira para um lado, deixando-me cair pelas escadas. Eu paro lá, respirando com dificuldade. Conforme a minha visão se normaliza, vejo um Punhal se aproximando de mim, seus cachos presos no alto da cabeça, o rosto escondido atrás de uma máscara de prata que faz uma onda de medo me atravessar. A única parte de seu rosto que posso ver são os olhos, piscando com fúria para mim. Lucent.

– *Você* – rosna ela. – O que você fez com Raffaele?

Não consigo pensar. Visões piscam diante de mim – não tenho certeza se são reais ou ilusões. As lembranças de Enzo me beijando na chuva se transformam em uma imagem dele com seus olhos negros, olhando através de mim, como se à procura de sua alma. Tremo como uma folha ao vento. *Ele me reconheceu por trás da minha ilusão.* Como me entreguei? Como ele soube?

Outra figura pula agilmente para o meu lado. Estende um braço protetor na minha frente. É Magiano.

Ele abre seu sorriso selvagem para Lucent.

– Desculpe por essa aterrissagem difícil – diz ele, inclinando a cabeça para perto de mim. – Mas tenho um príncipe para roubar para você.

Então, ele se prepara e atinge Lucent com uma rajada de vento.

Os olhos de Lucent se arregalam em surpresa, mas ela consegue se equilibrar a tempo. Salta para trás e usa sua própria corrente de vento para descer para os degraus inferiores. Ela se prepara para nos atacar, mas Violetta, antes agachada ali perto, se levanta. Minha irmã estreita os olhos.

Lucent engasga. Ela se equilibra e depois pisca, confusa. Ela tenta reunir uma cortina de vento, mas nada acontece. O medo faísca dentro dela e busco esses fios, faminta. Eles brilham em um halo em volta dela.

Magiano ri um pouco. Um punhal brilha em sua mão.

– Por que tão surpresa? – provoca.

Ele levanta a mão em direção à arena, onde Enzo ainda está ajoelhado na plataforma, e chama o vento para buscá-lo. Então se lança contra Lucent com a lâmina em punho.

Luto para ficar de pé. Só isso me parece uma tarefa arrasadora. Minha cabeça gira e suor frio cobre minha testa. Abaixo, Enzo se levanta com o vento, e sinto o vínculo entre nós se mover com ele. Ele puxa o interior de minha barriga, me deixando ao mesmo tempo nauseada e animada. O que nossa nova conexão faz?

Lucent saca duas espadas curtas de seu cinto. Ela as cruza quando Magiano bate nela, e o choque ressoa sobre a tempestade.

A sombra escura cai sobre mim. Acima de nós, Gemma aparece montada numa balira, que solta um grito agudo, furioso. Nunca ouvi um som assim vindo dessas criaturas delicadas. Seus olhos brilham na noite, e ela investe na minha direção. Uma pontada de raiva surge dentro de mim ao ver Gemma. *Eu escolhi poupá-la antes. Como se atreve a se virar contra mim?* Se eu tivesse meu poder agora, a atacaria. A raiva da balira me alimenta, devolvendo um pouco da minha força.

A balira gira de modo que suas asas gigantes descem na nossa direção, ameaçando nos fazer voar pelos ares. A mão de alguém aperta meu braço. É Sergio.

– Abaixe-se! – grita ele, então me empurra para o lado.

Jogo minhas mãos por cima da cabeça e me encolho o máximo que posso. Acima de mim, Sergio chega para o lado o suficiente para deixar a ponta da asa carnuda passar por ele. Ele pega sua borda. Ela o puxa para cima e, enquanto a balira começa a subir novamente, Sergio desliza da asa para cima.

Saco o punhal no meu cinto. Quase imediatamente, no entanto, a arma se desfaz na minha frente e some no ar. *O Arquiteto.* Michel está aqui. Giro, procurando por ele. No último segundo, eu o vejo correndo na minha direção, vindo do alto das escadas da arena, meu punhal agora em sua mão.

A energia se eleva em meu peito outra vez. Estendo a mão para ele e ataco.

Não tenho força suficiente para envolvê-lo em dor, mas *posso* enganá-lo com meus truques. Uma réplica rápida de mim se materializa e investe contra ele com um grito. Saio do caminho e Michel para na escada, derrapando, assustado com minha ilusão. Corro até ele, aproveitando sua hesitação, e pego meu punhal de suas mãos.

Então passo o braço em volta de seu pescoço e seguro a lâmina contra sua garganta.

– Mexa-se, e eu te mato – disparo para ele.

Então aumento a voz sobre a tempestade:

– *Parem!* – grito.

Mais abaixo nas escadas, Magiano e Lucent interrompem seu duelo por um instante. Lucent olha para mim através da chuva. Ela respira com dificuldade, e um de seus pulsos parece dobrado em um ângulo nada natural. Ela tem seus poderes de volta agora, mas não os está usando.

Violetta caminha na minha direção. Ela ergue a mão para o céu, onde a balira de Gemma nos sobrevoa. Ela aperta o queixo e cerra o punho. A criatura estremece. Gemma solta um grito fraco quando minha irmã tira seu poder. Em seguida, perde por completo o controle da balira. Posso dizer o momento exato em que isso acontece, porque o animal de repente começa a mergulhar na direção da água.

Gemma parece recuperar o controle no último instante. A balira sobe. Desliza uma de suas grandes asas por baixo de Enzo. A água espirra quando a cauda da balira atinge o lago.

– Solte-o – grita Lucent para mim.

Aperto mais o pescoço de Michel. Ele fica quieto. Seguro a adaga longe o suficiente de sua garganta para não machucá-lo por acidente. A tempestade se transforma numa chuva constante.

– Onde está Raffaele? – grita Lucent outra vez. – O que você fez com ele?

Eu posso sentir o medo que emana dela. Ela acha que eu o matei, que talvez eu tenha cortado sua garganta como eu estou ameaçando fazer agora com Michel. Sinto prazer nisso, seu medo do que sou capaz de fazer.

– Encontre-o sozinha – respondo.

Lucent trinca os dentes. Ela faz um movimento na minha direção, mas para quando Magiano estala a língua em reprovação. Ele mostra os dentes num sorriso.

– Cuidado – aconselha a ela. – Eu mantenho minhas facas muito afiadas. É uma mania.

Ela lhe lança um olhar irritado antes de voltar sua atenção para mim outra vez.

– Onde conseguiu sua nova equipe? – diz por cima da chuva. – O que você *quer*? – Ela abre os braços. – Nós nos separamos! Você quer seu querido Enzo de volta? É isso?

Sua provocação sobre Enzo acerta o alvo. Eu cerro os dentes e lanço uma ilusão de fogo ao seu redor. Ele a cerca, imitando o calor de um fogo real, e se fecha. Ela protege o rosto por um segundo quando o calor escaldante a atinge. Eu a deixo pensar que o fogo a queima, em seguida o desfaço. As chamas somem.

– Vim para tomar o trono de vocês – respondo. – De Beldain. Como vocês ousam acreditar que podem entregar nosso país a uma potência estrangeira?! A uma rainha estrangeira!

Lucent parece genuinamente confusa.

– Você odiava a Inquisição! Você queria ver os *malfetti* a salvo como nós. Você...

– *Então por que não somos aliadas, Caminhante do Vento?* – grito. – Se todos queremos as mesmas coisas, por que você é minha inimiga? Por que vocês me expulsaram?

– Porque não podíamos confiar em você! – grita ela de volta, sua raiva retornando. – Você *matou* um de nós! Você nos entregou a Teren!

– Eu não tive *escolha*.

A maré de raiva nela aumenta.

– Enzo morreu por *sua* causa.

– Ele morreu por causa de *Teren* – rosno. – Seu precioso Raffaele também me queria morta! Já se esqueceu disso?

– O trono não pertence a você – cospe Lucent, apertando a espada com mais força. – Ele pertence ao legítimo rei.

Minha energia cresce com minha própria fúria, me envolvendo em uma nuvem de escuridão.

– Não... ele pertencerá a sua rainha beldaína, não a Enzo. Não *há* um regente de direito em Kenettra. Você não consegue ver isso?

Eu posso ser a governante por direito. Posso ser a maior governante que já existiu.

Algo em minhas palavras atinge Lucent com força. Sinto uma súbita onda de escuridão nela, um profundo ódio por mim, e seus lábios se contorcem numa careta. Ela faz como se fosse avançar em minha direção, mas seu pulso quebrado de repente dói e ela estremece, segurando-o. Eu mantenho Michel dominado.

Um movimento nas sombras da arena atrás de Magiano me chama a atenção. É o garoto careca, o novo recruta dos Punhais chamado Leo. Ele avança para Magiano, a lâmina erguida, bem na hora que grito um aviso.

Magiano gira a tempo de bloquear a espada – mas Leo aperta seu braço com a outra mão. Magiano solta um grito de dor. Ele chuta Leo para trás, fazendo-o cambalear, mas então tropeça e cai de joelhos. Congelo, aterrorizada. Magiano fica pálido, então se inclina e vomita.

Leo se levanta aos tropeços. Ele aponta para o alto da arena, onde alguém que não reconheço está agachado contra a pedra. Ele está fazendo um gesto com os dois braços.

– A Inquisição está aqui – grita Leo. – Temos que correr!

Todos nós olhamos para o horizonte, em sincronia. Lá, uma frota de baliras está voando na nossa direção.

Magiano ergue os olhos para mim e para Lucent.

– Estou convencido de que nenhum de nós gosta deles, certo? – engasga, limpando a boca.

Lucent parece confusa por um momento. Meu olhar também se volta para o alto da arena. Eu poderia cortar a garganta de Michel agora mesmo – acabar com um de seus Jovens de Elite para sempre. Seria tão fácil.

Mas a Inquisição está vindo e Magiano está ferido. Não temos tempo para lutar entre nós e conter os Inquisidores.

Deixo escapar um som de desgosto, solto Michel e o empurro para a frente. Ele tropeça na escada e quase cai, mas Lucent consegue pegá-lo com uma rajada de vento. Enquanto corre para ele, vou para junto de Magiano. Juntas, Violetta e eu conseguimos erguê-lo entre nós. Ele oscila sobre os pés, os olhos rolando para trás, mas se obriga a ir em frente.

– Veneno, eu acho – engasga ele. – Aquele desgraçado.

– Vamos tirá-lo daqui – respondo.

No céu, Sergio circula em sua balira. Os Punhais viram as costas para mim de novo, e saímos da arena, o vínculo tênue entre Enzo e mim ainda repuxando meu peito.

Maeve Jacqueline Kelly Corrigan

Em um baía de uma solitária formação rochosa de Kenettra, vários navios beldaínos balançam nas águas agitadas. O amanhecer chegou nublado e ventoso, os resquícios da tempestade da noite anterior ainda no horizonte.

A bordo e nos pavimentos inferiores, os Punhais se reúnem em torno de Maeve e Raffaele. A rainha, em geral ousada, está menos forte hoje, recostada numa pilha de travesseiros e dispensando seus irmãos com impaciência. Tristan fica distante de todos, olhando para a irmã exausta com uma cara séria, como se não a visse completamente. Ainda assim, cada vez que ela estremece, ele se contorce, pronto para defendê-la, porém impotente.

Os olhos de Maeve estão fixos em Raffaele, que acabou de acordar. Sua pele está mortalmente pálida, e suas mãos ainda tremem. Michel torce um pano quente em uma bacia e Gemma o põe cuidadosamente na cabeça de Raffaele. Ela aperta seu braço.

– Do que você se lembra? – pergunta a ele.

Raffaele não responde por um momento. Sua atenção se volta para Lucent, que está sentada ao lado de Maeve, com os dentes trincados, enquanto um servo enfaixa seu pulso quebrado. Os pensamentos de Raffaele parecem estar longe.

– Adelina – diz ele por fim. – Ela progrediu depressa com suas ilusões de toque. – Sua voz fica mais baixa. – Nunca senti tanta dor na minha vida.

As mãos de Michel ficam tensas. Ele torce outro pano até que os nós de seus dedos parecem prontos para estourar.

– Estou surpreso que ela não tenha matado você – murmura.

– Ela me deixou viver – responde Raffaele, seu olhar fixo no pulso de Lucent. – Ela queria que eu soubesse, assim estamos quites.

Os olhos de Maeve se estreitam.

– Então essa é a sua Loba Branca – diz. – Sua traidora. Você me disse que ela havia fugido do país com a irmã. Por que ela está aqui? O que ela está tentando provar ligando Enzo a si mesma?

Os olhos de Raffaele continuam fixos no pulso de Lucent.

– Ela está aqui pelo trono – responde ele, com a voz distante e calma. – Seu alinhamento com a ambição se tornou muito mais forte do que eu me lembrava. É uma tempestade em seu peito, envenenada por seus outros alinhamentos. Ela vai se vingar ou vai morrer tentando.

– Ela também parece ter estreitado a relação com a irmã – acrescenta Gemma. – Nunca tinha experimentado alguém tirando meu poder desse jeito. Violetta está aprendendo rápido.

Leo, inclinado contra a parede e esfregando um creme de cura em um corte irregular em seu braço, olha para cima.

– Sem mencionar seu mímico. Magiano.

– Ainda bem que você o deteve antes que ele pudesse imitá-lo – murmura Lucent.

Maeve pega sua caneca e a arremessa contra a parede. Gemma pula. A caneca quase quebra a vigia, mas rebate na madeira e cai no chão.

– A ligação entre Adelina e Enzo é fraca – dispara –, mas, como uma videira, vai crescer depressa. Ela vai aprender a controlá-lo, e então terá outro aliado formidável. Isso, além da sua irmã e de seus Jovens de Elite?

Ela respira fundo para se acalmar. Fecha os olhos. A emoção de buscar Enzo volta para ela agora, e a lembrança a faz tremer. Quando ela fechou os olhos e puxou a alma de Enzo do oceano dos mortos para o mundo dos vivos, sentiu a escuridão escoando do peito dele, ameaçando manchar tudo ao seu redor. Ele não é mais apenas um Jovem de Elite. Ele é algo totalmente diferente. Algo mais.

Lucent prageja em voz baixa enquanto o servo prende a tala em seu pulso quebrado.

– Que fratura estranha – observa o servo, balançando a cabeça. – O pulso está quebrado como se tivesse sido torcido por dentro, em vez de por alguma agressão externa.

– Deveríamos estar caçando Adelina agora – diz Lucent para Maeve. – Deveríamos ter ido atrás dela, em vez de fugir com o rabo entre as pernas.

– Existe alguma maneira de desfazer o elo entre Enzo e ela? – pergunta Michel.

Maeve olha para Lucent de cara feia, depois balança a cabeça. As pérolas em seu cabelo batem umas contra as outras.

– Adelina agora é a única ligação de Enzo com o mundo dos vivos. Se rompermos esse vínculo, ele vai morrer imediatamente e não será possível trazê-lo de volta uma segunda vez.

Ela faz uma pausa e olha para Tristan.

– Mas há uma diferença – diz num tom mais baixo. – Ele é um Jovem de Elite. Sou capaz de controlar Tristan de acordo com minha vontade, porque ele era um menino normal, com uma energia inata de um homem normal que não é páreo para a minha. Por isso, posso dominar sua energia. Mas *Enzo* é um Jovem de Elite. Quaisquer poderes que ele tinha antes, agora são dez vezes mais fortes. – Ela vira a cabeça para Raffaele e continua: – Adelina pode conseguir controlar Enzo... mas Enzo é tão poderoso que talvez também possa controlar Adelina.

Os olhos de Raffaele se desviam do pulso de Lucent pela primeira vez. Ele olha para Maeve.

– Você quer que Enzo volte seu poder contra Adelina? – diz ele, mais uma vez com a voz calma.

– É nossa única chance de trazê-lo de volta para o nosso lado – assente Maeve, confirmando com a cabeça. – Ouvi o modo como a voz dela falhou ao vê-lo. Adelina está apaixonada pelo príncipe...

– O que você não nos contou sobre seu irmão? – interrompe Raffaele de repente.

Por baixo da calma há uma corrente de raiva, algo que Maeve nunca ouvira nele.

Ela pisca, surpresa.

– O que você quer dizer? – pergunta, estreitando os olhos.

Raffaele assente para Tristan, que olha pela vigia com sua expressão sem alma.

– Ele se deteriorou desde que você o trouxe de volta, não foi? – pergunta ele, com a voz dura agora. – Eu deveria ter percebido assim que senti sua energia. Ele *não está vivo*, é apenas uma sombra do que foi, e o Submundo vai lentamente reivindicá-lo até que ele seja apenas uma concha.

Os olhos de Maeve se transformaram em fendas perigosas.

– Você se esquece do seu lugar, acompanhante. Ele é um príncipe de Beldain.

– *Nós não devíamos ter trazido Enzo de volta!* – dispara Raffaele de repente.

Todos os Punhais congelam.

– Ele *não* está vivo... *não* é um de nós! Eu nem precisei *vê-lo* emergir da arena... Pude *sentir* o estado artificial de sua energia dos túneis, onde estava. Senti a energia abominável, *morta*, nele, a mancha do Submundo o cobrindo. Não importa se isso aumenta seus poderes dez vezes... não é *ele*.

Seu rosto se contorce de raiva e angústia.

– Seu irmão é uma *verdadeira* aberração, um demônio do Submundo. E agora você transformou Enzo em uma também.

Maeve se levanta de seu lugar de descanso. Aperta as peles em volta do pescoço, afasta-se num silêncio duro e caminha para a porta. Quando a alcança, olha uma vez por cima do ombro.

– Acontece que sua Loba Branca está apaixonada por essa aberração – responde ela. – E isso será a ruína dela.

Raffaele aperta o maxilar.

– Então você não conhece Adelina, Majestade.

Maeve olha para ele por um momento. Em seguida, abre a porta e sai da sala. Atrás dela, Lucent pula de pé.

– Espere! – grita.

Maeve a ignora. Tudo parece mudo, o mundo fica embaçado e a jovem rainha de repente precisa sair deste navio.

Seus soldados saem às pressas de seu caminho enquanto ela dispara pelo convés e pela prancha. Seu cavalo está pronto, esperando perto da costa. Ela desata as rédeas do mastro, põe um pé na sela e monta.

– Maeve – grita Lucent atrás dela. – Sua Majestade!

Mas Maeve já fez o cavalo dar a volta e bateu em suas laterais com os calcanhares. Ela não se vira ao ouvir a voz de Lucent. Em vez disso, se inclina para a orelha do cavalo e sussurra algo. Bate com os calcanhares de novo. O cavalo se assusta e dispara pelo caminho.

Atrás dela, Lucent corre para seu cavalo e monta. Em seguida, ela se encolhe sobre suas costas e parte numa perseguição. Seus cachos cor de cobre ondulam atrás dela, chicoteando no vento em sincronia com a crina do animal. Maeve faz seu cavalo acelerar. Ela costumava cavalgar assim com Lucent quando eram novas, quando Maeve era apenas um princesinha e Lucent, a filha de um de seus guardas. Lucent sempre ganhava. Ela forçava seu cavalo até que os dois se tornavam um só, e sua risada ecoava pelas planícies beldaínas, provocando Maeve a andar mais rápido para alcançá-la. Agora, Maeve se pergunta se Lucent se lembra desses momentos. O vento assobia em seus ouvidos. *Mais rápido*, ela pede ao cavalo.

Lucent chama o vento. Uma súbita rajada parece atingir Maeve, e a distância entre seus cavalos diminui. Elas correm pelo caminho, até que ele chega ao topo das colinas, e em seguida correm à beira de uma planície, abraçando os limites da terra onde os canais desaguam no mar. Maeve desvia sua atenção do caminho à frente para onde ele se curva na lateral do penhasco.

De repente, Lucent faz seu cavalo sair da pista e corre para cortar o caminho de Maeve. A rainha olha por cima do ombro. É um movimento familiar e, de alguma forma, faz um leve sorriso surgir nos lábios de Maeve. *Mais rápido, mais rápido*, ela insiste com o cavalo. Ela se curva tão baixo sobre seu pescoço que parece que viraram um só.

O mundo desaparece em manchas. Os gritos de Lucent perfuram o túnel, até parecer que elas voltaram no tempo para o dia em que Tristan se afogou. *Socorro!*, Lucent tinha gritado naquela noite fatídica. Ela sacudia Maeve com o rosto manchado pelas lágrimas. *Foi sem querer... o gelo era muito fino! Por favor... me ajude a salvá-lo!*

Maeve solta um grito assustado quando Lucent de repente corta o caminho ao lado dela. A versão da infância de sua voz desaparece, substituída pela voz da mulher que ela se tornou.

– Pare! – grita Lucent.

Maeve a ignora.

– *Pare!*

Como Maeve ainda não escuta, Lucent empurra seu cavalo mais uma vez. Ela tenta em vão afastar o animal. Maeve olha por cima.

– Seu pulso...! – ela começa a gritar, mas o aviso vem tarde demais.

Lucent esquece o pulso quebrado e recua com um grito. Por um momento, perde a concentração... bem no momento em que seu cavalo pula. Ela perde o equilíbrio. Maeve não tem tempo de esticar a mão ao ver Lucent cair de seu garanhão e sumir de vista.

Uma rajada de vento amortece a queda, mas ela ainda rola uma vez. Seu garanhão continua galopando. Maeve olha por cima do ombro para onde Lucent está caída na terra e faz seu próprio cavalo parar. Ela desmonta e corre para o lado de Lucent.

Lucent a empurra quando ela tenta ajudá-la.

– Você não deveria ter vindo atrás de mim – dispara Maeve. – Eu só precisava pensar.

Lucent olha para Maeve com os olhos cintilando. Em seguida, levanta-se do chão e começa a se afastar.

– Nunca vi Raffaele levantar a voz para alguém daquele jeito. Todos nós sabíamos que Tristan nunca seria completo como antes... mas é pior do que isso, não é? Ele está *morrendo* de novo.

– Ele *não* está morrendo – responde Maeve com raiva. – Ele é exatamente como deveria ser. – Ela passa a mão por suas tranças altas. – Não me diga que eu deveria ter agido de forma diferente.

– Por que você não nos disse? – Lucent balança a cabeça. – *Me* disse?

Maeve a olha de cara feia.

– Eu sou sua rainha – diz ela, erguendo a cabeça. – Não sua confidente de montaria.

– Você acha que não sei disso? – explode Lucent.

Ela estende os braços, como se já não pudesse sentir a dor no pulso machucado.

– Faz muito tempo que não somos companheiras de cavalgadas, *Majestade.*

– Lucent – diz Maeve em voz baixa, mas a outra continua:

– Por que você não escreveu mais? – pergunta, parando.

Ela balança a cabeça em desespero.

– Todas as vezes que você escreveu, era sobre negócios e política. Assuntos tediosos do Estado que nunca quis saber.

– Você precisava saber – responde Maeve. – Eu queria mantê-la atualizada sobre os assuntos de Beldain e sobre quando eu achava que poderia voltar do exílio.

– Eu queria saber de *você*. – Lucent dá um passo na direção dela. Sua voz soa angustiada agora. – Mas você só seguiu sua mãe, não é? Sabe que o que aconteceu com Tristan foi um acidente. Eu o desafiei a andar no gelo... e ele caiu. Nunca quis machucá-lo! E você não fez nada, só deixou sua mãe decidir o meu destino.

– Você sabe como implorei para minha mãe para não executar você? – dispara Maeve. – Ela queria você morta, mas insisti que ela poupasse sua vida. Já pensou sobre *isso*?

– Por que você nunca me *contou* sobre Tristan? – pergunta Lucent. – *Por quê?* Você me deixou viver com a culpa de acreditar que minhas ações quase o mataram! Você nunca me contou sobre o seu poder!

Maeve estreita os olhos.

– Você sabe por quê.

Lucent olha para longe. Engole em seco e Maeve percebe que ela está tentando conter as lágrimas. Ela começa a se afastar de novo, de volta na direção pela qual tinham vindo. Maeve segue ao lado dela. Elas andam em silêncio por um longo tempo.

– Você se lembra de quando me beijou pela primeira vez? – Lucent enfim murmura.

Maeve fica em silêncio, mas a lembrança lhe vem à mente, clara como vidro. Era um dia quente, uma raridade em Beldain, e as planícies estavam cobertas por um lençol de flores amarelas e azuis. Elas haviam decidido seguir uma antiga trilha mítica através dos bosques que, segundo os boatos, a deusa Fortuna seguira uma vez. Maeve lembra o cheiro doce de mel e lavanda, a nitidez dos pinheiros e do musgo. Elas tinham parado para descansar perto de um riacho e, no meio de sua risada, Maeve de repente se inclinou e deu um beijo no rosto de Lucent.

– Eu me lembro – responde Maeve.

Lucent para.

– Você ainda me ama? – pergunta ela, o rosto ainda virado para o mar.

Maeve hesita.

– Por que nós tentaríamos? – ela responde.

Lucent balança a cabeça. O vento sopra fios de cabelo em seu rosto e Maeve não sabe dizer se o vento é criação de Lucent ou do próprio mundo.

– Você é a rainha agora – diz ela depois de um momento. – Vai ter que se casar. Beldain precisa de uma herdeira para o trono.

Maeve dá um passo mais perto dela e toca suavemente a mão de Lucent.

– Minha mãe se casou duas vezes – lembra. – Mas seu verdadeiro amor foi um cavaleiro que conheceu muito mais tarde. Nós ainda podemos ficar juntas.

Neste momento, Lucent parece muito a menina com quem Maeve costumava ir caçar na floresta, com cachos vermelho-ouro e uma postura ereta, então ela a puxa para a frente. Ela a beija antes que Lucent possa impedi-la.

Elas permanecem assim por um bom tempo. Por fim, se separam.

– Não vou ser sua amante – diz Lucent, encontrando os olhos de Maeve.

Então olha para baixo novamente.

– Não posso ficar tão perto de você e saber que um homem a terá todas as noites – continua, sua voz se tornando mais baixa. – Não me faça suportar isso.

Maeve fecha os olhos. Lucent está certa, é claro. Elas ficam juntas em silêncio, ouvindo o barulho distante das cachoeiras. O que aconteceria depois que tudo isso acabasse? Maeve tomaria o trono de Kenettra com os Punhais ao seu lado. Voltaria para Beldain. E teria que dar à luz um herdeiro. Lucent ficaria com os Punhais.

– Não pode ser – Maeve concorda em um sussurro.

Ela vira os olhos para as colinas de onde vieram. As duas ficam juntas, em silêncio, até que o vento muda de direção e as nuvens começam a se afastar.

Lucent rompe o silêncio primeiro:

– O que vamos fazer agora, Majestade?

– Vou mandar meus homens caçarem Adelina – responde Maeve. – Nada muda. Raffaele comprometeu a relação de Teren com sua rainha, e minha marinha deve chegar em breve. – Os olhos dela endurecem. – *Teremos* este país.

Raffaele Laurent Bessette

Os outros batem à porta de Raffaele naquela noite, perguntando se ele está bem, e Leo tenta lhe trazer um prato de sopa e frutas. Mas Raffaele os ignora. Eles vão falar de Enzo. O coração de Raffaele dói ao pensar nisso. Ainda não pode falar sobre o príncipe. Em vez disso, ele mergulha em seus antigos pergaminhos, seus anos de estudo meticuloso sobre como os fios de energia funcionam em cada novo Jovem de Elite com que se depara, seu registro detalhado da história e da ciência deles a ser deixado para as gerações futuras, seus diários tentando entender tudo o que há para ser entendido sobre os Jovens de Elite, de onde vêm e para onde vão. Tudo o que conseguiu salvar das cavernas secretas da Corte Fortunata.

Suas notas estão cheias de esboços: linhas longas e detalhadas formando os padrões que ele vê entrelaçarem cada Jovem de Elite e em um halo, os inúmeros modos em que mudam quando o Jovem usa sua energia; e então os Jovens em si, esboços fugazes e apressados deles em movimento. Ele agora se demora em particular sobre as notas que fez durante o treinamento de Lucent, olhando atentamente para o que havia escrito ao lado dos desenhos dela.

A energia da Caminhante do Vento vem de seus ossos. Ela tem uma marca invisível aos nossos olhos – os ossos são leves, como os de um pássaro, como se ela nunca tivesse a intenção de ser humana.

Era uma única nota, uma a que ele nunca tinha voltado, e um detalhe do qual havia muito ele se esquecera. Até hoje. Raffaele se debruça para a frente em sua cadeira, pensando no emaranhado de energia que estivera observando em torno do pulso quebrado de Lucent.

Que fratura estranha, o servo havia murmurado ao enfaixar o pulso de Lucent. *Como se tivesse sido torcido por dentro.*

Um medo frio penetra a mente de Raffaele. Do outro lado da porta, Gemma chama por ele, perguntando se ele quer cear, mas ele mal ouve sua voz.

Os ossos de Lucent não são mais apenas leves. Eles são frágeis, mais do que deveriam ser para alguém da idade dela... e estão *ficando ocos.*

> Ele queria viver em uma casa construída sobre a ilusão,
> preferia acreditar em um milhão de mentiras a enfrentar uma verdade.
> – Sete círculos em torno do mar, *por Mordove Senia*

Adelina Amouteru

Enzo parece o mesmo. Não consigo parar de olhar para ele.

Magiano nos observa da porta enquanto ele afina as cordas do alaúde. A casa em que nos hospedamos fica em algum lugar no campo de Estenzia, um velho celeiro em ruínas que os bandos de ladrões itinerantes devem ter começado a usar como paragem. Fieis à palavra de Sergio, outros mercenários devem ter assegurado este lugar para nós. Posso ouvi-los conversando em voz baixa no andar de baixo, fazendo um balanço dos cavalos que têm. Alguns relinchos suaves flutuam até nós.

Da janela, posso ver o início dos campos de *malfettos*. A tempestade de Sergio finalmente passou e as nuvens que restam são pintadas de um vermelho brilhante pelo sol poente.

– Por quanto tempo ele vai dormir assim? – murmura Magiano finalmente, tocando algumas cordas.

Sua música soa agitada, as notas mais duras do que o habitual e estranhamente desafinadas.

Violetta, sentada do outro lado da cama de Enzo, franze a testa. Ela repousa o queixo em uma das mãos e se concentra mais na energia de Enzo.

– Ele está agitado – responde. – Mas é difícil dizer. Sua energia não é como a de nenhum de nós.

Ficamos em silêncio, numa longa espera. Magiano se escora na porta de novo e toca uma música, então caminha pelo corredor junto à porta. O tempo se arrasta.

– Adelina. – Olho para a minha irmã quando ela se levanta de onde está e vem para o meu lado. Ela se abaixa e se inclina em direção ao meu ouvido. – A ligação de Enzo com você está ficando mais forte a cada minuto. Como se ele estivesse ganhando forças ao ficar mais e mais perto de você.

Há desconforto em sua voz ao dizer isso.

– Você consegue sentir?

Consigo, claro. É um impulso que vai e vem, puxando e empurrando dentro do meu peito. Faz meu coração parecer que está batendo em um ritmo irregular e me deixa sem fôlego.

– Como é a energia dele? – sussurro.

Violetta morde o lábio, concentrada. Ela inclina a cabeça para a figura adormecida de Enzo. Percebo-a buscando por ele, testando-o. Ela estremece.

– Você se lembra de quando aprendemos costura juntas? – pergunta.

Violetta tinha aprendido mais rápido do que eu. Uma vez trocou nossas duas peças para que nosso pai me elogiasse pelo menos uma vez.

– Sim. Por quê?

– Você se lembra de quando cada uma de nós escolheu um fio de uma cor e então criamos um padrão juntas e nossas duas cores estavam tão entrelaçadas que pareciam uma terceira cor completamente nova?

– Sim.

– Bem, o modo como a energia de Enzo está ligada à sua, a ligação entre vocês dois... é assim. – Violetta se vira para mim com a testa franzida. – É uma nova forma de energia. Os fios dele estão tão entrelaçados aos seus que é quase como se vocês dois tivessem se tornado um só. Por exemplo, não posso tirar o poder dele sem tirar o seu, nem o seu sem tirar o dele. – Ela hesita. – O poder dele parece gelo. Me queima.

É irônico. Volto a olhar para Enzo, tentando me acostumar com a nova ligação entre nós.

– Ele não é o mesmo, você sabe – acrescenta Violetta depois de um tempo. – Não se esqueça disso. Não...

– Não o quê? – respondo.

Violetta franze os lábios.

– Não se deixe cegar por seu antigo amor por ele – conclui. – Pode ser perigoso para você ficar muito envolvida. Posso sentir.

Eu não posso sentir o mesmo que Violetta. Sei que deveria acreditar nela e aceitar seu conselho. Ainda assim, não posso deixar de olhar para ele e imaginá-lo acordado. Quando conheci Enzo, ele era o Ceifador, e eu estava amarrada a uma estaca para queimar na fogueira. Ele tinha se materializado da fumaça e do fogo como um turbilhão, de vestes safira, um longo punhal brilhando em cada uma das suas mãos enluvadas, o rosto escondido atrás de uma máscara prateada. Agora, ele se parece mais com como era na noite em que nos beijamos na Corte Fortunata. Vulnerável. Ondas de cabelo escuro emolduradas pela luz. Não um assassino, mas um jovem príncipe. Um garoto adormecido.

– Você está certa – digo, por fim, a Violetta. – Prometo que vou ser cuidadosa.

Ela não parece acreditar em mim, mas dá de ombros mesmo assim. Violetta se levanta e volta para o outro lado da cama de Enzo.

Pelo canto do olho, posso ver Magiano voltando para junto da porta. Não sei se ele ouviu alguma coisa do que dissemos, mas mantém os olhos afastados. A música que toca soa aguda, agitada.

Mais minutos se passam.

Então, Enzo enfim se mexe. Minha própria energia se torce ao mesmo tempo, e posso sentir nosso novo vínculo voltando com ele. Seus fios estão enterrados fundo no meu peito, entrelaçados em volta do meu coração, e quando ele se move, sua energia ganha vida, me alimentando da mesma maneira que a minha deve alimentá-lo.

Seus olhos se abrem.

Eles são exatamente como me lembro.

Ele não é o mesmo, Violetta dissera. Mas agora ele está *aqui*. Salvo de alguma forma das águas do Submundo. De repente, tudo em que consigo pensar é que talvez nada tenha mudado – que podemos voltar a ser como antes. O pensamento faz surgir em meu rosto um sorriso que eu não abro há um bom tempo e, por um momento, esqueço minha missão e raiva. Esqueço tudo.

Seus olhos se voltam para mim. Leva um momento até a luz do reconhecimento aparecer neles – quando isso acontece, meu coração pula. Com ele, salta também a corda entre nós. A centelha que a nova energia acende me faz querer me aproximar dele, o mais perto que eu puder, *qualquer coisa* para alimentar ainda mais esta nova energia.

Ele tenta se sentar, mas estremece imediatamente e volta a se deitar.

– O que aconteceu? – pergunta.

Um arrepio percorre minha espinha ao ouvir a voz de veludo que conheço tão bem.

Magiano levanta uma sobrancelha quando afasta seu alaúde.

– Bem. Isso pode requerer alguma explicação.

Ele faz uma pausa quando Sergio chama seu nome do piso inferior do celeiro.

Viro-me para dizer algo para Magiano antes de ele sair, mas ele evita meu olhar de propósito. Hesito, sabendo o que o está incomodando, e me sinto culpada outra vez. Violetta me lança um olhar cúmplice. Então Enzo solta outro gemido de dor e minha atenção se volta para ele.

Pego sua mão. Ambas estão enluvadas, como sempre, e sob o couro sei que vou ver as camadas escondidas do tecido queimado, cheio de cicatrizes. Quando toco sua mão, a conexão canta.

– Do que você se lembra? – pergunto, tentando ignorá-lo.

– Lembro-me da arena. – Enzo fica em silêncio por um momento.

Ele olha para o teto. Mais uma vez, tenta se sentar, mas agora o faz com facilidade. Eu pisco. Há apenas alguns minutos parecia que ele levaria semanas para se recuperar. Agora, ele parece quase pronto para se levantar e andar.

– Lembro-me de um oceano escuro e de um céu cinzento.

Ele fica em silêncio. Imagino o Submundo enquanto ele o descreve, se lembrando de meus pesadelos.

– Havia uma deusa, com chifres pretos retorcidos saindo do meio de seu cabelo. Havia uma menina andando na superfície do oceano.

Seus olhos voltam para mim. A ligação entre nós se eleva de novo.

– Me dê um pouco de privacidade – murmuro para Violetta, antes de fixar meu olhar de volta em Enzo. – Preciso lhe dizer uma coisa.

Violetta puxa minha energia mais uma vez. Prendo a respiração. Sei que Violetta não quer dizer nada com isso, nada além de um gesto para me confortar – mas algo em seu puxão parece uma ameaça, um lembrete de que agora ela é mais poderosa do que eu. Ela se levanta e sai do quarto.

– O que precisa me dizer? – pergunta Enzo baixinho.

Ele parece tão natural, como se nunca tivesse morrido. Talvez as coisas sinistras que ouvi de Gemma sobre os perigos de trazê-lo de volta fossem infundadas. Sua energia está mais sombria, é verdade, uma estranha e tumultuada mistura, mas há vida sob sua pele marrom, um brilho nos traços brilhantes de escarlate em seus olhos.

– Teren esfaqueou você na arena – digo. – Quando vocês duelaram.

Enzo espera pacientemente que eu continue.

Respiro fundo, sabendo o que dizer em seguida:

– Há uma Jovem de Elite que tem a capacidade de nos trazer de volta dos mortos. De nos puxar direto do Submundo. Essa Jovem de Elite é a rainha de Beldain.

As linhas vermelhas em seus olhos ficam mais brilhantes. Ele hesita, depois diz:

– Você está me dizendo que eu morri. E que fui ressuscitado por uma Jovem de Elite?

Este é o momento que eu temia. Prometi a mim mesma que, se Enzo voltasse do Submundo, eu teria que acertar as coisas entre nós. E, para fazer isso, devo lhe dizer a verdade. Abaixo meu olhar.

– Sim – respondo.

Então, no silêncio, acrescento:

– Você morreu por minha culpa.

De repente, o peso do ar no quarto parece insuportável. Enzo franze a testa para mim.

– Não, não foi – responde.

Balanço a cabeça e estendo a mão para acariciar a sua.

– Foi sim – insisto, mais firme desta vez, a confissão escapando de mim. – No caos da batalha final, confundi você com Teren. Eu tinha te disfarçado como se fosse ele e não pude perceber a diferença. Eu ataquei *você* com meus poderes, derrubei *você*, pensando que fosse ele – continuo, minha voz se tornando baixa, fraca. – Foi por minha causa que Teren pôde desferir um golpe fatal, Enzo. É minha culpa.

Contar a história faz-me revisitá-la e isso mexe com minha energia o bastante para que eu comece a, inconscientemente, pintar a arena em torno de nós – o sangue sob os nossos pés, a imagem de Teren de pé sobre Enzo, sua espada pingando escarlate.

Enzo se endireita. Inclina-se para a frente. Me esqueço de respirar quando ele toca minha mão, retribuindo meu gesto. Procuro raiva e traição em seus olhos, mas em vez disso encontro apenas tristeza.

– Eu me lembro – diz finalmente. – Mas nossos poderes são perigosos, assim como o que fazemos.

Ele me lança um grave olhar, que conheço bem. O mesmo olhar que atravessa todos os escudos que posso criar, que enfraquece meus joelhos. Imediatamente eu me lembro de nossas antigas sessões de treinamento juntos, quando ele me cercava de paredes de fogo e pairava sobre mim enquanto eu chorava. *Tão facilmente derrotada*, dissera ele. Esse foi o empurrão de que eu precisava para continuar.

– Não se culpe.

A completa falta de dúvida em sua voz faz meu coração bater mais rápido. Antes que eu possa responder, ele olha ao redor do quarto e se fixa na porta.

– Onde estão os outros?

Esta é a segunda parte do que devo dizer a ele – a parte mais difícil. Aquela na qual não posso ser totalmente verdadeira. Se eu lhe disser o que fiz com Raffaele na arena, se eu contar a Enzo que teci uma ilusão de dor ao redor de Raffaele que o deixou inconsciente, ele nunca vai me perdoar. *Ele nunca vai entender*. Então lhe digo o seguinte:

– Os Punhais não estão aqui. Só eu, minha irmã e alguns Jovens de Elite dos quais você deve ter ouvido falar.

Enzo estreita os olhos. Pela primeira vez, parece desconfiado.

– Por que os Punhais não estão aqui? Onde estou?

– Todos acharam que você estava morto – digo suavemente.

Isso, pelo menos, é verdade.

– O país inteiro chorou por você, enquanto a Inquisição cercou todos os *malfettos* e começou uma caça aos Punhais.

Faço outra pausa.

– Raffaele e os outros me culparam por sua morte. Eles me expulsaram – digo, assombrada pela lembrança de minha última conversa real com Raffaele. – Raffaele acha que eu ajudei Teren e os Inquisidores e que traí os Punhais.

– E você fez isso?

A voz de Enzo é calma, a calma antes do ataque de um predador. Sua confiança em Raffaele é tão profunda que ele sabe que deve haver uma boa razão para ele ter me expulsado. Lembro-me de como ele uma vez tinha inclinado meu queixo para cima com a mão enluvada, como me disse com tanta firmeza para não chorar. Que eu era mais forte do que isso. Lembro-me da maneira como uma vez me empurrou contra a parede rochosa da caverna de treinamento e como, quando ele saiu, a marca de sua mão estava queimada na parede. Eu tremo. *Este é o meu Enzo.*

– Não – respondo. – Gostaria de poder convencer os Punhais disso.

Soo mais segura do que me sinto. As mentiras vêm mais facilmente agora.

– Não sei onde os Punhais estão agora, ou o que eles pretendem fazer em seguida. Tudo o que sei é que sem dúvida vão atacar o palácio. – Firmo minha voz trêmula e lanço a Enzo um olhar determinado. – Ainda podemos tomar a coroa.

Enzo me observa por um momento. Eu o sinto procurar por verdades escondidas em minha história. Seu olhar vaga do lado marcado de meu rosto, para meus lábios e, em seguida, para meu olho bom. Como é estranho que seja eu sentada aqui agora, e ele na cama. Lembro-me de quando ele entrou pela primeira vez em meus aposentos no dia em que nos conhecemos oficialmente, como sorriu e me perguntou se eu queria contra-atacar a Inquisição. O que ele vê agora?

Podemos governar juntos?

Os sussurros em minha mente assobiam para mim. Eles estão chateados, percebo, com a presença de Enzo. *Não há herdeiro legítimo do trono de Kenettra. Você o merece tanto quanto qualquer um.* Tento silenciá-los, irritada.

Por fim, Enzo suspira e suaviza seu olhar.

– Quando mencionei o que me lembrava do Submundo, eu deixei uma coisa de fora.

Sua mão se fecha em torno da minha. Desta vez, pulo com seu toque. Seus dedos estão escaldantes, a energia sob eles, esmagadora. Um calor delicioso, familiar, corre através de mim. Sua habilidade com o fogo se agita debaixo de sua pele, mais forte do que me lembro. Ele se inclina para mim.

– O quê? – sussurro, incapaz de me afastar.

– Eu vi *você*, Adelina – sussurra. – Sua energia me envolvendo, me puxando através do oceano escuro até a superfície. Lembro-me de olhar para cima e ver sua silhueta escura na água, emoldurada pelo brilho trêmulo das luas através da superfície do oceano.

O momento em que Maeve o ligou a mim para sempre.

– E você se lembra de mim? – pergunto. – De tudo o que aconteceu em nosso passado?

– Sim – responde ele.

Me pergunto se ele está se lembrando da última noite que passamos juntos, quando me falou de seus medos mais sombrios, quando dormimos lado a lado para nos confortar.

– Senti sua falta – digo, minha voz rouca, e a verdade nessas palavras me queima.

Levo um tempo para perceber que meu rosto está molhado.

– Sinto muito.

Enzo aperta os dedos ao redor dos meus. Uma corrente de calor emana de sua mão e corre através de mim e, por um momento, fico impotente. Os protestos dos sussurros desaparecem, tornando-se nada. A corda nos envolve com firmeza, nos amarrando com tanta certeza como se uma corda atasse nossos corações, e eu me inclino para ele, incapaz de resistir à atração. Isso é algo completamente diferente, a força alimentada pela história entre nós, a paixão que uma vez senti por ele, que eu *ainda* sinto. Será que Enzo alguma vez me amou? Deve ter amado. Ele me olha agora com uma estranha fome nos olhos, como se também pudesse sentir a tração da corda.

– O que é isso? – sussurra, seus lábios muito perto dos meus agora. – Este novo elo entre nós?

Mas já não consigo mais pensar direito. Minha energia dá uma guinada, e minha paixão faísca descontroladamente, alimentada pela força da nossa conexão. Eu não esperava por isso. Tudo o que sei é que a corda está ansiosa para nos juntar, e que ela o puxa para mais e mais perto, a energia cada vez maior e mais poderosa à medida que nos aproximamos. O aviso de Violetta ecoa no fundo de minha mente.

– Eu não sei – sussurro de volta.

Ponho a mão em seu rosto. Ele não se afasta. Um pequeno som escapa de sua garganta e antes que eu possa fazer qualquer outra coisa, ele leva a mão à minha nuca e me puxa para a frente. Ele me beija.

Não consigo respirar. É uma energia assustadora, selvagem – meu poder avança para Enzo, puxando-o e tentando dominá-lo. Por um tempo, consegue. Posso sentir os fios da minha energia girando em torno dos dele, derramando-se sobre eles e os engolindo inteiros. Eles agem como se eu não estivesse aqui. Como se eu não tivesse controle.

Posso sentir seu fogo correndo através de mim, envolvendo meu coração, querendo mais. Não é nem um pouco como o beijo que dei em Magiano. Não posso soltar – não tenho certeza se quero. Minha energia se lança através da nossa corda, enrolando-se em torno do coração dele e sussurrando para ele se aproximar. Percebo que sou eu que o estou persuadindo. Dando-lhe ordens.

Então, de repente, algo empurra de volta contra meu poder. Com força.

O som na garganta de Enzo se transforma em algo sombrio, um estrondo, um rosnado que não soa humano. Sem aviso, ele me empurra contra a parede, prendendo-me ali com seu peso. Eu engasgo. Sua energia me cobre. *Isso não deveria ser possível.* Uma ilusão minha sai de nós e gira pelo quarto, apagando o celeiro em ruínas e o substituindo por uma floresta noturna coberta de neve, iluminada pelo brilho das luas. O chão abaixo de nós é macio, coberto por musgo verde brilhante. A parede atrás de mim se transforma no tronco de uma árvore enorme, torcida. E Enzo... quando vislumbro seus olhos, vejo que eles estão completamente pretos, a escuridão enchendo todos os cantos. Deixo escapar um arquejo de horror. Percebo vagamente que a corda no alto da minha túnica se soltou, expondo minha pele e a curva do meu ombro. Ele se curva contra mim enquanto o puxo.

Não. Minha energia de repente explode contra ele, forçando seu poder de volta.

Seus lábios deixam os meus. Ele se obriga a se afastar, reagindo mesmo enquanto nossa energia conjunta protesta. A escuridão abandona seus olhos, deixando que voltem ao normal, e a fome estampada em seu rosto momentos antes se dissipa, gerando confusão. Nós nos olhamos, tentando entender o que acabou de acontecer. A corda entre nós ainda protesta, mesmo agora, cada um de nossos poderes de Elite sussurrando e buscando o outro.

– Isso não parece certo – sussurra Enzo, dando um passo para trás.

Parece terrivelmente errado, como uma mancha de óleo cobrindo o interior do meu estômago, mas com o sentimento nauseante tinha vindo aquele calor inimaginável. Quando olho para o rosto de Enzo, sei que ele também deseja isso, mesmo que o perturbe. Ele aperta a mandíbula e se afasta de mim. Quando torna a me olhar, seu rosto está frio, distante e calculista. O rosto do Ceifador.

É ele? Tento suprimir um tremor de frustração. Eu tinha pensado que a escuridão em seus olhos era algo que só tinha acontecido na arena, enquanto ele estava sendo ressuscitado. Mas aqui está ela de novo, transformando-o em algo desumano no momento em que invade seus olhos, no momento em que nos tocamos. Há algo de *muito* errado nisso.

A corda entre nós pulsa, perturbada, e eu tremo, lembrando-me de como seu poder quase oprimira o meu, me empurrando para baixo até que fosse apenas uma bola de energia, presa dentro de mim mesma. O que realmente aconteceu? De acordo com Gemma, a pessoa a quem Enzo estivesse ligado deveria ser capaz de controlá-lo. Mas eu não me senti no controle naquele momento. Eu me senti ameaçada, senti que *ele* tentava *me* sobrepujar.

Isso não deve estar certo. Mas Enzo é um Jovem de Elite, renascido – algo que nunca existiu antes. Talvez Maeve não tenha previsto a extensão dos poderes de Enzo tão bem quanto deveria. Eu tremo, tentando entender o que isso significa.

Você é a ligação dele com o mundo dos vivos. Você pode controlá-lo. Tente.

Eu exploro nossa ligação agora, procurando por ele. Meus fios encontram o coração dele, como se tivessem vontade própria.

Enzo estremece e fecha os olhos. Quando torna a abri-los, a escuridão tomou o branco de seus olhos. Tento respirar – mas percebo que, quando seguro seu coração em minhas mãos desse jeito, não consigo. É como se controlar um Jovem de Elite exigisse até a última gota da minha energia. Uma ousadia irracional toma conta de mim.

– Erga uma parede de fogo atrás de mim, Enzo – sussurro, dando um passo em direção a ele.

Meu olhar permanece preso à escuridão em seus olhos.

Enzo não diz uma palavra. Ele levanta a mão e descreve um arco. O calor explode atrás de mim. Quebro nosso contato visual por um instante para olhar para trás – e ali, exatamente como eu havia ordenado, arde uma parede de chamas rugindo do chão ao teto, tão quente que ameaça derreter minha pele. Volto os olhos para Enzo com os lábios entreabertos. Estou tão surpresa com sua obediência que perco a concentração.

Enzo balança a cabeça violentamente. De repente, seu poder investe contra mim de novo, se aproveitando do meu momento de distração. Eu tropeço, uma vez que a força de sua energia me domina. Uma ilusão pisca entre nós, névoa cinzenta e chuva, apenas para desaparecer novamente. Minha mente se esforça para recuperar o controle, empurrando-o de volta, tentando contê-lo. É como tentar empurrar uma parede. Eu trinco os dentes, fecho meu olho e lanço minha energia através do nosso elo.

Finalmente, ele recua. Enzo estremece quando meu poder o afasta. As chamas atrás de mim desaparecem em um instante, deixando apenas Enzo pressionando a mão contra a testa, os olhos bem fechados. Minha energia solta seu coração e volta correndo para mim. O quarto cai em silêncio. Respiro com dificuldade.

Isso. Este é o poder que Maeve, Raffaele e os Punhais queriam ao trazer Enzo de volta. Nenhum deles se importa com ele – só querem fazer com ele o que fizeram uma vez comigo: usá-lo para tomar o trono. Mas nem eles devem ter previsto esse estranho fenômeno, que Enzo pode lutar contra a pessoa a quem está ligado. Pisco rapidamente quando percebo, e é como ter uma faca cravada no meu coração.

Assim como posso controlá-lo... se eu não tomar cuidado, ele será capaz de *me* controlar.

– O que aconteceu? – sussurra Enzo, olhando para mim de onde está agachado.

Percebo que ele não se lembra do que fez – quando a escuridão o domina, ele se perde. Meu choque com o que aconteceu vira desespero. Como podemos governar lado a lado desse jeito, sempre lutando para um dominar o outro? Como podemos voltar aonde estivemos antes?

Você terá que vencê-lo, respondem os sussurros. *Ou ele será seu escravo, ou você será dele.*

A porta se abre de repente. Nós dois levantamos a cabeça para ver Magiano ali de pé, a boca já aberta para nos dizer alguma coisa. Ele para ao ver nossos rostos. Seus olhos fendidos vão para Enzo primeiro. Ele hesita, depois olha para mim. Seu olhar se demora enquanto fico muito vermelha. Apressadamente tento tecer uma ilusão para encobrir meu rubor, mas é tarde demais – a suspeita aparece no rosto de Magiano, junto com outra coisa. Medo.

Mais tarde vou dizer a ele como consegui invocar os poderes de Enzo.

Enzo se endireita e puxa um de seus punhais. Os olhos de Magiano voltam para ele. Os dois se encaram.

– Quem é você? – pergunta Enzo em voz baixa.

Magiano pisca, em seguida levanta o alaúde.

– Eu sou a diversão – responde.

– Ele é um Jovem de Elite – digo, quando vejo o olhar ameaçador de Enzo. – Magiano, o ladrão. Ele se juntou a nós.

– Magiano. – Com isso, Enzo abaixa o punhal ligeiramente. Ele lhe dá um olhar curioso. – Estávamos começando a achar que você era um mito.

Magiano lhe dá um meio sorriso.

– Acho que devo ser real, Alteza.

– Por que ele está aqui? – Enzo se vira para mim. – O que você está planejando?

– Retomar o trono – respondo. – Para destruir Teren e a Inquisição.

Antes que eu possa falar mais, Sergio e Violetta chegam à porta.

Por um momento, Sergio parece que vai se dirigir ao príncipe, talvez até lhe agradecer por ter poupado sua vida tantos anos atrás. Mas ele não o faz. Enzo o observa com um olhar tranquilo, atencioso. Sergio abre a boca, mas torna a fechá-la. Ele pigarreia e caminha até a janela. Aponta para onde os campos de *malfettos* começam a pontilhar a terra.

– Dá para ver a comoção daqui. – Faz um gesto para nos aproximarmos. Seus olhos caem sobre Enzo outra vez, como se não soubesse bem o que fazer perto dele. – Você também vai querer ver isso, Ceifador – acrescenta.

Enzo se aproxima. A corda repuxa entre nós, deixando meu coração disparado e minha respiração curta. Eu reconheço seu caminhar – elegante, predatório, cuidadoso. *Régio*. Meus pensamentos se espalham enquanto ando até a janela. Se eu ganhar o trono, terei esse tipo de graça? Posso convencer Enzo a nos seguir, encontrar uma maneira de controlá-lo de forma confiável?

Sergio aponta enquanto nos reunimos.

– Os acampamentos. Estão queimando.

Ele não precisa gesticular de novo para vermos o que ele quer dizer.

Uma nuvem escura de fumaça e cinzas ergue-se sobre a terra onde os campos estão montados. Mesmo daqui, podemos ver patrulhas de Inquisidores abrindo caminho entre as fileiras de tendas. Seus mantos brancos fazem um grande contraste contra o verde e o marrom da terra. Deve haver dezenas deles.

– Você sabe o que está acontecendo? – pergunto a Sergio.

Ele balança a cabeça.

– Os rumores correram pela cidade e as aldeias – responde. – A rainha destituiu Teren de seu cargo de Inquisidor Chefe. Ele partirá amanhã para inspecionar as cidades do sul.

– Destituiu?! – exclama Violetta. – A rainha depende muito do poder dele. Por que o mandaria embora?

Magiano dá de ombros, mas seus olhos brilham.

– Ou ele a aborreceu, ou ela não o acha confiável, ou não tem mais uso para ele.

– Teren irritou minha irmã – diz Enzo. – Ele a desobedeceu. Vai fazer novamente.

– Mas ele é lacaio da rainha – diz Magiano. – Ele...

Enzo levanta uma sobrancelha.

– Lembro-me desse boato. Ele é apaixonado por minha irmã desde menino. Ele daria sua vida por ela, mas não será expulso de seu lado. Nem mesmo por ela. Ele está convencido de que o bem-estar dela está em suas mãos.

Mesmo sem saber os detalhes do que aconteceu, sei imediatamente quem deve ter entrado entre eles. Raffaele. Ele está usando seu poder e os Punhais estão se fechando. Isso significa que a marinha de Beldain pode aparecer em breve. Olho para a cena lá embaixo. Por que estão queimando os campos?

E então entendo. Se a rainha mandou Teren embora, ele deve estar furioso. Se a rainha rejeitou seu desejo de destruir todos os *malfettos* de Kenettra, então ele pode ter virado as costas para ela. *Ele vai executar seus planos, de uma forma ou de outra. Ele vai matar os* malfettos *hoje.*

Vai queimar todos eles.

– Temos que salvá-los – sussurro. – E acho que sei como.

Olhos pálidos surgem de repente na frente do meu rosto, do outro lado do vidro, como se Teren estivesse flutuando no ar, avançando contra mim. Engasgo com um grito e cambaleio para trás. Avanço para me proteger. *Teren, ele está aqui, ele vai me matar.*

– Adelina!

É Violetta, e suas mãos frias seguram meus pulsos. Ela está tentando falar comigo.

– Está tudo bem. Você está bem. O que aconteceu?

Eu pisco ao olhar para ela, depois viro para a vidraça. Os olhos pálidos não estão mais lá. Sergio e Violetta olham para mim preocupados e confusos. Os lábios de Enzo estão apertados. Magiano tem um olhar sério que raramente vejo nele.

Uma das minhas ilusões desenfreadas. Está acontecendo com mais frequência agora.

Enzo se aproxima de mim primeiro. Ele me oferece sua mão, então me ajuda a me levantar, com um puxão, sem esforço. Eu tremo ao seu toque.

– Firme, lobinha – diz gentilmente.

As palavras são tão dolorosamente familiares que tenho vontade de me jogar contra ele. Atrás dele, Magiano olha para longe.

Balanço a cabeça e solto minha mão da dele.

– Pensei ter visto alguma coisa – murmuro. – Estou bem.

– Tem certeza...? – Sergio começa a perguntar.

– Eu estou *bem* – disparo de volta.

Ele pisca, assustado com o veneno em minha voz. Também estou assustada. Imediatamente abaixo o tom, então suspiro e passo a mão pelo meu cabelo curto. Ao meu lado, Enzo me observa atentamente. Sei que ele sentiu minha energia balançar através da nossa corda. Ele sabe. Mas não diz nada.

Não suporto todo mundo olhando para mim.

– Eu estou bem – repito, como se dizer a mesma coisa várias vezes fosse torná-la verdade.

A imagem dos olhos pálidos aparece de novo em minha mente. Eu tremo. De repente, a sala parece pequena demais, o ar muito rarefeito.

Viro de costas para todos e disparo para o corredor estreito que leva até as escadas.

– Ei.

Magiano pega meu braço e me gira. Suas pupilas estão redondas agora, e seus olhos de um mel suave. Ele franze a testa.

– Outra ilusão fora de controle, não foi? Isso sempre aconteceu com seus poderes?

– Não é incomum – resmungo, mesmo sabendo que não é verdade.

– Quando começou? – Como não respondo de imediato, a voz de Magiano endurece: – Nós nos comprometemos a colocá-la no trono. Merecemos uma resposta. *Quando começou?*

Fico em silêncio.

– A vez em Merroutas foi a primeira? No barco?

Sinto como se as ilusões estivessem à espreita fora da minha linha de visão, fantasmas esperando para aparecer. Não posso esconder isso de Magiano.

– Acontece depois que eu mato – sussurro.

Depois que matei Dante, minhas ilusões incontroláveis causaram a morte de Enzo. Depois que matei o Rei da Noite, vi meu pai em Merroutas. E depois que matei o Inquisidor naquela noite em Estenzia... esta. Tremo incontrolavelmente.

– Eu estou bem – repito de novo e de novo.

Olho para Magiano, desafiando-o a me questionar.

Ele dá um passo mais perto e estende a mão para tocar minha bochecha.

– Adelina – murmura, e hesita em seguida.

Acho que vai me dizer para ter mais cuidado, que não devo seguir este caminho. Em vez disso, suspira. Como sempre, sinto-me atraída por seu calor. Ele está vivo de verdade e este momento parece real. Ainda estou tremendo. Por que não consigo mais parar minhas ilusões? Atrás dele, os outros saem do quarto e observam.

Finalmente, ele acena com a cabeça na direção da janela.

– Você disse que sabe de um jeito para salvarmos aqueles *malfettos* – diz ele. – Bem, e aí? Qual é o seu plano?

Fecho o olho bem apertado e respiro fundo. *Acalme-se*, ordeno. A presença de Magiano me estabiliza. Olho para ele.

– Teren está lá embaixo agora mesmo, nos campos de *malfettos* – digo. – Podemos enganá-lo para trabalhar a nosso favor.

– A nosso *favor*?

– Sim. – Olho de Magiano para os outros. – Se Teren está em desacordo com a rainha, ele vai querer retaliação. Está fazendo isso agora. Ele pode ser nosso caminho para o palácio e para o trono.

Enzo se aproxima e uma onda de raiva percorre a corda que nos liga.

– E o que faz você pensar que você pode fazer Teren se dobrar à sua vontade? – diz. – Sua desobediência à minha irmã não vai fazer dele nosso aliado.

– Enzo – respondo –, acho que sei por que Teren foi banido. Acho que sei quem se pôs entre eles.

Com isso, a expressão de Enzo muda na hora. Sua raiva se torna confusão e, em seguida, compreensão, tudo num piscar de olhos.

– Raffaele – diz ele.

Assinto.

– Acho que Raffaele está no palácio. Não sei o que ele fez, mas se os Punhais estão trabalhando para separar os dois... então poderemos encontrá-los indo para o palácio. Para fazermos isso, vamos precisar enganar Teren para trabalhar com a gente. Ele poderá nos botar para dentro mais rápido do que poderíamos fazer sozinhos. – Levanto as mãos. – Só posso disfarçar alguns de nós, e não por tanto tempo.

– Não temos muito tempo – acrescenta Magiano, olhando na direção dos campos em chamas.

Enzo considera minhas palavras. A ideia de se reunir com os Punhais e com Raffaele lhe deu uma centelha de vida e posso senti-la ardendo dentro dele. Um dia, ele vai descobrir o que fiz com Raffaele na arena. O que vai acontecer então?

Os sussurros emergem. *Então você deve exercer seu controle sobre ele.*

Depois de um momento, Enzo se empertiga e passa por nós.

– Vamos depressa, então.

Teren Santoro

Eu não deveria estar aqui.
Ainda assim, Teren marcha pelas fileiras dos campos de *malfettos*.

– Ali – diz ele, apontando, seguido por um esquadrão de Inquisidores.

Giulietta pode tê-lo destituído de seu cargo de Inquisidor Chefe, mas ele ainda tem patrulhas sob seu comando. Agora ele faz um gesto para seus homens se dirigirem a cada um dos abrigos onde estão os *malfettos*.

– Levem todos para dentro.

Inquisidores empurram *malfettos* assustados de volta para seus alojamentos designados. Seus gritos ressoam pelos campos. Teren espera até que cada abrigo esteja cheio, então balança a cabeça novamente para seus homens.

– Tranquem as portas.

Enquanto Teren marcha pelas fileiras de abrigos, os Inquisidores travam cada porta em frente à qual ele passa, metal raspando contra metal quando as portas são trancadas.

As palavras de Giulietta ecoam na cabeça de Teren repetidamente, tornando-se uma cacofonia de traição. *Você não é mais meu Inquisidor Chefe.* Ele se dedicou a ela a vida toda, mas ela não o quer mais.

Ele se lembra de como a fazia sorrir, como ela o deixava soltar o cabelo que caía sobre seus ombros. Ele se imagina a beijando outra vez, envolvendo-a em seus braços, acordando em sua cama.

Como ela poderia expulsá-lo a favor dos Punhais? Teren balança a cabeça. Não, esta não é a princesa com quem ele cresceu. Esta não é a rainha que ele jurou servir. Ele tinha feito uma promessa diante dos deuses de que limparia esta terra das aberrações e ele achou que a rainha queria a mesma coisa.

E agora ela quer libertar os *malfettos*, depois de todo o trabalho duro que ele fez?

– Acendam as tochas – ordena Teren, e seus homens se apressam em obedecer.

Não, ele não pode permitir que os Punhais vençam assim. Se ele tem que deixar a cidade, vai acabar com os *malfettos* primeiro.

Ele para no final de uma fileira e se vira para olhar de novo para os abrigos. Pega uma tocha de um dos seus homens e, caminhando até o primeiro abrigo, ergue-a para o telhado de palha. Ele pega fogo.

Enquanto a fumaça sobe, e as pessoas presas lá dentro começam a entrar em pânico, Teren caminha para o próximo abrigo, gritando uma ordem por cima do ombro.

– Queimem todos.

> É melhor ter um inimigo que vai lutar com você em campo aberto
> do que uma amante que vai matá-lo enquanto dorme.
> – Kenettra e Beldain: Uma rivalidade antiga, *vários autores*

Adelina Amouteru

Sinto o que aconteceu nos campos de *malfettos* antes mesmo de chegarmos lá. Uma aura de terror e dor paira sobre toda a área, cobrindo a terra, tão certa quanto a fumaça que enche o ar. Tremo com essa sensação.

Violetta cavalga comigo. Atrás de nós, Enzo está à esquerda, o rosto escondido atrás de um véu de pano para o caso de Teren nos ver, e Sergio está à direita, uma das mãos nas rédeas de seu cavalo e a outra no punho da espada. Em algum lugar ali perto, Magiano nos observa. Eu imagino seus olhos estreitados, focados em mim enquanto seguimos.

No momento em que chegamos à borda dos campos, a fumaça é espessa. Gritos enchem o ar. Os abrigos dos *malfettos* estão pegando fogo, as chamas lambendo os telhados, estalando e rugindo, faíscas vermelhas flutuando pelo ar. Os *malfettos* estão presos lá dentro. Seu terror alimenta tanto minha escuridão que mal posso enxergar. Eu me inclino na sela, lutando para manter meu próprio medo afastado. Os gritos vindos dos abrigos me são familiares. Eles me fazem lembrar de mim mesma. Onde estão os Inquisidores? Os caminhos estão vazios, os soldados já passaram há muito tempo, indo para outros campos por ali.

Os incêndios mais próximos de nós piscam – como se um grande vento os chicoteasse – e somem em espirais de fumaça negra. Olho para o meu lado, onde Enzo cavalga. Ele me dá um único aceno de cabeça, seus olhos a única parte exposta do seu rosto, e, em seguida, incita o seu cavalo à frente. Levanta outra mão. Outros incêndios ao longo do caminho se apagam. Cada vez que ele usa sua energia, a corda entre nós vibra, enviando arrepios pelo meu peito. Fios de seu poder se infiltram em mim, derretendo-me por dentro. Tento mantê-los sob controle.

Gritos continuam vindo de dentro dos abrigos. Os sussurros dentro de mim saltam, animados pelo medo esmagador. Trinco os dentes quando chegamos ao primeiro abrigo. Salto de minha sela e corro para a porta mais próxima. Mesmo que o fogo a tenha corroído e a madeira esteja preta, carbonizada, eu não consigo abri-la. Puxo com força o trinco de metal. Uma súbita onda de desespero me irrita. Eu sou a Loba Branca, capaz de criar as ilusões mais poderosas do mundo – mas elas são apenas isso. Ilusões. Não posso sequer quebrar uma tranca com minhas próprias mãos.

Enzo aparece ao meu lado. Sua mão enluvada se fecha sobre as minhas mãos frenéticas.

– Permita-me.

Ele cerra o punho em torno do trinco. O metal fica vermelho, depois branco, e a madeira ao redor carboniza. Ela explode em uma chuva de farpas. O trinco se solta.

Empurramos a porta e uma coluna de fumaça sai de lá de dentro.

Não espero para ver quantos sobreviventes há. Em vez disso, enquanto Violetta e Sergio chamam as pessoas para saírem do abrigo, passo para a próxima porta. Um por um, abrimos todos os abrigos trancados.

Alguns Inquisidores correm direto para nós quando dobramos uma esquina. Eles se assustam ao nos ver – e Enzo está sobre eles antes mesmo que possam reagir. Ele saca uma faca e apunhala o primeiro, então coloca as mãos em torno do colarinho do segundo. Os olhos do soldado se arregalam enquanto queimam por dentro. Ele cai sem barulho, a boca ainda aberta, soltando fumaça. Enzo passa por cima dele e se atira contra o terceiro. Chamas se acendem sob seus pés a cada passo. Ele joga o Inquisidor com força no chão antes que este tenha ao menos a chance de sacar uma arma, e o prende ali. Eu pisco diante dessa visão. Enzo atacou todos os três em um borrão de movimento. Ainda nem vi toda a extensão de seu novo poder, mas eu posso senti-lo ardendo sob sua pele e através da nossa corda.

O Inquisidor no chão geme sob a pressão de Enzo.

– Teren Santoro – diz Enzo, apertando o pescoço do homem. – Onde ele está?

O Inquisidor agita um braço freneticamente contra o chão, apontando na direção de sua cabeça. Meu olhar percorre os campos em chamas e se fixa em um dos templos alinhados aos muros de Estenzia.

No pouco tempo em que eu conhecia Teren, tinha aprendido várias coisas sobre ele. Ele está apaixonado pela rainha porque ela tem sangue puro e também quer que os *malfettos* sejam destruídos. Mas há uma coisa que ele honra mais do que a rainha: seu dever para com os deuses. Se Teren perdeu seu amor, então ele pode ter recorrido aos deuses em busca de conforto.

Ao longe, no caminho atrás de nós, Sergio lança facas nas gargantas de outros dois Inquisidores que nos alcançam. Eles caem de seus corcéis, engasgando. Sergio pula de seu cavalo e se junta a nós, enquanto Violetta galopa atrás dele. Ele percebe minha linha de visão. Concorda com a cabeça, monta de novo e bate com os calcanhares na garupa do animal. Enzo já voltou a seu próprio cavalo. Ele estende a mão para mim e eu a pego, pulando atrás dele.

Atrás de nós, alguns *malfettos* gritam.

– Os Jovens de Elite!

– Eles estão aqui!

Desmontamos quando chegamos ao templo. Um cavalo já está do lado de fora, batendo nervosamente as patas no chão. Estátuas enormes estão em ambos os lados da entrada – Laertes, o anjo da Alegria, e Compasia, o anjo da Empatia. Troco um olhar com Violetta.

– Eu entro primeiro – sussurro para Enzo. – Se Teren está aqui, então preciso que ele me veja sozinha.

– Vá em frente – diz Violetta, apertando suas luvas de equitação. – Estarei esperando nas sombras. Não vou deixá-lo usar sua força contra você.

Enzo vira o cavalo e olha para o horizonte, onde outros campos de *malfettos* começaram a queimar. Sergio está ao lado dele.

– Meus outros homens estão prontos para entrar em ação, se dermos o sinal – diz ele para Enzo.

– Não precisa – responde Enzo, com os olhos ainda fixos na fumaça. – Vi você lutar... Eu mesmo o treinei.

É a primeira vez que ele reconhece seu passado juntos. Ele segura uma lâmina em uma das mãos, e ela brilha na luz.

– Isso vai ser rápido e tranquilo.

Sergio acena com a cabeça em concordância.

Enzo olha para ele antes de se mover.

– O Criador da Chuva – diz.

Sergio estreita os olhos.

– Eu não esqueci, você sabe – responde, chutando o cavalo. – Mas temos coisas mais importantes para resolver antes.

Os olhos de Enzo voltam rapidamente para mim. Ele não pergunta se vou ficar bem. Sua aprovação silenciosa me faz ficar mais confiante. Em seguida, ele se afasta e galopa com Sergio em direção à fumaça ao longe. Viro-me para Violetta e, juntas, subimos os degraus.

O sol já se pôs quase completamente. Não há Inquisidores perto do templo, pois não há nada para guardar, de verdade, nada de valor ou joias – só flores postas diariamente aos pés de mármore dos deuses. Dessa vez, não tenho nenhuma ilusão de invisibilidade sobre mim. Ando exposta.

O templo está quase vazio. Feixes de luz noturna penetram o espaço pelas janelas altas, pintando o ar com listras azuis e roxas. Bem na frente do templo, de costas para mim, está Teren, agachado diante de uma estátua de Sapientus, o deus da Sabedoria. Paro à porta e tiro as botas cuidadosamente. Meus pés descalços não fazem barulho no chão.

Teren não parece notar minha presença. Quando chego mais perto, posso ver que ele está murmurando alguma coisa. Mais do que murmurando, na verdade. Ele está falando sério, sua voz irritada e apressada. Minha ligação com Enzo zumbe. Ainda posso senti-lo por perto. Os outros também devem estar. Magiano deve estar em algum lugar nas sombras. Mas se Teren investir contra mim agora, Magiano me salvaria a tempo? Estou perto o suficiente para ver as linhas de prata gravadas em sua armadura. Ele não está usando o manto de Inquisidor Chefe.

Da última vez que o vi, Enzo jazia morto aos meus pés. *Seu lugar não é com eles*, dissera Teren. *Seu lugar é comigo.* Talvez ele esteja certo.

Estou perto o suficiente agora para ouvir o que ele está dizendo.

– Esta não é minha missão – insiste Teren.

Ele balança a cabeça e olha para a estátua. Seu rabo de cavalo louro desce até a parte de cima de suas costas, preso por faixas de ouro que brilham na luz.

– Você me pôs neste mundo com um propósito... conheço este propósito, sempre o conheci. Mas a rainha... – Teren faz uma pausa. – Os Punhais a envenenaram contra mim. Raffaele... ele está exercendo sua magia demoníaca sobre ela.

Uma imagem aparece em minha mente de Raffaele seduzindo a rainha. Nem Giulietta é páreo para seus encantos.

– Não posso deixá-la assim – continua Teren, sua voz ecoando pelo templo, me fazendo congelar. – Ela é superior a mim em todos os sentidos. Jurei obedecê-la por toda a minha vida. Mas agora ela quer me mandar embora, Senhor Sapientus. Como posso deixá-la com *eles*?

Ele parece confuso agora, como se discutisse consigo mesmo. Sua voz muda de tristeza para confusão, depois de volta para raiva.

– Ela está dando ouvidos a ele. Ela costumava *me* ouvir. Ela odiava os *malfettos*... mas agora ele a está afastando de nosso objetivo. Será que ela realmente desistiria de nossa missão de limpar este país, só para ter aquelas aberrações lutando por ela? Entre eles só há mentirosos e prostitutas, ladrões e assassinos. Eles a estão enganando, e ela está permitindo isso. Sabe o que ela me disse quando tentei defendê-la? – Raiva de novo. – Disse que sou uma aberração, *como eles*.

Sua voz assume um tom assustador agora, algo entre as fronteiras da fúria e da loucura.

– *Eu não sou como eles. Conheço o meu lugar.*

De repente, ele enrijece. Prendo a respiração. O templo está tão silencioso agora que posso ouvir o farfalhar de minhas mangas roçando a lateral de minhas roupas. Por um instante, acho que ele talvez não tenha me ouvido.

Então, num piscar de olhos, Teren gira de sua posição agachada, saca sua espada e a aponta para mim. Seus olhos são de arrepiar, as pupilas escuras flutuando dentro deles como gotas de tinta no vidro. Suas bochechas estão molhadas, para minha surpresa.

Seus olhos se arregalam um pouco ao me ver, então se estreitam novamente.

– Você – murmura.

Aos poucos, sua dor desaparece, escondida atrás de um escudo, até que tudo o que posso ver é o sorriso frio e calculista do qual me lembro, seus olhos ainda dançando com a luz da loucura.

– Adelina – diz ele, sua voz suave como a seda. – O que é isso? – Ele dá um passo em minha direção, a espada ainda apontada para o meu pescoço. – A Loba Branca enfim decidiu parar de se esconder? Os Punhais a mandaram aqui?

– Eu não sou da Sociedade dos Punhais – respondo.

Minha voz soa ainda mais fria do que eu me lembro. Dou um passo em direção a ele, forçando minha cabeça a ficar erguida.

– E me parece que você não consegue remover a pedra deles do seu sapato.

O sorriso de Teren se alarga, de modo que posso ver seus dentes caninos. É um sorriso furioso. Ele faz uma pausa, então investe contra mim com a espada.

– Violetta! – grito.

Teren para o ataque no meio. Ele deixa escapar um arquejo terrível, tropeça para trás e agarra seu peito. Leva um instante para recuperar o fôlego. Dá uma gargalhada fraca e aponta a espada para mim outra vez. Nas sombras, tenho um vislumbre de Violetta se movendo.

– Eu sabia que sua irmã devia estar aqui em algum lugar – diz ele. – Ela parece ter ficado mais corajosa desde nosso último encontro. Tudo bem, vamos brincar. Eu poderia cortar sua garganta, mesmo sem minha força.

Ele investe contra mim de novo. Velhas lições de Enzo passam pela minha mente – pulo de lado e o ataco com uma ilusão de dor. Os fios se enrolam firmemente em torno de seu braço. Eu puxo e ele grita, achando que seu braço está sendo arrancado do corpo, mas se recupera quase imediatamente e agita a espada para mim.

– Pare – digo. – Eu vim conversar com você.

– Tudo com você é uma ilusão – grita ele entre os dentes cerrados.

Eu posso senti-lo lutando contra o meu poder. Se ele não acredita em mim, não posso machucá-lo.

Concentro-me, jogando todas as minhas forças na ilusão da dor. Desta vez, os fios penetram profundamente em sua barriga – quando eu puxo, evoco a ilusão de que eu estou arrancando seus órgãos, que o estou rasgando de dentro para fora. Teren grita. Ainda assim, me ataca. Dessa vez, sua espada atinge minha pele. Faz um corte escarlate em meu braço.

Algo cintila na escuridão – e, um instante depois, Magiano aparece diante de mim, atraído pela visão do meu sangue. Suas pupilas se tornam fendas quando ele olha para Teren.

– Mantenha sua espada imunda longe dela – dispara. – É grosseiro.

Os olhos de Teren se arregalam de novo, surpreso pela repentina aparição de Magiano, mas então ele o ataca com sua espada, fazendo um corte profundo em seu peito. Instintivamente, estendo a mão para protegê-lo.

Magiano cambaleia para trás. Diante de nossos olhos, o corte sangrento em seu peito cura quase imediatamente, costurado por fios invisíveis. Ele ri de Teren.

– Acho que lhe disse para *parar*, de modo que possamos conversar – diz ele, cruzando os braços. – Você não gosta de conversar? Parecia estar fazendo exatamente isso um momento atrás.

Teren apenas olha para o peito curado de Magiano, em descrença.

– Não lute comigo – grito quando o Inquisidor gira, a espada apontada para mim outra vez.

Eu mal o evito a tempo.

– Sei contra o que você está realmente lutando.

Teren ri.

– Lobinha corajosa – provoca. – A rainha quer a sua cabeça, e eu vou dá-la a ela.

– Raffaele tomou seu lugar no palácio – digo, brincando com o mau humor de Teren. – E também me expulsou da Sociedade dos Punhais. Não que isso tenha me impedido de encontrar aliados – continuo, indicando Magiano com a cabeça.

– Você tem andado ocupada – diz Teren, com um sorriso frio.

Seus olhos claros me cortam até o osso e passam para Magiano, que lhe dá um sorriso vitorioso.

– Você acredita mesmo que a rainha Giulietta merece o trono, agora que ela o mandou embora? – pergunto. – Agora que está disposta a ter outros Jovens de Elite em seu exército?

Teren me observa atentamente. Posso sentir sua escuridão crescendo de novo.

– O que você quer, mi Adelinetta? – diz ele.

De repente, paro onde estou. Teço uma ilusão sobre meu rosto... eu me transformo em Giulietta. As mesmas bochechas rosadas, o rosto em forma de coração, os lábios minúsculos, franzidos, os mesmos olhos escuros e profundos, tão parecidos com os de Enzo.

Teren para tão rapidamente que perde o controle sobre sua espada. A arma cai no chão fazendo barulho. Mesmo que ele saiba que é apenas uma ilusão, não consegue controlar sua reação.

– Sua Majestade – sussurra, olhando para o meu rosto, maravilhado.

– É isso que você quer, não é? – murmuro, dando um passo para mais perto dele.

Teren olha para mim. Desta vez, cai completamente na ilusão – ele se esqueceu de mim. Ele dá um passo à frente e segura meu rosto em suas mãos. Ele é surpreendentemente carinhoso.

– Giulietta – sussurra. – Oh, meu amor. É você. – Ele beija minhas bochechas. – Como pôde me mandar embora?

Em seguida, suas mãos apertam meu rosto, agarrando a carne.

– Você me mandou embora – repete ele, mais forte dessa vez.

Uma faísca de medo salta em mim. Algo em sua voz me lembra de meu pai, aquela fúria de um coração duro.

– Eu fiz tudo por você, e você *me mandou embora*.

Decido entrar no jogo.

– Eu sou a rainha de Kenettra – digo. – De sangue puro. Se eu quiser, vou te mandar embora. Se eu quiser, vou te matar. Eu não deveria?

– Mas você está recebendo conselhos de um Punhal – rebate Teren. Ele aperta meu rosto até doer e continua: – Você está deixando um *malfetto* lhe dizer que não vale a pena limpar este país.

Afasto meu medo.

– Não tenho nenhum interesse em destruir *malfettos*. Nunca tive. Por que eu deveria? É inútil.

Teren traz seu rosto para tão perto do meu que seus lábios roçam minha boca. Perto dali, ouço Magiano respirar fundo.

– Eu amei você – sussurra Teren.

Sua voz treme de raiva, e eu a absorvo, apavorada com o poder por trás dele, mas desejando mais. Minhas ilusões se fortalecem.

– E agora você *os* ama?

Seus lábios roçam os meus novamente, em algo que só pode ser chamado de um beijo. Mas não há nada além de ódio nele, algo profundo, duro e revoltante que me faz querer me afastar. Seus dedos são como garras em meu rosto.

– Diga-me, minha rainha... como posso amar uma *traidora* dos deuses?

Desfaço minha ilusão de novo, até Teren está segurando o *meu* rosto entre as mãos, olhando minha face destruída. Ele olha para mim por mais um momento. Aos poucos, sua energia se acalma quando ele me reconhece. Ele mostra os dentes, me solta com nojo e se afasta. Estou tremendo por ter ficado tão perto de sua raiva. Ele queria me esmagar em suas mãos. Enzo dissera que Teren estava perdidamente apaixonado pela rainha... mas isso... isso não é amor. É obsessão.

— Uma vez você me disse que meu lugar é com você — falo. — E não com os Punhais.

Teren faz uma pausa para virar a cabeça ligeiramente em minha direção. À luz minguante, tudo o que posso ver de seus traços é o contorno de seu perfil. Isso me lembra de como eu o vi pela primeira vez, seu perfil emoldurado pela luz no dia da minha execução, como ele se aproximou de mim e jogou uma tocha acesa aos meus pés.

— A única maneira de conseguir o que quer neste mundo — digo — é fazê-lo você mesmo. Ninguém mais vai ajudá-lo. A única maneira é se você estiver no trono de Kenettra.

Teren ri um pouco.

— E por que, minha cara Adelina, *você* ia querer isso? — Ele ignora Magiano e caminha na minha direção. — Eu quase a matei. Eu matei seu *amante*.

Uma imagem de Enzo morrendo no chão, minhas lágrimas sobre seu corpo, me vem à mente. *Eu odeio você, Teren*, penso, enquanto olho para ele. *Odeio você e um dia vou matá-lo. Mas, primeiro, vou usá-lo.*

— Porque — digo, levantando a cabeça — os Punhais também me queriam morta. Porque eles teriam me matado. — Chego mais perto. — Como posso amar um traidor? — digo, ecoando as palavras dele.

Teren levanta uma sobrancelha, surpreso. Eu o perturbei.

— Eu preferia *morrer* a vê-los tomar o trono.

Então levanto minhas mãos e puxo os fios em torno de nós. A escuridão no coração de Teren alimenta o meu poder, dando-me o combustível de que preciso.

Chamas irrompem à nossa volta. Elas explodem do meu corpo, correm pelo chão, rugem pelas paredes e pelas estátuas dos deuses, até o teto, engolindo o azul fraco e o substituindo por ouro, laranja e branco ardentes, sem deixar um espaço intocado, exceto os pontos onde cada um de nós está. O templo inteiro está em chamas. A ilusão de calor queima as bordas das roupas de Teren e ameaça descascar sua pele.

– A rainha beldaína já mandou chamar sua marinha – falo mais alto que o rugido do fogo. – Haverá guerra. Ela tem trabalhado com os Punhais todo esse tempo – continuo, assentindo com a cabeça. – Você estava certo ao suspeitar de Raffaele.

– Como você sabe? – dispara Teren.

– Ouvi os Punhais. – Estreito meu olho. – E não tem nada que eu gostaria mais do que ver seus planos se transformarem em cinzas.

À nossa volta, o interior do templo fica preto e carbonizado.

Teren sorri para mim. Ele dá um passo mais perto.

– Ah, mi Adelinetta – diz.

Seus olhos se suavizam de uma forma que me surpreende.

– Senti sua falta. Você, mais do que qualquer outra aberração, entende o que realmente somos. – Ele balança a cabeça. – Se eu a conhecesse quando era jovem...

Ele deixa a frase morrer, e eu fico curiosa.

Meu ódio por ele se levanta como bile e eu cerro os dentes, deixando minha ilusão de fogo sumir, e ficamos nos restos carbonizados do templo. Então isso também desaparece, fazendo nosso ambiente voltar ao normal.

Os olhos de Teren brilham como uma luz instável e eu sei que cheguei ao limite, que qualquer dúvida que ele poderia ter quanto a me ajudar vai ser ofuscada por seu desejo de se vingar dos Punhais.

– O que você está planejando, lobinha? – pergunta ele. – Os Punhais já abriram seu caminho para o lado da rainha. Ela já mandou chamá-los amanhã de manhã.

Minhas mãos tremem ao meu lado, mas eu as pressiono com força contra minhas pernas.

– Então nos leve para dentro do palácio, Mestre Santoro. Amanhã de manhã. – Olho para o lado, onde Magiano observa com olhos semicerrados. – E vamos destruir os Punhais para você.

Maeve Jacqueline Kelly Corrigan

O vigia na gávea é o primeiro a dar o sinal. Ele desce do mastro para se ajoelhar diante de sua rainha.

– Sua Majestade – diz ele, sem fôlego diante de Maeve. – Eu vi o sinal de longe no mar. Seus navios. Eles estão aqui.

Maeve aperta as peles em volta do pescoço e põe a mão no cabo de sua espada. Ela caminha até a borda da plataforma. Dali, o mar parece uma extensão negra do nada. Mas se seu vigia merece crédito, ele viu duas luzes brilhantes no meio daquela escuridão. Sua marinha chegou.

Ela olha para o lado. Além de seus irmãos, os Punhais também estão no convés. Lucent inclina a cabeça, enquanto Raffaele cruza as mãos em suas mangas.

– Mensageiro – chama Maeve. – Você diz que Giulietta pediu uma audiência amanhã de manhã?

Raffaele assente.

– Sim, Majestade.

– E Mestre Santoro?

– Ele já deve ter deixado a cidade, Majestade. – Raffaele lhe lança o mesmo olhar de sempre, mas por trás dele, Maeve percebe a distância. Ele não a perdoou pelo que ela fez com Enzo.

– Bom. – O vento chicoteia a trança de Maeve por cima do ombro. Seu tigre solta um grunhido baixo ao seu lado e ela acaricia sua cabeça, distraída.

– É hora de atacarmos.

Ela entrega a Raffaele um pequeno frasco. À primeira vista, o frasco parece não conter nada além de água limpa e uma pequena pérola. Os Punhais se aproximam para ver melhor. Maeve dá um tapinha de leve no frasco.

A pérola se transforma em um instante, mudando de sua forma redonda para um monstro contorcido, de quase três centímetros e doze pernas. Maeve pode ver suas garras em forma de agulha raspando o vidro e o modo como ele nada pela água em movimentos irregulares, furiosos. Os Punhais recuam. Gemma leva a mão à boca, enquanto Michel parece doente de tão pálido.

Raffaele encontra o olhar de Maeve. Seus lábios se apertam em uma linha tensa.

– Ele pode entrar sob a pele – explica Maeve. – Faz isso com tanta rapidez e precisão que a vítima não vai nem perceber até que seja tarde demais.

Ela entrega o frasco a Raffaele com cuidado.

– Giulietta morrerá em uma hora.

Raffaele olha para a criatura que se contorce e guarda o frasco com cuidado no bolso de suas vestes.

– Eu vou dar um jeito amanhã de manhã – diz ele.

Maeve assente.

– Se cronometrarmos isso corretamente, Giulietta vai morrer quando minha marinha invadir seu porto. O trono será nosso antes que Mestre Santoro possa voltar para a capital, por mais rápido que seja, e antes que a Inquisição possa contra-atacar.

– E quanto à Adelina? – pergunta Raffaele. – E Enzo?

A atenção de Maeve muda. Ela leva a mão ao cinto, pega um pergaminho e o desenrola. É um mapa de Estenzia e seus arredores. Ela aponta para uma área nas florestas perto da periferia da cidade. Ao lado dela, Augustine brinca com o punho da espada, enquanto os olhos de seu irmão Kester brilham.

– Vamos buscá-lo esta noite.

> Vire-o para um lado, disse o comerciante para a menina, e você verá aonde quer ir. Mas, se o virar para o outro lado, verá onde você é mais necessária.
> – O outro lado do espelho, *de Tristan Chirsley*

Adelina Amouteru

As chuvas vêm esta noite.
    Relâmpagos cruzam o céu e trovões balançam os vidros das janelas. Eu assisto à chuva de Sergio da antiga entrada da corte. Os gritos assombrados de baliras preenchem o céu escuro. As praias perto de Estenzia estão agitadas, o mar, furioso, e o caos deve ter feito as enormes criaturas ganharem os céus. Violetta dorme um sono agitado no quarto ao lado, o trovão abrindo caminho para seus pesadelos. Enzo fica no corredor e afia seu punhal. Ele não interage com ninguém aqui. Sei o que ele está esperando – quase posso senti-lo através de nosso vínculo. Ele está ansioso para se reunir aos Punhais. Penso nisso com o coração apertado. Cedo ou tarde, ele vai acabar descobrindo o que realmente aconteceu e que a história que contei para ele não estava completa.
    Do andar de baixo vêm vozes baixas e o arrastar de botas. Meus mercenários. Eles estão inquietos, agora que vamos invadir o palácio amanhã. Mais cedo, andei entre eles para contar quantos dos antigos homens do Rei da Noite tinham decidido me seguir. Quarenta. Poucos, com certeza, mas eles são fatais, cada um valendo por dez solda-

dos. Sergio me diz que há mais, espalhados por toda a terra, à espera do nossa ataque.

– Eles não vão se mostrar até você parecer uma aposta segura – me dissera ele mais cedo. – Então eles vão sair da toca para ajudá-la a terminar o trabalho.

Uma leve batida vem da porta. Quando ergo o olhar, vejo Magiano andando na minha direção. Ele vem ficar ao meu lado para ver as baliras assombrando o céu molhado.

– Se a Ladra de Estrelas estivesse perto de nós – murmura –, eu poderia controlar essas baliras. Nós poderíamos voar direto sobre o palácio e aterrissar em seus telhados.

Fico olhando para o céu, ouvindo seus gritos.

– A tempestade as agitou para fora das águas – respondo. – Nem Gemma consegue controlar mais de uma, não neste estado de agitação.

Magiano se inclina no parapeito da janela.

– Você acha mesmo que Teren vai nos ajudar? Não me lembro dele ser muito bom em manter sua palavra.

– Eu sei como ele mantém sua palavra – respondo.

Uma lembrança fugaz de seus olhos claros e seu sorriso torto me ocorre, como ele me via implorar por mais tempo quando eu ia vê-lo na torre da Inquisição. A recordação me deixa tensa.

– Ele odeia os Punhais mais do que nos odeia. É toda a vantagem de que precisamos.

Magiano assente uma vez. Seus olhos parecem distantes esta noite. Atrás de nós, ouvimos Enzo se levantar no corredor e caminhar até o andar de baixo. Suas botas batem, ameaçadoras, contra o piso de madeira. Magiano olha por cima do ombro e depois de volta para mim quando os passos silenciam.

– O príncipe é mal-humorado, não é? – diz. – Ele sempre foi assim?

– Enzo sempre foi calmo – respondo.

Magiano olha para mim. As provocações que estavam na ponta de sua língua desaparecem, substituídas por uma expressão séria.

– Adelina, você continua esperando que ele volte a ser o que era antes.

Minhas mãos apertam o parapeito. Mesmo agora, posso sentir a corda entre mim e o príncipe se retesando, chamando por mim. Os sussurros se agitam, inquietos, no fundo da minha mente.

– Vai levar tempo – respondo. – Mas ele vai voltar. – Minha voz se torna um sussurro. – Eu sei que vai.

Ele franze a testa.

– Você não acredita nisso. Posso ver a verdade em seu rosto.

– Está dizendo isso para me machucar? – disparo, lançando um olhar furioso para ele. – Ou realmente quer dizer alguma coisa?

– Estou tentando dizer que você está vivendo em um mundo de ilusões – responde Magiano, estendendo a mão para tocar meu braço –, que você mesma criou. Você está apaixonada por algo que já não existe mais.

– Ele é um de *nós* agora.

Magiano chega mais perto. Seus olhos faíscam, suas pupilas estão pretas e redondas.

– Sabe o que eu vi quando passei por ele no corredor? Olhei para ele, e ele para mim... olhei em seus olhos e vi... *nada*. – Ele treme. – Era como olhar diretamente para o Submundo. Como se ele ansiasse retornar para o lugar de onde veio. Ele não está aqui de verdade, Adelina.

– Ele está bem aqui, neste celeiro, com a gente – digo com os dentes cerrados. – Ele está ligado à *minha vida*. E vou usá-lo como achar melhor.

Magiano joga as mãos para o alto. Seus olhos ficam distantes e suas pupilas tornam-se fendas outra vez.

– Sim, eu sei – rosna sarcasticamente. – Isso é tudo que você vê. Sua vitória. Seu príncipe. Nada mais.

Eu pisco, confusa por um momento, e então percebo que ele está falando de si mesmo. Ele está em pé diante de mim, confessando alguma coisa, mas não estou ouvindo. Esqueci nosso momento sob as estrelas, quando seu beijo me trouxe calma como nada nunca tinha feito. Eu não o *vejo*. Hesito, dividida entre a minha raiva e confusão, e não digo nada.

Como não respondo, Magiano balança a cabeça e sai do quarto. Eu o vejo partir antes de me virar de novo para a janela. A raiva continua a se revirar dentro de mim, escurecendo meu coração. Não quero admitir isso, mas me pego sofrendo com sua ausência, sentindo falta da luz que ele traz. *Nós compartilhamos um momento*, lembro a mim mesma. *Nada mais.* Magiano está aqui porque quer seu ouro, não porque está apaixonado por mim. Ele é um malandro e um ladrão, não é? O sentimento familiar de traição me preenche, lembranças de como os outros me viraram as costas no passado, e me encolho, afastando meus pensamentos sobre Magiano. Gostar de um canalha é perigoso.

Quando eu olho para o chão alagado lá embaixo, posso ver Enzo de pé perto da entrada. Atrás dele, pequenos incêndios pontilham a terra queimada do pátio.

Magiano está certo sobre isso, pelo menos. Há certa distância em Enzo que não diminuiu desde que ele voltou. Hoje à noite, parece que ele não está mesmo aqui – como se seus pensamentos não se ligassem aos Punhais, ou a nós, mas a algo mais distante, muito longe, em um reino além da vida. Observo sua figura escura na noite, me afasto da janela e saio do quarto. Desço o corredor e as escadas. Ignoro os mercenários que conversam na entrada da casa em ruínas. Sigo para o lado de fora, onde a chuva ainda está encharcando o ar. Paro a alguns metros de Enzo. Está silencioso aqui fora, e só posso ver nós dois. Aperto os braços em volta de mim mesma no frio e me aproximo dele.

Ele se vira para mim. A corda entre nós puxa com força.

– Qual o problema? – pergunto-lhe.

Ele não responde de imediato. Em vez disso, olha para a tempestade com uma careta, a distância ainda estampada em seu rosto. Levo um momento para perceber que ele se virou na direção do oceano. Sinto uma dor profunda em meu peito.

Ele está aqui, mas não quer estar.

Ele assente uma vez quando me ponho ao lado dele, reconhecendo minha aproximação. Mesmo agora, ele ainda tem o ar de nobreza, uma aparência silenciosa de autoridade. Isso me dá um vislumbre de esperança.

– Estou pensando em um antigo conto – diz ele depois de um longo silêncio.

Sua voz é profunda e tranquila, a voz de que me lembro. Por que, então, ele parece tão diferente?

– "A canção dos sete mares." Você conhece?

Balanço a cabeça.

Enzo suspira.

– É uma balada sobre um marinheiro que gastou toda a vida e sua fortuna navegando os oceanos, procurando algo que nunca tinha visto, alguém que nunca conhecera. Finalmente, chegou a um lugar distante no norte, onde o mar estava congelado. Passou um mês vagando por esse lugar desolado e sombrio, antes de enfim ter um colapso e morrer – diz, olhando para a floresta. – Todo esse tempo, estava à procura de uma garota que tinha amado em uma vida passada. Estava procurando na vida errada e nunca mais estaria na certa. Por isso, continuaria a procurar, até o fim dos tempos.

Fico em silêncio. A chuva espeta meu rosto com seus dedos frios.

– Sinto como se eu estivesse no mar – diz Enzo calmamente. – Procurando algo que não tenho. Algo que só o mar pode me dar.

Ele está procurando o Submundo. Como Magiano tinha dito.

De repente, estou com raiva. Por que tenho que perder tudo de que gosto? Por que o amor é uma fraqueza? Desejo, por um instante, não precisar disso. *Posso ganhar as mesmas coisas na vida com medo, com poder. Qual é o sentido de procurar o amor, quando o amor não passa de uma ilusão?*

Puxo nossa conexão e ele estremece com meu toque. *Você se lembra, Enzo?*, penso, triste. *Você era o príncipe herdeiro de Kenettra. Tudo o que você sempre quis foi salvar os malfettos e governar esta nação.*

As palavras de Magiano me assombram. *Será que Enzo alguma vez me amou? Ou amo algo que nunca existiu?*

Quando estamos assim tão perto, nossa ligação pulsa com vida. Enzo se vira para mim e se aproxima. O poder entre nós me deixa tonta. Os fios da minha energia se lançam para fora e o procuram, e ele me procura também. É como se ele estivesse se agarrando desesperadamente ao espírito da vida dentro de mim, pulando sobre ele como um homem se afogando empurraria seu socorrista para o fundo, numa tentativa de se salvar. Sua alma está viva, mas não está vivendo.

Ainda assim, não posso me afastar da sensação distorcida dessa união. Eu também a quero. Então, quando ele passa os braços pela minha cintura e me puxa contra seu corpo, eu deixo. Suas mãos deslizam pelo meu cabelo curto, enfiando-se nele. Luto para respirar, mas ele me puxa de volta, tapando meus lábios abertos com os seus. O pânico inunda minha mente, minhas ilusões se libertam e meu alinhamento com a paixão ruge em meus ouvidos. Estou presa no turbilhão. Posso senti-lo me dominando agora, os tentáculos de sua energia antinatural, contaminados pelo Submundo, envolvendo meu coração e o cobrindo com fios pretos. Este é o perigo de nossa ligação, como eu sempre soube. Ele é muito forte.

Minha energia cresce, resistindo à força dele. Eu o empurro para longe de mim com uma força violenta que eu não sabia que tinha. Minha escuridão envolve seu coração e enterra suas garras nele. Enzo estremece, e o branco de seus olhos fica preto.

Então eu pisco e já não é Enzo que está diante de mim. É Teren.

Abro a boca para gritar, mas Teren cobre minha boca com a mão e me empurra contra a parede. Ele pressiona uma faca afiada contra meu peito. A lâmina se enterra, me machucando. *Isso é uma ilusão*, digo a mim mesma repetidamente. *Mas por que a lâmina está me machucando?*

— Eu vou ajudá-la — sussurra Teren em meu ouvido. — E quando terminarmos, vou matá-la.

O punhal entra em minha carne. Minha pele se abre. O sangue escorre. Eu me liberto do aperto de Teren, agarrando a marca ensanguentada, e corro pelo pátio na chuva. Atrás de mim, Teren se levanta e começa a andar. Para onde Enzo foi? Cambaleio nos corredores da corte, chamando Magiano. Sergio. Violetta.

Ninguém responde. Fecho o olho bem apertado e me digo para sair dessa ilusão. Mas quando torno a abrir o olho e espio atrás de mim, Teren está correndo na minha direção, a espada em punho, os lábios puxados para trás em um sorriso demoníaco.

E então já não é mais Teren, mas meu pai, e estou correndo pelos corredores da minha antiga casa, tentando escapar dele e de sua faca.

Começo a chorar. Chego à escada e desço aos tropeços. Pulo um degrau, torço o tornozelo, e caio alguns degraus para o andar de baixo. No topo das escadas, a silhueta do meu pai aparece na escuridão, o sangue manchando seu peito destruído. A faca brilha na noite. Eu tenho dez anos, e ele está bêbado de vinho, prestes a arrancar minha pele. Ele chama meu nome, mas eu continuo correndo.

– Violetta! – soluço, minha voz falhando. – Violetta!

E então lembro que, na noite que isso aconteceu, minha irmã se escondeu embaixo de uma escada e não fez nenhum barulho. Eu a vejo agachada lá, os joelhos dobrados até o queixo, os olhos brilhando na escuridão. Ela acena para mim, mas não há espaço suficiente para eu me esconder com ela. Trocamos um olhar impotente. Olho desesperada para as escadas. Meu pai se lança para baixo, na minha direção. Não tenho escolha. Tenho que correr.

– Adelina! – grita Violetta, estendendo os braços. – Esconda-se! Ele vai pegar você! – Ela começa a sair de seu esconderijo, para que eu fique nele, mas eu me viro e mostro os dentes para ela.

– Fique onde está – grito.

Quebre a ilusão, Adelina. Você tem que quebrar a ilusão. Nada disso é real. Eu me digo isso, mas não sei como escapar da minha mente.

Cambaleio para fora da casa de meu pai e para a chuva. Talheres de prata brilham no chão molhado à minha volta. Tenho dezesseis anos e estou tentando fugir. Atrás de mim, meu pai surge na entrada da nossa casa com uma faca manchada de sangue na mão. Seus olhos encontram os meus. Eu giro, desesperada, procurando meu cavalo, mas ele não está lá. Eu me movo para a frente, então tropeço nos candelabros de prata e nos pratos espalhados no chão. Caio com um barulho estrondoso. Começo a engatinhar. Meu pai se aproxima. Minha respiração vem em soluços irregulares.

Eu só quero fugir. Só quero escapar. Só quero ficar segura. *Alguém me ajude.*

Uma mão áspera agarra meu tornozelo. Chuto freneticamente, mas não adianta. Outra mão agarra minha camisa encharcada, me puxa para cima e me joga contra a parede. Meus braços se erguem em defesa. O rosto retorcido de meu pai aparece diante de mim, a chuva descendo em rios em suas bochechas e queixo, água tornando seus dentes escorregadios. Ele agarra meu cabelo com força. Há fogo em torno de nós, gritos distantes.

– Não... – berro.

Quebre a ilusão quebre a ilusão isso não é real me diga que isso não é real.

A faca de meu pai está pressionada contra meu peito. Ele golpeia com força. Posso sentir a faca cortar minha carne. Ela atinge fundo. Meu olho se arregala – minha boca se abre em horror. Tento impedi-lo, mas meus braços são fracos e inúteis. A lâmina atinge meus pulmões.

Respiro fundo e grito.

– Adelina! Adelina!

Mãos estão tentando puxar meus braços para baixo. Não consigo parar de gritar. *Pare de dizer meu nome.*

E, então, tudo me deixa depressa. Eu me encolho numa súbita exaustão.

Levo muito tempo para perceber que a pessoa chamando meu nome é Magiano, e são seus braços que estão em volta de mim. Ao lado dele está Violetta. Ela tirou meu poder. Nossa antiga casa, meu pai, os talheres jogados no chão, a faca, Teren – todos desapareceram, deixando-me encolhida na entrada da Corte Fortunata, encharcada de chuva. Eu me agarro desesperadamente a Magiano. Como minhas ilusões pareceram tão reais dessa vez? Como posso ter certeza de que Magiano e Violetta não são uma ilusão? E se eles não estiverem aqui de verdade?

– Está tudo bem – sussurra Magiano contra meu cabelo enquanto eu choro.

Ele beija meu rosto.

– Você está bem. Sinto muito.

Tento dizer que me sinto grata por ele estar aqui, que espero que ele seja real, mas minhas palavras se perdem em meio aos soluços. Violetta me observa, impotente, então se vira e olha para Magiano.

– O que aconteceu? – grita mais alto que a chuva.

– Um grupo de atacantes – responde Magiano. – Eles nos pegaram numa emboscada.

Violetta suspira.

– A Inquisição?

– Não. Eram soldados estrangeiros, com sotaque. – Um de seus braços passa sob as minhas pernas, enquanto o outro pressiona minhas costas. Ele me levanta sem esforço. Eu me encolho contra seu calor, enrolando sua camisa em meu punho.

– Não sei para onde Enzo foi. Alguns dos outros mercenários saíram atrás dele.

Ele levanta a voz.

– Ei! Uma ajudinha aqui!

Dois de nossos homens correm em nossa direção.

Aos poucos, percebo que os fogos e os gritos à nossa volta são reais. Alguém nos atacou. A corda entre mim e Enzo puxa com força, esticando-se, fina. Tento chamá-lo por ela, mas ele está muito longe para que eu possa controlá-lo. A distância envia uma dor aguda através de mim e eu me encolho, tentando sufocar a dor. Ele se foi. Eu pisco através da chuva, lutando para ver a diferença entre ilusão e realidade. Estou mesmo aqui?

– Pegue um pano quente – diz Magiano acima de mim.

Nós entramos e subimos as escadas, e ele me põe cuidadosamente na cama. A chuva pingando do meu cabelo molha os lençóis. Daqui, posso olhar pela janela na direção do Mar Negro.

– Quem eram eles? – sussurro.

Ainda não tenho certeza se isso está acontecendo.

– Os beldaínos, acho – murmura Magiano. – Eles devem ter enviado um grupo de caça atrás de nós.

Eu tremo. A faca em meu peito tinha parecido tão real – meu pai tinha estado ali mesmo, Teren tinha me segurado contra a parede. Minhas ilusões selvagens, como meus poderes, estão começando a assumir mais facetas do que apenas a visão e o som. Elas podem me tocar, me fazer acreditar que estão me machucando. Penso em todas as vezes que usei isso contra os outros. Então, penso nisso se voltando contra *mim*.

Olho para Magiano. Ele me encara com uma expressão preocupada. Seus olhos não estão fendidos. Suas pupilas estão pretas e seus olhos dourados são quentes e brilhantes.

– Essa sua ligação está piorando as coisas – diz ele. – Eu sei que está. Você me disse que se alinhava com a paixão. Ela chama por você quando está ligada a ele, não é?

O meu alinhamento com a paixão. Ele está certo, é claro. Enzo voltou dos mortos e, com ele, veio toda a minha antiga paixão, a mesma paixão que fez meus poderes saírem de controle, que tinha feito Raffaele desconfiar tanto de mim. Agora, com esse elo entre nós, minha instabilidade só tem aumentado.

– Por quê... – Eu luto para esvaziar minha cabeça. – O que eles queriam?

Eu sei a resposta antes de Magiano falar.

– Os Punhais vieram buscar Enzo – diz ele.

Não. A dor volta ao meu peito quando compreendo que os Punhais vão lhe contar tudo sobre mim – tanto as mentiras quanto as verdades. Ele vai descobrir o que eu fiz com Raffaele.

O ruído distante de explosões nos faz congelar. No início, penso que deve ser o trovão. Então vejo algo no horizonte, enchendo os oceanos furiosos e escuros ao redor de Estenzia enquanto o amanhecer se arrasta lentamente. A luz do fogo.

Magiano vê também. Ficamos imóveis e, juntos, vemos um arco de fogo no ar, seguido por uma explosão de chamas.

Tento ver o que está acontecendo através da chuva e da escuridão.

– Isso é...?

Um relâmpago corta o céu, iluminando as nuvens, a terra e o mar, e a pergunta morre na minha língua. Sim, é. Navios de guerra pontilham o horizonte, suas bandeiras azuis e brancas inconfundíveis, mesmo a essa distância, uma trilha interminável de contas em um colar, que se estende até o horizonte. Seus cascos curvos são altos, e suas velas também. A marinha beldaína chegou.

> Tais sonhos ofuscantes de gelo branco e dados rolando,
> Vi todos eles desaparecem num instante.
> Qual será seu sacrifício?
> – Noite da sobrevivência: uma coleção, *por Enadia Hateon*

Adelina Amouteru

Nunca na minha vida vi tantos navios. Eles cobrem o mar como um enxame de insetos e daqui sinto como se pudesse ouvir o zumbido de suas asas. O som de trombetas e o ritmo profundo dos tambores de guerra flutuam até nós. As trombetas de Estenzia respondem. Do ponto de vista privilegiado da Corte Fortunata, posso ver a Inquisição tomando as ruas, correndo na direção do palácio. Os navios de guerra kenettranos cobrem o mar mais perto do nosso porto, mas nossos navios estão em menor número.

Não tenho tempo de me recuperar da minha ilusão. Balanço a cabeça violentamente, tentando afastar as imagens terríveis.

– Temos que ir – digo, me forçando para fora da cama. – Agora.

Para minha grata surpresa, Magiano não discute. Em vez disso, corre para reunir os outros. Eles já estão esperando junto à porta lateral da corte. Sergio tem cavalos para nós, enquanto meus outros mercenários já correram para dentro da floresta. Vou para o garanhão em que Violetta está montada, e ela estende a mão para me ajudar. Eu a pego e pulo atrás dela.

– Estaremos cercados pela Inquisição – lembra Magiano quando voltamos nossos cavalos na direção do palácio, uma sobrancelha levantada. – Você está forte o suficiente?

Ele está preocupado comigo, mas não me detém.

– Sim – digo, e ele concorda.

É tudo que ele precisa ouvir. Sem dizer mais nada, partimos na chuva. Ao longe, as trombetas de guerra beldaínas retumbam novamente.

Sinto um puxão fraco na corda que me liga a Enzo. A sensação faz meu estômago se revirar dolorosamente. Os Punhais vieram me sabotar. Eles estão agindo com a rainha beldaína, e agora Enzo estará ao lado deles em vez de ao meu. Trinco os dentes. *Mas não por muito tempo. Eles não podem controlá-lo como eu posso.* Até o fim do dia, alguém tomará este país.

Enquanto o amanhecer chuvoso e sombrio chega, nos aproximamos do porto. O canal onde Teren nos disse para encontrá-lo já tem uma fileira de gôndolas esperando por nós. Os barcos são pintados de um preto profundo para que eles se misturem com as águas tormentosas e escuras. Prendo a respiração quando balançamos junto com as águas, a lateral das gôndolas fustigada pelas ondas.

À medida que navegamos para mais perto da praça diante do palácio, a visão de mantos brancos surge – uma patrulha de Inquisidores, todos com a atenção voltada para nós. Na frente da patrulha de Inquisidores está Teren. Ele me avista e eu prendo a respiração. As dúvidas de Magiano ecoam em minha mente. Se Teren voltar atrás em sua palavra agora, teremos que lutar aqui.

Mas então me lembro da angústia em sua voz, da força de suas mãos segurando meu rosto, e sei que sua fúria no templo era real. Ele não se move quando nos aproximamos. Em vez disso, quando atracamos, ele ordena que seus Inquisidores puxem nossas gôndolas e as prendam. Ele estende a mão para mim.

Saio da gôndola sem pegá-la. Violetta me segue. Magiano desembarca com um salto ágil, os olhos cautelosos fixos no ex-Inquisidor Chefe. Um ronco baixo de trovão ecoa pelo céu. Sei que Violetta está tremendo atrás de mim.

Também encaro Teren. Por um momento, nenhum de nós diz nada. Sei que esta é a primeira vez que seus olhos misteriosos me veem como uma aliada, e a sensação me gela. *Tudo que preciso é que ele nos leve para dentro do palácio*, eu me lembro.

– Faça o seu trabalho – diz ele e gira na direção dos portões do palácio.

Teren não pode pôr os pés dentro dos portões parecendo ele mesmo. Afinal, foi banido pela rainha, e se ele se revelar cedo demais, os soldados do palácio vão detê-lo. Então, teço uma ilusão sobre ele, mudando seu nariz e a inclinação de seus olhos, as linhas de sua mandíbula e o arco de seus malares. Seus olhos mudam de gelo para algo escuro e sombrio. Os patrulheiros observam enquanto transformo seu líder em um completo estranho. O medo deles é dirigido para mim, e eu o aprecio. Será útil mais tarde.

Termino de disfarçar Teren.

– Bom trabalho, criadora de ilusões – diz ele.

Às palavras de Teren, Magiano chega mais perto de mim, mas Teren apenas sorri para ele.

– Não tema por ela – continua. – Somos aliados, lembra?

Magiano não sorri de volta.

Nós nos dirigimos ao palácio. Acima de nós, um relâmpago pontua o amanhecer escuro. Quanto mais perto chegamos, mais forte a corda puxa entre mim e onde quer que Enzo esteja. Devemos estar chegando perto dos Punhais também. A sensação me deixa inquieta, impaciente para andarmos mais rápido.

Os Inquisidores no portão principal não nos param. Nem os que estão na frente do pátio do palácio, ou os alinhados na entrada principal. Nós enganamos guarda depois de guarda. Ando ao lado de Violetta, nossos passos sincronizados, a ilusão de mantos brancos atrás de nós. Teren não se vira, mas os seus Inquisidores se espremem perto de nós, pronto para nos deter ao menor sinal de movimento contra ele. Olho para suas costas, fantasiando que poderia estender a mão e torcê-lo, que eu poderia cobri-lo de dor. Os pensamentos alimentam ainda mais meus poderes. Seguimos caminho por longos corredores e salas revestidas com janelas do chão ao teto. As nuvens de tempestade reunidas do lado de fora estão mais densas agora, de modo que não posso mais ver o céu por entre suas lacunas.

Finalmente, chegamos ao corredor que leva à sala do trono. O número de Inquisidores aqui não seria capaz de nos deter agora. Então lentamente desfaço o disfarce de Teren e começo a revelá-lo. A ilusão dos olhos escuros e sombrios dá lugar mais uma vez aos seus olhos pálidos; o cabelo louro e o rosto frio e esculpido voltam. Os Inquisidores de pé à porta da sala do trono enrijecem ao vê-lo. Sua confusão me faz sorrir. Eles devem estar se perguntando de onde Teren apareceu de repente, e como ele passou por todos os outros soldados no palácio.

Teren para diante deles.

– Afastem-se – ordena.

Os guardas hesitam por um momento. Teren tinha sido o Inquisidor Chefe por tempo suficiente para tornar difícil para eles perder o hábito de obedecer a ele. Mas então um balança a cabeça nervosamente.

– Sinto muito, senhor – diz, de pé, o mais reto que pôde, levando a mão ao punho de sua espada. – Não sei como você chegou até aqui, mas vamos ter que levá-lo para fora do palácio. A rainha ordenou que você...

Teren não o espera terminar. Ele pega a sua própria espada, dá um passo à frente e corta a garganta do homem. Os olhos do homem se arregalam e seu queixo cai. O segundo guarda começa a dar o alarme, mas eu o atinjo com minhas ilusões. Mil ganchos imaginários se cravam em sua carne, puxando com força, e ele cai no chão. Teren se agacha e o apunhala antes que ele possa gritar. O homem se contorce no chão, o sangue borbulhando em sua garganta. Eu paro e observo, lembrando-me dos Inquisidores que condenei à morte no navio.

Teren passa por cima dos corpos, abre as portas da sala do trono e entra.

A primeira pessoa que vejo é a rainha Giulietta.

Só tive vislumbres dela de longe, mas a reconheço imediatamente por causa da semelhança com Enzo. Nesta manhã escura, ela trocou suas roupas de seda longa por roupas de viagem – um manto pesado pende de seus ombros, e o capuz cobre sua cabeça, revelando apenas uma pequena parte de seus cachos escuros e o brilho de uma coroa fina. Meu olho vai para a varanda. A sombra de uma asa enorme de arraia desliza por ali, e percebo que baliras estão circulando o palácio, esperando para levar embora a rainha e sua guarda pessoal de Inquisidores. Eles estão se preparando para escoltá-la para fora do território perigoso.

Raffaele está lá fora na varanda. Ele já subiu em uma balira, e vários Inquisidores estão subindo nas costas da criatura com ele. Seus olhos se voltam para mim – ele é a única pessoa na sala que sei que percebe quem realmente somos. Posso sentir a onda de medo emanar dele, e uma explosão de ansiedade. *Os outros Punhais. Onde está Enzo?* Procuro freneticamente. Não. O vínculo ainda está muito distante. Ele não está aqui.

Giulietta se vira na nossa direção quando Teren se aproxima dela a passos largos, Inquisidores andando atrás dele. Ela foca seu olhar em nós, ameaçadora.

– O que é isso? – diz ela. – *Guardas*.

Até o tom de sua voz, rico, profundo e misterioso, me faz lembrar de Enzo.

Um instante depois, seu olhar viaja até as portas da câmara. Ela avista o sangue empoçado dos guardas mortos no chão. Seu olhar se desloca para mim. Um reconhecimento fraco cintila neles. Mesmo que ela nunca tenha me conhecido, sabe quem eu sou e eu quero beber o fio de medo que surge nela.

– A Loba Branca – murmura.

Teren abre um sorriso triste para ela.

– Olá, Majestade – responde.

Ele para diante dela e cai em uma profunda reverência.

Giulietta franze a testa, então fica tensa. Ela olha para mim de novo, antes de voltar sua atenção para ele.

– Você não deveria estar aqui, Mestre Santoro.

Teren não parece preocupado com suas palavras.

– Eu vivo para servir a sua coroa – diz ele.

Olha para trás dela – seus olhos, brilhando de ódio, caem sobre Raffaele.

– Mas você me rejeitou, Majestade, e deixou essas outras aberrações chegarem perto de você.

Giulietta levanta a cabeça.

– Você não me serve estando aqui – dispara.

Ela começa a se mover na direção da varanda, onde uma das baliras diminuiu o ritmo de seu voo a fim de pairar lá fora. Ela olha para Raffaele.

– Faça seus Punhais cuidarem disso.

Mas Raffaele não se move. Claro que não. Em vez disso, dá um passo para trás e cruza os braços em suas mangas. Lá em cima, várias baliras estão voando na direção das varandas. Reconheço a pequena mancha de cabelo cor de cobre em um dos pilotos. É Lucent.

Giulietta lança um olhar severo para Raffaele. Ela estreita os olhos. Percebe o perigo em que está agora. Olha para os Inquisidores atrás de Teren.

– Prendam-no – grita.

Um de seus Inquisidores grita para ela subir numa balira, e ela começa a correr em sua direção.

Um formigamento começa em meus dedos e sobe pelos meus braços. Meu poder está tão forte agora que os cantos de minha visão começam a ficar borrados, ilusões de memórias e pessoas aparecendo e sumindo na minha visão periférica. *Eu poderia matar a rainha pessoalmente, agora mesmo.* O pensamento corre por mim com uma velocidade estimulante. Teren e seus Inquisidores nos levaram para dentro do palácio, e agora estou a apenas alguns passos da governante de Kenettra. Eu poderia envolvê-la em tanta dor que ela morreria, se contorcendo no chão. Foi isso que viemos fazer aqui. Ao meu lado, Magiano me lança um olhar rápido. Ele também espera por isso.

O que você está esperando, Adelina?

Mas tenho uma ideia melhor. Eu vim aqui por vingança, não foi? Então, em vez disso, deixo *Teren* avançar, e estendo meus fios, os enrolando no pulso de Giulietta. Puxo com força, tecendo.

Giulietta solta um grito assustado de agonia quando uma súbita dor abrasadora torce seu pulso. Olha para baixo horrorizada ao ver sangue escorrendo de sua mão. Eu sorrio, reforçando a ilusão. Ela olha para mim. Minha ilusão vacila quando ela percebe o que estou fazendo, mas ela não é forte o suficiente para ver além da minha criação.

Os Inquisidores atrás de Teren não se movem ao comando de Giulietta. Pela primeira vez, sinto um lampejo de incerteza nela. Giulietta reúne sua força.

– Eu disse para *o prenderem*!

Ainda assim, os Inquisidores não se movem.

Teren levanta a cabeça inclinada para olhar para Giulietta. Espero ele sorrir, mas em vez disso seus olhos estão cheios de lágrimas.

– Você me mandou embora – diz ele. – Eu a amava. Você sabe quanto a *amei*?

Sua voz treme. Eu estremeço com a escuridão que começou a crescer dentro dele.

– Você é um *idiota*! – retruca Giulietta. – Você ainda não entendeu por que o mandei embora? É porque sou sua *rainha*, Mestre Santoro. Você não desobedece a sua rainha.

– Sim, você é minha rainha! – grita Teren. – E ainda assim não age mais como uma! Você devia ter sido escolhida pelos deuses. De sangue puro, *perfeita*. Mas olhe para as pessoas com quem se cercou! – Ele gesticula para Raffaele.

– Você mandou essa aberração tocar em você? Você aceitou os Punhais como parte de seu exército em troca de suspender a purificação dos *malfettos*?

As palavras de Teren ficam mais feias, sua voz mais dura e mais alta. Ele ficou inteiramente alheio à hipocrisia de suas palavras.

– E o que é você? – dispara Giulietta. – Você, meu Inquisidor *malfetto*? Eu não o perdoei pela sua aberração? Você não sabe nada sobre como governar! Eu faria o mesmo por seus companheiros *malfettos*, desde que eles reconhecessem sua aberração e me servissem como súditos humildes.

Busco Teren, alimentando sua raiva com fios da minha própria escuridão. Minha energia o envolve, aumentando a sua, tecendo uma ilusão ao seu redor. Pinto diante dele uma imagem fugaz de Giulietta envolta no abraço de Raffaele, com a cabeça jogada para trás; Giulietta se afastando de Teren e indo para Raffaele. Giulietta de pé na varanda, perdoando os *malfettos* de todos os crimes. Pinto todas essas imagens diante de Teren, uma após outra, até que ele se perde nelas.

A fúria de Teren se eleva mais. Os sussurros na minha cabeça crescem, até que se tornam ensurdecedores.

Sua vingança sua vingança sua vingança.

Aja agora.

Busco Giulietta e começo a tecer.

De repente, Teren faz uma pausa. Seus olhos se arregalam. Eles se concentram em algo no cabelo de Giulietta... uma mecha larga, brilhando vermelha e dourada, proeminente contra seus fios escuros. Teren franze a testa, confuso. No meio de sua raiva, girando na tempestade de ilusões que criei ao seu redor, ele não percebe que isso é uma ilusão que acabei de criar.

Eu sorrio. *Olhe, Teren. Ora, como é que você não viu essa marca nela, depois de todos esses anos?*

Seus olhos voltam para os de Giulietta.

– Você – ele sussurra, cego pela minha ilusão. – Você tem uma marca?

– Uma marca? – A expressão de Giulietta se torna confusa por um momento.

O foco de Teren volta para a cor estranha em seu cabelo. Conjuro sussurros nos ouvidos de Teren e eles lhe falam de traição.

– Você a escondeu de mim todo esse tempo – murmura ele. – Coberta por obra de um boticário, escondida com pó preto. A marca. Eu sei.

– Do que você está falando?

A raiva de Giulietta é amargamente escura agora, uma tempestade se formando.

– Você enlouqueceu, Mestre Santoro.

– Você não é pura de verdade. Você foi contaminada pela febre do sangue, como seu irmão. – Sua boca se contorce num esgar feio. Seus olhos perdem o foco, delirantes com as ilusões, e ele não consegue se concentrar em nada além da falsa marca que pintei nos cabelos de Giulietta.

– Você é uma aberração, uma *malfetto* suja, assim como eu. E eu lhe dei o meu *amor*. E você *me enganou*.

– *Chega* – dispara Giulietta.

Ela olha outra vez para seus Inquisidores e se ergue o máximo que pode.

– Isso é uma *ordem*. Prendam-no.

Ainda assim, os Inquisidores não se movem. Teren encara Giulietta como se seu coração estivesse congelando.

– Agora sei por que você sempre se preocupou tanto com aqueles malditos escravos *malfettos* – engasga com a voz rouca. – Pedindo que eles fossem devidamente alimentados. Pedindo que voltassem para suas casas – continua, a voz tremendo de raiva. – Agora sei por que você se entregou a outras aberrações.

– Você é louco – diz Giulietta.

Eu tremo com a forma como a sua voz me faz lembrar a de Enzo.

– Você não sabe diferenciar preocupação de estratégia.

Teren balança a cabeça.

– Você não pode ser uma rainha de sangue puro escolhida pelos deuses.

Ele estende a mão enluvada e gesticula para os Inquisidores. Eles mudam a direção de suas bestas, de Teren para a rainha.

Giulietta estreita os olhos para Teren enquanto dá um passo atrás.

– O que você fez com meus homens?

– Eles são meus homens – rebate Teren. – Sempre foram meus. Não seus.

Ele levanta a voz.

– Você está presa por corromper a coroa.

Meus poderes perdem o controle. O mundo fica preto, depois escarlate. Os sussurros rastejam para a superfície, agarrando minha mente.

Sinto minha raiva e meu medo avançarem em sincronia. Giulietta solta um grito estrangulado quando a dor em seu pulso se espalha para o resto do braço e, em seguida, para todo o seu corpo. Ao mesmo tempo, fortaleço minhas ilusões em torno de Teren, alimentando seus pensamentos subconscientes, lembrando-o de tudo que Giulietta fez para traí-lo.

Olhe, Teren. Ela é uma rainha malfetto. *Você não pode deixar isso continuar.* Os sussurros se transformam em um rugido em seus ouvidos. *Acabe com isso agora.*

Acabe com isso. Acabe com isso!

Teren saca sua espada. Seus olhos pulsam com loucura, hipnotizados. Ele dá um passo na direção de Giulietta. Ela recua, ergue as mãos em defesa, chama seu nome, pede mais uma vez que seus Inquisidores traidores a ouçam, mas é tarde. Teren a segura pelo braço, puxa-a para si e a esfaqueia no coração.

Agora, você está feliz? Finalmente conseguiu tudo o que se propôs a fazer? O que você vai fazer em seguida, pequeno assassino, já que não restou ninguém para vê-lo?
– Mil viagens de Al Akhar, *vários autores*

Adelina Amouteru

Eu estremeço, embora soubesse o que ia acontecer. Os sussurros na minha cabeça explodem de alegria.

Teren trinca os dentes e enfia a espada mais fundo no peito dela. Meus fios de energia se apertam em torno dele, cegando-o, continuando a alimentar seu frenesi. Não tenho certeza se ainda estou controlando minha energia.

– Faço isso por Kenettra – diz ele com os dentes cerrados, lágrimas escorrendo pelo seu rosto. – Não posso deixá-la governar assim.

Giulietta se agarra a ele com força. Os nós de seus dedos ficam brancos, a mesma cor da capa dele, que ela segura em seu punho – e então, aos poucos, ela começa a escorregar, deslizando para o chão como uma flor na geada. Teren mantém os braços em volta dela. Ele a abaixa com delicadeza, até que ela cai de joelhos sob ele, o sangue encharcando sua capa de viagem.

Só então desfaço a ilusão que eu havia tecido no cabelo de Giulietta. A mecha vermelha e dourada volta a ser castanho-escura. Recolho a cortina que tinha lançado sobre os olhos de Teren. A sala do trono volta a entrar em foco para ele – foram-se as imagens que eu tinha pintado de Giulietta com Raffaele, de Giulietta perdoando os *malfettos*. Acabo com tudo isso, deixando Teren sozinho com seus pensamentos outra vez.

Teren respira com dificuldade. Ele pisca duas vezes, depois balança a cabeça enquanto a névoa se dissipa. De repente, parece inseguro. Olha para os cabelos escuros de Giulietta, como se finalmente recuperasse parte de sua sanidade. Sinto sua energia mudar violentamente de um extremo a outro, seu ódio e tristeza transformando-se em raiva, e então em medo. Puro terror.

Finalmente ele percebe quem é que treme em sua espada, sangrando e morrendo.

Teren olha fixamente para ela.

– Giulietta? – diz ele.

Em seguida, solta um grito sofrido:

– *Giulietta*.

O aperto de Giulietta em seu manto se suaviza. Posso sentir a energia brilhando em volta dela, as cordas de luz se apagando, cada vez mais fracas, deixando-a e voltando para o mundo, procurando o oceano morto. Seus rosto se contorce por um momento, mas ela está fraca demais para falar agora.

A energia dentro dela se apaga então, e ela para de se mover.

Teren sacode os ombros. Sua cabeça se inclina sobre ela e sua voz falha.

– Nós deveríamos consertar o mundo juntos – diz ele.

Eu mal posso ouvi-lo. Ele parece confuso, ainda afastando os vestígios de minhas ilusões.

– O que você me fez fazer?

Giulietta apenas o fita com olhos vazios. Teren deixa escapar um soluço abafado.

– Oh, deuses – murmura ele, enfim percebendo o que fez.

Minha escuridão se agita e os sussurros em minha mente vibram com a visão. Do canto da sala, o fantasma de meu pai ri, com o peito destruído arfando, divertindo-se. Ele mantém seu olhar focado em mim. Por um instante, vejo como Teren deve ter sido quando era mais jovem, um menino apaixonado por uma menina mais velha, vendo-a dançar, escondido nas árvores do palácio, encantado com a ideia do que ele nunca poderia se tornar. Meu sorriso se torna selvagem.

Eu poderia ter matado Giulietta pessoalmente... mas isso é melhor.

– Acho que ela tem o sangue puro da realeza, no fim das contas – digo em voz alta, dando a Teren um sorriso amargo. – *Agora você sabe como é a sensação.*

Em meio à sua dor, ele levanta a cabeça para olhar para onde Raffaele está agora, nas costas de uma balira que paira ali. Uma faísca de fúria arde nele. Não, não fúria. Loucura. A loucura está crescendo dentro dele. Ela o preenche até que corre o risco de se derramar.

– *Você* – rosna ele.

Vira-se para mim.

– Você fez isso com ela. – Sua raiva cresce mais e mais, até parecer cegá-lo. Eu perco o ar com a força de sua energia.

Ele grita para seus Inquisidores me atacarem. Magiano saca um punhal e se prepara. Mas defendemos nossa posição. Olho para os Inquisidores que andam atrás de Teren e sorrio e gesticulo para eles.

Alguns não são Inquisidores, afinal. São meus *mercenários* disfarçados.

Eles se separam dos verdadeiros Inquisidores, sacam suas armas e atacam. Dois Inquisidores caem, gritando, com a mão na garganta.

Raffaele pega as rédeas da balira. A criatura estremece, assustada, e avança, batendo as costas contra as grades de mármore da varanda, antes que os poucos Inquisidores com ele possam reagir. Ela esmaga dois Inquisidores contra as grades com um barulho doentio de ossos e carne esmagados. Outro Inquisidor é arremessado, gritando, pelo ar. O último tenta corajosamente se agarrar a Raffaele, mas vejo Raffaele se abaixar em um movimento fluido, puxar uma adaga do cinto do Inquisidor e esfaqueá-lo no pescoço. Ao mesmo tempo que o homem cai, a balira empurra suas asas carnudas para baixo e levanta voo.

De repente, percebo que Gemma deve estar por perto, fazendo a balira de Raffaele se mover. *Enzo deve estar por perto também.* Corro para a frente.

Lá fora, pesadas gotas de chuva começaram a cair. Quase escorrego na superfície lisa da varanda. Uma rajada de ar frio me atinge. Quando chego ao parapeito e olho para baixo, vejo algo que deixa meu coração leve. Magiano está montado nas costas uma balira, enquanto Sergio e Violetta estão em outra. Magiano assobia para a dele, e a criatura voa na minha direção.

– Pule! – grita Magiano.

Não penso. Apenas ajo.

Subo no parapeito e fico de pé nele. A distância dos pátios lá embaixo me deixa tonta e eu oscilo por um momento, perdida em uma névoa súbita de medo. Meu poder inunda meu peito e minha mente. Trinco os dentes, então movo minha perna e me arremesso para fora, para o espaço aberto. Eu caio.

A balira desliza para me pegar. Pouso contra a carne fria e lisa. Quase escorrego, mas a mão quente de Magiano segura meu braço e me puxa para cima. Ele me empurra para a frente até que consigo segurar a borda da sela ao lado dele. Eu me ergo para uma posição sentada e pego as rédeas com ele.

Ele vira a criatura em uma curva acentuada na direção da balira de Raffaele. Agora posso ver as outras no ar, dezenas delas, algumas montadas pelos Punhais, outras pelos meus mercenários. Concentro minha energia nos Punhais e na rainha beldaína: meus próximos alvos.

Atrás de nós, baliras carregando Inquisidores param na varanda, e Teren e seus homens sobem. Magiano assobia para a nossa e avança. A chuva bate na minha pele.

– Temos que nos manter perto da Ladra de Estrelas – grita ele. – Não posso imitá-la se não conseguir mais vê-la.

Estreito o olho contra a chuva e olho para trás. Teren e seus Inquisidores nos seguem.

Nuvens escuras agora cobrem completamente o céu, bloqueando qualquer sinal do sol, e a chuva cai torrencialmente. Relâmpagos cortam o céu à frente. A tempestade de Sergio está se formando mais rápido agora, provavelmente fora de controle. As baliras voam baixo, como se estivessem tão nervosas com a energia no ar quanto nós estamos. Posso sentir um ritmo constante de inquietação vindo da balira abaixo de nós, e a intensidade de seu medo me deixa tonta.

Ao nosso lado, Violetta grita para mim. Viro-me instintivamente em sua direção, como se sempre soubesse onde ela está. Ela aponta para uma balira a alguma distância à nossa frente.

– A Ladra de Estrelas – grita mais alto que a tempestade.

Minha atenção se volta para onde ela aponta. Agora posso ver um piloto nas costas da balira, seu cabelo longo chicoteando atrás dela. É Gemma. Por um instante, lembro-me do dia em que a vi numa corrida de cavalos, a cabeça jogada para trás em pura alegria, o cabelo balançando, e percebo que, mesmo que eu não possa ver seu rosto, posso reconhecê-la pela vivacidade de seus movimentos. Ela incita sua balira. Flechas voam na direção dela, disparadas pelos Inquisidores que voam nas proximidades, mas sua criatura gira, evitando por pouco os ataques.

Magiano agita nossas rédeas, guiando nossa própria balira. Ela acelera.

Voamos sobre o cais de Estenzia e de repente estamos sobre a baía. Todo o cerco aparece abaixo de nós. Uma linha de navios de guerra beldaínos bloqueia a entrada da baía, enquanto outros estão envolvidos na batalha contra os navios kenettranos – canhões disparam o que parecem bolas de luz alaranjada e branca contra o oceano escuro. Mal posso diferenciar os sons de suas explosões do rugido do trovão acima de nós. Sobre eles, baliras protegidas com placas de prata deslizam no ar, seus cavaleiros de mantos brancos reluzentes contra o céu escuro.

A corda zumbe, puxando meu peito. Estamos chegando muito perto de Enzo agora. Posso senti-lo voltar sua atenção para mim também, me sentindo assim como eu o sinto.

Mesmo no meio da confusão, posso ver a rainha beldaína montada em uma das baliras, sua trança alta à vista, o rosto protegido por uma guarda de metal. Ela dispara uma flecha após outra, derrubando todos os Inquisidores que aparecem em seu caminho. Mais alguém monta com ela – um de seus irmãos –, não, *Lucent*. Enquanto observo de longe, Maeve fica de pé quando um Inquisidor de repente cai sobre sua balira, tentando tirá-la de curso. A espada dela reluz no ar. Em seguida, há um jorro de sangue, e o Inquisidor cai das costas da balira.

Então, elas desviam bruscamente, até que se perdem no meio dos cavaleiros.

– Adelina!

O grito de Magiano me traz de volta. A balira de Gemma voa direto em nosso campo de visão. Nos aproximamos por trás dela. Ela nos olha por cima do ombro. Estamos perto o bastante para que eu identifique a familiar marca roxa em seu rosto. Nossos olhos se cruzam.

Ela me reconhece. E de repente meu poder oscila.

Por que a estou caçando? Ela sempre me tratou bem e talvez ainda fosse gentil comigo mesmo agora. Uma esperança estranha e selvagem cresce em meu peito – entre todos eles, Gemma me aceitaria, apesar do que fiz.

Ela se vira em sua sela. Por um instante, acho que ela vai diminuir a velocidade de sua balira para que possamos voar lado a lado, para que ela possa falar conosco. Abro a boca e começo a dizer a Magiano para chegar para o lado e lhe dar espaço.

Em seguida, ela se vira para nos enfrentar, com uma besta na mão. Ela a levanta e atira.

Estou chocada demais para me esquivar.

– Mexa-se! – dispara Magiano.

Ele me empurra com força, e a flecha passa zumbindo pelo meu pescoço. Caio nas costas da nossa balira. Meu ouvido zumbe.

Gemma dispara uma segunda flecha, desta vez na direção de Magiano, mas ele se encolhe e puxa nossa balira com força para a esquerda. A flecha passa por nós e desaparece na escuridão.

Magiano trinca os dentes e exorta nossa balira a acelerar.

– Precisamos trabalhar seus reflexos, meu amor! – grita.

Meu medo se transforma em perplexidade, em seguida em traição e então em raiva. Uma raiva incandescente, ardente, queimando os sussurros em minha cabeça e os forçando para fora de suas jaulas. Voam em minha mente como uma nuvem de morcegos furiosos, até que mal posso enxergá-los. *Você teria prazer em me ver morta, Gemma.* Parte de mim tenta insistir que não, talvez Gemma só tivesse disparado um tiro de advertência, errado de propósito – mas os sussurros afastam esse pensamento. Meus dentes trincam e meus punhos apertam tanto as rédeas que as cordas ásperas cortam as palmas das minhas mãos.

Como você pôde? Eu poupei sua vida naquele beco. Você não sabe?
Eu deveria tê-la matado.

Mal posso respirar. Nem me importo se o que estou pensando é justo. Eu deveria tê-la matado ali mesmo, teria sido muito mais fácil. Teria acelerado nossos objetivos. Por que não fiz isso? Meu poder se agita com minha fúria e eu me esforço para levantar nas costas da balira. Eu me inclino para Magiano.

– Vá *atrás* dela – grito.

Talvez seja um sussurro que grita com a minha voz, porque nesse instante já não tenho voz própria.

Magiano impulsiona as costas da balira. A criatura solta um grito de assombro que faz nossos corpos estremecerem. Em seguida, ela mergulha, tão drasticamente que preciso me equilibrar contra a sela para não cair. Quase imediatamente, Magiano a puxa de volta, e a balira sacode a cabeça na direção em que Gemma voa.

Ela nos sente. De repente, nossa balira estremece e sai de curso – ela está tentando manipular a mente da nossa criatura. Magiano trinca os dentes. Ele revida. Nossa balira se equilibra. Magiano a puxa até sua cabeça estar voltada para cima e sussurra algo para a balira.

Gemma vê o que estamos prestes a fazer, porque puxa a criatura dela também. Nós avançamos, voando mais alto, deixando a baía em guerra abaixo de nós. A chuva atinge meu rosto e sinto o velho pânico de novo, o medo de não conseguir enxergar, e rapidamente tiro a água do olho. A balira de Gemma balança sua cauda em um arco. Seu rabo em forma de agulha nos golpeia, ameaçando nos cortar, mas Magiano nos afasta no último segundo. Ele nos obriga a ir mais devagar, fora do alcance da cauda.

Trinco os dentes e puxo minha energia. Os fios avançam na direção dela, envolvendo-a como um casulo, e então, quando me concentro, *apertam*. Sinto Gemma se encolher, seu terror cresce. De seu ponto de vista, parece que o mundo de repente correu para ela, o céu se tornou o mar, e ela está de cabeça para baixo, mergulhando no oceano, submersa na água. Ela não consegue respirar. De onde estamos, eu a vejo se encolher sobre a sela, em pânico. Sua balira vira bruscamente para fora de curso enquanto Gemma tenta desviá-la de sua ilusão de oceano.

Trinco os dentes e aperto mais e mais meus fios em torno dela. Gemma se contrai violentamente outra vez, enquanto sente como se seus pulmões estivessem se enchendo de água. Ela está se afogando e agita os braços no ar, tentando nadar.

– Adelina.

A voz de Magiano corta minha concentração como uma faca. Minha ilusão oscila e, por um momento, Gemma pode ver.

– Temos que recuar! – grita ele. – Estamos muito perto da tempestade!

Eu nem tinha notado. As nuvens negras pairam muito perto, um interminável cobertor escuro que se estende em todas as direções, e estamos prestes a mergulhar nele. Eu pisco, abandonando minha raiva. Acima de nós, Gemma balança a cabeça e percebe a mesma coisa. Mas sua concentração se perdeu, e sua balira luta contra ela, recusando-se a obedecer. Magiano puxa nossa balira de modo que seu nariz aponte para baixo de novo. As nuvens negras somem da nossa vista, e eu me pego olhando mais uma vez para a baía pontilhada pelo fogo dos navios de guerra. Começamos a descer de novo.

Olho uma vez por cima do ombro e vejo Gemma ainda lutando com sua balira. O animal solta um grito de protesto.

Então, o mundo escuro se ilumina e todos nós ficamos cegos.

Um raio – o estrondo de um trovão que divide o céu. O som explode em torno de nós. O calor emana de cima. Magiano e eu nos jogamos contra as costas da nossa balira enquanto ela continua a descer. Não consigo ver nada além de luz. Algo queima. Meu olho lacrimeja. Magiano de alguma forma consegue puxar nossa balira para cima quando estamos perto da baía – sinto meu peso cair contra as costas da criatura. Tremo incontrolavelmente. Tudo o que posso fazer é virar o rosto para o lado e, através do borrão, um raio de luz passa por nós.

É Gemma, queimando, caindo para o oceano. O enorme corpo de sua balira, sem vida, cai ao lado do dela. Atingida por um raio.

Eu a observo. Ela cai para sempre, a ladra de estrela cadente, sua luz passando de um raio a um ponto e então a nada. Até que por fim entra no mar com sua balira. Da superfície do oceano, sei que o impacto deve parecer uma onda, empurrando todos os navios em torno dele para fora, em um círculo. Mas, daqui de cima, parece um respingo insignificante, como se ela estivesse aqui e, em seguida, tivesse partido.

E o mundo continua, como se ela nunca tivesse existido.

Meu coração se contorce, mas não temos tempo de lidar com isso. Mesmo enquanto nos sentamos, atordoados e suspensos no ar, Magiano vira a cabeça na direção de onde um grupo de navios se reuniu em torno de um só. Baliras pontilhadas com as figuras de capa branca se dirigem para ele. Imediatamente, sei que deve ser navio da rainha Maeve. Magiano grita algo para mim. Assinto, atordoada. Abaixo de nós, um grito angustiado vem de uma voz que reconheço muito bem como sendo de Lucent. Ela está gritando o nome de Gemma.

Magiano vira nossa balira para longe, mesmo que tudo o que eu queira fazer é olhar para o local onde Gemma tinha batido na água, onde ondas cobriram sua luz flamejante.

> A humanidade tem sido fascinada pelas baliras há milhares de anos. Inúmeras histórias foram escritas sobre elas, e ainda assim ainda não estamos mais perto de compreender os segredos de seu voo, suas famílias e sua vida nas profundezas.
> – Um estudo sobre as baliras e seus parentes mais próximos, *pelo Barão Faucher*

Adelina Amouteru

Agora estamos perto o suficiente do oceano para que o fogo do canhão seja ensurdecedor. A chuva nos atinge pelos lados. Alguns dos navios de guerra kenettranos mais próximos do navio real de Beldain voam acentuadamente para fora de curso, e percebo que Lucent deve estar em algum por perto, puxando e empurrando os ventos para deixar o exército kenettrano em turbulência. Outros disparam contra os navios beldaínos – só para verem seus canhões de desfazerem no convés de seus navios ou suas balas de canhão sumirem no ar. Michel está em ação. Continuo esperando ver Gemma reaparecer nas costas de uma das baliras, zunindo pelos céus, mas ela não o faz. A chuva traça linhas em meu rosto. Lembro-me de que éramos inimigas.

Há muitos navios beldaínos. Uma rápida olhada é tudo de que preciso para ver que esta é uma batalha que a marinha kenettrana não pode vencer. Como podemos fazê-los recuar? Olho para baixo, para onde o navio real está, cercado por reforços de quase todos os lados. A marinha kenettrana avança em vão. Baliras com placas blindadas voam em torno do navio, protegendo-o pelo ar. Outros Jovens de Elite voam em algumas delas – uma está vestindo o ouro real de Beldain. Talvez seja um dos irmãos da rainha Maeve. Quando olho, ele faz um gesto rápido com o braço em direção a um soldado kenettrano. O cavaleiro inimigo recua, descontrolado, como se tivesse sido atingido com força, e cai de sua balira.

– Aproxime-se – digo para Magiano, apontando uma clareira no céu.

– Se você tem alguma ideia inteligente sobre como fazer isso sem nos matar, gostaria de saber – responde Magiano.

Olho com mais atenção para a formação beldaína. *O navio real está protegido por quase todos os lados.* Um semicírculo de navios de guerra. Além deles há outro anel, e depois outro, até que todos os navios pareçam um favo de mel.

– Cuidado!

Eu me jogo contra a balira ao aviso de Magiano. Uma bala de canhão explode perto de nós, espirrando a água do mar para cima. Eu me esquivo. Nossa balira se joga para o lado com um rugido, uma de suas asas chamuscadas. Tenho um breve vislumbre do navio de guerra beldaíno que atirou contra nós. Minha energia se agita loucamente dentro de mim, alimentando-se da fúria e do medo dos milhares de soldados na baía. Ela cresce e cresce, até que a carne sob minha pele formiga, como se pudesse me rasgar.

A corda ente mim e Enzo vibra. Olho em volta instintivamente. Meu coração dispara. *Ele está aqui.* A ligação treme violentamente – como se ele também tivesse percebido que estou por perto – e, um instante depois, eu o vejo. Ele está nas costas de uma balira, e uma corrente de fogo emana de suas mãos, voltada para os navios da Inquisição lá embaixo. Inquisidores o seguem de perto. Um cavaleiro beldaíno perto de Enzo grita quando ele lança fogo direto para o soldado. O fogo consome o soldado – ele cai das costas de sua balira, e o animal, agora sem cavaleiro, mergulha em direção à água.

Enzo, chamo através do nosso vínculo. Ele se vira para mim. Sua energia me atinge com força, bem quando tento exercer meu próprio poder. Magiano me lança um olhar e me segura com mais força. Por um momento, o olhar de Enzo encontra o meu; o seu é duro e escuro. Imediatamente sei que os Punhais lhe contaram tudo.

Ele se vira na direção de um navio de guerra da Inquisição. Abre a mão, depois a fecha num punho. O menor e mais simples movimento.

Uma linha de fogo explode em toda a superfície da água com um rugido ensurdecedor. As chamas correm na direção do navio numa velocidade aterrorizante, depois explodem e se enrolam enquanto atacam o poderoso casco do navio. O fogo engole a madeira. As chamas se erguem altas no céu, engolindo todo o navio. A explosão me cega. Cubro o rosto com o braço, tentando em vão me proteger do calor e da luz. Meu vínculo pulsa violentamente, sua energia alimenta a minha, o calor escaldando meu corpo por dentro. Inclino a cabeça para trás e fecho o olho enquanto os gritos angustiados dos Inquisidores a bordo do navio em chamas chegam até nós.

O fogo atinge alguma coisa – a pólvora dos canhões. Uma explosão feroz acontece no convés do navio. Lascas de madeira em chamas voam no ar, algumas vindo em nossa direção, batendo na água em arcos gigantes.

Preciso controlá-lo. A energia de Enzo é limitada, e uma jogada tão grande quase certamente vai tirar algo dele. Mas, de repente, é tudo em que posso pensar. Se eu puder controlá-lo, então podemos vencer esta batalha.

– Leve-nos para mais perto de Enzo – digo.

– Como quiser, meu amor. – Magiano puxa as rédeas com força e nossa balira muda de curso para voar ao lado de Enzo. Do nosso outro lado, voam Sergio e Violetta. Magiano nos empurra para a frente até que formamos um triângulo e, em seguida, nos leva para baixo com força.

Nós deslizamos sobre a superfície do oceano. Balas de canhão explodem a nossa volta, mas Magiano vai em frente. Sinto a balira tremer sob nós. Ela está ferida, e não vai voar conosco por muito tempo.

Passamos pelo navio em chamas e, quando fazemos isso, o navio da rainha beldaína de repente está à vista, surpreendentemente perto. A balira de Enzo se aproxima e meu coração se eleva, nosso vínculo gritando para estarmos mais perto.

Então, de repente, Magiano nos puxa para um lado. Uma flecha passa bem acima das nossas cabeças. Só tenho tempo para dar um grito de surpresa antes de ver outra balira se aproximar. O olhar duro de Maeve sustenta o meu. Ela ergue sua besta para nós.

Eu me deito nas costas de nossa balira. Atrás de Maeve, Lucent levanta um braço – uma rajada de vento atinge Magiano e eu. Fecho bem meu olho e me seguro, lutando pela minha vida. Nossa balira grita em protesto. Ela vira no ar. Quando abro o olho novamente, Maeve está ao nosso lado. Ela está agachada em sua balira e salta na direção da nossa.

Assim que pousa, sua espada está em sua mão. Ela avança contra mim. Estou tão surpresa que tudo o que posso fazer é erguer as mãos para cima, para me defender. Meus poderes se lançam desesperadamente contra ela, buscando envolvê-la em uma ilusão de dor. Por um instante, parece funcionar – Maeve estremece no meio do ataque, então cai, de quatro. Magiano saca sua faca e a arremessa contra ela. Mas outra rajada de vento vinda de Lucent o empurra para trás. Ao mesmo tempo, Maeve olha para mim com os dentes cerrados, lutando para dizer a si mesma que a dor que ela está sentindo não é real.

– Sua pequena *covarde* – cospe para mim.

Então, consegue vir na minha direção novamente. Sua espada brilha.

Outro canhão explode perto de nós, acertando a outra asa de nossa balira, e ela perde o controle. De repente, não sinto nada embaixo de mim além da chuva e do ar, e tudo que posso ver é um borrão de mar e céu. Estendo a mão cegamente para pegar a de Magiano, mas não sei onde ele está.

Bato no oceano com força. A água gelada me faz perder o fôlego, e abro a boca numa vã tentativa de gritar. Minhas mãos lutam para chegar à superfície. Balas de canhão e flechas atravessam a água escura, deixando um rastro de bolhas. O som abafado de explosões envia tremores através de meus ossos. Meus pulmões gritam. Este é o Submundo e vou encontrar os deuses nesta madrugada. O medo preso dentro de mim se liberta com uma explosão, e perco o controle de meus poderes. Por um instante, eu me lembro da sensação de estar a poucos centímetros da lenha da fogueira, a poucos centímetros da morte. Sinto meu poder se intensificar e os sussurros se inflamarem em minha mente.

Então vejo o brilho do fogo e da luz acima, e viro meu rosto em sua direção. Chuto o mais forte que posso. O céu se aproxima.

Começo a emergir na superfície do mar. Os sons abafados à minha volta se tornam ensurdecedores. Viro meu rosto para o céu para testemunhar a terrível ilusão que pintei na noite tempestuosa – uma criatura monstruosa feita de mar e tempestade cresce, cobrindo quase toda a extensão do céu, seus olhos ardendo escarlate, sua boca com presas tão grandes que se estende de uma ponta a outra de seu rosto. Ela solta um grito que faz a terra tremer. Sinto-o no fundo de meus ossos. A bordo dos navios mais próximos de mim, Inquisidores e soldados beldaínos caem de joelhos, cobrindo seus rostos em horror.

De repente, uma cortina de vento me tira da água. *Lucent?* Não, há um braço em volta de mim, forte e resistente. É Magiano, imitando-a. Vejo restos de madeira, e então o enorme casco de um navio. O navio da rainha. Ele nos faz subir pela lateral da embarcação. Seu braço aperta minha cintura com força.

Subimos pelo guarda-corpo e pousamos com força no convés do navio. O impacto me derruba. Rolo algumas vezes, até parar. Imediatamente, luto para ficar de pé. Luto para respirar. Perto dali, Magiano se ajoelha, então salta de pé. Soldados e marinheiros estão por toda parte, equipando os canhões e disparando flechas de fogo na direção dos navios kenettranos. Minha corda treme. Enzo já está aqui, agachado no convés do navio. Michel está lá em cima no cordame, e Raffaele fica na proa, com os olhos sobre nós.

Outra balira voa sobre nossas cabeças. Um instante depois, Teren pousa em uma enxurrada de armadura branca e vestes, sua capa da Inquisição oscilando em torno dele em um círculo encharcado. Seus olhos brilham com a luz da loucura, o mais louco que já o vi.

Uma cortina de água espirra sobre nós, e ao olhar para cima vejo Maeve saltar de sua balira para o convés, com um agachamento gracioso. Lucent vem atrás dela, carregada por uma cortina de vento.

– Renda-se – grita Teren para Maeve. – E mande sua marinha recuar.

É uma estranha visão, a Inquisição ao nosso lado. A chuva escorre pelo queixo de Teren.

– Ou esta baía será seu túmulo, Majestade.

Maeve ri. Ela inclina a cabeça para o oceano, onde navios de guerra beldaínos continuam a avançar constantemente.

– Parece que devemos nos render, Mestre Santoro? – rebate, sua voz rouca e áspera. – Vamos sentar no seu trono ao meio-dia.

Então ela acena para seu irmão mais novo, e Tristan avança. Ele se move com uma velocidade assustadora. Em um momento, está correndo em nossa direção com a espada desembainhada – no seguinte, alcançou Teren e o golpeia com sua espada. De repente me lembro de Dante, o Aranha, meu primeiro assassinato, e a lembrança faz uma energia correr através de mim. *Ele vai cortar Teren ao meio.*

Mas Teren não perde tempo. Ele saca duas espadas de seu cinto, abaixa a cabeça e sorri para Tristan. Bloqueia o ataque do príncipe – o som de metal contra metal ecoa.

Ao meu lado, Magiano gira e se lança no ar. Suas tranças caem para trás de seus ombros, sopradas pelo vento, encharcadas e brilhantes de chuva e mar, e, neste instante, não vejo um mortal, mas o anjo da Alegria, seu êxtase selvagem permeando tudo ao seu redor, seu poder esmagador. Posso vê-lo tomar uma grande golfada de ar. Ele está cercado por Jovens de Elite. Seu poder atingiu seu ponto máximo.

Ele envia uma rajada de vento para Maeve, a derrubando. Ao mesmo tempo, manda uma coluna de fogo correndo na direção dela. Lucent consegue se mover a tempo, carregando Maeve com outra cortina de vento, tirando-a do perigo, mas por pouco. Magiano avança para eles, punhais desembainhados, e arremessa um na direção de Maeve.

O punhal desaparece antes que possa alcançá-la. Reaparece na mão de Michel.

Ele arremessa outro punhal na direção de Raffaele. Este quase o atinge direto na garganta. Dessa vez é Enzo que o salva – o príncipe é um borrão de movimento, entrando no caminho e desviando o punhal com sua própria espada. Ele lança a Magiano um olhar mortal. Ao mesmo tempo, Raffaele arremessa na minha direção algo que brilha na escuridão. Um frasco de vidro. Ele se quebra a meus pés.

Eu salto para trás quando uma criatura sai depressa do meio dos cacos. É algo pequeno: cor de pele, com o que parecem ser centenas de pernas. Suas mandíbulas buscam meus pés. Salto novamente enquanto ele avança.

Quando a criatura investe contra mim uma terceira vez, piso nela com força com o calcanhar da bota. Consigo pegar a parte de trás dela. Ela se contorce, tentando me morder, mas saco meu punhal e a esfaqueio, esmagando seu corpo contra as tábuas do assoalho.

Minha energia ruge em meus ouvidos. A batalha em torno de nós me alimenta num nível incontrolável. A cor do oceano a nossa volta muda, passando de cinza-escuro a prata brilhante e a turquesa cintilante, iluminado por dentro, as ilusões alimentadas pelo meu poder crescente.

Olho para cima e vejo Michel, balançando do cordame na minha direção. Crio uma ilusão de dor ao seu redor. Ele estremece por um instante, mas o sinto resistir com sua própria força. *Ele é um artista. Ele me ensinou as ilusões.* E agora parece ser capaz de ver por trás das minhas.

– Seu *monstro*! – grita ele para mim.

Pela dor em sua voz, percebo que ele já soube da morte de Gemma.

Magiano pousa perto do leme. Ele aponta um punhal para Michel. A corda em que Michel está pendurado de repente desaparece, apenas para reaparecer no piso do convés. O balanço de Michel se transforma em queda. Ele mergulha em direção ao deque. Lucent o pega no último segundo.

Na raiva, me lanço para ela com toda a minha força. Meu olhar se volta para seu pulso quebrado – eu me concentro nele, tecendo uma ilusão que aumenta sua dor dez vezes. Lucent cai, dando um grito angustiado.

Maeve salta entre nós e a distração faz minha ilusão vacilar por um momento. O olhar da rainha é frio e furioso. Ela saca sua espada e seu olhar se intensifica.

– *Deixe-a em paz* – dispara, correndo na minha direção.

O punhal de Sergio me salva – ele aparece do nada e pega a rainha no meio do ataque. Cambaleio para trás e olho para o céu. Lá, Violetta continua voando nas costas da balira. Ela cruza seu olhar com o meu por um instante.

O estouro distante dos canhões distrai todos nós. Os navios de guerra beldaínos se aproximam, e seus soldados nos cercam. Maeve pula para longe de Sergio de repente e grita para Teren:

– Você está em desvantagem! – Seus olhos se fixam em mim. – Os beldaínos não acreditam em abominações – diz ela para mim. – Nós reverenciamos seus *malfettos* nas Terras do Céu. Você é uma Jovem de Elite, os filhos dos deuses. Assim como eu. Não há motivo para lutarmos.

Há muito tempo, eu teria dado ouvidos a isso. Não uma aberração. Uma Jovem de Elite. Mas eu sou a Loba Branca, e eu sou poderosa demais para ser seduzida pelas palavras da rainha beldaína. Olho para ela, de repente, enojada por sua oferta de trégua. Que truque. Ela não quer paz – quase me matou. Ela quer *vencer*, e ela vai tomar Kenettra sob o disfarce da amizade. Nem todos os Jovens de Elite são iguais. Nem todos os Jovens de Elite podem ser aliados.

Não respondo. Em vez disso, inclino a cabeça na direção de Enzo.

– Enzo – grito.

Meu poder cresce com o dele.

– Ele não vai se curvar a você, Loba Branca – Maeve dispara para mim.

Ainda assim, posso ouvir a incerteza em sua voz.

– Ele sabe a verdade. Ele é um dos Punhais, um de nós agora.

Não se eu puder evitar, penso, contraindo a mandíbula. Através de nossa conexão, lanço meus fios de energia e busco seu coração. *Vou controlá-lo.*

Enzo se aproxima de mim. Tem punhais nas suas duas mãos enluvadas, e seu rosto é uma máscara de raiva.

– Você é uma traidora, Adelina – rosna.

Minha força treme com suas palavras. Meu coração – meu vínculo, já não sei qual é a diferença – clama para que ele se aproxime, anseia por ele.

– Eu me mantive viva – grito, mais alto que a confusão.

– Você disse tantas mentiras – diz Enzo, com raiva.

A energia da corda que me liga a Enzo agora se desloca, fazendo girar o equilíbrio do poder. Os fios da minha energia que, um momento antes, estavam enrolados no coração de Enzo com tanta segurança, agora começam a ceder. Algo resiste a eles. Luto pelo controle, mas de repente a energia de Enzo avança para mim, buscando o *meu* coração. É o mesmo impulso que senti quando ele voltou, quando estávamos sozinhos e sua força sobrepujou a minha.

– Eu te *amo* – grito para ele. – Eu não quero ver uma nação inimiga usá-lo para seu próprio benefício. Eles estão tomando o seu trono, você não vê? Seus Punhais são traidores!

Paro quando o poder de Enzo me atinge de novo através da corda. Ele me faz estremecer de dor. Seus punhos se apertam. Uma expressão angustiada assombra seu rosto.

– Você quase matou Raffaele na arena – grita ele de volta. – Você matou Gemma. Não está usando os outros para seu próprio benefício? Seus novos Jovens de Elite? Esta guerra, seu desejo pelo trono? Eu?

Sua voz falha um pouco e, sob a raiva, há uma dor profunda.

– Como você pôde?

Suas palavras agitam os sussurros em minha mente. Eles estão com raiva agora, e eu também.

– E com quem aprendi isso? – rebato. – *Quem me ensinou a usar os outros para benefício próprio?*

Os olhos de Enzo se enchem novamente, se empoçando com escuridão.

– Eu te amei uma vez – grita. – Mas se eu soubesse o que você fez com Raffaele na arena, se eu soubesse o que você faria com Gemma, eu a teria matado pessoalmente quando tive a oportunidade.

Suas palavras me golpeiam, uma a uma. Sinto uma onda de tristeza, mesmo que a raiva continue batendo contra meu coração. A facilidade com que ele me vira as costas. A rapidez com que perdoa as traições de seus Punhais. Cerro os dentes através das minhas lágrimas.

– *Eu gostaria de ver você tentar!*

Os olhos de Enzo estão completamente pretos agora. Sinto seu poder dominar o meu, envolvendo-me em calor. Tento mexer as pernas, mas não consigo. *Não.*

Ele avança contra mim.

Lanço minhas ilusões para ele, envolvendo-o em uma rede. Ele cambaleia para trás por um instante, arranhando seu rosto – ele acha que há uma lâmina quente esfaqueando seus olhos. Mas de algum modo, através do nosso elo, Enzo consegue discernir quais fios são reais e quais são ilusões. Ele os afasta. Em seguida, balança a cabeça, fixa o olhar em mim de novo e envia o fogo queimando em minha direção.

Enzo, não. Levanto as mãos e grito. Então, depois de tudo, é assim que vou morrer – queimada viva, do jeito que deveria ter sido desde o início.

As chamas queimam minha pele. Mas então, um instante depois, uma explosão gelada da chuva me atinge com força, apagando o fogo. A força da água me derruba de joelhos. Quando olho para cima, Sergio está agarrado às costas de uma balira bem acima de nossas cabeças, as enormes asas da criatura espirrando água no convés, enquanto descreve uma espiral.

Enzo olha para cima também. Seu momento de distração é tudo de que preciso. Aproveito a oportunidade para lançar meus fios de energia através da nossa corda. Enzo estremece quando minhas garras voltam, devolvendo o controle para mim. Ele luta contra mim mais uma vez, mas depois para. Caio de joelhos no convés, respirando com dificuldade. Perto dali, Enzo se agacha sobre um joelho também. Sua cabeça está inclinada. Nós dois estamos exaustos.

– Você vive porque *eu quis assim* – sibilo, meus dentes cerrados.

Minha raiva cresce, preenchendo todos os cantos do meu corpo. Não vejo mais o garoto que amei. Não vejo quase nada. Os sussurros assumem o controle. Minha voz não é mais minha, mas a deles.

– E você vai fazer *o que eu mandar*.
Mais uma vez, busco nosso vínculo e puxo com força.
Ateie fogo a esse mundo, Enzo. Com toda a sua força.
Enzo vira a cabeça para o céu. Ele respira fundo, irregular.
Raffaele dá um passo à frente.
– Não! – grita, mas é tarde demais.
O fogo explode das mãos de Enzo.

Ele salta sobre o guarda-corpo de nosso navio e corre através da água em todas as direções. O círculo de navios de guerra mais próximo queima instantaneamente. De cada um deles, as chamas se irradiam, passando de um círculo a outro, incendiando o favo de mel de navios. Cada Jovem de Elite a bordo de nosso navio congela para ver. Gritos ecoam dos navios em chamas.

O poder de Enzo flui sem parar, engolindo tudo em seu rastro. Explosões nos ensurdecem quando o fogo encontra canhões a bordo dos navios. Todos nós caímos de joelhos. Posso sentir o tremor através da madeira do convés. O fogo de Enzo queima cada vez mais longe, até que todos os navios de guerra beldaínos estão em chamas, ligados entre si por linhas de fogo, até o horizonte. As chamas se erguem altas para o céu. Levanto a cabeça e deixo a chuva cair em mim, absorvendo a sensação de sua escuridão. Sou levada de volta para a noite nas Luas de Primavera, há muito tempo, quando os Punhais tinham queimado o porto de Estenzia.

Finalmente, Enzo abaixa a cabeça. Seus ombros se encolhem e ele cai de joelhos. Deixa escapar um gemido e, quando olho mais perto, percebo que as queimaduras horríveis que sempre marcaram suas mãos agora vão até os cotovelos, a pele destruída, encrespada e preta. Seus olhos permanecem duas poças escuras, e um pequeno anel de fogo ainda o circunda.

À nossa volta, os navios de guerra beldaínos queimam. Maeve olha, sem acreditar. É a primeira vez que a vejo muda de surpresa.

Teren faz seus Inquisidores avançarem. Há um sorriso triunfante em seu rosto. Levo um momento para perceber que talvez ele pense que fiz tudo isso por ele.

– Quero a cabeça dela! – ordena, apontando a espada para Maeve.

Mas a rainha beldaína já está em movimento. Lucent troca um olhar rápido com ela e chama uma cortina de vento para mandá-la pelo céu. Um de seus irmãos voa para ela. Ele estende a mão para seu braço, agarrando-a, e puxa-a para a parte de trás de sua balira.

Mas meus olhos estão fixos em Raffaele. Ele caminha na direção de Enzo, os olhos do príncipe ainda escuros, seu rosto congelado em fúria, o anel de fogo ardendo junto de seus pés. Não sei por que faço uma pausa para assistir a Raffaele. Talvez sempre tenha feito isso, tão cativada por sua beleza. Mesmo agora, em meio à morte e à destruição, ele se move com a graça de alguém que não é deste mundo. Sua atenção está totalmente focada em Enzo. A visão quebra meu coração, e uma pequena parte perdida de mim faísca.

Raffaele se aproxima de Enzo. As chamas ainda queimam nas mãos dele, mas, por alguma razão, ele não se move para atacar. Em vez disso, espera que Raffaele ponha a mão em volta de seu pescoço e puxe-o para perto, de modo que suas testas se toquem. Lágrimas escorrem pelo rosto de Raffaele. De repente, eu me lembro de como ele parecia no dia em que virou as costas para mim, de como havia fechado os olhos quando lhe implorei que me deixasse ficar. É a mesma expressão que tem agora.

Enzo estreita os olhos. Ele se move como se fosse agarrar o pulso de Raffaele com as mãos ardentes, para queimá-lo vivo de dentro para fora.

– Não – sussurra Raffaele para Enzo.

E, mesmo que os olhos de Enzo ainda estejam pretos, Raffaele não se afasta. Ele permanece onde está, cercado pelo fogo.

Os olhos de Enzo tremem. Ele pisca para Raffaele, confuso, e depois abaixa o rosto, o aproximando. Raffaele se inclina para a frente, fecha os olhos e descansa a cabeça no ombro de Enzo. Não preciso tocá-los para saber que a energia de Raffaele está correndo através de Enzo agora, curando e acalmando, resistindo à fúria dele.

Por um momento, Raffaele olha para mim. À luz do fogo, seus olhos de cor de pedras preciosas são de tirar o fôlego.

– Não – repete ele, dessa vez para mim.

Teren rosna. Ele dá um passo à frente, pronto para avançar para Raffaele.

– Violetta! – grito.

E, no ar, ela responde. Ela estende a mão e puxa.

Teren solta um grito quando seu poder some e Violetta assume o controle. Puxo severamente. Os fios das trevas se apertam em torno dele, estrangulando seus nervos e os fazendo gritar. Puxo o mais forte que posso, tentando refazer o que fiz com Dante. Com alguém que merece morrer. Os sussurros assumem todo o controle.

– Você não manda em mim – disparo.

Teren se encolhe no chão do navio enquanto a batalha continua atrás de nós.

Minha atenção se volta para Raffaele por um momento. Não há medo nele pelo que eu poderia fazer. Nem mesmo depois de eu tê-lo torturado na arena. Tudo o que sinto dele é tristeza e, sob ela, uma firme determinação.

– Se o que você procura é justiça, Adelina – diz ele –, não é assim que vai encontrá-la.

Sinto minha própria determinação falhar. Como posso encontrar no meu coração a frieza de que preciso para fazer todo o resto, mas não consigo me obrigar a agir contra Raffaele? Contra os outros Punhais? Como ele amolece meu coração, depois de tudo que fez comigo? Percebo que agora também estou chorando, e nem me preocupo em secar as lágrimas. Enquanto Teren se contorce no chão ao meu lado, Raffaele pega a mão de Enzo e o puxa para uma balira. Não tenho força para detê-los. Tudo o que posso fazer é olhar.

Teren luta para ficar de pé no convés. Sou forçado a desviar meu olhar de Raffaele e Enzo. Violetta continua a reter os poderes de Teren, mas ele ainda consegue me lançar um olhar cheio de ódio.

– Eu vou te destruir, lobinha – rosna.

Ele me ataca. Mal consigo evitar sua espada – ele erra meu ombro por um triz, então gira no ar para me atacar com a lâmina de novo. Eu me afasto. Minhas mãos se fecham em punhos e, com os meus poderes intensificados, lanço uma ilusão em todo o porto, fazendo com que a água se agite, como se fervesse. Então olho para trás e aperto meus fios de energia o mais forte que posso.

Neste nível de dor, Dante já estava delirando. Mas Teren ainda consegue olhar para mim. Pisco, pega de surpresa por um momento com o quanto ele consegue suportar – mesmo sem seus poderes.

– Matem-na – ordena a seus Inquisidores. – *Agora!*

A Inquisição aponta as espadas para mim, mas não tenho mais medo deles. Eles não me são mais úteis. Sergio dá um passo à frente, assumindo a cena. Ele saca dois punhais de seu cinto e os arremessa com rapidez. Cada um acerta o peito de um soldado. Magiano imita o poder de Enzo e envia fileiras de chamas em direção a uma dúzia de outros. Eles se acendem como lenha em uma fogueira. Os homens gritam quando suas armaduras se aquecem instantaneamente, queimando-os vivos. Eu assisto à cena, deixando minha vingança acontecer.

– Parem! – ordeno.

Inquisidores mortos se espalham no convés. Aqueles que ainda estão vivos se acovardam quando me aproximo. Teren permanece onde está. Violetta já liberou seus poderes, mas ele ainda está se recuperando da dor que lancei sobre ele. Eu o observo tossir, empurrando fracamente o chão, tentando se sentar. Então olho para os Inquisidores sobreviventes.

– Vocês me caçaram e me torturaram – digo aos soldados. – Agora viram o que posso fazer. E viram o poder dos meus Jovens de Elite. Tenho mercenários me apoiando, tomando o controle do palácio. Tenho um poder que vocês não podem ter esperança de derrotar. Posso ser sua inimiga, e vê-los morrer. – Levanto meus braços para eles. – *Ou* posso ser sua *governante* e lhes trazer a glória que nunca teriam imaginado.

Silêncio. Os Inquisidores olham com cautela para mim e, pela primeira vez, vejo expressões em suas faces – lembretes de que, por trás de sua armadura temível e suas capas brancas, são apenas homens, ainda possíveis de aterrorizar e conquistar. Eu pisco, assustada com essa constatação. Eu passei toda a minha vida pensando nos Inquisidores como *coisas*, criaturas sem alma. Mas são apenas homens. Homens podem ser seduzidos, e eu tenho o poder de fazer isso.

– Por que estão lutando contra mim agora? – pergunto. – Porque seu Inquisidor Chefe mandou? Ele próprio não é mais do que uma aberração.

Sorrio com amargura para eles.

– Mais importante, ele encontrou sua competição.

Os Inquisidores se mexem, hesitantes, temerosos, exaustos.

– Sigam-me – continuo –, e eu vou levá-los a Beldain. Nós tomaremos o país e teremos nossa vingança. Podemos conquistar Tamoura, nas Terras do Sol, e muito além. Vamos expandir nosso império de maneiras que ninguém imaginaria. Desistam dessa campanha inútil contra *malfettos*. Vocês têm medo de nossos poderes. E sei que querem viver. Se me seguirem, vou lhes dar tudo o que sempre quiseram.

Minha expressão endurece.

– É isso, ou morte. Vocês não têm muito tempo. – Eu aceno para Magiano, e ele gira um punhal na mão. – Então. O que vai ser, meus Inquisidores?

Eles não se movem contra mim. E nesse momento sei que tenho sua resposta.

Gesticulo para Teren.

– Acorrentem-no bem – ordeno. – Ele não é mais seu Inquisidor Chefe. Ele não é seu rei. – Levanto a cabeça. – *Eu* sou.

Por um momento, acho que eles vão me ignorar. Estou muito acostumada a isso.

Mas, então, eles se movem. E eles – a Inquisição, as capas brancas, os inimigos de todos os *malfettos* – me obedecem e se movem contra Teren.

Teren segura a capa do primeiro Inquisidor em seu punho, mas ele ainda está muito fraco para impedi-lo. Eles puxam suas mãos atrás das costas.

– O que vocês estão fazendo? – dispara enquanto é amarrado. – Seus covardes, vocês acreditam nela... seus *idiotas*.

Ele rosna uma série de xingamentos para os Inquisidores, mas eles ignoram seu antigo líder. Sorrio diante dessa visão.

O medo motiva, mais do que o amor, a ambição ou a alegria. O medo é mais poderoso do que qualquer outra coisa no mundo. Passei muito tempo ansiando por essas coisas – amor, aceitação – de que na verdade não preciso. Não preciso de nada, exceto a submissão que vem do medo. Não sei por que levei tanto tempo para aprender isso.

Inquisidores arrastam Teren, colocando-o de pé. Mesmo agora, com dor, exausto e acorrentado, ele puxa e luta contra eles, fazendo com que as várias correntes de ferro que prendem seus membros se estiquem. Para minha surpresa, ele sorri para mim. É um sorriso angustiado, amargo, cheio de sofrimento. Suas bochechas estão molhadas de lágrimas e chuva. Seus olhos ainda brilham com a loucura e agora eu percebo que a loucura é por causa da morte de Giulietta.

– Por que você não me mata, lobinha? – diz ele.

Sua voz é estranhamente calma agora, rouca, com uma tristeza que nunca ouvi antes.

– Sim, eu acho que poderia.

– Então faça – dispara ele. – E acabe com isso.

Eu apenas o observo. Por que *não*? Meu olhar vaga de volta para onde Raffaele tinha estado ao lado de Enzo apenas momentos antes. Ele já se foi. Assim como os outros Punhais. Eu os procuro no céu, mas não os vejo em lugar algum. Eles estão recuando com o que resta da marinha beldaína.

Vou até Teren e me curvo para que nossos olhares se encontrem. Vejo a chuva correr por seu rosto. Quando foi a primeira vez que vi esse rosto? Quando eu estava acorrentado à estaca, é claro, e ele tinha vindo se curvar sobre *mim*. Como estava aprumado então, com seu belo rosto esculpido e seus olhos loucos, pulsantes. Sorrio, percebendo que trocamos de lugar agora.

Eu me inclino perto de seu ouvido, da mesma maneira que ele fizera comigo.

– Não – digo. – Vou mantê-lo, até o dia que eu *quiser*. Você destruiu e prejudicou tudo o que me era caro. Em troca, quero que você saiba como é essa sensação. Não vou matar você. Vou mantê-lo vivo. Vou torturá-lo. – Minha voz cai para um sussurro: – Até que sua alma morra.

Teren só pode olhar de volta para mim. Não consigo descrever a expressão em seus olhos.

A força de batalha finalmente me deixa. Estou no convés, deixando a chuva me encharcar. À nossa volta, os navios de guerra beldaínos queimam aos poucos nas águas tempestuosas. Magiano, Sergio e Violetta olham em silêncio. Os Inquisidores ficam parados, esperando meu próximo passo. Os Punhais estão derrotados, e Teren é meu prisioneiro.

Enzo herdou o trono. Giulietta confiava em seu sangue real. A Rainha Maeve governa Beldain, porque nasceu para isso.

Mas os verdadeiros governantes não nascem. Nós somos feitos.

> Uma rainha cruel não significa uma rainha fracassada. Sob sua orientação, Kenettra mudou de uma joia brilhosa em uma pedra nublada e seu império passou a governar todos os outros, uma escuridão que se estendia do sol, para o mar, para o céu.
> – O Império da Loba, *tradução de Tarsa Mehani*

Adelina Amouteru

Da primeira vez que encontrei um Inquisidor, ele me arrastou para fora do feno em um celeiro e me prendeu pela morte de meu pai. Eles me jogaram em suas masmorras por três semanas e então me acorrentaram a uma estaca de ferro. Eles me caçaram por meses, me perseguiram entre as fronteiras das nações, mataram aqueles que eu amava.

Como é estranho que agora me vejam e mantenham suas espadas embainhadas. Quando caminho pelos corredores do palácio com Violetta ao meu lado, eles se afastam e abaixam os olhos. Mantenho a cabeça erguida, mas ainda enrijeço com a visão de tantos mantos brancos. Meus mercenários vagam pelos corredores, suas facas desembainhadas em lealdade a mim. Atrás de nós, caminham Magiano e Sergio. Quando olho por cima do ombro, vejo Magiano olhando pelas janelas em direção ao porto em chamas, seu olhar distante. Sergio para e fala com um dos mercenários. Eu aperto o maxilar e me lembro de que, com eles como aliados, eu não deveria temer a Inquisição como ainda temo.

Sua rainha está morta. Seu Inquisidor Chefe está acorrentado, inconsciente. Seu palácio foi invadido e, acima de tudo, eles têm medo do que posso fazer com eles. Posso sentir o medo em seus corações. Os boatos de como Enzo ergueu as mãos e ateou fogo em toda a marinha beldaína correram. Mesmo agora, eles sussurram sobre como fiz Teren se encolher em agonia. O modo como minhas Rosas caçaram um Punhal montado nas costas de sua balira, como um raio a matou.

Sinto seu medo e o uso para alimentar a minha força de novo.

Milhares de pessoas se reuniram em volta do palácio. Quando a manhã chega com a luz do sol cortando as nuvens negras com feixes finos, iluminando a chuva, seguimos nosso caminho até os aposentos reais. Preciso me dirigir ao meu povo e preciso desempenhar o papel. Vou sair para a varanda com a cabeça erguida, realizando a fantasia de quando eu era criança, na casa do meu pai.

Vocês todos vivem em uma nova era agora. Deste dia em diante, os maus-tratos a qualquer malfetto *serão punidos com a morte. Ninguém deve viver com medo, desde que jure lealdade a esta coroa. Eu serei sua rainha, e vou restaurar a glória de Kenettra.*

– Sua Majestade – diz Magiano quando entramos no quarto.

Quando me viro, ele faz uma reverência rápida. Seus olhos ainda estão distantes.

– Vou deixar você se preparar, então. Você não precisa de um ladrão na varanda real.

– Você não precisa mais ser um ladrão – digo.

Magiano sorri e, por um momento, a velha chama volta a seus olhos. Ele dá um passo para perto de mim. Parece que quer tocar minha mão, mas então desiste, e deixa seu braço cair de volta ao lado do corpo. Sinto uma pontada de decepção.

– Uma vitória impressionante – murmura ele.

Posso ver em seus olhos um reflexo dos momentos finais da batalha, posso ouvir em sua voz um eco de seus gritos quando estávamos a bordo do navio da rainha Maeve. Em algum lugar lá fora, Enzo chama através da nossa corda, e eu tremo com seu puxão. Quero pegar a mão de Magiano também, como se ele pudesse me puxar de volta.

Mas esses pensamentos logo são substituídos pela lembrança das últimas palavras de Enzo para mim durante a batalha. De seus olhos negros. *Eu a teria matado pessoalmente quando tive a oportunidade.* Ele está certo, é claro. Se eu fosse ele, não teria dito nada diferente. Não há dúvida de que somos inimigos agora. Escudos se erguem em meu coração e meu alinhamento com a paixão está menor, morrendo. É a única forma de me proteger.

Então não pego a mão de Magiano.

– Eu não teria conseguido sem sua ajuda – digo. – E a de Sergio.

Magiano apenas dá de ombros. Ele me estuda por um breve momento. O que ele vê? Então dá uma pequena risada.

– Apenas me ponha na direção do tesouro real, Majestade – diz ele, acenando com a mão no ar.

Ele se vira enquanto fala, mas não antes de eu ver uma pitada de tristeza em seu rosto.

– Então você sempre saberá onde me encontrar.

Retribuo seu sorriso com o meu, agridoce. Aceno com a cabeça para um Inquisidor mostrar a ele o tesouro, e o soldado me faz uma reverência nervosa. Magiano o segue, mas faz uma pausa por um instante para olhar para trás, para mim. Seu sorriso vacila.

– Adelina – diz ele. – Tome cuidado.

Então, ele nos deixa, e instantaneamente sinto sua falta.

Depois que ele some por completo no corredor, dispenso todos, exceto Violetta, e mando fecharem as portas. Os Inquisidores não se atrevem a hesitar ao meu comando. Que estranho, ser capaz de dizer alguma coisa e vê-los obedecer. Quase me faz rir. A sala fica em silêncio e tudo o que podemos ouvir agora é o rugido das pessoas lá fora.

Ficamos assim por um longo tempo.

– Como você está se sentindo? – finalmente pergunta Violetta, em voz baixa.

O que posso dizer? Sinto tudo. Satisfação. Vazio. Eu me sinto confusa, sem saber onde estou e como cheguei aqui. Dou um suspiro trêmulo.

– Eu estou bem – respondo.

– Ele gosta de você, você sabe – diz Violetta, virando a cabeça de leve na direção das portas fechadas. – Magiano. Eu o vi de guarda do lado de fora de sua porta, certificando-se de que você não estava tendo outro pesadelo ou uma ilusão.

Suas palavras afundam em mim e eu me pego olhando para as portas fechadas também. Desejo que eu não o tivesse enviado ao tesouro. Eu teria lhe perguntado por que me disse para ter cuidado, o que ele vê quando olha para mim. Por que sua expressão parecia tão triste.

– Eu sei – digo.

– Você gosta dele?

– Não sei como – respondo.

Violetta me olha de lado. Sei que ela pode ouvir na minha voz a evidência de que ele significa mais para mim do que estou revelando. Ela suspira, então acena para mim enquanto caminha em direção aos degraus que levam ao trono. Nossos passos ecoam em uníssono. Ela se senta no último degrau, e eu me junto a ela.

– Deixe-o se aproximar – diz ela. – Sei que você está evitando. – Ela olha para a longa extensão vazia do cômodo. – Mantenha-o por perto. O amor dele é luz e desperta a luz em você. – Os olhos dela de voltam para mim.

Alguma coisa irritadiça sussurra no fundo da minha mente, resistindo ao conselho.

– Você está me dizendo isso porque acha que eu o amo?

– Estou dizendo isso porque ele a acalma – diz ela, seu tom estranhamente acentuado e feroz. – Você vai precisar dele.

– Por quê?

Violetta não diz mais nada. Eu observo seus minúsculos movimentos – o enrijecimento da pele ao redor dos olhos, a maneira como ela aperta as mãos no colo. Definitivamente há algo que ela não está me dizendo. Mais uma vez, os sussurros em minha mente cantarolam sua reprovação.

– O que há de errado? – pergunto, mais firme desta vez.

As mãos inquietas de Violetta se separam. Uma delas entra no bolso de sua saia. Ela engole em seco, então se vira para mim.

– Encontrei algo a bordo do navio da rainha Maeve – começa ela. – Achei melhor lhe dizer mais tarde, quando tivéssemos um momento a sós.

– O que é isso?

– Isto é... de Raffaele, eu acho.

Violetta hesita.

– Tome.

Ela vasculha o bolso da saia e tira um pergaminho enrugado. Ela o desenrola e o segura diante de nós. Nossas cabeças se apoiam uma na outra. Eu estreito os olhos, tentando entender o que estou vendo. É um punhado de esboços, intercalados com palavras escritas na bela caligrafia inconfundível de Raffaele.

– Sim – concordo, pegando o pergaminho de Violetta. – É a letra dele, sem dúvida.

– Sim – ecoa Violetta.

Passo a mão pelo pergaminho, imaginando a pena hábil de Raffaele em toda a superfície. Eu me lembro dele escrevendo páginas e páginas de notas sobre os Jovens de Elite na Corte Fortunata, como sempre registrava tudo o que via em meu treinamento. Ele é o Mensageiro, afinal, encarregado de imortalizar a nós e nossos poderes por escrito. Começo a ler o pergaminho.

– Ele fala de Lucent – diz Violetta. – Você se lembra daquela noite na arena, quando Lucent quebrou o pulso?

Assinto. Minhas mãos começam a tremer quando leio cada uma das notas de Raffaele.

– Raffaele diz... que seu pulso não se quebrou por causa da luta. Ele se quebrou porque seus poderes... sua capacidade de controlar o vento, de mover o ar... – Violetta respira fundo. – Adelina, o pulso de Lucent se quebrou porque o poder dela começou a corroê-la. O vento está esvaziando seus ossos. Parece que quanto mais poderosos somos, mais rápido nossos corpos vão ruir.

Balanço a cabeça, sem querer entender.

– O que ele está sugerindo? Que nós...

– Que, em poucos anos, Lucent vai morrer por causa disso.

Franzo a testa. Isso não pode estar certo. Paro e recomeço do topo da página, analisando os esboços de Raffaele, lendo seus escritos, me perguntando o que estou deixando passar. Violetta deve estar entendendo mal. Meu olhar paira sobre os esboços que Raffaele fez dos fios de energia no ar, suas observações sobre Lucent.

O vento está esvaziando seus ossos. *Lucent vai morrer disso.*

Mas isso significa... Leio mais, olhando para uma breve nota sobre Michel no final do pergaminho. Quanto mais rápido leio, mais percebo o que ele está dizendo. Ele está dizendo que, algum dia, Michel vai morrer porque seu corpo vai sangrar de tanto puxar os objetos pelo ar. Que Maeve vai sucumbir aos venenos do Submundo. Que o corpo de Sergio vai secar por ser incapaz de reter água. Que Magiano vai ficar louco de imitar outros poderes.

– Isso é impossível – sussurro.

A voz de Violetta treme:

– Raffaele está dizendo que todos nós, *todos* os Jovens de Elite, estamos em perigo.

Que estamos condenados a ser eternamente jovens.

Fico em silêncio. Então balanço a cabeça. As bordas do pergaminho se dobram com meu aperto.

– Não. Isso não faz sentido – digo, virando as costas para Violetta e caminhando para as janelas.

Daqui, podemos ver a comoção lá embaixo, o barulho de milhares de pessoas comuns e *malfettos* ansiosos, nenhum dos quais sabe como vai ser o governo de uma Jovem de Elite.

– Nossos poderes são nossos pontos *fortes*. Como Raffaele pode saber disso, só com base em um pulso quebrado?

– *Faz* sentido. Nossos corpos não foram projetados para ter poderes assim. Podemos ser os filhos dos deuses, mas não somos *deuses*. Você não vê? A febre do sangue nos deixou amarrados à energia imortal do mundo de tal modo que nossos corpos frágeis, mortais, não podem se manter.

Enquanto Violetta fala, o som de sua voz muda. A doçura dela, que me lembra muito da voz de nossa mãe, se transforma em algo estranho, um coro de vozes que me provoca um calafrio. Eu me afasto, cautelosa. Os sussurros em minha mente trazem uma memória – eu me lembro da minha irmã e de mim, sozinhas em um cômodo, seu poder sendo usado contra o meu.

Penso nas mãos queimadas de Enzo. Então, em minhas ilusões incontroláveis. Minhas alucinações e explosões de temperamento. Minha dificuldade em reconhecer rostos familiares a minha volta, tornando-os estranhos. Eu sei que é verdade, com uma certeza arrepiante. Meu poder de ilusão está destruindo minha mente, tão certo quanto o poder de Lucent está quebrando seus ossos.

Não, algo sibila em minha mente. O assobio soa urgente, os sussurros estão mais agitados do que o habitual. *Ela está mentindo para você. Ela quer alguma coisa.*

– Todos nós vamos morrer – diz Violetta, mais uma vez em seu novo coro assustador de vozes.

Ela me provoca um choque de medo. Por que ela fala desse jeito?

– Nós não devíamos existir.

– Isso não pode estar acontecendo com todos os Jovens de Elite – murmuro, voltando a olhar para ela. – E você? Você não sentiu nenhum efeito.

Ela só balança a cabeça.

– Eu não sou poderosa, Adelina – responde.

Seus dentes cintilam. Eu vi isso? Por um momento pareceu que ela possuía presas.

– Não como você, Lucent ou Enzo. Eu tiro o poder. Nem sequer tenho marcas. Mas um dia posso manifestar algo também. É inevitável.

Eu me afasto dela. *Ela é perigosa*, dizem os sussurros em minha mente, mais alto agora. *Fique longe dela.*

– Não. Vamos encontrar uma solução – sussurro. – Fomos escolhidos pelos deuses. Deve haver uma maneira.

– Tenho pensado nisso. A única maneira será eliminar para sempre nossos poderes – diz Violetta.

Os sussurros soltam um grito ensurdecedor na minha mente. O medo que rasteja pela minha espinha passa de uma gota a um rio. Ele ruge através de mim.

Que tipo de vida seria essa, os sussurros me dizem, *sem poderes?*

Tento imaginar meu mundo sem minha capacidade de mudar a realidade. Sem as ondas viciantes de escuridão e medo, o poder absoluto de criar qualquer coisa à vontade, quando quero. Como posso viver sem isso? Eu pisco e minhas ilusões faíscam fora de controle por um momento, deixando-me uma imagem de como era minha vida – a impotência que senti quando meu pai segurou meu dedo entre suas mãos e o quebrou como um galho; como eu batia fracamente na minha porta trancada, implorando por comida e água. O modo como eu me encolhia embaixo da minha cama, soluçando, até que as mãos do meu pai me agarravam e me arrancavam dali, gritando, para enfrentar seus punhos sangrentos.

Essa é a vida sem poder, os sussurros me lembram.

– Não – digo a Violetta. – Deve haver outra maneira.

Levo um momento para perceber que Violetta está olhando para mim. Seu rosto de repente me aterroriza. Eu me levanto dos degraus e me afasto dela.

– Você não vai tocar em mim – sussurro.

– Adelina, eu vi você se deteriorar ao longo dos últimos meses. –

Violetta agora fala com lágrimas nos olhos. Por que as lágrimas parecem tingidas de sangue? Eu pisco. *Minhas ilusões. Devem estar saindo de controle de novo...* Mas os sussurros em minha mente afastam meus pensamentos, enchendo minha cabeça com mais do meu próprio medo.

– Eu me contive muitas vezes, não disse tudo o que queria dizer, porque não quero que você fique com raiva de mim. Vi seus poderes saírem do controle numa espiral, vi você apavorada por ilusões que não estavam lá.

Violetta olha para uma parede, onde o ouro dos pilares reflete nossa imagem.

– Apenas *olhe*, mi Adelinetta – sussurra. – Você pode ver a si mesma?

Mal reconheço a garota refletida no pilar. O lado marcado de seu rosto é vazio, com raiva. Olheiras marcam a pele sob seu olho bom. Há uma selvageria em sua expressão, uma dureza, que não me lembro de estar lá antes. Atrás de mim flutuam fantasmas, criaturas com presas e os olhos brilhando. Sei imediatamente que estes são os sussurros na minha cabeça. Eles inundam o reflexo no pilar, até que começam a rastejar para fora dele, para o chão.

Olho para longe deles e de volta para Violetta. Seus olhos ainda estão ensanguentados.

– Esses momentos são fugazes – disparo, aumentando a distância entre nós.

Tenho que sair daqui.

– Nada mais. Sempre me recupero. O que Raffaele descobriu é um engano.

– *Não* é um engano – rebate Violetta desesperadamente. – É verdade, e você não quer aceitar.

– Ele está mentindo! – grito, tentando abafar os sussurros que se transformaram em um rugido.

As criaturas com presas continuam rastejando no chão na nossa direção. Eu tento apagá-las com minha mente, mas não consigo.

– Ele *sempre* foi manipulador!

– E se ele não estiver? – responde Violetta, jogando as mãos para o alto. – E aí? Devemos todos ficar aqui e assistir um ao outro sucumbir?

Eu viro de costas para ela, mas logo me viro de volta. *Ela é sua irmã*, os sussurros rosnam para mim. *Como pode compreendê-la tão pouco?*

– Você entende o que meu poder significa para mim? É a minha *vida*. Não há nada mais importante do que ele. Ele me deu tudo isto.

Faço um gesto para a câmara opulenta a nossa volta, o mármore coberto de ouro, as belas cortinas. A recompensa pela minha vingança.

– Você está tentando me dizer que quer tirá-lo de mim? Você esqueceu a promessa que fizemos?

– Nossa promessa foi de *sempre* proteger uma à outra – diz Violetta. – Você me protegeu com suas ilusões. Você me acalmou nas trovoadas, você teceu ilusões em torno de mim para me proteger dos horrores da guerra. Nossa promessa era para nunca usar nossos poderes uma *contra* a outra. – Ela dá um passo em minha direção. Lágrimas de sangue escorrem pelo seu rosto. – Eu não estou contra você!

— Fique longe de mim – digo com os dentes cerrados, a mão trêmula estendida diante de mim.

— Você *ganhou*, Adelina! – dispara Violetta. – A raiva contorce seu rosto como se fosse um pesadelo. Talvez isso *seja* um pesadelo. Por que tudo parece tão nebuloso? – Apenas *olhe*! Você tem tudo agora! Você controla seu príncipe, você controla Teren, você controla suas Rosas e seus mercenários, você controla um exército inteiro da Inquisição. Você governa uma nação.

Minha respiração acelera.

— Eles me seguem por causa do meu poder.

— Eles seguem você porque a *temem* – rebate Violetta, apertando os lábios. – Outros reis e rainhas também são humanos. Governam com medo e misericórdia. Você também pode. Você não precisa de seu poder para liderar este país.

Não. Quero mais do que isso. Quero um peso real por trás do meu medo, quero a garantia de...

— Você quer manter sua capacidade de ferir, não é? – diz Violetta de repente. – Você quer seu poder porque realmente gosta do que faz com os outros.

O tom de sua voz me gela. Os sussurros zumbem dentro de mim e pelo chão. A escuridão se insinua nos cantos da câmara.

— É, Violetta? – provoco, minhas palavras saindo por conta própria, cruéis, incontroláveis. – Diga-me o que faço com os outros.

Violetta endurece sua expressão. Neste momento, minha bela e doce irmã está irreconhecível.

— Você destrói as pessoas.

Está vendo?, os sussurros rugem. *Ela virou as costas para você. Ela sempre planejou traí-la.*

— E o que *você* faz? – grito.

Os sussurros controlam minhas palavras. É como se eu estivesse me assistindo falar.

— *Você*, minha irmãzinha *íntegra*? Você me deixou sofrer sozinha nas mãos do nosso pai. Sabe como era para mim, me deitar sangrando no chão, enquanto ele a cobria de vestidos no quarto ao lado? Sabe como era nosso pai ameaçar me matar, e depois como foi matá-lo? Não, *você não sabe*. Você fica às margens e espera que eu faça o trabalho sujo. Você se esconde nas sombras para que eu possa sangrar por você. Você me lança seu olhar triste quando eu mato, mas não me impede. E agora me julga por isso?

Lágrimas escarlate escorrem dos olhos de Violetta.

– Eu *sou* covarde – diz ela. – Eu fui covarde toda a minha vida, e sinto muito por isso. Nunca pensei que tinha o direito de impedi-la, depois do que você fez por nós. Por nos livrar do nosso pai.

– Nós *nunca nos livraremos* do nosso pai – disparo para ela, ou melhor, os sussurros em minha mente o fazem. – Você sabe que, mesmo agora, posso ver a ilusão pelo canto do olho? Ele está ali, atrás do corrimão.

Aponto na direção de onde o meu pai nos observa, sua boca curvada em um sorriso sombrio. Ele estende as mãos, como se encorajasse as criaturas que pululam no chão a se aproximar de nós.

– Então deixe-me libertá-la! – grita Violetta.

Seu grito soa agudo demais. Tapo os ouvidos.

– Eu preferiria *morrer* a deixá-la tirar meu poder.

– Você *vai* morrer, nesse ritmo!

Saia daqui! Você está em perigo!, gritam os sussurros. Eu viro as costas para ela.

Então, sinto Violetta puxando meus fios de energia. Puxando-os para longe, fora do meu alcance. Por um instante, não consigo respirar. Tento agarrar o ar na minha frente, segurando os fios, mas eles já sumiram, fora de alcance. Eu giro, cambaleando, e olho para Violetta. Não. Ela não poderia.

Nossa promessa.

Ela está chorando de verdade agora. Suas lágrimas formam uma poça de sangue no chão.

– Não posso permitir que você continue com isso – diz ela. – Você matou muitas pessoas, Adelina, e isso a está destruindo. Não posso ver você se deteriorar.

Está vendo?, dizem os sussurros. As criaturas rastejando no chão finalmente me alcançam, e antes que eu possa afastá-las, elas avançam para mim e entram na minha mente. Seus pensamentos substituem os meus. Eu tremo.

Sim, claro.

Agora sei por que ela fez isso. Ela quer o meu lugar. *Ela quer o trono, deve ter querido o tempo todo* – com seu poder, pode controlar qualquer Jovem de Elite que quiser, obrigá-los a fazer qualquer coisa sob seu comando. Sempre soube que ela ia se virar contra mim desse jeito, e agora que fiz todo o trabalho por ela, sujei minhas mãos com sangue e dor, ela vai ter sua vez. Acima de tudo, *ela quebrou nossa promessa*. Nunca usaríamos nossos poderes uma contra a outra.

Como você pôde? *Como você pôde?*

Não consigo mais pensar. A fúria preenche todos os cantos da minha mente. Mesmo sem meu poder, posso sentir a força dos sussurros me chamando. Saco o punhal do meu cinto e avanço contra Violetta.

Ela consegue segurar meu pulso, mas o impacto do meu corpo a tira do chão e ela cai com um baque. Ela fica sem ar. Seus olhos se arregalam e por um momento ela se debate, como um peixe fora da água, tomando ar. Ergo o punhal sobre minha cabeça e, mesmo que uma parte de mim grite para eu parar, eu o abaixo.

Ela desvia para o lado. De alguma forma, minha irmã frágil consegue me tirar de cima dela, mas eu me levanto rápido e avanço para ela de novo. Agarro um punhado de seu cabelo. Ela grita enquanto a puxo de volta para mim. A ausência do meu poder está me fazendo entrar em pânico. Mal consigo enxergar direito. O mundo se aperta em torno de nós. Eu a puxo para perto e pressiono o punhal em sua garganta.

– Suas promessas não significam *nada*... você... Eu confiei em você! Você era a *única*! – grito. – *Devolva! É meu!*

Violetta soluça desesperadamente.

– Adelina, *por favor*!

Se eu pudesse sentir suas emoções agora, sentiria uma onda de terror diferente de tudo que já senti. Mas, neste momento, ela não é minha irmã. Ela só é outro inimigo. *Uma traidora*, os sussurros me lembram. E eu os escuto.

– Devolva meu poder – digo em seu ouvido, meu punhal pressionando com força suficiente para cortar sua pele. – Ou juro por todos os deuses que vou cortar sua garganta bem aqui.

– Então *tome* – sibila Violetta de repente. – E deixe que ele tome *você*.

E assim, sinto meu poder correr de volta para mim, em uma onda de escuridão, enchendo as fendas vazias do meu coração e minha mente com seu conforto familiar e venenoso. Deixo cair o punhal e solto Violetta. Eu caio para trás no chão, fecho o olho, e me curvo numa bola, apertando os fios em torno de mim. Respiro com dificuldade. O mundo gira. Minha raiva se agita em mim, pulsando, diminuindo.

Levo um momento para perceber que Violetta já conseguiu ficar de pé e está correndo para a porta. Mesmo agora, ela parece muito distante.

– Aonde você vai? – disparo para ela, mas ela já abriu a porta. – Ela não olha para mim.– Violetta! – chamo, ainda caída no chão. – Espere!

O que aconteceu? O que fiz com ela? Balanço a cabeça, mantendo o olho fechado. Os sussurros em minha cabeça se agitam e somem. A câmara parece cair em silêncio outra vez. Quando abro o olho de novo, o mundo não está mais girando. Não há nenhuma poça de lágrimas de sangue no chão. Não há criaturas com presas pululando ao meu redor. Minha irmã não está aqui, tomando meus poderes.

Aos poucos, a névoa sobre mim se dissipa. Fico agachada ali enquanto fragmentos do que acabou de acontecer vão voltando. O punhal. O cabelo dela. Sua garganta. Seu corpo trêmulo, chorando.

Meu estômago revira.

– Violetta! – chamo de novo. – Violetta, espere. Volte!

Não há resposta. Estou sozinha.

Tento outra vez, mais frenética.

– Violetta!

Como minhas ilusões podem ter saído de controle assim de novo?

– Eu sinto muito! Eu não queria... eu não deveria te machucar! Volte!

Mas ela já se foi.

Pressiono as mãos contra o chão de mármore e abaixo a cabeça. Eu tinha puxado seu cabelo com a mesma crueldade que meu pai fez comigo na noite em que morreu. Meu punhal tinha golpeado – voltado para ela, com o objetivo de ferir, de *matar*. Minha visão tinha estado muito turva e tingida de púrpura. Como não me controlei?

– Violetta, Violetta – grito, minha voz rouca, muito baixa para ela ouvir. – Volte. Eu sinto muito. Foi um erro. Não me deixe aqui.

Silêncio.

Você é tudo que eu tenho. Por favor, não me deixe aqui.

Eu chamo e chamo, até que os Inquisidores vêm me ver. Percebo que estou chorando. Através do borrão das minhas lágrimas, vejo o rosto preocupado de Magiano, e o de Sergio, surpreso. Ele olha para mim com uma cautela da qual me lembro muito bem. Foi a maneira como Gemma me olhou da última vez, antes de morrer. A forma como os Punhais olharam para mim antes de me expulsar.

– Saiam! – grito quando eles se fecham à minha volta.

Eles param e, em seguida, suas sombras recuam. Eles viram as costas e me deixam sozinha no quarto. Eu soluço. Meu dedo quebrado se contorce numa garra e tenta se firmar no chão de mármore. Meu punhal está onde o joguei, uma pequena gota de sangue da minha irmã em sua lâmina. Este sangue não é uma ilusão; é real.

Por favor, não me deixe, não me deixe, mudei de ideia, tire meu poder, os sussurros não param.

A luz do sol através das janelas muda. Fico no chão.

Não tenho nenhuma ideia de quanto tempo passa. Por quanto tempo eu choro. Não sei para onde Violetta foi. Não sei onde Magiano está nem o que ele poderia estar pensando. Depois de algum tempo, enfim choro tudo o que tinha para chorar, e não me restam mais lágrimas. Continuo no chão. Vejo as faixas de sombras das janelas se moverem lentamente pelo chão. A luz muda, fica dourada. As sombras e os espaços iluminados se esticam para mim, me banhando em luz. Nem mesmo o calor do sol é capaz de fazer a escuridão no meu estômago ir embora.

Aos poucos, meus pensamentos começam a girar. E, lentamente, lentamente... os sussurros começam a voltar. Eles acariciam minha mente.

Não, Adelina, assim é melhor.

Você não precisa se preocupar com a partida dela. Você já não aprendeu que o amor e a aceitação são menos importantes do que o poder do medo? O controle sobre aqueles que você conhece?

Concordo com a cabeça, deixando o pensamento me fortalecer. Eu não preciso me apoiar na minha irmã para ficar de pé. Posso fazer isso sozinha. Sem ninguém.

Lentamente me esforço para ficar de pé, limpo o rosto com a manga e corro os dedos trêmulos pelo lado monstruoso, sem olho, do meu rosto. Minha expressão se congela em algo insensível e duro. Viro-me para o trono no alto dos degraus. Minhas ilusões começam a se acender de novo, e a escuridão borra os cantos da minha visão, fazendo com que o trono seja a única coisa que posso ver.

Subo os degraus em direção a ele. À minha volta, os fantasmas daqueles que conheci surgem e desaparecem, aqueles que deixei para trás. Que me deixaram. Subo cada um dos degraus. Os sussurros em minha mente rugem, preenchendo cada espaço, empurrando a luz e deixando a escuridão invadir.

Isso é bom, Adelina. Esta é a melhor maneira.

Eu me vinguei de todos que me machucaram. Meu pai, que me torturava todos os dias – esmaguei seu peito e seu coração. Teren, doente, distorcido e louco – tirei sua amada assim como ele tirou o meu amado. Raffaele, que me traiu e me manipulou – assumi o controle do príncipe que ele ama, e garanti que ele assistisse a seu príncipe causar destruição em meu nome.

E Violetta, querida, *querida irmã*, que me virou as costas quando eu mais precisava dela. Eu a expulsei. Finalmente disse a ela tudo que queria dizer.

Magoei-a também.

Você ganhou, Adelina, dizem os sussurros.

Chego ao trono. É lindo, uma estrutura ornamentada de ouro, prata e pedra. Apoiada no centro de sua almofada está a antiga coroa de Giulietta, pesada, com pedras preciosas. Estendo a mão e a pego, admirando as joias que brilham na luz, correndo os dedos por suas superfícies duras. Dou uma volta ao redor do trono, segurando a coroa.

Isso é meu. Levanto a coroa para a minha cabeça e a coloco. É pesada. Finalmente, eu me sento e, em seguida, me inclino para trás e descanso os braços em suas laterais.

Quanto tempo faz desde que eu me agachava nos degraus da escada da minha antiga casa e fantasiava sobre isso, usar essa coroa e olhar para baixo de meu próprio trono. Ergo a cabeça e olho para a câmara. Ela está vazia.

Foi por isso que tanto lutei, por que fiz tantos sacrifícios e derramei tanto sangue. Isto é tudo que sempre quis – vingança contra os meus inimigos pelo que me fizeram. Eu consegui. Minha vingança está completa.

Forço um sorriso no meu rosto. No silêncio, me sento sozinha em meu trono e espero ansiosamente que a satisfação e o triunfo me invadam. Espero, espero e espero.

Mas eles não vêm.

Agradecimentos

Sociedade da Rosa é o livro mais sombrio que já escrevi. Levar Adelina a um lugar em que permite que sua dor não só consuma ela própria, mas também a todos os outros, era uma tarefa necessária – mas também emocionalmente difícil. Estar na mente de uma vilã em treinamento por meses seguidos significava buscar os melhores corações que conheço, a fim de equilibrar toda essa negatividade. Assim:

Obrigada à minha editora Jen Besser, que *entende* profundamente a história de Adelina, que sempre sabe exatamente o que dizer e que acredita em mim, mesmo quando eu mesma não acredito. Eu não sei o que eu faria sem a sua amizade e seus conselhos.

Obrigada à minha agente, amiga e campeã Kristin Nelson – de alguma forma, você é ao mesmo tempo extremamente durona e incrivelmente gentil. Não importa o que aconteça, você sempre nos leva na direção certa.

Equipe Putnam e Penguin: isso soa como o nome da banda indie mais legal de todos os tempos. Vocês arrebentam sempre! Obrigado por me apoiarem, por acreditarem nesses livros, e por serem pessoas simplesmente impressionantes.

Obrigada à minha maravilhosa agente cinematográfica Kassie Evashevski, por colocar os *Jovens de Elite* sob suas asas e encontrar uma grande casa para eles. Você é incrível, em todos os sentidos.

Sou muito grata que os *Jovens de Elite* estejam com ninguém menos que vocês, Isaac e Wyck. Suas ideias, encorajamento e amizade significam tudo para mim.

Amie, sério, o que eu faria sem os nossos emails enormes e sem sua esperteza? Você me ajudou a concluir este livro, mesmo que tenha tido que me arrastar pela metade do caminho. JJ, obrigada por estar sempre disponível para ouvir e falar sobre qualquer coisa. Leigh, você tem a maior inteligência de todas as inteligências. Obrigada por me acalmar, me incentivar e sempre garantir que vai ter bolo. Jess, Andrea e Beth, mal posso esperar até a próxima vez que estaremos reunidas, porque vai ser épico. Jess e Morgan, chá da tarde para sempre!!! Tahereh e Ransom, vocês estouraram o termômetro de Melhores Pessoas. Margie, Kami, Mel e Veronica, o mundo precisa de muito mais de vocês. Obrigada por serem uma inspiração.

Obrigada à minha família e meus amigos mais próximos, pelos longos dias ou noites de conversa, pela diversão sem fim, e por seu amor e alegria. Acima de tudo, obrigada a Primo, meu melhor amigo e minha fortaleza. Sou grata todos os dias por você.

Impressão e Acabamento:
EDITORA JPA LTDA.